英汉艺术语言的思维特质

The Thinking Traits of English and Chinese Artistic Language

◎袁也晴 著

吉林大学出版社

·长春·

图书在版编目（CIP）数据

英汉艺术语言的思维特质 / 袁也晴著 . — 长春：吉林大学出版社，2025.1

ISBN 978-7-5768-2371-4

Ⅰ.①英… Ⅱ.①袁… Ⅲ.①英语－文学语言－研究 ②汉语－文学语言－研究 Ⅳ.①I045

中国国家版本馆 CIP 数据核字（2023）第 210417 号

书　　名	英汉艺术语言的思维特质	
	YING-HAN YISHU YUYAN DE SIWEI TEZHI	
作　　者	袁也晴	
策划编辑	李承章	
责任编辑	李适存	
责任校对	张　驰	
装帧设计	朗宁文化	
出版发行	吉林大学出版社	
社　　址	长春市人民大街 4059 号	
邮政编码	130021	
发行电话	0431-89580036/58	
网　　址	http://www.jlup.com.cn	
电子邮箱	jldxcbs@sina.com	
印　　刷	湖南省众鑫印务有限公司	
开　　本	710 mm×1000 mm　1/16	
印　　张	19	
字　　数	340 千字	
版　　次	2025 年 1 月　第 1 版	
印　　次	2025 年 1 月　第 1 次	
书　　号	ISBN 978-7-5768-2371-4	
定　　价	98.00 元	

版权所有　翻印必究

序　言

　　语言是以语音为物质外壳、由词汇和语法构成并能表达人类思想的符号系统。语言具有物理属性、社会属性、生理属性、文化属性等多重属性，其中社会性是其最本质的属性。从语言的社会性上看，语言是人类独有的最重要的交际工具和思维工具；从语言的内部结构上看，语言是一套音义结合的符号系统。

　　汉语和英语虽然所属语系不同，亦非亲属语言，但在语音、语法、词汇和承载的文化意义上具有许多共同特征，这些特征对促进英语教学有着积极的作用，在教学实践中，可以帮助学生分析学习过程中遇到的种种困惑，使学习者学会在比较中学习，在正确的迁移中学习。

　　英语和汉语在世界上是应用最为广泛的语言，对两者的共性和个性研究尤其有助于英语学习。对于高中生来说，应该更多接触整篇阅读，在非虚构性文章阅读基础上，增加整篇、整本虚构性文学作品的阅读量，并展开深度阅读，以不断提高语言解码、文化解读能力，涵养情感和智慧，培养良好的文化品格。

　　语言的共性和个性问题，也即普遍性和特殊性问题，包括汉语和英语的异同问题，在语言学界长久以来存在着两种观点和研究思路。以美国乔姆斯基(Chomsky)为代表的生成语法，主张通过对一种语言做深入的研究找出蕴含在语言中的普遍"参数"，强调语言学的最终使命是发掘人类语言的共性。Chomsky 认为，在人类成员的心智中，存在着由生物遗传天赋决定的认知机制系统。Chomsky 把这些认知系统称为心智器官，而构成人类语言知识的是其中的一个系统，即语言机能(language faculty)。1957年他的第一部专著《句法结构》出版，标志着这种学说的诞生，并很快成为国际语言学界的重要流派，引发了一场声势浩大的语言学界的革命，至今仍然在语言学界占有非常重要的地位。

　　无独有偶，以格林伯格（Greenberg）为代表的语言类型学，则从研究多种语言的共性出发，采用"数据统计-抽象-演绎"的研究方法范式，通过跨语言比较，通过大量的语言考察、统计和对比，观察存在于这些语言背后的起制约作用的普遍性因素，认为正是这些普遍性因素造就了人类语言多姿多彩的表现形式。

对语言共性的研究在国内也有较为丰富的研究成果，但更多见的是与之相对立的差异性研究。对立观主要强调语言的民族差异和文化差异性，以德国语言学家洪堡特（Humboldt）为典型代表，强调语言影响甚至决定人的思维，不同的民族语言决定着不同的民族思维。国内学者在语言差异性研究方面有着丰富的成果。概而言之，语言学界在语言研究上存在的这两种倾向，其实归根结底是由语言本身的属性决定的。

人类的语言是一个复杂的复合系统，既有其自然属性，又有社会属性和人文属性。上述不同的语言观就在于对语言属性的侧重不同。侧重语言社会属性的是语言的交际工具观，主张用社会科学的方法研究语言；侧重自然属性的是语言的自足系统观和天赋能力观，主张用自然科学的方法研究语言；侧重于语言文化属性的，主张用人文的方法研究语言。在这些各有侧重的语言观中，文化语言观坚持着眼于文化的差异，坚持用人文科学的研究方法，着重联系民族文化去研究语言的个性。与此相反，用自然科学和社会科学的研究方法，持自足系统观和天赋能力观的一派，自然会强调语言的"共性"，即语言的普遍性。

学术界的研究倾向影响着学校英语教学，长期以来，人们更偏重于寻求英汉语言的种种差异，忽略了"异中有同"的研究，这种偏颇无疑对中学英语教学产生了影响，增添了学生对英语的隔膜感，使英语这门课成为一块没有感情温度的"硬骨头"，学生的学习很大程度上处于被动的疲于应对状态。在中学英语教学实践中，应恰当地处理英汉两种英语"差异"和"相通"这一对矛盾，既要讲"异"，也要找"同"，使学生建立"大语言"、"大观念"，既从语言的自然属性和社会属性上探讨共性，又注重讨论两种语言文化属性的不同对语言的深刻影响，而不是一味以对立、陌生的认知态度去对待英语。这样，才有可能引导学生换一种心态和眼光去看待英语，与外语建立一种亲和的情感，从而提高英语学习中主体的能动性和创造性，有效地解决语言与文化、语言和思维长期割裂的状态，更好地内化所学的语言和文化知识，主动迁移知识，促进学生形成个人的认知态度和价值

序 言

判断。

近年来，全国高考的英语试题出现一些新的变化，阅读篇目在内容和体裁上更加多样，写作手法也更加丰富自由。这些新变化提示教育者，不仅要重视学生的阅读理解，还要训练学生不拘一格充分发挥想象和联想，不仅能运用普通语言表达思想，而且能够运用文学的笔法展开叙述写作，这种能力不是单纯的写作能力，而是一种综合能力，需要进行词汇、语法、修辞、文学表达等全方位的训练，这无疑需要高中英语教学予以高度关注。在教学过程中，教师要大胆突破课本的局限，努力扩大学生的阅读视野，使学生尽可能多地接触到不同题材和体裁的作品。抓好抓实英语延伸阅读，增加了小说、散文、诗歌等文学体裁，让学生通过作家对景物、人物等的描写和刻画，透过形象去触摸异国的风俗民情，去熟悉语言表达的特点，并在读、讲、演、编、评、议等环节中充分活跃起来，形成自主学习、自动学习的积极状态。

与其它文体相比，文学体裁具有自身的特殊性和优越性。一切文学作品都是作家对社会生活形象化和典型化的反映，一部或一篇优秀的作品可以是一个社会的缩影、一面历史和文化的折射镜。在社会生活中，文学是作为一种审美意识形态而存在的，是为满足人们的精神和情感需求而产生和存在的。在马克思文艺理论中，文学被定性为社会生活的审美反映，是审美的社会意识形态，文学的最基本功能就是审美，文学的教育作用、认识作用都是通过审美形象实现的。而文学的审美功能不是通过说教的方式或任何独立的方式而存在，只能通过艺术感染力来实现，也就是说，文学作品是通过艺术语言对对象的艺术化描写，创造出感人的艺术形象，在艺术形象中寄予作者深邃的思想，从而形成巨大的艺术感染力，使人产生心灵的共鸣和震撼的。我们在指导学生阅读文学作品的过程中，既要帮助他们找出中西文化的差异和英汉语言表达的不同，又要重视分析两种语言和文化的共同点，尤其是艺术化表达的共性，从共性中领悟人类文化的相融和感情的相通之处。

本书作者袁也晴老师，长期从事高中英语教学和中小学教育科研工作，具有丰富的教育教学经验，在教研实践中注重探索创新，不断追求新的突破和提高，在教学和科研上取得了突出成绩。作者在本书中主要从艺术语言的思维特质入手，探讨英汉两种语言在文学体裁中艺术化表达的共通之处，为文学作品的解读展开较深层次的探究。全书运用语言学理论、文艺学以及美学理论，结合中外文学作品主要是诗歌作品，对艺术语言的思维特质进行了较为深入的分析、比较和归纳，对阅读理解外国文学作品特别是理解诗歌体裁的作品，做出了难能可贵的探索。在理论阐释的基础上，这本书结合教学实践，甄选了若干外国文学作品阅读课的优秀课例，并对每个课例的得失给予点评。相信这本书的出版，会给一线英语教师带来新的、富有价值的参考和借鉴。殷切希望袁也晴同志继续努力，不断拿出新的成果与同行和学界交流共享。

是为序。

王定华

全国政协委员，中国教育学会副会长，
北京外国语大学党委书记、教授、博士生导师

2023年9月24日

目　录

上篇　理论研究篇

第一章　艺术语言和艺术语言符号系统 ·········· 3
　　一、什么是艺术语言 ·········· 3
　　二、艺术语言的思维方式 ·········· 13
　　三、艺术语言符号系统 ·········· 15

第二章　艺术语言的美学特质 ·········· 21
　　一、"无目的的合目的性" ·········· 21
　　二、构造世界的虚拟性 ·········· 25
　　三、语言符号的审美性 ·········· 27

第三章　艺术语言的意指 ·········· 37
　　一、艺术语言的意指属于引申意指 ·········· 38
　　二、艺术语言意指的构建 ·········· 43
　　三、艺术语言意指的特征 ·········· 60

第四章　情感思维和艺术语言 ·········· 64
　　一、情感思维是人类进化的推动力之一 ·········· 68
　　二、情感思维是人脑固有的机能之一 ·········· 69
　　三、情感思维是文学活动的特殊思维方式 ·········· 85
　　四、情感思维在表象活动中展开 ·········· 94

第五章　艺术想象与艺术语言 ·········· 98
　　一、艺术想象是一个复杂的系统 ·········· 98

二、艺术想象活动来自表象思维 …………………………………… 103
三、艺术想象与变态心理 ……………………………………………… 109

第六章　艺术语言的自我超越 ……………………………………………… 114
一、主体的自我超越 …………………………………………………… 117
二、对客体的超越 ……………………………………………………… 127
三、对语言形式的超越 ………………………………………………… 128

第七章　意象思维与艺术语言 ……………………………………………… 136
一、形象思维和意象思维 ……………………………………………… 136
二、意象理论的输出与输入 …………………………………………… 139
三、艺术语言学意象的含义和功能 …………………………………… 142
四、中西文论中意象与意境之比较 …………………………………… 150
五、意象思维的两大类型 ……………………………………………… 154

第八章　阅读主体与艺术语言 ……………………………………………… 161
一、阅读主体的审美态度 ……………………………………………… 162
二、情感与阅读主体 …………………………………………………… 172
三、直觉与阅读主体 …………………………………………………… 177
四、意境与阅读主体 …………………………………………………… 181

下篇　教学实践篇

A Psalm of Life 阅读鉴赏教学设计 …………………………………… 197
（一）课程概述 ………………………………………………………… 197
（二）教学过程 ………………………………………………………… 201
（三）A Psalm of Life 阅读鉴赏教学设计 …………………………… 212
（四）本节课创新点 …………………………………………………… 213
（五）教学设计简评 …………………………………………………… 214

目 录

Nothing Gold Can Stay 阅读鉴赏教学设计 …………………………………… 215
    （一）课程概述 …………………………………………………………… 215
    （二）教学过程 …………………………………………………………… 218
    （三）本节课创新点 ……………………………………………………… 235
    （四）教学设计简评 ……………………………………………………… 236

Autumn: The rain and the leaves 阅读鉴赏教学设计 ………………………… 237
    （一）课程概述 …………………………………………………………… 237
    （二）教学过程 …………………………………………………………… 241
    （三）本节课创新点 ……………………………………………………… 251
    （四）教学设计简评 ……………………………………………………… 251

Annabel Lee 阅读鉴赏教学设计 ………………………………………………… 253
    （一）课程概述 …………………………………………………………… 253
    （二）教学过程 …………………………………………………………… 258
    （三）阅读文本 …………………………………………………………… 264
    （四）本节课创新点 ……………………………………………………… 267
    （五）教学设计简评 ……………………………………………………… 267

Do Not Go Gentle into That Good Night 阅读鉴赏教学设计 ………………… 268
    （一）课程概述 …………………………………………………………… 268
    （二）教学过程 …………………………………………………………… 273
    （三）导学案 ……………………………………………………………… 288
    （四）本节课创新点 ……………………………………………………… 290
    （五）教学设计简评 ……………………………………………………… 292

后记 ……………………………………………………………………………… 293

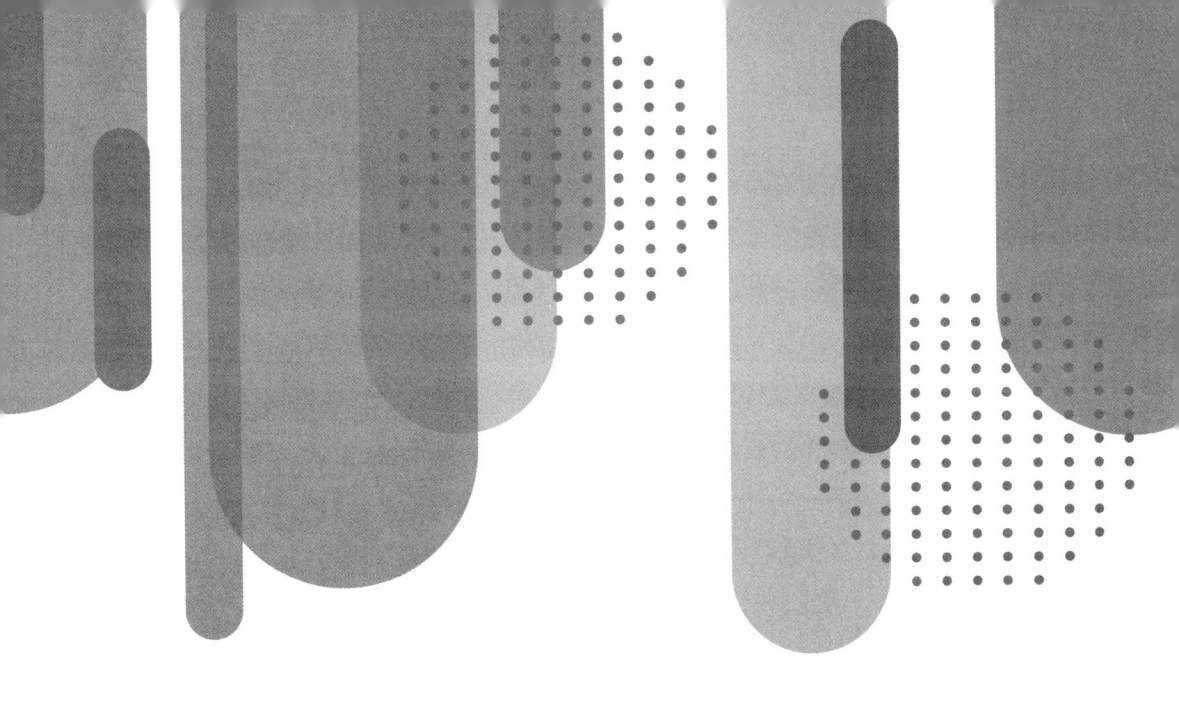

上 篇
理论研究篇

第一章　艺术语言和艺术语言符号系统

一、什么是艺术语言

语言是人与人交流交际的工具，承载着复杂的信息，同时又是表达者思维的载体。语言与人类、社会是相伴相生、彼此依赖的共同体。从语言的内部结构上看，语言是以语音为物质外壳，以词汇为建筑材料，以语法为结构规律而构成的一整套符号体系。世界各国使用的语言纷纭复杂，究竟有多少种语言，至今尚没有一个完全一致的说法：法国科学院推定为2 796种，国际辅助语协会估计有2 500~3 500种语言。之所以不能确定，有一个原因是明确的，即由于地理环境等限制，某些使用人口极少的语言很难展开深入探究，因而难以判断它们是不同的语种还是同一语种的方言。为了认识世界上如此复杂的语言，语言学家会从不同角度对语言进行分类，以展开更加深入细致的研究。例如，按照语言的来源进行语言发生学的研究，即谱系分类法；根据语言的语法结构进行形态分类研究，等等。但本书并不在这些方面逗留，而是着重从语言表达的角度，着眼于人们运用语言进行思想感情表达时所显示出的特点，探究这些特点背后的思维特质。

从人们运用语言进行表达的方式看，写作学做出了五个分类：记叙、描写、抒情、议论、说明。本书则以语言表述的方式是否重在主观情绪的抒发为着眼点，姑且将语言分为两类：艺术语言和非艺术语言。艺术语言是一种情绪性的语言，是一种用以表现言语主体（发话者）的主观情绪倾向的语言。[1] 非艺术语言包括科学语言和日常语言，前者用准确严谨的语言来概括和表现客观事物的性质、状态及特征，后者主要以各种实用意图为目的，用来平实地交流或说明事理，表述事情的始末，表达观点和看法，等等。非艺术语言是相对于艺术语言提出的。

---

[1] 金元浦.文学解释学[M].长春：东北师范大学出版社，1997：330-336.

艺术语言的情绪性，表现为作者情感的直接抒发，如唐代诗人陈子昂的"前不见古人，后不见来者，念天地之悠悠，独怆然而涕下"；或表现为作者情感的间接流露，如杜甫的"感时花溅泪，恨别鸟惊心"，李群玉的"野庙向江春寂寂，古碑无字草芊芊"；或表现为作者思想倾向的直接显示，如韦应物的"心同野鹤与尘远，诗似冰壶见底清"；或表现为作者思想情感的直白，如白居易的"在天愿做比翼鸟，在地愿做连理枝"。外国文学作品中同样有大量例子：

（1）Without you?

I'd be a soul without a purpose.

Without you?

I'd be an emotion without a heart

I'm a face without expression, A heart with no beat.

译文：没有你？我将是一个没有目的的灵魂。

没有你？我的情感将没有了根基。

我将是一张没有表情的脸，一颗停止跳动的心。

（2）If you were a teardrop; In my eye,

For fear of losing you, I would never cry

And if the golden sun, should cease to shine its light,

Just one smile from you, would make my whole world bright.

译文：如果你是我眼里的一滴泪；

为了不失去你，我将永不哭泣；

如果金色的阳光停止了它耀眼的光芒；

你的一个微笑，将照亮我的整个世界。

（均摘自经典英文爱情诗）

英美文学作品在世界文学宝库中和我国历代文学作品一样作为瑰宝占有重要地位，这些表达真挚爱情的诗句包含火焰般的情感，深刻打动着读者。再如小说《简·爱》中的名句：

If you can't avoid, you have to go to bear. Can't stand destined to endure things in life, is weak and foolish.

第一章 艺术语言和艺术语言符号系统

> **译文**：假如你避免不了，就得去忍受。不能忍受生命中注定要忍受的事情，就是软弱和愚蠢的表现。

这是思想感情的直白表达，深刻的道理明白而透辟。

> Being abandoned by fate, always forgotten by the his friends!
>
> **译文**：被命运所抛弃的人，总是被他的朋友们遗忘！

即使是这样直叙思想的表达，也渗透着浓浓的感情色彩。

艺术语言中即使是写景状物的句子，也无不饱含着作者内在的审美意识和个性倾向，例如，现代散文语言："一叶青草顶着一颗透明的露珠，晶莹璀璨而多芒，每当清晨，一叶青青的小草，举着一颗透明的露珠，立在晨风中沐浴在阳光下……这世界很美，这世界很纯，纯粹得就像一颗露珠立在草叶上亮翅，对着太阳歌唱，金色的歌声从我们的心头飞过，有一种太阳照耀的感觉，暖暖的……"读这样的语言可以感到，这是一种内向性的、情感化的语言，是一种富于感性美的"有意味的言语形式"。

再如英国作家赫伯特·厄内斯特·贝茨（Herbert Ernest Bates）的 *Lake October*：

> The October leaves have fallen on the lake. On bright, calm days they lie in thousands on the now darkening water, mostly yellow flotillas of poplar, floating continuously down from great trees that themselves shake in the windless air with the sound of falling water.
>
> **译文**：十月的木叶已经簌簌落满湖上，在晴朗无风的日子里，它们成千上万地停留在此刻已色泽转暗的水面，这无数黄色小舟般的落叶大多为白杨树叶。纷纷不停地从那些即使在无风天气也颤动不已的高树之上淅淅沥沥地飘落下来。

又如美国自由体诗创始人沃尔特·惠特曼（Walt Whitman）的诗 *Song of myself*：

> We found our own O my soul in the calm and cool of the daybreak
> My voice goes after what my eyes cannot reach,
> With the twirl of my tongue
> I encompass worlds and volumes of worlds.
>
> **译文**：啊　我的灵魂　我们在破晓的宁静和清凉中

找到了我们自己的归宿　我的声音追踪着

　　我目力所不及的地方　我的舌头一卷

　　就接触了大千世界

　　任何一种文学创作,所依赖的心理机制并无二致,这是由人类的大脑机能所决定的。有研究者认为,人的语言活动所依赖的心理机制有两种:"一种是纯粹科学的机制——理性、逻辑、推论、抽象;一种是审美,即艺术机制——情感、想象力、直觉、灵感、下意识及感知等。"[①] 科学语言和艺术语言是两种不同的思维方式,有着自身独特的思维轨迹。从艺术的角度来说,艺术语言中的"艺术",是人们通过人工创造出来的一种对象。这种对象,是创造者最大限度地调动了自己的审美知觉,并通过联想、想象等一系列感知活动,真切地表现主体的感知过程。例如,美国著名诗人、英美现代派诗歌的奠基人之一艾兹拉·庞德(Ezra Pound)有一首著名的小诗 A Girl(《少女》),摘录一段如下:

　　The tree has entered my hands,

　　The sap has ascended my arms,

　　The tree has grown in my breast-

　　Downward,

　　The branches grow out of me, like arms.

译文:那树已经进入我的双手,

　　　汁液在我的臂上攀升,

　　　树在我的胸口生长

　　　——向下——

　　　树枝就像手臂从我身体里长出。

诗中的"树"分明不是词的表层含义,而寓指心仪的"a girl",作者通过词的动态使用性、对客体描写的变形性以及变事物的物理性为情感性等艺术手法表达了对"a girl"刻骨铭心的向往。

　　可见,艺术语言独特的审美价值和审美吸引力,主要不是通过言语的表层形

---

① 李玲,孙桂杰.直觉思维的生理基础与心理机制初探 [J].沈阳师范大学学报(社会科学版),1998,47(3):80-82.

第一章　艺术语言和艺术语言符号系统

态本身来体现，而是靠一定的言语形式负载信息的独特性体现出来。

认识到了这一点，艺术语言中"艺术"的本质问题也就得到了回答，这就是艺术语言中的"艺术"从本质上说是知觉的，是审美性的，它是主体感性知觉的形态化。由此可以说，艺术语言的艺术化，也就是一种表示感性直观的艺术化言语形式。从审美创造的过程来看，这种艺术形式的创造往往是通过三个阶段来实现的，即选择或设定对象—加工或变异对象—想象或对对象进行拟态化表现。

威廉·华兹华斯（William Wordsworth）是18世纪英国著名的浪漫主义诗人，这里列举他的作品 *The Daffodils*（《水仙》）的前两段来进一步说明艺术语言的这三个阶段。

> I wander'd lonely as a cloud
> That floats on high o'er vales and hills,
> When all at once I saw a crowd,
> A host, of golden daffodils;
> Beside the lake, beneath the trees,
> Fluttering and dancing in the breeze.
>
> Continuous as the stars that shine
> And twinkle on the Milky Way,
> They stretch'd in never-ending line
> Along the margin of a bay:
> Ten thousand saw I at a glance,
> Tossing their heads in sprightly dance.

译文：独自漫游似浮云，
　　　青山翠谷上飘荡；
　　　一刹那瞥见一丛丛、
　　　一簇簇水仙金黄；
　　　树荫下，明湖边，
　　　和风吹拂舞翩跹。

　　　仿佛群星璀璨，

沿银河闪霎晶莹；
　　一湾碧波边缘，
　　绵延，望不尽；
　　只见万千无穷，
　　随风偃仰舞兴浓。

诗的开头直接就是一个比喻："I wander'd lonely as a cloud"，将"I"变异为"a cloud"，并加以拟态化表现："lonely as a cloud"。一朵云，它是高高在上的，漠然的，轻如空气，无意又无力，由此我们仿佛感知了诗人此时的心神状态，像天上一朵云，并不特别留意什么。"When all at once I saw a crowd, A host, of golden daffodils"，此时他忽然间看到了一大群迎春开放的金色水仙花，它们不仅是植根于大地之上，而且也是成群结伴的，正和诗人的孤独相映。"Continuous as the stars that shine, And twinkle on the Milky Way"，水仙花如繁星灿烂，连绵不绝，在银河里闪闪发光。对于孤独的诗人来说，这盛开的水仙花恰似他的伴侣，如同他孤独之中的福祉。"Ten thousand saw I at a glance, Tossing their heads in sprightly dance"，诗人仿佛一眼看见了一万朵水仙在起伏欢舞着。这时，人与花，已经是你中有我、我中有你了，人如花，花如人，人不再是一朵孤独的云，而是成了一个舞者，水仙花也被赋予了鲜活的人格特征。

　　我们从以上举例可以看到，作者在描述客观对象物时，首先将内心的情感色彩涂抹于对象物上，这时的描述对象已然是经过作者的情感"滤镜"过滤着色了的审美对象，描述的客体变成主体化的对象，原有的客观对象物变成一种感性显现状态。这个过程毫无疑问是一种能动的艺术创造过程，其中灌注了作者的内心体验，理性认识和理性分析被充分淡化，表现为创作主体动态的心理图式。因此可以说，诗人、作家创造语言的"艺术化"的过程，是一种艺术语言的创造活动，是作者按照审美规律创造艺术化语言的实践过程，实际上就是一种艺术的实践过程，也就是说，艺术语言创造活动，说到底是一种艺术创造活动。因为艺术语言的创造，要求作者将艺术思维、审美意识、艺术形式三者有机结合为一体，使艺术语言的创造成为一种充分自由的创造性的精神驰骋，突破一般的常规语言表达的范式，只遵心法，不落窠臼，张扬主体精神和个体心理与情感体验。

第一章 艺术语言和艺术语言符号系统

正因此，从言语形式来看，艺术语言结构形式上往往突破常规的范式，表现为对常规语言的偏离和超脱，成为变异的语言形式。作家正是借助这种语言的形式变异，拉大语言所指和能指的距离，形成貌似有悖常理却能在其中传达某种深层次的特殊意蕴，使读者反复吟咏品味，充分地展开审美参与，通过再三玩味，追寻到语言丰厚的艺术内涵，从而体验到独特的审美快感。

作为实验主义诗歌的先驱者，美国现代派诗人 E. E. 卡明斯在他的作品中常常超脱常规，用变异的艺术语言传达出丰富而独特的意蕴，具有强烈的艺术感染力。例如，他的诗 *Love Is More Thicker Than Forget*（《爱比忘却厚几寸》）：

>Love is more thicker than forget
>More thinner than recall
>More seldom than a wave is wet
>More frequent than to fail
>
>It is more mad and moonly
>And less it shall unbe
>Than all the sea which only
>Is deeper than the sea
>
>Love is less always than to win
>Less never than alive
>Less bigger than the least begin
>Less littler than forgive
>
>It is most sane and sunly
>And more it cannot die
>Than all the sky which only
>Is higher than the sky

译文：爱恋比忘却厚几寸，
　　　爱恋比回忆薄几分；
　　　爱恋如水面的波纹随处可见，
　　　成功的结局比失败更难找寻。

爱恋有更猛的癫狂，
爱恋有更多的柔阴；
它是海洋亘古不灭，
它比海洋更为深沉。

爱恋的故事少有完成，
爱恋的故事常出常新；
稍有萌芽就尽快成长，
遇到宽容就与日俱增。

爱恋有更大的睿智，
爱恋有更多的光明；
它是天穹永世长在，
它比天穹更加高峻。

古往今来，描述爱情的诗歌数不胜数，但很少看到像卡明斯诗中这种极具抽象的描述。诗人通过词语的超常组合，引发读者的无限遐思。爱情是什么？诗歌第一小节用"more than"结构，把三对反义词"thicker—thinner""seldom—frequent""forget—recall"一脉贯穿下来，似乎是在告诉人们爱情哲理，又似乎是在描述自己的感受。而在第三小节，"less than"结构把两对反义词"always—never""bigger—littler"连接起来，好像是给读者的"字谜"，激发读者的想象力。诗人把副词当动词、名词、形容词使用，或把动词、形容词当名词用，刻意违背词汇常规的搭配关系，如添加词缀创造出 moonly、unbe、sunly 三个新词，转换词类将副词 always、never 作为形容词使用，自由地打破措辞和句法上的规则，以此来描述难以捉摸、变幻莫测的爱情。

艺术语言是和艺术思维相对应的，二者共同的内在动力机制都是情感。然而人类的情感具有极大的丰富细腻性、变化流动性，但人类所使用的语言、词汇、词义都十分有限，远远不能满足情感表达的需求，作家在创作实践中必须另辟蹊径，以情感思维为基础，用艺术运思来取代理性思维，以新的思维方式调动现有的语言材料，去开辟艺术语言的独特的世界。艺术语言所要反映的客观世界，不在于判断和推理，而是在于传情达意；而读者的审美接受也并不刻意追究作品反映的对象客观上如何，更多关注的是自己从作品中获得了多少主观感受。所以，艺术语言揭示某种深刻的道理，从不用说教，只凭借审美意象，就能使人领悟到哲理美；不去展开逻辑论证，却能产生意味深长的隽永美。而这种美的本质，正在于其中凝结的情感，是人类情感的力量，启发和调动了读者更大的创造能力和想象空间，是作家艺术思维的奇葩催开了读者思维的花朵。因此可以说，艺术语言是艺术思维开放出的独具特色的奇葩。

托马斯·斯特恩斯·艾略特（Thomas Stearns Eliot）是英国著名现代派诗人，《荒原》是他最著名的一首长诗。在诗中，他用典范围极广，从莎士比亚、但丁到波特莱尔、瓦格纳等，还引用了佛经、民歌以及许多人类学家的作品，内容庞杂而丰富。在作品中，他描写了处于精神和文化危机中的现代社会以及从现代社会中寻求到的支离破碎的经验，尤其在表现技巧上，他展开了异乎寻常的创造。这里只节选诗歌的第一节如下：

The Burial of the Dead

April is the cruellest month, breeding

Lilacs out of the dead land, mixing

Memory and desire, stirring

Dull roots with spring rain.

Winter kept us warm, covering

Earth in forgetful snow, feeding

A little life with dried tubers.

Summer surprised us, coming over the Starnbergersee

With a shower of rain; we stopped in the colonnade,

And went on in sunlight, into the Hofgarten,

And drank coffee, and talked for an hour.

Bin gar keine Russin, stamm' aus Litauen, echt deutsch.

And when we were children, staying at the archduke's,

My cousin's, he took me out on a sled,

And I was frightened. He said, Marie,

Marie, hold on tight. And down we went.

In the mountains, there you feel free.

I read, much of the night, and go south in the winter.

译文：

死者葬礼

四月是最残忍的一个月，荒地上

长着丁香，把回忆和欲望

掺和在一起，又让春雨

催促那些迟钝的根芽。

冬天使我们温暖，大地

给助人遗忘的雪覆盖着，又叫

枯干的球根提供少许生命。

夏天来得出人意料，在下阵雨的时候

来到了斯丹卜基西；我们在柱廊下躲避，

等太阳出来又进了霍夫加登，

喝咖啡，闲谈了一个小时。

我不是俄国人，我是立陶宛来的，是地道的德国人。

而且我们小时候住在大公那里

我表兄家，他带着我出去滑雪橇，

我很害怕。他说，玛丽，

玛丽，牢牢揪住。我们就往下冲。

在山上，那里你觉得自由。

大半个晚上我看书，冬天我到南方。

可以看到，诗中断句的技巧尺度之大，令人惊叹。诗人摈弃了直来直去的写法，采用了突然的断句并在其中加入一些迥异的场景的介绍或者解释，场景变化突如其来，似乎没有来由，时而从正式的书面语言一下子转到了口语。诗人将自己的意图蕴含在形式中，而让形式作为媒介交给读者。这首诗使艾略特蜚声中外文坛，也对中国现代文学产生了极大的影响。

二、艺术语言的思维方式

思维是大脑的意识活动，是人类在认识世界时对客观对象进行概括分类，形成概念并展开判断、推理的过程。思维的范围十分广泛，因而有种种不同的分类，也有不同角度的定义和阐释。但最主要的分类是将思维分为形象思维和抽象思维两大类。形象思维包括感觉、知觉、表象这些带有形象的心理活动，是一种感性的、概念不明晰的、不脱离形象的思维活动；抽象思维则不需要伴随形象，是在概念、判断和推理这些心理层次上进行的。无论人们怎样对思维展开分类研究，都绕不开思维与语言的关系，所有的概念的载体都是词语，所有的判断都是以句子为基本形式的，而推理往往由一个句群来表达。由于人们观察事物的角度不同，观察的目的、情感以及观察者本身诸方面存在种种差异，就使思维和语言的关系存在着复杂性和不确定性。人类在运用语言进行个性化的创造活动时，所使用的思维方式不同于以概念思维为主的科学思维。艺术语言与常规语言表达的不同，根本上是思维方式的差异，是一种精神上的创意。因此，笔者认为，人类的基本思维形式分为两种，即科学思维和艺术思维。从这两种基本思维形式看，科学思维是以概念思维为主，艺术思维以意象思维为主。科学思维又被称作理性思维、逻辑思维，或者叫命题思维，科学思维的方法主要有两种，一是演绎的方法，在进行逻辑推理时，如数学演算、命题论证、案情推理等过程中，多使用演绎法；二是归纳法，虽然同样在上述情境中也会使用归纳法，但在处理数据统计之类的问题时，主要用的是归纳法。科学思维中无论哪一种方法都是以语言为载体进行的，都是在自身的语言结构和认知结构中，利用概念、判断和推理等形式把事物的本质特性与外部形式加以联系，从而形成新的认知结果。与科学思维相比，艺术思维的特征更表现在对意象的取舍、与情感的融合以及主体性特征上，表现个体心灵的自由创造性。

仍从思维和语言的关系来看，人类在思维过程中要运用概念，而任何一个概念都是不能脱离词语存在的，没有语言作为材料基础，思维活动就无法进行。但是，人类的行为活动并非都与语言有关。例如，人最初的实践活动是物质生产活动，那时候，人对于世界的掌握是内化的、初步的感受，由此产生了最初的意识，而这种意识尚不涉及概念，虽然其中也有分析、综合、比较的成分，也包含了思维,但却是一种概念模糊的或者叫作无概念的、始终伴随形象的思维活动,这是一种"感性掌握"的思维形式。再比如,人们在面对美景或者面对一幅赏心悦目的绘画作品,或者遭遇不快和烦恼时,所产生的情绪并没有清晰地与语言直接关联起来。我们可以用语言去解释这些情绪,但这些情绪本身与语言并无直接关系。日常生活中,我们都会有种种联想或想象,还有种种情绪,但都没有与明确的词语、句子一一对应起来。这类思维被称为形象思维。与形象思维比较,概念思维不像概念模糊或者无概念的形象思维那样,它恰恰是以语言为思维的物质手段的,语言学家称之为语言思维。概念思维并不排斥形象思维,形象思维也在实践中受到概念思维的影响,获得了新的发展,已经不再等同于最初的概念模糊或者无概念的形象思维了,其中有了概念思维的参与,有了作者的个性化体验和创意,从而把形象思维升华到崭新的境界,这就是意象思维。在意象思维中,原本无清晰概念的形象思维成为思维材料的感性物象(表象),这种感性的物象或者表象与概念建立内在联系后,上升为思维化了的映象,或者称作"意象",即有思想之"象"、意中之"象"。这里,意象思维已经不能等同于最初无概念的形象思维,不同于对世界的纯粹感性的掌握。同时,意象思维也不同于概念思维,因为它始终伴随着具体的形象,概念是形象化的概念,形象是思维化的有意味的形象。

马克思曾对人类掌握世界的方式做过区分,他说思维着的头脑"用它专有的方式掌握世界,而这种方式是不同于对于世界的艺术精神的,宗教精神的,实践精神的掌握的"[①]。人对世界的科学的、艺术的、宗教的掌握方式,都是在实践—精神的掌握方式的基础上发展起来的精神掌握的方式。而精神总是反作用于物质,科学、艺术、宗教等对生产、政治等实践的影响,是通过实践—精神而转化为实践行为的。也就是说,科学、艺术、宗教等形式对世界的掌握,都不能直接转化为物质生产力,只有通过实践—精神的掌握,去影响人对世界的实践掌握。事实上,科学思维和艺术思维这两种思维形式,同时存在于科学、艺术和宗教对世界的掌握方式中,所不同的是思维方式运用的侧重点有所不同。

艺术语言学认为人类的思维是一个多形态、多层次、多序列的复杂的能动过

---

① 中共中央马克思、恩格斯、列宁、斯大林著作编译局. 马克思恩格斯选集:第二卷 [M]. 北京:人民出版社,1995:19.

程。在对客观世界的反映过程中，几种不同形式的思维常常交织在一起，语言并不能完全阐释和涵盖艺术思维的特点，也不能说明文学家、艺术家所具有的艺术思维活动。从这一层意义上说，艺术语言的思维方式是人类的一种特殊的精神生产活动方式。艺术思维与非艺术思维的区别首先表现在思维的角度不同。艺术思维是以人的思想、感情、心理、愿望等为中心的，艺术语言是艺术思维的外在表现，是艺术思维开出的花朵。例如，艺术描写的是外在客观世界，但角度和中心却是人的感受。因此，艺术语言表现环境，也是"人化的环境"，描写自然，也是"人化的自然"，即以外在于"我"的"物象"为媒介来表现内心生活和内在的世界。其次，艺术思维与其他非艺术思维的区别表现在对意象的取舍上。作家在对物象进行加工时，是一个选择和取舍过程，往往保留各种表象中的审美属性，使形成的意象具有鲜明的审美特征，并致力于将审美意象进一步加工、综合，提炼成为艺术典型，具有强烈的艺术感染力和艺术魅力。总体来看，艺术语言的思维形式有着鲜明的主体性特征，是精神自主的活动，是自由心灵的飞翔。

在作者主观情感参与及外物的刺激影响下，语言与思维这时并不是呈现同一性关系，即二者并不对应。虽然会出现合一的对应情况，但从严格意义上说，再高妙的手笔，也很难使人的思维活动与言语活动达到一一对应，因为没有一种语言能够完全把人们的感受、认识、经验分毫不差地表达出来。

三、艺术语言符号系统

研究艺术语言的思维规律，必须从认识艺术语言符号系统开始。艺术语言符号系统的结构特点对艺术语言的思维形式起着根本性作用。

语言是一种符号系统，艺术语言和日常语言、科学语言一样都是由语音和语义构成的符号体系。那么，二者是否处于同一平面、是否属于同一系统呢？这里笔者将分别从语言本体和艺术角度出发，讨论艺术语言符号系统问题。

（一）艺术语言属于言语范畴

从语言本体的角度看，艺术语言不属于普通语言的范畴，而属于言语范畴。索绪尔《普通语言学教程》把人类语言能力、活动、产物或人类语言生活全体区分为三个不同方面，即作为语言活动的 language、作为词语记号之系统的 langue 和作为此系统在现实中之实现或表现的 parole。这三方面中的语言活动（language）与语言（langue）和言语（parole）不处于同一平面，语言和言语是同一平面的两个不同的维面。索绪尔认为语言是语法系统和词汇系统，也就是语言工具的全部内容，如果不掌握这些规则系统，人们就无法进行言语交际。索绪尔还认为，语言不同于言语，语言是社会现象，言语是个人现象。虽然这种说法有些欠妥，因为从辩证的观点来看，语言来源于言语，言语又是语言被使用的结果，语言和言语都有社会和个人的成分。但是把语言活动区分为语言和言语还是很有必要的，它可以使人们对语言活动的研究更加精密、更加系统。索绪尔的《普通语言学教程》明确指出，语言和言语是紧密相连而且互为前提的：要言语为人所理解，并产生它的一切效果，必须有言语结构；但是要使语言结构能够建立，也必须有言语。从历史上看，言语的事实总是在前的，语言结构和言语是互相依存的：语言结构既是言语的工具，又是言语的产物。但是这一切并不妨碍它们是两种绝对不同的东西[①]。艺术语言从根本上说是作为一种个人的言语行为而存在的，它带有明显的个人色彩，是在特定的语境中动态生成的，属于言语范畴。艺术语言虽然以日常语言和科学语言为基础，具有社会语言的普遍规律和特质，但它又表现出诸多属于作家个性化的特点，往往具有不稳定的、随着情感的变化而变化得十分活跃的特点。

（二）艺术语言属于艺术部门

从艺术这一角度讲，艺术语言属于艺术部门。与非艺术语言（包括普通语言和科学语言）的主要区别如下：(1) 艺术语言与非艺术语言组合不同，艺术语言的组合是变异的，非艺术语言的组合是规范的；(2) 艺术语言和非艺术语言的思维逻辑不同，艺术语言遵循情感逻辑，非艺术语言遵循理性逻辑；(3) 艺术语言和非艺术语言对客体的反映不同，艺术语言是审美的，非艺术语言是认识的；(4) 艺术语言和非艺术语言的功能不同，艺术语言具有情感功能和美学功能，非艺术语言具有理性功能和思辨功能；(5) 艺术语言和非艺术语言反映的世界不同，艺术语言表现内心世界，非艺术语言表现自然世界。它们的联系主要表现为：(1) 艺术语言的变异

---

① 费尔迪南·德·索绪尔.普通语言学教程[M].高名凯，译.北京：商务印书馆，1980：41.

第一章 艺术语言和艺术语言符号系统

组合是以日常语言和科学语言的规范组合为依托的,它是在规范的组合中有意识使某些成分发生偏离,从而获得新的、变异的组合;(2)艺术语言的表情功能是建立在非艺术语言表述功能基础上的;(3)艺术语言在注重情感逻辑的同时,也需要理性逻辑的参与,特别体现在对艺术语言的理解方面;(4)艺术语言在表现主观世界的同时,也含有客观世界的成分。

艺术语言的主要功能是表情的。其实,情也是一种义,所以才有"情感义"之说。研究语言,其目的就是要解释语言,从解释中获取语言的"义"。无论是非艺术语言还是艺术语言都要追求这一目标。

非艺术语言是反映现实的,而艺术语言是超越现实的,它对世界的反映和解释是审美的、情感性的;从艺术语言作为存在这一角度讲,它的本质就是美,审美意义就是艺术语言的基本意义。

艺术语言是一种多重符号,往往一语双关,言在此而意在彼,兼具语言的符号形态和审美形态的双重性,这就决定了它所传递的意义信息也具有两重信息:语义信息和审美信息。语义信息主要附着在语言的表层,即"辞面",传递语言的理性意义,表达的信息一般是确定意义上的;而审美信息则蕴含在语言的深层,即"辞里",由此形成辞面和辞里或表层和深层的双重符号系统。我们要获取艺术语言的美学意义就要透过表层从深层系统中得到,这就是我们常说的要挖掘语言的潜在意义。据此,我们可以把艺术语言看成第二层次上的符号系统(简称"第二符号系统"),而把普通语言和科学语言称为第一层次上的符号系统(简称"第一符号系统")。

艺术语言从语言本体的角度看,它属于言语范畴;从艺术的角度看,它属于艺术部门。所以,我们在研究艺术语言的时候,既要从语言的角度又要从艺术的角度来分析和阐释,只有这样,才能对艺术语言的现象分析得更加合情、合理。

(三)艺术语言符号系统具有二重性

索绪尔认为语言是一种符号系统。他把语言符号区分为能指和所指,能指即语词声音形式,所指即语词所称谓的客观内容。语言符号区分为能指(符号形式)和所指(符号的内容),语言符号的意义是在使用中呈现出来的,也就是通过一定的意指作用形成的。艺术符号学有一个原理，即如果作为第一系统的符号（符号学称为"自然语言"）构成第二系统符号的所指，就具有确指意义，如英语中的单词"mouse"（老鼠），在自然语言中，"mouse"（老鼠）是指一种小动物，它在第二系统符号中用作所指时，是指计算机的一种输入设备，汉语称之为"鼠标"。用图示法表示如图1-1。

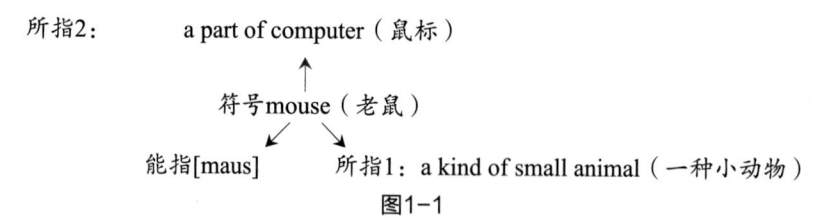

所指2： a part of computer（鼠标）
↑
符号mouse（老鼠）
↙ ↘
能指[maus] 所指1：a kind of small animal（一种小动物）

图1-1

如果第一系统的符号构成第二系统符号的能指，就会产生泛指意义。泛指意义是不同于确指意义的第二性意义。它可以体现在语词、语句和文本等不同层次上。例如，在语词层次上我们可以用"狐狸"确指一种野生动物，也可以泛指很狡猾的人：A cunning fox can't wash away his whole body.（再狡猾的狐狸也洗不掉一身臊气。）这里的"fox"显然有泛指意义。而在语句水平上，可以通过比喻产生泛指意义。在语词和语句层次上，泛指意义还不能产生审美意义，不能构成艺术符号体系。艺术语言的审美意义只有在文本层次上才能产生艺术符号体系和审美意义。艺术语言使用普通语言的符号构成文本，这种非艺术语言符号具有确定的形式（能指）和确定的内容（所指），它们构成一个大能指，这种特殊的能指产生新的所指和意指关系，形成新的艺术符号体系，产生新的艺术审美意义。这个特殊的泛指意义就是艺术语言的本质所在，艺术语言的意义阐释必须超越确指意义，揭示出它的审美意义（泛指意义）。例如，美国传奇诗人艾米莉·迪金森（Emily Dickinson）的诗 *I Had Not Minded Walls* 里面有这样的诗句：

I had not minded walls

Were Universe one rock,

And far I heard his silver call

The other side of the block.

译文：我不在乎有墙相隔，

第一章 艺术语言和艺术语言符号系统

哪怕天与地之间是一块巨石。

我聆听远处传来的他那清脆的嗓音，

在岩石的另一边呼唤。

其中，"wall"的泛指意义是指阻碍在艾米莉和她心爱人之间的难以跨越的隔阂，是挡在两者之间的清规戒律，这是一堵看不见的"墙"，可以让读者从中领略到诗人内心火热的感情，感受到情感美的力量。

艺术语言文本的两重符号体系，决定艺术语言的双层结构。艺术语言的表层结构是非艺术语言的符号形式和内容，它的深层才是真正的艺术语言的符号体系结构和审美意义。艺术语言的这种双层结构符号体系如图1-2所示。

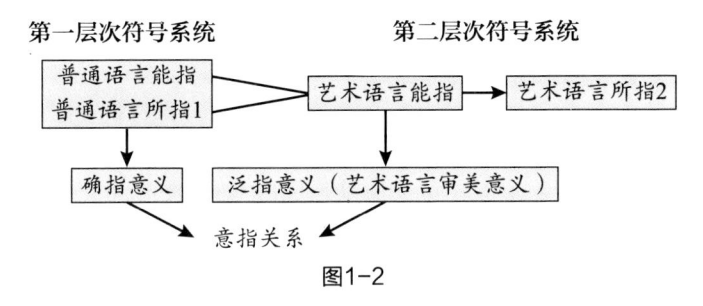

图1-2

从以上分析及图1-1和图1-2可以看出，第一语言系统符号充当第二语言系统的所指，该符号具有确指意义。它实际上还是属于普通语言的范畴，因为它反映一种客观实在，如图1-1可以清晰地说明这一观点。第一语言系统符号充当第二语言系统符号的能指，该符号具有泛指意义。它属于艺术范畴，也就是我们所说的艺术语言。艺术语言实际上具有双重符号系统，即第一层为非艺术语言的符号系统（即普通语言的符号系统），第二层为真正的艺术语言的符号系统，它是由非艺术语言符号中的形式（能指）和内容（所指）共同组成艺术语言符号系统中的能指，从而产生新的艺术语言的所指，这种新的能指和新的所指共同构建成艺术语言的一整套符号系统。如果没有非艺术语言的符号系统，即艺术语言的表层符号系统，那么，也就不可能有艺术语言的深层符号系统。所以艺术语言的符号系统是以非艺术语言的符号系统为基础的，或者说艺术语言是一种具有双重性的符号系统。例如，印度伟大的诗人泰戈尔在《飞鸟集》中对自然的描写，虽然以普通语言的符号系统为基础，但在艺术层面，一只鸟、一朵花、一颗星、一个雨滴都具有人性与生命力，泰戈尔通过双重符号体系展现人与自然、爱与神的亲密无间、相互交融，歌赞生命的自由、平等、博爱，从而生成了丰富隽永的人生哲理。节选几首短诗如下：

1. Stray birds of summer come to my window to sing and fly away.
   And yellow leaves of autumn, which have no songs,
   flutter and fall there with a sign.

译文：夏天的飞鸟，飞到我窗前唱歌，又飞去了。
秋天的黄叶，它们没有什么可唱，只叹息一声，飞落在那里。

2. The mighty desert is burning for the love of a blade of grass
   who shakes her head and laughs and flies away.

译文：广漠无垠的沙漠热烈地追求着一叶绿草的爱，
但她摇摇头，笑起来，飞了开去。

3. If you shed tears when you miss the sun, you also miss the stars.

译文：如果错过了太阳时你流了泪，那么你也要错过群星了。

4. Sorrow is hushed into peace in my heart like the evening among the silent trees.

译文：忧思在我的心里平静下去，正如黄昏在寂静的林中。

这些诗句，鲜明地体现了艺术语言特有的双重结构所蕴含的艺术魅力，使语言表达插上了双翅，在情感的天空里尽情翱翔，给读者带去无限广阔的想象空间，平添了语言的艺术感染力。我们在欣赏文学作品尤其是诗歌和韵文时，特别要调动想象和联想，并结合特定语境去深入理解艺术语言这种双重语言结构，而不是仅仅读懂表面的意思，那是不够的，是很肤浅的，甚至会在一定程度上曲解作者隐含其中的深层意蕴。

第二章　艺术语言的美学特质

探讨艺术语言的美学特质，不可孤立而论，同样要把它放在与非艺术语言的比较中加以分析论证。在本章，我们以非艺术语言作为参照，来讨论艺术语言的美学特质。

一、"无目的的合目的性"

非艺术语言包括普通语言和科学语言，普通语言主要用于说明事实，表述道理，传达语义信息；科学语言则用于科学著述中展开的立论、分析和发现。普通语言是平实的实用性语言，表意明白确切，具有纯工具性特点，不需要有意修饰美化，表达感情也是直接表达，不需要辅助各种修辞手法刻意凸显语言的张力；科学语言是认识主体把握和探讨物理世界的重要媒介，需要严谨、庄重、求真务实、实事求是，不能以个人感情倾向进行想象和夸张。科学语言滤去了有关客体的感性材料，抽象了客体的具象感性存在，展示了现实世界及其普遍规律。也就是说，科学语言是反映物理世界之真的语言符号，它越是朝着抽象化和符号化的方向发展，就越是可能概括范围更为广阔事物的本质特征。从这一意义上说，非艺术语言的认识功能可以概括为"有目的的合目的性"。这里的"有目的"是指非艺术语言对物理之真的理性反映，目的是为人们提供有效、有使用价值的知识信息。"合目的"是指认识主体通过非艺术语言对物理之真的明确把握，所提供的科学知识信息合乎人的认识实践活动的需要，人们借助非艺术语言来表述对客观世界的认识，揭示客观事物的规律，为人们的社会实践和实际目的服务。

例如下面这段话：

　　Researchers from Oxford and Yale Universities used data gathered from more than 1.2 million Americans. They were asked, "How many times have you felt mentally unwell in the past 30 days, for example, due to stress, depression, or emotional problems?" Participants were also asked about their exercise habits and were able to choose from 75 diverse physical activities, including mowing the lawn, doing housework and childcare, running, weightlifting, and cycling.

译文：来自牛津大学和耶鲁大学的研究人员采集了120多万美国人的数据，他们询问这些人："在过去的30天里，你有多少次因为压力、抑郁或情绪等问题而感到精神状态不好？"参与者还被问及他们的锻炼习惯，他们可以从75种不同的体育活动中进行选择，包括修剪草坪、做家务和照顾孩子、跑步、举重和骑自行车。

这段话客观地呈现了研究人员对调查人群的数据采集，旨在说明锻炼对人精神状态的影响，这种表达显然体现了"有目的的合目的性"。

与非艺术语言相比，艺术语言却具有"无目的的合目的性"的美学功能和美学特质。这里的"无目的"指的是艺术语言通常没有特定的认识目的，也无功利目的，它不是为人类的认识实践活动服务的，不具有认识把握物理世界的直接意义，不是物理之真的反映和再现，而是人类情感之真的表现。通过艺术语言，得到的不是对事物的理性认识，而是对情感之真的感受和体验，正因此，在艺术语言世界里，语言可以突破常规的认识和规范，超越实用功利价值。这里的"合目的"，指的是艺术语言所提供的审美信息合乎人们的审美活动需要，合乎人们对美的追求，具有美学价值，尽可能地增大艺术语言审美信息的蕴含量乃是语言艺术家的自觉追求和目的。在文学创作中，作家（审美主体）在从生活表象到审美意象的建构中，自始至终都融进了自己的审美理想、审美情感和审美趣味，而这些审美理想、审美情感、审美趣味又恰恰与接受者的情感和精神追求是相通合鸣的。这里欣赏两首著名的抒情诗。第一首是美国最优秀的抒情诗人亨利·沃兹沃斯·朗费罗（Henry Wadsworth Longfellow）的 *The Arrow and the Song*（《箭与歌》）：

> I shot an arrow into the air,
> It fell to earth, I knew not where;
> For, so swiftly it flew, the sight
> Could not follow it in its flight.

第二章 艺术语言的美学特质

I breathed a song into the air,

It fell to earth, I knew not where;

For who has the sight so keen and strong,

That can follow the flight of a song?

Long, long afterward, in an oak

I found the arrow, still unbroke;

And the song, from beginning to end,

I found again in the heart of a friend.

译文：我把一支箭向空中射出，

它落下地来，不知在何处；

那么急，那么快，眼睛怎能

跟上它一去如飞的踪影？

我把一支歌向空中吐出，

它落下地来，不知在何处；

有谁的眼力这么尖，这么强，

竟能追上歌声的飞扬？

很久以后，我找到那支箭，

插在橡树上，还不曾折断；

也找到那支歌，首尾俱全，

一直藏在朋友的心间。

《箭与歌》是朗费罗歌颂友谊的一首著名的抒情短诗，在西方可谓家喻户晓。这首诗看似意思浅显，其实内容深刻；看似信手拈来，其实匠心独运。诗歌歌颂了真挚美好的友情，阐释了友情就是心心相印，就是心灵的应答。"箭"和"歌"这两种生活中的事物都有着共同的特点：飞快、无法找寻和追踪。诗人以箭作为歌的喻体，化抽象为具体，使诗句充满形象感。最后一节指出了"箭"和"歌"的最终归宿，画龙点睛地道出诗歌的主题：很久以后，发现箭插在一棵橡树上，同样，那支歌也自始至终活在朋友心中，以"箭"与"歌"为意象，巧妙而含蓄地赞美了友谊的地久天长。

第二首诗是节选自英国著名浪漫主义诗人雪莱（Percy B. Shelly）的名篇 Ode to the West Wind（《西风颂》）的第一节：

O wild West Wind, thou breath of Autumn's being,
Thou, from whose unseen presence the leaves dead
Are driven, like ghosts from an enchanter fleeing,
Yellow, and black, and pale, and hectic red,
Pestilence-stricken multitudes: O thou,
Who chariotest to their dark wintry bed
The winged seeds, where they lie cold and low,
Each like a corpse within its grave, until
Thine azure sister of the Spring shall blow
Her clarion o'er the dreaming earth, and fill
(Driving sweet buds like flocks to feed in air)
With living hues and odours plain and hill:
Wild Spirit, which art moving everywhere;
Destroyer and preserver; hear, oh hear!

译文：哦，狂野的西风，秋之实体的气息！
由于你无形无影地出现，万木萧疏，
似鬼魅逃避驱魔巫师，蔫黄，魆黑，
苍白，潮红，疲疴摧残的落叶无数，
四散飘舞；哦，你又把有翅的种子
凌空运送到他们黑暗的越冬床圃；
仿佛是一具具僵卧在坟墓里的尸体，
他们将分别蛰伏，冷落而又凄凉，
直到阳春你蔚蓝的姐妹向梦中的大地
吹响她嘹亮的号角（如同牧放群羊，
驱送香甜的花蕾到空气中觅食就饮）
给高山平原注满生命的色彩和芬芳。
不羁的精灵，你啊，你到处运行；
你破坏，你也保存，听，哦，听！

雪莱是19世纪英国著名的浪漫主义诗人，虽然其生命只有短短30载，但他却像是文坛上一颗绚丽的星，其作品在世间乃至今日仍散发着独属于他的光芒。而在其作品中，《西风颂》被公认为是他的巅峰之作。"西风"作为这首诗的中心意象，被作者赋予了想象的翅膀，随着西风的飞扬，作者的感情和立意都得到了进一步的升华。"西风"那种狂野不羁、摧毁一切的力量，可能正是雪莱所追寻的生命的本来力量，也正是他对于受禁锢的生命的强烈反抗。本节诗是全诗第一段，主要意象是西风和树林中的残叶，描绘了西风横扫林中残叶并且传播生命的种子的景象。此处，暗喻和象征的写作手法得到了充分的利用。作者将"西风"比作"秋之实体的气息"，即大自然中不可战胜、所向披靡的存在。而又将"春风"比作"阳春蔚蓝的姐妹"，又显得亲切柔和。接着，诗人用"残叶"来象征英国的反动阶级，用"疫疠摧残的落叶无数"来描绘了反动阶级所处的垂死状态。在作者的笔下，西风是"不羁的精灵"，它既"破坏"着，又"保护"着。狂野的西风喻指着革命的力量，它在摧毁一切陈旧、腐朽的事物的同时，也在孕育着一切有着生机和活力的新事物。全诗开篇便体现了西风奔腾的气势，它既能摧毁旧世界，又能创造新世界，同时也传达出作者对未来的热切期望。

这两首诗的抒情片段，充分说明了艺术语言所蕴含的审美信息量是多么深厚而丰富，而这种审美信息量是需要读者去从文字表象到审美意象的解构中重建自己的审美情感、审美理想和审美趣味，只有这样，才能与作品产生深层次的共鸣。

二、构造世界的虚拟性

将艺术语言的"无目的的合目的"与非艺术语言加以比较，我们会发现，非艺术语言旨在构建一个"现实的世界"，艺术语言则全力打造一个"虚拟的世界"。

人类自出现开始，就面临着变幻莫测的现实世界，为了生存于世间，人们最重要的活动无外乎认识、体验现实的世界，努力地去把握现实的世界。随着人类经验的日益丰富，认识现实世界的能力不断强大，掌握的知识与手段的不断增量和提高，人类对这个世界的了解和认识日益深入，越来越接近事物的本真。然而，人们并不满足于对自然真实的模拟，而是千方百计地突破自然的真实来表达自己的内心感受，以虚构的方法重新构建内心"观照"过的真实，即艺术的真实，这种真实经过作家、诗人的分析选择和加工提炼，往往形象更加鲜明，含义更加隽永和深远。在人的心灵世界里，世界是一幅无穷变幻的图景，现实的世界从来就不是千篇一律、千人一面的固定样子。艺术语言所建构的"虚拟的世界"是非现实的"可能的世界"，它来自心灵的召唤，诉诸美的感受，可以超越现实世界的世俗和丑恶，达到精神的超脱和圆满。例如，我国传统经典戏剧《梁山伯与祝英台》，梁祝二人在现实生活中的爱情悲剧被最后一场"化蝶"一下子升华到艺术审美境界，这里的艺术虚构，与人们心灵的审美期待达成了深层次的契合。又如文艺复兴时期意大利诗人但丁的著名诗作《神曲》，以长诗的形式叙述了自己的一个梦境，通过作者与地狱、炼狱以及天堂里众多著名人物的对话，反映了当时社会的诸多发人深省的问题，对中世纪严酷的教会统治进行了谴责。再如英国18世纪著名作家乔纳森·斯威夫特创作的《格列佛游记》，通过船长格列佛在利立浦特、布罗卜丁奈格、飞岛国、慧骃国的奇遇，用丰富的讽刺手法和虚构的幻想写出了荒诞而离奇的情节，揭示了18世纪前半期英国统治阶级的腐败和罪恶。还有英美伟大的诗人、剧作家、诗歌现代派领袖T.S.艾略特，他早期的意识流诗歌《荒原》和之后为他赢得诺贝尔文学奖的组诗《四个四重奏》，都完美地体现了他自己的文学主张："想象的逻辑"和"想象的秩序"。

正因为有了艺术语言和非艺术语言各自所建构的世界，现实世界及其构成的规律、规则得以被发现、认识和利用，我们的物质世界和精神世界同时得到充分发展。如历史学家忠实地记录下现实世界发生过的种种有价值的事件和人物，理性地描述种种史实，不能掺杂个人好恶和评价，力求真实地还原历史上的"现实世界"。现实的真，或许缺乏某种典型性，与人们心底里的愿望并不吻合，不能满足人们的审美期待和精神需求。而在艺术语言构建的世界里，堂吉诃德可以冲向风车与之作战，孙悟空可以有七十二般变化，驾筋斗云瞬间可去十万八千里。作家从现实的世界里取来材料运用艺术的建构方法进行搭建，塑造出现实世界里并不真实存在的艺术形象，如《堂吉诃德》《百年孤独》《变形记》等作品中的人物形象，这些陌生世界里的一切虽然在现实世界中并没有复本，但它们距离人的情感世界却是最近的，由于体现了人类情感的真实而令人觉得更加"可能"和"真实"，给人的印象和影响更深更大。无论是小说中的艺术形象，还是诗歌散文中的情境意象，无不是靠了这种"虚拟性"而脍炙人口，永存于人们心中。

三、语言符号的审美性

艺术语言是审美的符号体系，在特定语境中，精微地传递着语义学信息和美学信息，而且，其语言形式也具有一定的审美价值，例如诗词，音韵、节奏、排列等形式本身就是美的要素，能够给人带来美妙的感受。艺术语言能够具体而准确地表现人内心深处的状态，表现人类情感的多样性（喜怒哀乐等）、复合性（多层次、多色调的情感交融）和多变性（不稳定状态）。概括起来，艺术语言除了符合准确、生动鲜明的一般要求外，在形式上还具有以下审美特征。

（一）可逆的语义美

艺术语言中语言单位的语义是通过复杂的多层转化而显现的。这里的"多层"，是指语义变化的多层次转化，"可逆的语义美"指的是语句具有一种既不排除矛盾、也不排除中间状态的可以逆转的语义关系，或亦此亦彼，或非此非彼，或亦是亦非，乍看不合情理，甚至具有某种荒诞色彩，但细思后有所悟，其中蕴含的道理往往揭示出情感的复杂性和隐秘性，看似矛盾的表达，却将语言的生命和活力充分释放出来。例如，汤显祖在《牡丹亭记题词》中写道："情不知所起，一往而深。生者可以死，死可以生。生而不可与死，死而不可复生者，皆非情之至也。"在这几句中，每一个肯定都包含了否定，每一个希望都预示了绝望，每一个绝望包含着希望，生生死死无期无终，剧情中所有的矛盾都为"生者可以死，死可以生"所统一。这样艺术化语言，被后世广为传诵，可谓心灵同频共振的经典之语。作者塑造的杜丽娘形象，大胆追求个性幸福，敢与封建婚姻制度相对抗，她的"一往而深"的爱情，她由生而死、由死返生的遭遇，构成凄婉的奇幻意境。可逆性的语言，能把艺术世界难以名状的复杂性直接昭示出来，它同时也是对人类所处的生存困境的艺术化呈现。英国当代诗人西格夫里·萨松曾写过一行不朽的警句："In me the tiger sniffs the rose."（我心里有猛虎在细嗅蔷薇）。这行诗具体而又微妙地表现人性中两种相对的本质，更表现这两种本质的调和。人性通常具有两面：其一如苍鹰，如飞瀑，如怒马；其一如夜莺，如静池，如驯羊，所谓雄伟和秀美、外向和内向，所谓"金刚怒目，菩萨低眉""静如处女，动如脱兔"，所谓"骏马秋风冀北，杏花春雨江南"，这些话都看似相反，实则乃相辅相成。

艺术语言的可逆之美还表现为先肯定，再否定，再肯定，再否定，直至推进到终极思考。再如泰戈尔（Tagore）风靡全球、广为传诵的名诗 *The most distant way in the world*（《世界上最遥远的距离》）。全诗采用层层对比的手法，同时步步回首，不断否定前面肯定过的，引领读者逶迤而行，直到最后，才顿时大悟，原来世界上最遥远的距离是心与心的距离。

小说中的叙述语言同样充满了意义的可逆性。在大多数的作品中，正是随处可见的情节逆转关系决定了叙述语言的可逆性。如陀思妥耶夫斯基的《罪与罚》中的拉斯柯尔尼科夫，他就处在超人理想与犯罪意识的矛盾性之间；《白痴》中的娜斯塔西亚，她承认自己是堕落的女人，却又自我开脱、自我肯定，陷入对立念头不停地冲突交锋的境地。作者把对立的矛盾都综合在同一个人的意识里，创造出具有深度可逆性的叙述话语。

（二）艺术语言符号的风格美

艺术语言的风格是指出于表达特定情感的需要，有意识地选择相应的语言手段所形成的表达形式。

1. 调性美

艺术语言所拥有的音乐性，是我们能够普遍感受到的。艺术语言的调性美是指语言的音响、韵律、节奏、语调等要素，与作品所表达的情感结构合拍，读起来朗朗上口，听起来悦耳动听。诗歌在这方面尤为突出。散文、小说、戏剧文学等其他的文学样式在语言的韵律、节奏等方面，不如诗歌要求那么严格，但有功力的作家同样重视对调性美的追求。如《红楼梦》中贾赦欲强娶鸳鸯为妾，鸳鸯不从。贾赦诬陷她想宝玉，鸳鸯当着贾母和众人面说："我这一辈子，别说宝玉，就是'宝金''宝银''宝天王''宝皇帝'，横竖不嫁人就完了！……"两字三字，节奏短促，情绪愤激，掷地似有金石声。美国学者劳·坡林指出：任何一首好诗总是定在一个基调上。如苏轼的《江城子·密州出猎》："老夫聊发少年狂，左牵黄，右擎苍。锦帽貂裘，千骑卷平冈。"首句是按主谓宾次序排列，其他分别按时间和逻辑顺序排列,形成一种朴素、自然、明白、晓畅的语调,加上所押是江阳辙,读起来更是洪亮有力,掷地有声。

又如美国现代诗人罗伯特·弗罗斯特的小诗《雪尘》,虽然只有八句,却音韵和谐,节奏明快,画面晴朗:

> The way a crow
>
> Shook down on me
>
> The dust of snow
>
> From a hemlock tree
>
> Has given my heart
>
> A change of mood
>
> And saved some part
>
> Of a day I had rued

译文:道上的一只乌鸦

向我俯冲而下

一尘落雪

从铁杉树上飘下(作者注:铁杉树因为常见于坟场,常代表死亡)

我原本沮丧的心房

因这落雪而豁然

赶走了一部分

我今日的颓废阴暗

这是一首即兴小诗,不见任何形容词,甚至也没有明喻或隐喻,但成功地在读者的内心深处描绘了一幅美丽的图画,浑然天成,不留琢痕。或写景,或抒情,表现了一种乐观的心态。

再如莎士比亚的一首十四行诗:

> Like as the waves make towards the pebbled shore,
>
> So do our minutes hasten to their end;
>
> Each changing place with that which goes before,
>
> In sequent toil all forwards do contend.
>
> Nativity, once in the main of light,

Crawls to maturity, wherewith being crown'd,

Crooked eclipses' gainst his glory fight,

And time that gave doth now his gift confound.

Time doth transfix the flourish set on youth

And delves the parallels in beauty's brow,

Feeds on the rarities of nature's truth,

And nothing stands but for his scythe to mow:

And yet to times in hope my verse shall stand,

Praising thy worth, despite his cruel hand.

译文：像波浪滔滔不息地滚向沙滩，

我们的光阴息息奔赴着终点；

后浪和前浪不断地循环替换，

前推后拥，一个个在奋勇争先。

生辰，一度涌现于光明的金海，

爬行到壮年，然后，既登上极顶，

凶冥的日食便遮没它的光彩，

时光又撕毁了它从前的赠品。

时光戳破了青春颊上的光艳，

在美的前额挖下深陷的战壕，

自然的至珍都被它肆意狂喊，

一切挺立的都难逃它的镰刀：

可是我的诗未来将屹立千古，

歌颂你的美德，不管它多残酷！

十四行诗（Sonnet）源于中世纪民间抒情短诗，13、14世纪流行于意大利，以意大利彼特拉克（Francesco Petrarch）为代表人物，十四行诗每行十一个音节，全诗一节八行，加一节六行，韵脚用 abba、abba、cde、cde 或 abba、abba、cdc、dcd。前八行提问，后六行回答。后来，怀亚特（Thomas Wyatt）将十四行诗引入英国，五音步抑扬格，全诗三个四行，一个二行，前三节提问，后两句结论。莎士比亚

第二章 艺术语言的美学特质

这首诗的主题是感叹时间的无情，抒写诗歌的不朽和永恒。诗人一开始便以生动的视觉意象为比喻，吸引了读者的注意力。诗人除了用大海波浪的滚滚向前比喻人生时光的无情流淌、生生不息外，还用了太阳的金光被日食遮住做比喻，说明时光无情消逝，一切美好的东西和青春都不会永远停留，而会随时间的流逝而迅速消逝。"And delves the parallels in beauty's brow"这句，比喻时间会使青春美貌老去，显示出时间强大的破坏力。诗人又用了三个喻体来比喻时间，如时间的流逝就像镰刀的收割等，这些比喻暗示了时间的无情和残忍，给人以痛而快的感觉。像通常十四行诗的结尾一样，诗人在最后做了结论：时间残酷，但他的诗将屹立千古，歌颂"你"的美德。这个"你"有不同解释，但笔者认为这里理解为一个泛指的代词较为合适。

小说也不例外。张承志《黑骏马》里对大草原的描写："辽阔的大草原，茫茫草浪中有一骑在踽踽独行。"凝重、缓慢的语调能使我们产生一种崇高感。

2. 语势美

艺术语言的每一个言语单位都内含着一种语势，它和语调一样，都是由语句横向方面的联合而构成的语流场的一种表现。作家的思想感情、身世经历、艺术爱好等，都会或隐或显地体现在对语言表达手段的选择和运用中。刘勰说："夫情动而言形，理发而文见，盖沿隐以至显，因内而符外者也。然才有庸俊，气有刚柔，学有浅深，习有雅郑，并情性所铄，陶染所凝。是以笔区云谲，文苑波诡者矣。"[1] 个人才、气、学的差别以及个人情性的不同，会导致语言语势的差异。李白和杜甫就有所不同。李白豪放不羁，发言为诗，就表现为驰骋奇特丰富的想象力，大量地运用拟人和创造性地运用夸张、比喻，并且多采用古诗的形式，摆脱律诗的束缚，以自由舒畅地抒发自己的情怀。在李白笔下，物我两忘，情景交融，主观与客观完全融为一体。他诗中的风花雪月，浸透了他富于个性的独特的思想感情，具有极其强大的艺术感染力。正因为李白的物我两忘，他的诗歌常常异峰突起，运用奇特的夸张、峭拔的比喻以及飞流直下的贯通语势，给人留下了不可磨灭的印象。正是大量地对夸张、比喻、拟人等修辞手法的超常运用，使李白的诗歌语

---

[1] 冯春田.文心雕龙释义[M].济南：山东教育出版社，1986：154.

言具有深深的个性印记，形成了他的诗歌语言豪迈奔放、俊逸不羁的语势。杜甫则不同，他的目光始终注视着现实中的社会和人生，那深沉的个性转变为沉郁的艺术风格，形成沉郁顿挫的诗风；沉郁中融合了感伤和思考，因其内心情感犹如地火一般，只从诗句中点滴渗透，从而呈现一种深广沉郁的忧愤色彩；同时，杜甫的身世遭遇又使他的诗歌中隐含着特有的苍劲硬朗的风骨。这样的风格形成了杜甫诗歌语言与众不同的朴素、平实而凝重深沉的语势。

威廉·布莱克（William Blake）是英国18世纪最伟大的浪漫主义诗人，他的诗作对后世产生了深远的影响。*The tyger*（《老虎》）是一首脍炙人口的小诗，诗人以清新的民歌体和奔放的无韵体抒写理想和生活，语势畅达，连连追问，形成起伏跌宕的语脉。

Tyger! Tyger! Burning bright
In the forests of the night!
What immortal hand or eye
Could frame thy fearful symmetry?
In what distant deeps or skies
Burnt the fire of thine eyes?
On what wings dare he aspire?
What the hand dare seize the fire?
And what shoulder, and what art,
Could twist the sinews of thy heart?
And when thy heart began to beat,
What dread hand, what dread feet?
What the hammer? What the chain?
In what furnace was thy brain?
What the anvil? What dread grasp
Dare its deadly terrors clasp?
When the stars threw down their spears,
And water'd heaven with their tears,
Did He smile His work to see?

第二章 艺术语言的美学特质

Did He who made the lamb make thee?
Tyger! Tyger! Burning bright
In the forests of the night!
What immortal hand or eyes
Dare frame thy fearful symmetry?

译文：老虎！老虎！黑夜的森林中
燃烧着的煌煌的火光，
是怎样的神手或天眼
造出了你这样的威武堂堂？
你炯炯的两眼中的火
燃烧在多远的天空或深渊？
他乘着怎样的翅膀搏击？
用怎样的手夺来火焰？
又是怎样的膂力，怎样的技巧，
把你的心脏的筋肉捏成？
当你的心脏开始搏动时，
使用怎样猛的手腕和脚胫？
是怎样的槌？怎样的链子？
在怎样的熔炉中炼成你的脑筋？
是怎样的铁砧？怎样的铁臂
敢于捉着这可怖的凶神？
群星投下了他们的投枪。
用它们的眼泪润湿了穹苍，
他是否微笑着欣赏他的作品？
他创造了你，也创造了羔羊？
老虎！老虎！黑夜的森林中
燃烧着的煌煌的火光，
是怎样的神手或天眼
造出了你这样的威武堂堂？（郭沫若译）

反复朗读他的诗歌，能够清晰地感受到诗人在用韵上精心的选择，他运用的阳韵和头韵，读起来给人以铁砧般掷地有声的音乐美，字里行间锤击出强有力的猛虎意象。全诗采用aabb韵，共24行，有21行运用了单音节词汇作为韵脚，如"bright""night""art""heart""beat""feet"等等，单音节词尾构成了阳韵，给人坚定有力的听觉感受。诗中运用的典故和象征，表现了威武堂堂的老虎，具有反叛精神的革命者的意象。"老虎"是森林之王，它的公众象征意义就是威严与权力，象征人世间某种可怖的力量；"羔羊"代表无邪、纯洁、温顺和谦逊。在这首诗中，威武堂堂、活力四射的"老虎"，具有多重个人化的象征意义，诗中多次重复的疑问句式，进一步渲染了老虎非凡的身世、神勇的胆魄，衬托了老虎强大的意象，映射出老虎背后的缔造者宏伟的胸襟和犀利的目光。

3. 朦胧美

艺术语言是审美意识的物化形式。客观事物自身存在的模糊性、作家主体意识的个性化模糊体验、读者欣赏活动中的再创造特点，都决定了文学作品中塑造的形象带有不同程度的朦胧情状。在文学作品中，作家往往着意给语言蒙上一层模糊色调，用以描绘景物的互变性、事物的兼有性、意象的多义性和精神的复杂性。陶渊明的名诗："采菊东篱下，悠然见南山，山气日夕佳，飞鸟相与还。此中有真意，欲辨已忘言。"何谓"欲辨已忘言"的真意呢？作者仅仅点到为止，不直接说出来，让读者自己去思索、品味其中蕴含的那种只可意会不可言传的模糊情态。可以想见，如果这里用直而白的语言去表达，其美感价值就会消失殆尽。

语言的朦胧模糊并非仅仅指语言形式与语言意义的对应关系不明确不具体，而是一种最能体现艺术语言美感的表达形式，在特定语境中，往往越是朦胧，越是能收到精微奥妙的表达效果。

艺术语言的情感性决定了语言朦胧的美学特征。例如，贺铸《青玉案·凌波不过横塘路》："若问闲情都几许？一川烟草，满城风絮，梅子黄时雨。"词人要表达他的闲愁恨绪很多，但闲愁恨绪本身是个无法度量之物，如何准确地表现它的量呢？虽然词人连用了三个比喻："一川烟草，满城风絮，梅子黄时雨"，但是从这样的表达中，似乎并没有给出一个"闲情"是"几许"的量来，然而，也正是这种模糊语言准确地表达了词人的意思，草、絮、雨都是多到不可胜数、难以计

第二章 艺术语言的美学特质

数的意象，从而使语言的模糊与表达达到了完美的统一。

艺术语言的朦胧美，实际上对于读者来说是一种"空白"，使读者主动去解读，去体验独特的美感享受。

20世纪美国新诗运动带来了诗歌风格流派的兴起和繁荣，其中意象派就是一个重要流派。意象派诗歌受到法国象征主义流派的启发，同时也兼收并蓄，吸收了中国古典诗歌、日本俳句以及普罗旺斯诗歌的特点，主张以意象作为诗歌的基本单位，可以一连串意象并置，直接表现所观察到的事物而不加任何评论和解释，出现了以庞德（Ezra Pound）为代表的一批意象派诗人的作品，把诗歌的朦胧模糊美推到了极致。例如庞德的短诗《在地铁站》：

In a Station of the Metro

The apparition of these faces in the crowd;
Petals on a wet, black bough.

作为意象派诗歌的重要作品，《在地铁站》不仅是庞德的代表作之一，而且也是西方现代诗歌中极为重要的作品之一。令人惊奇的是，就是这短短的两行诗，却引起了中国翻译界强烈的好奇心，出现了众多的翻译版本，堪称诗歌翻译史上的一大奇迹。如赵毅衡译为"人群中这些面庞的闪现／湿漉的黑树干上的花瓣。"飞白译为，"这几张脸在人群中幻景般闪现／湿漉漉的黑树枝上花瓣数点。"罗池译为"人潮中这些面容的忽现／湿巴巴的黑树丫上的花瓣。"裘小龙译为"人群里忽隐忽现的张张面庞，／黝黑沾湿枝头的点点花瓣。"和"人群中这些脸庞的隐现／湿漉漉、黑黝黝的树枝上的花瓣。"张子清译为"出现在人群里这一张张面孔／湿的黑树枝上的一片片花瓣。"江枫译为"这些面孔似幻象在人群中显现／一串花瓣在潮湿的黑色枝干上。"郑敏译为"这些面庞从人群中涌现／湿漉漉的黑树干上花瓣朵朵。"流沙河译为"人群里这些脸忽然闪现／花丛在一条湿黑的树枝。"余光中译为"人群中，这些面孔的鬼影／潮湿的黑树枝上的花瓣。"洛夫译为"人群中千张脸孔的魅影／一条湿而黑的树枝上的花瓣。"张错译为"人群中一张张魅影的脸孔／湿黝枝干上片片花瓣"。其中杜运燮的翻译"人群中这些面孔幽灵般显现／湿漉漉的黑枝条上朵朵花瓣"广为流传。我国诗人对于这一首诗歌的翻译热情表明，这首短诗不但在西方现代诗歌中占有重要的先锋地位，而且对于中国现代诗歌如何借鉴古典诗歌的意象手法也具有重要意义。

《在地铁站》的创作经过也像这首诗一样简单。1913年，庞德经过巴黎的地铁站时，面对涌动的人群时勃发出了创作的冲动。最初，他写出了30行的诗歌，但是经过多次删改后，就剩下现在的两行。短短的两行诗，包含了丰富的内容与诗人独特的美学意蕴，可谓是高度凝练的语言形式，也由此获得了最为丰厚的意蕴。

4. 情调美

情调是基于一定的思想意识而表现出来的感情格调，通常指人的感觉、知觉的情绪色彩，往往来源于人的某种情绪体验。如有些视觉、听觉、嗅觉和愉快兴奋的体验相连，有些则和厌恶、烦闷相通。艺术语言的创作者、接受者以及所涉及的对象无一例外是人和以人为主题的人和事，这就使得艺术语言成为人的情感载体，成为情绪、体验、感受的投射体。人所能产生的种种情调，或忧伤怅惘、甜蜜缠绵，或欢快轻松、悲怆压抑，或嘲讽诙谐、平淡旷达，等等，全部投射在艺术语言创造的形象上，编织进字里行间，在语言形式上凝结为一种情调、一种意味。语言情调是作家情感情绪的投射，它的形成当然也离不开语言本身的运用。语词的排列组合、句式的剪裁、种种语言技巧的运用，都是生成语言情调的重要手段。

我们由此可以看到，人们借助普通语言和科学语言的词汇系统，运用规范的语法体系去认识和解读世界、传播知识，从而形成理性知识的有机整体，使得世界成为可以认识把握的对象；而艺术语言所创造的则是迥然不同的另一世界，即审美的艺术世界。它是一个形象体系和情感体系，是一个具有不确定性和非理性的审美世界。这个审美世界具有意象美、空灵美、神韵美，艺术语言正是凭借艺术审美之力，以它纷繁复杂的形象、变化多端的意象，以丰富的审美表现，尽情挥洒情感之真纯，充分激活了人的想象力，引领读者进入审美的王国。可以说，正是因为艺术语言的审美功能，才使人得以"诗意地栖居在大地上"。如果说非艺术语言是我们把握物质世界，通向现实的一条通道，那么，艺术语言则是我们感悟精神世界，通向理想的一条通道。

第三章　艺术语言的意指

　　结构主义语言学认为，任何符号的结构都由两个要素构成：能指和所指。早在我国先秦时期，诸子和名辩家们就提出了所谓"正名"的问题，这就是著名的名实之辩。名与实指的是语言与世界的关系。儒家的观点认为语言符号系统就是"名分"，所谓世界就是上下有别的社会秩序，"实"可变，"名"不可乱。道家认为"世界"既不是现实的社会秩序，也不是可以眼见的客观实际，而是超越经验的"道"和"无限"。墨家主张"闻之见之""取实于名"，即从实际出发，现实的世界是基础，语言符号不过是现实世界的反映，现实情况发生了变化，语言符号自然要发生变化，主张"非以其名也，以其取也"，强调对事物本身的把握。他们对名实问题的看法，都染上了社会伦理和现实政治的色彩。名实问题的论争渐渐发展到知识论和逻辑学的探讨中，成为当时哲学中的重大问题。我国古代的语言研究，目的性非常明确，主要是本着为解经释义服务的，强调的是语言符号与客观实在的相对应性。

　　在西方，语言学研究大致分为三个阶段：古典时期；19世纪比较历史语言学时期；以瑞士语言学家费尔迪南·德·索绪尔为开端的现代时期。古典时期的语言学研究是偏于实用的、历史考证的和规范性的，方法也是偏于经验主义的，其使用的概念大都来自古代哲学。语言始终是思辨的对象，而不是观察的对象。人们不关心研究和描述语言本身，语言学研究的方向是外在于语言的。其实，在西方古典时期和我国清末以前，语言研究都局限于经籍语言考据方面。19世纪比较历史语言学主要是对印欧语系的比较研究，作为当时科学实证精神下的产物，它主要注重实验方法和一定法则的探讨。从索绪尔开始，语言学研究进入到现代阶段。以索绪尔为代表的新时代语言学致力于语言本身一般法则的研究。这些一般法则的研究的总和即为语言的系统和结构。由于受索绪尔确定的语言学研究对象，即语言学只研究语言而不研究言语的理论影响，语言学的研究长期以来为语言而研究语言，现代语言学研究基本上是对语言符号的一种静态研究。

无论是我国古代还是西方，对语言的研究都主要集中在语言符号的第一系统上，也就是语言学上所说的普通语言，主要研究普通语言符号自身的结构和意指关系。

随着人们对世界认识的逐渐加深，丰富多彩的大千世界和深邃难表的主观世界已经无法用有限的语词来表达，所以就产生了各种各样的超常组合和超常搭配。对艺术语言的研究，虽然在我国古代没有建立系统的理论体系，但人们很早就对它有所认识。传统训诂学除了注重词义的探求与诠释之外，也很讲究言外之意的体认和阐发。言外之意是语句本身未能直接表达出来的一种意义，它隐含在字里行间，潜藏在语句背后。在我国古代文论中，早就有"立象以尽意""弦外之音""味外之旨"等说法，这些都说明语言的艺术化表达早已引起人们的注意。

由于艺术语言和普通语言不处于同一平面，即普通语言属于第一层次上的符号系统，而艺术语言属于第二层次上的符号系统，那么，两种语言的意指关系也肯定不同，即普通语言的意指属于直接意指，艺术语言的意指属于引申意指，二者有着不同的意指构建的特性与规律。

一、艺术语言的意指属于引申意指

一切符号的形式都与符号的内容相对应，即能指与所指对应，它们的统一体就是符号。对于普通语言来说，语言符号的形式（能指）和语言符号的内容（所指）是对应的，稳定的；而艺术语言符号的形式（能指）和内容（所指）虽然有对应性，但它不是直接的对应，而是间接的对应。它的能指和所指之间的距离很大。当语言符号的能指和所指的对应关系发生偏离时，原来符号的所指产生新的意指，获得更深一层的意义，这时就会使语义跳脱辞面，增添含蓄隽永的艺术美感。中国古代诗词中有大量意象生动形象的例子，形成了很多脍炙人口的意象，其蕴含的意义往往相沿成习、约定俗成，例如杜甫《月夜忆舍弟》："露从今夜白，月是故乡明。"

如图3-1所示，我们可以清楚地看到，艺术语言的意指是一种引申意指。由于艺术语言的符号系统具有二重性，"月"在艺术语言的文本中，便具有双重意指。

第三章 艺术语言的意指

在第一层次里,"月"的概念意义是月球的通称,指地球的一颗卫星,其符号形式 yuè(能指)与"月球的俗称"(所指)这一符号内容相对应,这时的符号内容是直接意指;而在第二层次中,也就是在艺术语言的文本中,"月"却获得了"思念"这一新的符号内容,这便是引申意指。

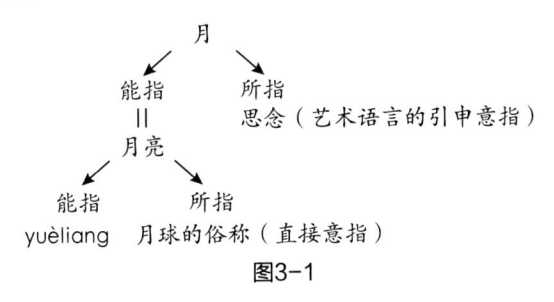

```
              月
           ↙     ↘
        能指      所指
         ‖       思念(艺术语言的引申意指)
        月亮
       ↙   ↘
     能指    所指
    yuèliang  月球的俗称(直接意指)
```
图3-1

英国语义学家杰弗里·利奇(Geoffrey Leech)的《语义学》曾将语言的语义现象分为七种类型[①]。第一是理性意义,即通常所说的词的直接指示的意义或本义,它是逻辑的、认知的或直指的内容,所以可以称为逻辑意义和认知意义,还可以称为词典意义;第二是内涵意义或称引申意义,它是借助语言指称者传达的意义,即一个词语所指的事物包含的许多附加的特性;第三是风格意义或称社会意义,它是有关语言使用的社会环境所传达的意义;第四是情感意义,它是指有关说写者感情和态度所传达的意义;第五是反射意义或称反映意义,它是指借助于同一表达的其他意思的联想所传达的意义;第六是搭配意义,是指一个词语习惯上与另一个词语搭配后所产生的意义;第七是主题意义,指说写者借助组织信息的方式所传达的意义。

普通语言主要由第一种概念意义构成,而艺术语言是表现在第一类意义之外的、非直接意指的意义,统称作引申意义。直接意义和引申意义的二分法自约翰·穆勒的逻辑学起就已广泛为人们接受。只是他使用的语词与结构语义学传统内所使用的语词有所不同,他使用"外延范畴"和"内包范畴"与结构传统语义学中的"直接意指"和"引申意指"相对应。他们认为语言单位所拥有的意义,有些是由语言结构本身确定的,而有些是依照社会心理联想习惯形成的,具有较大的弹性。这两

[①] 杰弗里·利奇. 语义学[M]. 李瑞华, 王彤福, 杨自俭, 等, 译. 上海:上海外语教育出版社, 1987.

个语义领域的组织机理非常不同。直接意义（概念意义）是与语词直接联系在一起的，具有现实性，引申意义是在附加的条件下才出现的，具有潜在性。

丹麦语言学家叶尔姆斯列夫把直接的所指叫作初级的，把引申的所指称为二级的。也就是说，语词的意义有直接和间接之分，两种意指方式完全不同。巴尔特根据叶尔姆斯列夫的观点对引申意义问题做了专门的研究。得出了这样两个有关引申意指的符号原理。他用 E 代表表达形式平面，用 C 代表表达内容平面，用 R 代表两个平面间的意指关系，这样得到 ERC 意指关系系统。他说："现在我们假定，这样一个系统 ERC 本身也可以变成另一系统中的单一成分，这个第二系统因而成为第一系统的引申。"① 他的意思是第一系统 ERC 可以变成第二系统的表达平面。这样就转化出式1：

$$\begin{array}{l}\text{第二系统：E R C}\\ \qquad\qquad\ \|\\ \text{第一系统：ERC}\end{array} \qquad\qquad (式1)$$

第二系统可以重新写成（ERC）RC。式1中第一系统构成了直接意指平面，第二系统构成了引申意指平面。引申意指的意指系统是一个其表达平面本身由一个意指系统构成的系统。另外，这两个意指系统还有一种连接方式，即第一系统成为第二系统的内容平面。这时，又可以转换出式2：

$$\begin{array}{l}\text{第二系统：\ \ E R C}\\ \qquad\qquad\quad\ \|\\ \text{第一系统：\ \ \ \ \ ERC}\end{array} \qquad\qquad (式2)$$

式2还可以写成 ER（ERC）。这是元语言的表示法。巴尔特说："一种元语言是一个系统，它的内容平面本身是由一个意指系统构成的。"② 引申意指符号学中，第二系统的表达平面是由第一系统中的记号构成的。在元语言中则相反，第二系统的内容平面（所指）是由第一系统中的记号构成的。

前面举的例子"月亮"可以代入式1，具体表示如下：

---

① 李幼蒸．理论符号学导论 [M] 北京：社会科学文献出版社，1999：294．
② 李幼蒸．理论符号学导论 [M] 北京：社会科学文献出版社，1999：294．

· 第三章　艺术语言的意指 ·

第二系统：　　　　　　E　　　　　R　　　　　C
　　　　　　　　　　　月亮　　引申意指关系　　思念
　　　　　　　　　　　　　　　　‖
第一系统：　　　E　　　　　　R　　　　　　C
　　　　　　yuèliang　　直接意指关系　　月球的俗称　　　（式1'）

"月亮"在第一系统中，其表达形式平面为yuèliang，表达内容平面为"月球的俗称"，二者之间的关系为直接意指关系。而"月亮"在第二系统中则变成了表达形式平面，其表达内容平面为"思念"，二者之间的关系为引申意指关系。

我们将"mouse"一词代入式2，具体表示如下：

第二系统：E　　　　R　　　　　C
　　　　[maus]　引申意指关系　a part of computer（鼠标）
　　　　　　　　　　‖
第一系统：　　　E　　　　　R　　　　　　　C
　　　　　　[maus]　直接意指关系　（a kind of small animal）（老鼠）
　　　　　　　　　　　　　　　　　　　　　　　　（式2'）

"mouse"在第一系统中，其表达形式平面为"[maus]"，表达内容平面为"a kind of small animal（老鼠）"，二者之间的关系为直接意指关系。"mouse"在第二系统中，其表达平面仍然为"[maus]"，而表达内容平面为"a part of computer"，二者之间的关系为引申意指关系。

从"月亮"代入式1得出式1'和"mouse"代入式2得出式2'可以看出，巴尔特的引申意指符号原理与本书用能指和所指的关系对"月亮"和"mouse"的意指关系的分析是一样的。对于语言符号"mouse"（老鼠）来说，它还可以指"a part of computer"（鼠标）；而"月亮"还可以引申指"思念"。这样看起来，"mouse"（老鼠）和"月亮"同时都有直接意指和引申意指，但"老鼠"和"鼠标"都有确定的指示物，它们是科学语言的用法；而"月亮"和"思念"却不同，一个是直接意指，是科学语言的用法，另一个则是引申意指，是艺术语言的用法。这说明在普通语言中，有些语词使用的是直接意指，有些语词使用的是引申意指。而艺术语言的意指只能也必定是引申意指。但是，并非有引申意指的语言就一定是艺术语言，有可能是普通语言，也有可能是艺术语言。我们可以用引申意指原理或能指和所指的关系进行区分。

· 41 ·

直接意指和引申意指是不同构的。一般来说，普通语言的意指属于直接意指，艺术语言的意指属于引申意指，所以，普通语言的意指和艺术语言的意指也不同构。两种相应的语义学也有各自的原则。普通语言的意指属于直接意指，它是语言系统本身的一部分，即语言的内容面上固有的组成部分，其意指方式和内容都是由科学语言的结构本身确定的。而艺术语言的意指属于引申意指，它具有个人性、临时性，与普通语言系统本身无直接联系。例如，现代诗人芦甸所写的《大海中的一滴水》：

我多么渺小，
我是大海中的一滴水；
然而，我骄傲，
我为大海所包容。
海，推动我，
我也推动海。
在暴风雨的袭击下，
我是波涛上飞射的水柱，
我是激流中翻腾的浪花，
我，
永不屈服，
我和兄弟们一同
向风暴作决死的斗争。

风平浪静的时候，
我是一个沉默的工作者，
人们只看见无际的碧蓝，
看不见我……
任何一滴水，
都要归向海，
离开海，
必然死亡！
我多么渺小，
我是大海中的一滴水；
然而，我骄傲，
我为大海所包容……

芦甸的这首诗《大海中的一滴水》若从理性的角度来看，写的是一滴水与大海的关系，似乎与人的精神文化无关。其实不然，这里所写的一滴水与大海的关系（自然）同个人与集体的关系（人类）是对应同构的，这里一滴水和大海，并不是陌生之自然，而是亲切之物，或者说是一种亲切的思想感情，即关于个人与集体、渺小与伟大、必然与自由的辩证思考。这里显示出人类与自然在本质上的同构关系。此诗的直接意指关系是一滴水与大海的关系，而引申意指关系则为个人与集体的关系。它所传递的真正内容是引申意指，直接意指只是作为引申意指的基础。

二、艺术语言意指的构建

艺术语言的意指关系是在艺术语言的能指和所指之间产生的，要弄清艺术语言的意指关系，关键是分析艺术语言的能指构造和所指的特点。语言符号的能指是声音，所指是意义，但在语言表达活动中，符号转化了：原有的符号（声音和意义结合）变成了能指，而所指的具体对象成为它的所指。相反，到了文字中，符号出现了另一种转化：原有的语言符号（声音和意义的结合）变成了所指，而书写形式变成了它的能指。艺术语言属于言语范畴，它的能指和所指是由普通语言的能指和所指转化来的，即普通语言的符号（声音和意义结合）变成了艺术语言的能指，由此生发出新的所指，即艺术语言的所指。

具体分析可参看图3-4：

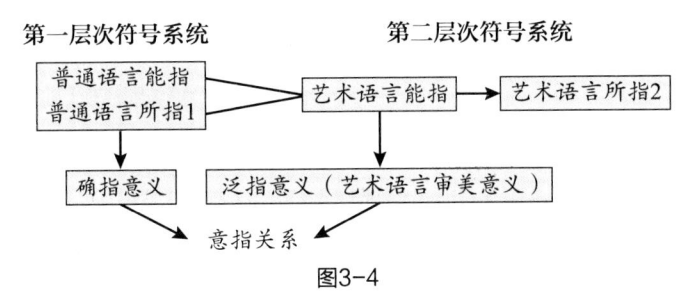

第一层次符号系统　　　　第二层次符号系统

普通语言能指　　艺术语言能指　　艺术语言所指2
普通语言所指1

确指意义　　泛指意义（艺术语言审美意义）

意指关系

图3-4

可以看到，普通语言的意指关系是由普通语言符号系统中的能指和所指体现出来的，艺术语言的引申意指关系是建立在普通语言符号系统中能指和所指的基础上的。

（一）艺术语言能指的构建

艺术语言与普通语言一样，是由能指和所指构成的符号实体。但艺术语言的能指和普通语言的能指不同。在英语所属的拼音文字体系中，普通语言的能指是语言符号的声音（音响），普通语言的能指具有单一性；艺术语言的能指可以分成两个部分，即普通语言符号的声音（音响）与普通语言符号的概念（内容）。可以说，艺术语言的能指是由普通语言的语音能指和所指一起组成的一个大能指。它不仅有语音能指，而且还有语义能指。

1. 艺术语言的语音能指

艺术语言的语音能指与普通语言的能指是相重叠的。前面已论述过艺术语言符号系统具有二重性，第一系统（表层符号系统）是普通语言的符号系统，第二系统（深层符号系统）是艺术语言的符号系统。第二系统是以第一系统为基础的，即艺术语言的符号系统是以普通语言的符号系统为基础的，或者说，艺术语言借用了普通语言符号系统的编码，与普通语言的语音是完全一样的，那么，普通语言的能指就是艺术语言的语音能指。

2. 艺术语言的语义能指

为了交际的需要，普通语言中的语法规定了一套语言的组合规则，即词与词组合构成词组或句子的规则；逻辑学揭示了一套人们思维的形式及其规律。逻辑学源于希腊文 logos，原意主要是指思想、言辞、理性、规律性等。其实，我们现在所说的语法就是一种逻辑语法。相比印欧语系来说，汉语由于非拼音文字的特点，其语法系统与英美语言语法体系的严谨性是不能相比的，其词语搭配的灵活性和互通性，远不是普通语言语法学和逻辑学所描述的那样规整单一，它是个庞大的以"意"为轴心的系统，常常突破语法规则自由组合，形成与常规逻辑的对立，并形成汉语无"法"之"法"的独有特点。艺术语言恰恰就是要寻求形式上与常规语法、逻辑的"对立"，寻找"超脱寻常文字、寻常文法以及寻常逻辑的新形式"[①]，从而营造言外之意蕴，扩大语言表达的张力，创设思想和情感自由翱翔的艺术空间。

艺术语言对普通语言形式上产生的偏离，主要是句法上的偏离。按照规范语言来讲，句子的内部搭配应该一致。诸如主语与谓语、主语与宾语、谓语与宾语、修饰语与中心语等就不可随意搭配，但在艺术语言的表达中却可以使用比拟、比喻、拈连、移就等修辞方式突破常规自由搭配。比如：

秋色正在怀孕呢。　　　　　　　　　　　　（钟敬文《碧云寺的秋色》）

例句中的主语"秋色"与谓语"怀孕"的搭配就不符合语法规范，因为"怀孕"只能是妇女或雌性哺乳动物，"秋色"怎么会怀孕呢？正是这种不合主谓搭配关系的艺术语言才能抒发作者对碧云寺秋天美好景色的感受，这无疑是绝妙的比拟手

---

① 李幼蒸.理论符号学导论[M]北京：社会科学文献出版社，1999：323.

第三章 艺术语言的意指

法。又如：

在高原的土地上种下一株株的树秧，也就是种下一个个美好的愿望。

（《植树歌》）

例句中的"种下一株株的树秧"是符合句法规范的述宾结构，而后一个分句中"种下了一个个美好的愿望"，孤立地看，"种下"在语义上不能与"愿望"搭配，"愿望"怎么能种呢？"种"的宾语应该是具有生命的东西，与无生命、抽象的"愿望"不能组合，但由于它是从前一个分句"种树秧"的"种"拈来"愿望"上的，符合"拈连格"的内部规律。因此，这个表面上看起来不符合语法规范组合的句子不但没有语病，反而使表达巧妙含蓄，别具一格，更好地抒发了作者强烈的思想感情。再如：

然而悲惨的皱纹，却也从他的眉头和嘴角出现了。 （《鲁迅全集》第二卷）

"悲惨"用于"皱纹"，超常规地组成使用了移就的修辞手法。并非皱纹本身是悲惨的，而是造成皱纹的凄苦生活是悲惨的。

艺术语言语义能指源于艺术语言对句法产生的偏离，句法的偏离导致了语义的偏离。句法的偏离常常表现在词语的异常搭配关系上。朱永生指出，词的搭配关系主要指词与词之间的横组合关系，即什么词与什么词搭配使用，搭配包括固定搭配、常规搭配和创造性搭配。[1] 朱永生认为，搭配既与句法有关，也与词汇有关，但是最重要的也是最值得注意的应该是不同词汇或不同成分之间的语义联系。在艺术语言表达中词语的搭配就属于创造性搭配，即超常（或异常）搭配。这种超常搭配之所以成立，是因为新的词语组合被赋予了新的语义信息，跳出了常规搭配所遵循的思维模式所体现的思维和认知规律，表现新的语义特征。词语的创造性搭配超出了它们之间的语义内容和逻辑规律，是"有理据"地故意违反语言规范，使词语在搭配上因为变异而语义突出，产生新颖别致、富有感染力的修辞效果。这种超常规搭配的模式在长期使用中会形成某种固定模式或特定模式，即通常所说的修辞格。词语的创造性搭配正是以修辞格为依托，突破语言常规限制，却符合逻辑范畴，能够产生注意价值和联想功能，诱使读者透过辞面，寻找内在含义或言外之意，具有很强的语义功能和修辞效能。例如 The milk has turned sour.

---

[1] 朱永生.搭配的语义基础和搭配研究的实际意义[J].外国语，1996（1）：14-18.

（这牛奶已经发酸了），这是常规搭配，符合思维逻辑。但下面这些是偏离常规的独创性表达：play a sour note[奏出刺耳的音调（听觉）]；sour expression[烦躁的表情（视觉）]；He gave me a sour look.[他向我投来酸溜溜的一瞥。（视觉）] 还可以有其他种种搭配：a sour temper（酸脾气）；take a sour view of things（对事物持阴郁的看法）；a sour job（枯燥无味的工作）。甚至也可以用作动词：sour on ballet（不再喜欢芭蕾舞）；sour sb. on sth.（使某人对某事失望）。sour 的语义用到了不同的感官中，这是修辞中通感的修辞方法，正是这种不同感官的错觉搭配，使语义发生了变化，通过调动接受者的不同感觉，达到作者所期待的心理效应。再如，矛盾修辞法也是非常典型的，利用相互对立的语义错杂搭配，造成"突出的荒谬"，体现词语对立统一的语义特征：a wise fool（聪明的傻瓜），living death（虽生犹死），silent scream（沉默的尖叫），big small company（既大又小的公司）。这种矛盾修辞法试图从相互矛盾对立的形象概念中找到其中内在的语义联系，有意使两个对比鲜明的词语并立，形成强烈的反差，给人造成异样的感觉，体会到其中的深意。

艺术语言的"艺术性"就体现在始终追求着语义的"突出"，因此不断地寻求对常规的突破和超越，偏离普通语言的结构和意义，拉大辞面和辞里意义的距离，追求词语"陌生化"搭配。

文学艺术创作中的反规范特点充分体现在创作者对现实对象的有意"歪曲""被表现的现实素材本身必须被'加工'，因此，艺术概念不是通过像镜子似的'反映'现实来直接表现的，而是艺术家对现实素材予以'变形处理'后去传达的。"[①] 所以，艺术语言对现实对象的"歪曲"首先就表现在对普通语言结构的偏离上。

有学者把艺术语言分为广义和狭义两类，认为广义的艺术语言是指各种艺术门类的具体表现手段和方式，可以包括影视语言、绘画语言、音乐语言、舞蹈语言等，狭义的艺术语言专指变异的文学语言。我们认为，影视、绘画、音乐的表达手段本质上只是对"语言"这个概念在符号学意义上的借用而已，并不属于通常意义上的社会交际语言范畴，和修辞语言具有本质的不同。"狭义"的艺术语言是一种深层次的修辞，是在规范的语法和逻辑基础上的一种审美开拓。在语言

[①] 李幼蒸. 理论符号学导论 [M] 北京：社会科学文献出版社，1999：323.

第三章 艺术语言的意指

的组合和结构形式上,艺术语言表现为有意味地偏离常规,故意造成表面意思和暗含意思的错位,而作者所传递的信息恰恰是潜在的信息,这个潜在信息不仅是语义信息,更主要的是传递美学信息,例如人们所熟悉的修辞格:比喻、比拟、夸张、借代、双关、通感、反语等,都是一种深层意义上的修辞,由此构成艺术语言丰富的审美范畴:语音美、语义美、语法美、符号排列美等,共同构成艺术语言的审美体系。

英国语义学家瑞恰慈认为,语言有两种功能,即显示事物的指代功能和唤起情感的情感功能。那么,普通语言自然就是在指代功能上符号式地使用语言,而艺术语言则是在情感功能上感情式地使用语言。鲁枢元在《超越语言:文学言语学刍议》一书中对语言的类型做过一个区分。他认为存在着三种类型的语言,线型语言、面型语言、场型语言。线型语言主要是一种陈述性的语言,它遵循着因果关系和逻辑关系,用来叙述情节的发展,交代事情的过程;面型语言主要是一种描绘性的语言,用来描绘人物、景物和场面;场型语言主要是一种建构性的语言,是一种立体的、空间性的语言,它依赖于表象和意象的自由拼接,它主要作用于作家和读者的直觉和顿悟,从而创生出审美的新质,创生出艺术语言的氛围、气韵、格调、情致。[①]

普通语言属于线型语言,它是一种外指向的语言、指向陈述对象的语言。从信息论的角度来讲,它传达的是语义信息,即词典意义和语法意义产生的信息。艺术语言属于场型语言,它是一种内指向的语言,指向言语活动的内部,指向言语活动参与者的内心。它所传达的信息是审美信息,而审美信息是一种表现自身的信息,它的意义是不确定的,主要是直觉意义和情感意义。比如:

A Grain of Sand
William Blake

To see a world in a grain of sand,

And a heaven in a wild flower,

Hold infinity in the palm of your hand,

---

① 引自余松. 语言的狂欢 [M]. 昆明:云南人民出版社,2000:88.

And eternity in an hour.

一粒沙子
威廉·布莱克

从一粒沙子看到一个世界，
从一朵野花看到一个天堂，
把握在你手心里的就是无限，
永恒也就消融于一个时辰。

从一粒沙子可以看到整个世界，从一朵花能够看到天堂，这分明是一种审美的语言表达，它传递的不是确切信息，而是作者的艺术直觉和审美理想，表达的是一种情感意义。

艺术语言总是返身指向内在心灵世界的，是内在的、自足的。它总是遵循人的情感和想象的逻辑形式，而不寻求与外在客观事实相符。因此，要恰当地理解艺术语言，单从词汇层面和句法层面等外部形态上去寻找艺术语言的语义是不可能的。维特根斯坦提出过一个重要的观点：词的意义不在词本身，不在词的字典上的意义，而在词的用法，一句话概括，"用法即意义"。[①] 这个观点对艺术语言来说特别重要，它的理论内涵是从语言与世界的对应关系转为语言与世界的语境关系，对应关系要求以世界的确定性来限定语言的意义，用语言与世界的精确关系使语言科学化。而艺术语言的意义是语流义变或情景义变产生出来的意义，是由语境决定的。同一个词或同一句话，在不同的语言环境中具有不同的意义。语境的形式主要取决于语言的形式结构，正是在语言的形式结构中，语言的科学性语义才会由所指转变为能指，从而暗示、隐喻、象征出更深层次的语义内涵，使语义构成艺术语言能指的一个重要组成部分。

（二）艺术语言所指的生发及其特点

所指就是符号的内容，能指就是符号的形式，二者是不可分离的。符号的内容必须通过形式表达出来。语言符号的所指要通过语言的能指，特别是通过语音

---

① 余松.语言的狂欢[M].昆明：云南人民出版社，2000：89.

能指表达出来。词是音义的结合体，如这样一句话："这是一棵小草。"其中的"草"就是语音"cǎo"（能指）和词义"高等植物中栽培植物以外的草本植物的统称"（所指）构成的。在科学语言里，词的能指和所指都是稳定的。而在艺术语言里，作家由于张扬了内心感受，从而打破了语言的常规组合，形成了语言的超常搭配和超常组合。比如：

我是一棵无人知道的小草。　　　　　　　　　　　　　（歌曲《小草》）

这句歌词中的"我"和"小草"的变异搭配，使得"小草"一词的能指和所指发生了裂变。它的能指就是"草"这一符号，所指由"草本植物"变成了"弱小的人"。这样，"草"就生发出了新的所指，即"弱小的人"。

艺术语言的所指就是艺术语言的意义。它是由普通语言的意义引申和转移而来的。具体表现在以下几个方面。

1. 艺术语言指称的虚拟性

所谓指称，主要指专有名称和通用名称所指的对象，也包括限定形容词、非限定形容词以及语句所指的对象。"指称"既可以作为动词理解，也可以作为名词理解。作为动词是表示指称行为和过程，表示主体发出某种动作，或者主体施加某种行为；而作为名词，则可表示被指称的对象，即所指。指称常常是指专名、通名、摹状词和语句的外延用法。

专名指一个特定对象的名字，如人名、地名等。"莎士比亚""北京""太阳"等名词都分别指称世界上独一无二的对象，即普通逻辑所称的"单独概念"。它们一般没有内涵意义，即不描述所指对象的属性或呈现方式。普通语言强调专名的唯一性、特称性，艺术语言则凸显专名的普遍性、意指性。例如：

1. Wall Street welcomed this as a sign of determination.

2. Talks between Downing Street.

3. His Waterloo was a woman.

4. Make a Xerox of this report.

5. The British champion finally met his Waterloo when he boxed for the world title.

6. LuXun was considered to be the Gorki of China.

7. 三个臭皮匠，赛过诸葛亮。

在这些句子里，"Wall Street""Downing Street""Waterloo""Xerox""Gorki""诸葛亮"，都不再是它们本身的特定意义，都以转义的形式泛指更丰富的意思了。再如："刚说你两句就掉泪，你也太林黛玉了吧。"其中的"林黛玉"已经转而指向"脆弱、小心眼儿"的替代义了。"难道我成了渥伦斯基、贾琏、李甲式的男人？""It out-herods Herod."（比暴君还暴君。）等，都属于专名指称的泛化或虚指性。

专名与其转义之间可以通过比喻、借代的修辞关系加以明确化，通过这种比喻、借代的关系，甲乙两种事物之间密切关系便以图式的形式存在于人们的意识中，从而一提到一个专名，就让人们自然联想到其喻体或指代对象的功能、特征、品行等。我们说"你读过鲁迅吗？"人们马上在常规关系中找到"鲁迅的作品"这个意思；说"真够雷锋的"和"比阿Q还阿Q"，人们自然而然会在头脑中的常规中找到"助人为乐"和"精神胜利"这些本体特征和道德品行；说到"诸葛亮"人们会联系到"智慧"，说"西施"会联系到"美丽"，等等，举不胜举。在艺术语言运用中，专名不再"专一"，而是在作者所赋予的语境中衍生出人们认知的常规关系之外的泛指的虚拟意义。

结构主义语言学家罗曼·雅各布斯（Roman Jakobson）说过："诗歌的显著特征在于，语词是作为语词被感知的，词和词的排列、词的意义、词的外部和内部形式具有自身的分量和价值。"[①] 艺术语言的词语、句子，都被作者涂上了个人感情色彩，在笔下被自由驱遣着，散发着个性化的光辉。象征主义诗人瓦雷里为了说明诗的语言特点，曾把非文学语言比作走路，把文学语言比作跳舞。他认为，尽管在这两种情况下都是脚的运动，但前者是有一个外在目的的，而后者的目的就在自身，它是为双脚的运动而进行的双脚运动。这就是说，作家运用语言遣词造句目的在于突出内心的思想，指向自身，而不是指向外物，所以，艺术语言永远指向想象的"虚拟"，而不是现实的"真实"。

就语句的指称而言，指的是语句的真值，即语句的对错。这个观点是西方语言哲学家弗雷格（G. Frege）提出来的，他还对语句所表达的思想究竟是语句的意

[①] 伍蠡甫，胡经之. 西方文艺理论名著选编（下）[M]. 北京：北京大学出版社，1985：384.

第三章 艺术语言的意指

义还是语句的指称作出了回答和解释。他的回答是语句所表达的思想是意义；语句的真值，即语句的对错，才是语句的指称。[①]他在论述这个观点时解释说，假定某个语句具有它的指称，如果我们把这个语句的一个词换成另一个具有相同指称、但具有不同意义的词，我们发现这个语句的意义发生变化，而它的指称不受影响。例如，我们把"晨星是一个被太阳照耀的天体"改变为"暮星是一个被太阳照耀的天体"，这时这个语句表达的意义发生了变化，而对语句的指称没有影响。因为任何一个了解晨星就是暮星的人，都明白如果前一个语句是对的，那么后一个语句也是对的。因此，他断定说，语句所表达的思想只能是语句的意义，而不是语句的指称，语句的真值和语句的对错才是语句的指称。[②]从现代语言学的观点来看，科学语言的指称和所指是对等的，日常语言的指称和所指也应该是对等的；当语言的指称与所指不对等、故意错位偏离时，便产生了有意味的艺术的语言。艺术语言的美恰恰是存在于精神存在的可能性、虚拟性之中。以下例子从不同方面体现了艺术语言指称的虚拟性。

第一，艺术语言的指称与非艺术语言的指称相同，而意义不同。有些语言表达指称相同，但所指意义不同。例如"The kettle boils. Hand me the kettle, please."和"The room sat silent." "There are many people in the room."这里，两个"kettle"和两个"room"，看似相同，实则含义不同、指称相同，由此可见，在艺术语言里，意义和指称往往不是一回事。

在艺术语言中，许多看起来与日常语言一样的词语，实际上它的指称也是虚的。例如：

枯藤老树昏鸦，小桥流水人家，古道西风瘦马，夕阳西下，断肠人在天涯。

（马致远《天净沙·秋思》）

在这首诗中，从字面上看"枯藤""老树""昏鸦""小桥""流水""人家"等都是指一般的事物，其实不然，它虽然有指称，但意义却不再是它的字面意义。整首诗没用一个虚词，几乎都是名词组合，这样的超常组合和搭配使诗人的主观感情和客

[①] 涂纪亮. 现代西方语言哲学比较研究[M]. 北京：中国社会科学出版社，1996：369.
[②] 同上.

观物境浑然交融，表现了诗人羁旅他乡、满怀愁绪。正是这种怀乡愁绪点染着秋野夕照的一草一木，从而创造出了一种苍凉萧索的意境。此诗的意义就不再是字面上的意义，而是一种反映在精神上的情感意义，只可意会，不可言传。正如严羽在《沧浪诗话·诗辩》中所说的："如空中之音、相中之色、水中之月、镜中之象，言有尽而意无穷。"[①] 这种指称相同，所指意义不同的艺术语言，拉大了能指和所指之间的距离，创造了空灵之美。使"枯藤""老树""昏鸦""小桥""流水""人家"成为虚拟的物状，借用这种虚拟的物状来表达诗人赋予它们的新的含义。

第二，没有指称，但有意义。在艺术语言表达中，有的词语或语句并没有相对应的指称，但却有意义。如"金色的童年"就没有指称，因为并不存在一个相应的非语言的事物，但它有意义，它的意义是"幸福的童年"。

艺术语言的特点正在于这种指称的虚无性。艺术语言中存在着大量的现实生活中没有的指称，但这种无指称却赋予人们许多现实意义，创造出一种精神美。例如：

> 是一片钥匙打开了往年那箱匣，
> 有白的情，黄的诗，
> 翡翠的希望与水晶的痴。

（朱湘《旧信》）

在这首诗中，"白的情""黄的诗""翡翠的希望""水晶的痴"都是现实生活中没有的，但它们赋予了许多现实意义，使用了移就的修辞，创造了一种精神美，使作者的情感得到了深化。

指称有真假之别，普通语言指称和所指是对等的，得到的是一种实证，是真实的；艺术语言传递的不是真实信息，而是一种美学信息，用虚拟的"象"构成一种意象，透过意象获得艺术语言的意义。

英国著名剧作家 Oscar Wild（奥斯卡·王尔德）是使用艺术语言虚无性的能手。在诗歌 *From spring days to winter* 中写道："silent feet"，但安静的脚踝并不存在，真正的意思是"沉默的人"；在 *By the Arno* 中，他写道："The long white fingers of

---

① 转引自顾建华主编. 艺术鉴赏[C]. 北京：北京出版社，1993：301.

the dawn / Fast climbing up the eastern sky /To grasp and slay the shuddering night"（那疾速攀爬到东方天际的黎明伸出白皙的长手指抓紧并扼杀战栗的夜），此句中名词"fingers"、动词"climb""grasp""slay"、形容词"shuddering"对于黎明和黑夜来说都是虚无的，是现实生活中没有的，但艺术语言的独特性给人以想象的美感；在 Requiescat 中他写道："She can hear the daisies grow"。听到雏菊的生长是不可能的，实则是"看到"或者"感受到"；在 Magdalen Walks 中他写道："The little white clouds are racing over the sky"，"白云的奔走"实际意义是白云在空中快速漂移，这里用拟人化手法使白云具有了人的动态。

2. 艺术语言词义的不确定性

非艺术语言传递的是理性意义，理性意义既有外延又有内涵，是二者的统一，意义是稳定的。艺术语言传递的是美学意义或情感意义，它的指称的不确定性使得它无外延。所以，艺术语言并不一定要有外延意义，其追求的是丰富的内涵意义。艺术语言的意义也就呈现不稳定性，常常发生语流义变和情境义变。例如"儿童是祖国的花朵。""花朵"在语境中产生了语流义变，由"花的总称"的语义变为"未来"的意思。

在长篇小说《傲慢与偏见》中，伊丽莎白对达西这样说："I have never desired your good opinion, and you have certainly bestowed it most unwillingly."（我从来不稀罕你的抬举，何况你抬举我也十分勉强。）这里两个"抬举"，在这个特定语境中含义已经产生了义变，后面的"抬举"显然有了"假惺惺"的讽刺和否定的意味。美国诗人罗伯特·弗罗斯特在诗歌 The road not Taken 末尾写道："Two roads diverged in a wood, and I, I took the one less traveled by, And that has made all the difference."（一片树林里分出两条路——而我选择了人迹更少的一条，从此决定了我一生的道路。）在"人生"的语境中，"road"由"道路"义变为"选择"的意思；莎士比亚在戏剧《皆大欢喜》中写道："All the world's a stage, And all the men and women merely players"，在"世界舞台"的语境中，"player"由"演员"变为"参与者"的意思，等等。

艺术语言在不同情境中的义变，需要读者去悉心领会，从而捕捉到作者隐藏在文字背后的真正含义，去领略艺术语言之美。

3. 艺术语言的多义性

一词多义现象是语言的一大优点。没有多义词的语言是违反语言经济原则的，因为这将无限地增加语言中的词汇，使人的记忆不胜负担。我们需要一种既经济又灵活的词汇系统来表达复杂的人类经验。在科学语言中，语词的多义性由于语言的组合、聚合关系和句法的限定，变成了明确的、稳定的意义。作为艺术语言来讲，虽然它的意义在语境的帮助下会得到确定，但从解释者的角度来说，一种语言表达会产生多种不同的意义。正如香港学者黄维梁在《中国诗学史上的言外之意说》一文中说："诗篇中，一字、一句、甚或全篇可作多种解释，而诸意并行不悖，不但无伤诗意之美，而且有益多姿之趣，其得力处，在一言多意。"[①] 由于艺术语言的意义本身具有泛指性，所以，不同的读者会有不同的理解，甚至一个读者也会从多角度去理解。这样，同一个词语除了它的字面意义之外，还会有多种引申意义。例如：

岐王宅里寻常见，崔九堂前几度闻。
正是江南好风景，落花时节又逢君。

（杜甫《江南逢李龟年》）

此诗中的"落花"一词有多层意义。除了指诗人与李龟年的重逢是在暮春花木凋零之时外，还有三层引申意义。把"落花"作为一个比喻来看，暗指李龟年当初在长安红极一时，如今沦落街头卖唱的不幸身世，这是引申的第一层意思。此诗作于杜甫临死的那一年，他已经是"此身飘泊苦西东，右臂偏枯半耳聋"（《清明二首》其一），穷困潦倒，"落花"作为暮年飘零的隐喻，是杜甫的自我写照，这是引申的第二层意思。杜甫从三十四岁碰上安史之乱，到五十九岁死时，仍是战乱依旧，唐王朝盛世的繁华至此一蹶不振，从象征的角度去理解，"落花"象征着风雨飘摇的时局，这是引申的第三层意思。"落花"一词同时具有四层所指意义，足见杜甫用词的精妙绝伦，难怪《唐诗三百首》将此诗作为杜甫七绝的压卷之作。

这种词语表达的多义性，往往给读者造成困惑，而且在解读时，可以有解，

---

① 骆小所. 艺术语言再探索 [M]. 昆明：云南人民出版社，2001：117.

·第三章 艺术语言的意指·

也可能多解,甚至无解,读者可以不必具体追究,这恰恰是作者有意营造的艺术留白,是留给读者的一种感性体验和参与空间,让读者结合自己的体验和认知去探究思考尽情玩味。"In the dead wast and middle of night."这是哈姆雷特的一句著名台词,句中"wast"一语有多个意义,像是"waste",犹如"waist",又似"vast";"dead"一词可以理解为"wast"和"middle"的共同修饰语,也可以理解为只修饰"wast"。到底是"死一般的茫茫深夜"还是"无聊的漫长深夜"?或者都是?这就交给读者去揣摩,不同的读者可能会有不同的答案,正如"一千个读者就有一千个哈姆雷特"一样,作者相信哈姆雷特不会在读者心里变成李尔王,所营造的由歧义引起的模糊意境能够给读者留下阅读的不定点和广阔的想象空间。

美国作家海明威的一部代表作名为 Farewell to Arms (《永别了,武器》),带有明显的多义性。"arm"本身就是多义词,既可以当"武器",也可以当"手臂"解,有些学者认为该题目一语双关,点明了主人公最终远离了战争,但也失去了一双温暖的手臂——他的爱人。

(三)艺术语言能指和所指之间的意指关系

在科学语言的层面上,能指和所指是社会约定的关系,在解读艺术语言时,读者应该把握上下文的语境,了解作者的创作风格,有意地消除这种公共化、习惯化的意指关系,努力捕捉字面背后的蕴含,体会艺术语言的情调和意味,重新建立新的意指关系。

引申意指涉及语言外的社会文化环境,是文化符号学和语义学的中心问题之一。艾柯的文化符号学对此做了进一步的探讨,提出了广义的文化惯约语义论。他指出,直接意指和引申意指的区别不是单一与多义意指的区别,也不是涉及指称的通信与传达情绪的通信之间的区别。构成引申意指的是其特定的表达方式,其特征是引起进一步的意指,后者按文化惯约方式依赖于前一意指。[①] 这说明引申意指是以直接意指为基础的。直接意指是依存于该语言的语法与词汇结构的,引申意指系统则关系到多重环境因素。艾柯认为,引申意指是"记号载体的内包性

---

① 李幼蒸.理论符号学导论[M].北京:社会科学文献出版社,1999:296.

定义能运用的一切文化单元的结合。"① 利奇在《语义学》中给引申意指下的定义是"一词语借助其超过其纯概念内容所指称者而具有的通信值"。利奇所说的"纯概念内容"就是词典中所规定的基本意义。引申意义就是不稳定的意义，但在特定的语境内却又有其相对的稳定性，所以，任何语词、语句的具体引申意义内容都是语境选择的结果。

在艺术语言能指和所指之间建立新的意指关系是一种有动机的约定方式，实际上是一种主观色彩极强的编码方式，是在原来无根据的能指与所指上加上一种根据性。这种根据性是艺术语言与科学语言的区别特征。艺术语言的能指虽然比科学语言的能指增加了语义能指，但它没有失去所指，而是重新建立了新的意指关系，获得了新的意义。

艺术语言之所以能在能指和所指之间建立起新的意指关系，关键在于艺术语言的组织具有内指性效应、陌生化效应、隐喻性效应和意象性效应等多种效应。内指性效应是艺术语言组织的一个基本特征，它无须外在验证而自己内在自足。陌生化效应的主要功能是解构语言能指与所指间习惯性、固定性的意指关系，把语言置于重新命名的背景中，也即驱使语词去追寻新的所指；隐喻性效应是在能指与所指间重构新的意指关系，重新恢复语言和人的精神世界的联系。意象性效应是指艺术语言的主观之意和客观之象的统一性，辞面所描写的"象"，不是它传递的主要信息，它传递的主要信息是"意"，"意"便是语言的潜在信息。它们的目的都是使艺术语言成为一种生成性语言，从而打破原来固有的语言模式，建立新的艺术语言的殿堂。

1. 艺术语言的内指性效应

内指性是文学语言的一个基本特征，是文学语言的无须外在验证而内在自足的特性。艺术语言，从狭义的角度是指文学语言，所以，艺术语言也同样具有内指性。艺术语言并不一定指向外在客观世界，而往往指向它自身的内在的世界，这与日常语言和科学语言有着明显的不同。例如：

---

① 李幼蒸.理论符号学导论[M].北京：社会科学文献出版社，1999：350.

· 第三章　艺术语言的意指 ·

君不见，黄河之水天上来，奔流到海不复回。

（李白《将进酒》）

诗句"黄河之水天上来"看起来是失真的，因为黄河发源于青藏高原，所以，黄河之水不是从天上来，而是从青藏高原来。然而，李白这一有意"失真"的描述却凸显出黄河的恢宏气势和宏伟气象，使这一诗句成为黄河描述的千古绝响。正是这句不顾事实的夸张和竭尽虚构的描述，才尽情地展现黄河在诗人心中最真实的震撼性体验。这表明，艺术语言总是返身指向内在心灵世界的，是内在的、自足的体系。它总是遵循人的情感和想象的逻辑行事，而并不寻求与外在客观事实相符。

2. 艺术语言的陌生化效应

陌生化主要是指文学语言组织的新奇或反常特性，是对常识的偏离，造成语言理解和感受上的陌生感。根据俄国形式主义文论家什克洛夫斯基（Viktor Shklovsky）的观点，"陌生化"是与"自动化"相对立的。自动化语言是那种久用成习惯或习惯成自然的缺乏原创性和新鲜感的语言，这在日常语言中是司空见惯的。"动作一旦成为习惯性的，就会变成自动的动作。这样，我们的所有的习惯就退到无意识和自动的环境里。"[①] 而陌生化就是力求运用新奇的语言，去破除这种自动化语言的壁垒，给读者带来新奇的感受。

艺术语言的陌生化，在指称上，要使那些现实生活中人们习以为常的东西化为一种具有新的意义、新的生命力的语感；在语言结构上，要使那些日常语言中人们司空见惯的语法规则化为一种具有新的形态、新的审美价值的语言艺术形式。要实现艺术语言的陌生化，不仅要有感受和体验的"新"，还要有语言的"新"。语言的"新"就是要打破语词、语句间固有的组合规律和逻辑规律，造成不合逻辑、不合语法的"陌生化"现象，以摆脱习惯模式，摆脱由语言建立起来的习以为常的知觉经验，使艺术语言的语义处于"无理而妙"的状态，形成新的意指。

艺术语言的陌生化不只是为了新奇，而是通过新奇使人从对生活的麻木状态中惊醒、振奋，恢复对生活的感觉。正如什克洛夫斯基所说："为了恢复对生活的

[①] 维克托·什克洛夫斯基.作为手法的艺术[M]//维克托·什克洛夫斯基，等.方珊，等，译.俄国形式主义文论选.北京：生活·读书·新知三联书店，1989：1-11.

感觉，为了感觉到事物，为了使石头成为石头，存在着一种名为艺术的东西。艺术的目的是提供作为视觉而不是作为识别事物的感觉；艺术的手法就是使事物陌生化的手法，是使形式变得模糊、增加感觉的困难和时间的手法，因为艺术中的感觉行为本身就是目的，应该延长。"①

艺术语言中常常使用陌生化效应，有的是词的动态使用，有的是对客体描写的变形，有的是对语法的偏离，这样就拉大了辞面和辞里的距离，从而产生一种神奇和新异的效果。例如：

> 雕塑是凝固的思想，是立体的音乐，是心灵之花的写照，是跌宕的思想和飞扬的情感在空间的定格。
> （赵丽宏《为石头流泪》）

在日常生活中，雕塑就是雕塑。但在上例中，作者用"思想""音乐""写照""故事""定格"等抽象的概念来定义雕塑，使一般的雕塑陡然间与我们产生了一种距离，变得相对陌生起来，形成一种"新奇"的隐喻。它不但给我们提供了从不同角度认识日常生活中很平常的雕塑的思考方式，而且利用这一特殊的表达方式，使话语产生了一种诗意。

3. 艺术语言的隐喻性效应

亚里士多德在《诗学》中对隐喻下的定义是"隐喻通过把属于别的事物的词给予另一事物而构成，或从'属'到'种'，或从'种'到'属'，或从'种'到'种'，或通过类比。"② 亚里士多德这一定义的最大优点就是发现了隐喻是一种意义转换的形式，隐喻至少涉及两个词或两种事物，其中一个在构成隐喻的过程中意义发生了变化。勒·奎罗（Le Guero）提出了直接意指和引申意指关系问题，认为隐喻把义素构成的纯直接意指因素和由句外形成的引申意指因素结合起来。隐喻性效应不涉及义素的选择，而涉及义素的改变，使语词从某一意义范畴转换到另一意义范畴。

艺术语言的语义不是语言的表层义或理性意义，而是语言的深层意义或潜在

---

① 维克托·什克洛夫斯基.作为手法的艺术[M]//维克托·什克洛夫斯基，等.方珊，等，译.俄国形式主义文论选.北京：生活·读书·新知三联书店，1989：1-11.

② 束定芳.隐喻学研究[M].上海：上海外语教育出版社，2000：22.

意义，隐喻强调的正是语词、语句的意义转换，真正的隐喻义就是被转换出来的意义。这就与艺术语言的特点之一——"辞面辞里不吻合"相统一。这种隐喻效应构建出大量的艺术语言，如名词性隐喻、动词性隐喻、副词性隐喻和介词性隐喻等。例如：

  Hope is the thing with feathers
  That perches in the soul
译文：希望是长着翅膀的鸟儿
  栖居在人们的灵魂之中

诗句作者艾米莉·狄更生是美国最伟大的诗人之一，她生前创作了1800多首诗歌，但只有7首被发表。从这一点不难推想她应该是郁郁不得志的。了解了诗人的背景后，更能理解这首诗歌 Hope is the thing with feathers 的意义了。"hope"本来是抽象的名词，一般很难去理解和把握它的意义，而这里诗人把"hope"比作是"小鸟"，利用隐喻的修辞手法，将"hope"意义范畴转换到了"小鸟"的意义范畴，使之生动形象化。"希望"是有"羽毛的"，它能像小鸟一样飞翔，它也能栖居在人们的灵魂中。同时"feathers"摸上去是柔软的，给人带来温暖，带来鼓励；即使这么柔软的"feathers"在斗争中也是很坚强的，能够给人指引方向。诗人通过这种名词性隐喻，将"hope"的意义转换出来，向我们展示了诗人对生活的憧憬。

4. 艺术语言的意象性效应

  意象是中西方文论的重要概念，主要有四种含义：第一是心理意象，也就是心理学意义上的意象，是指在知觉基础上所形成的呈现于脑际的各种感性形象；第二是内心意象，是人类为实现某种目的而构想的、新生的、超前的意向性设计图像，在文学创作中则表现为艺术构思所形成的中心之象；第三是泛化意象，是文学作品中出现的一切艺术形象；第四是观念意象及其高级形态。艺术语言的意象是主观之意和客观之象的统一，其中的"象"是一种符号象征。艺术语言是表现主体的情感符号，这种情感就是由表现"象"的符号来实现的。

  艺术语言表现出来的是言外之意、弦外之音、味外之旨。这些都是艺术语言的意象效应所致，如果没有意象，可以说就没有艺术语言。在艺术语言中，意象是生活被抽象变形、被再度创造的过程中主体心灵"暗室"里千姿百态的显影，是以多彩的启迪力和暗示力触发人们对客体与主体的动态变化进行联想想象的语言。正是有了意象，才能表达出主体用日常语言无法表达的胸中之意，或借用"象"来揭示人们在社会生活实践中形成的对事物的哲理性观念。

在威廉·布莱克的 *The Tyger*（《老虎》）中，"老虎"作为一种意象明显具有多元性：第一，从本质上讲，老虎是一种美丽而神秘的生物，但同时也是致命的，这也反映了创造者的本质——同样充满爱心和具有致命性；第二，诗人让读者思考创造者的意志、无限的力量以及对他的创作的敬畏；第三，老虎象征法国革命的力量，诗中对老虎的赞美也是诗人对当时革命势力和革命人民的赞美。像这类意象丰富的多元化表达，读者在理解时应该充分了解作品的写作背景和作者的情况，不可拘泥于表面的意思。

艺术语言之所以能够在普通语言的能指和所指上重新构建新的意指，主要得力于艺术语言的内指性效应、陌生化效应、隐喻性效应、意象性效应等多种效应融合反映的结果。这些效应使艺术语言在字面意义的基础上发掘出新的意义，从而获得新的意指。

（四）艺术语言意指对非艺术语言意指的超越性

在文学作品中，引申意指往往比普通语言的直接意指具有更强的表现力。比如，日常生活中人们常说的"三角恋爱""戴了绿帽子"等等，我们立刻心领神会，不必再多做解释了，其中的背后意思自然揣摩得到，这时，"三角"和"绿帽子"的直接意指已经退位，其引申意义自然而然上位。在文学作品中，语言的引申意义往往直接超越普通语言的直接意指，以意味深长或酣畅淋漓地表情达意。

三、艺术语言意指的特征

普通语言的意指是直接意指，直接意指一般是比较明确、固定、稳定的，例如普通语言系统中的词在词典里都有明确的定义。在艺术语言系统中，由于各种各样的语境因素的影响，艺术语言的意指往往不具备常识上的明确性、固定性和稳定性。它的特性主要表现在以下几个方面。

第三章　艺术语言的意指

（一）艺术语言意指的模糊性

与普通语言（科学语言）相比，艺术语言的结构是一种变异组合的结构，虽然同样使用的是普通语言符号，但由于语言符号的变异组合，就平添了一种含蓄模糊的引申意指。这种语言的变异组合一方面打破了人们习以为常的理解惯性，另一方面，却会给特定语境中的表达增添新的蕴含和意味，给读者设下阅读"障碍"，当读者克服了这些"障碍"，解读到其中隐藏的含义时，立刻会领略其深刻的妙处，同时体会到阅读的成就感、愉悦感和自足的乐趣。例如鲁迅先生在《纪念刘和珍君》里写道："我将深味这非人间的浓黑的悲凉，以我最大的哀痛显示于非人间，使它们快意于我的苦痛……""浓黑的悲凉"这样的超常组合搭配就是以表面的模糊义而促使读者去解读其隐含义的。威廉·华兹华斯在诗歌 Daffodils 中写道："I wander'd lonely as a cloud. That floats on high o'er vales and hills"，他把自己比作流云，在山谷之上漂游，其深层含义意指自己如同孤独的流云，没有同行者，更没有方向，字里行间流露出孤独寂寞。这些深藏于文字背后的意蕴，是作者自己的"暗语"，也是留给读者的"密码"，召唤着读者的审美接受和参与。清代叶燮《原诗》指出："诗之至处，妙在含蓄无垠，思致微妙。其寄托在可言不可言之间，其指归在可解不可解之会；言在此而意在彼，泯端倪而离形象，绝议论而穷思维，引人于冥漠恍惚之境，所以为至也。"诗的语言是至高的艺术语言，一首好诗，其语言绝不会是直白见底的，那样，诗就不成其为诗，也就毫无艺术美感可言了。因为，它失去了一种特有的召唤结构，读者没有了审美参与的空间。阅读文学作品在根本意义上是一种审美观照，从作品描写的对象可以反观到自身，因而文学作品语言表达的隽永和朦胧是其本质特征，只有蒙着模糊"面纱"并具有召唤魔力的语言，才是真正的艺术语言。

（二）艺术语言意指的多元性

艺术语言的符号系统是建立在科学语言符号系统之上的艺术符号系统，它具有对普通语言的超越性，这是我们构建艺术语言多元意指的理论基础，艺术语言具有自己特殊的语义追求，超常的结构搭配是其显著特征，它与普通语言并不是处于同一平面意指系统中的。普通语言的意指是直接意指，而艺术语言的意指是引申意指，引申意指本身就是引申出来的，具有不稳定性，正由于它的这种不稳定性，才使某些艺术语言的意指呈现多级化的现象。艺术语言在语言的层面上把普通语言的基本意义（概念义、指称义、逻辑义）作为自己的能指，而突出了引申意义（联想义、情感义、隐喻义、暗示义），并进一步把引申意义作为能指进行塑造，以求引申意义在特殊的语言组合搭配和语境的作用下形成新的意义。例如：

> 昨夜江边春水生，艨艟巨舰一毛轻。
> 向来枉费推移力，此日中流自在行。
> （朱熹《泛舟》）

这首诗的引申意指就是多元的。第一是指读书人怀才不遇，犹如舟大水浅，再有多大的本事也无法施展，而机遇一到，则犹如满江春水，再大的舟也能被时机托起，自由航行，泛舟中流。这是劝诫读书人要潜心治学，等待时机。第二，这可能是议论某种人生境界。把满江春水理解为主观上豁然贯通的境界，强调做学问只要功夫到家，便会一通百通，自由自在，泛舟中流而举重若轻，左右逢源，这种境界乃是学问家所追求的自由、自在、自豪的人生境界。也许，这首诗不仅有这两层意指，还会另有所指。这就是引申意指的多元性、多极性。

（三）艺术语言意指的不稳定性

艺术语言的意指由于具有引申性，引申出来的意指当然可以是这样，也可以是那样，所以艺术语言的意指具有不稳定性，比如，"葫芦头"的直接意指是葫芦，但引申意指可能是一种头型，也可能是一种地方小吃，也可能是一种物件的名称等等。

现代社会新词新语可谓层出不穷，尤其是网络流行语更是来来往往，你方唱罢我登场，流行词语的多义性和不稳定性十分典型。比如，音译词"cool"，本意是"冷"，进入我国后被翻译成"酷"，表示帅气、时髦，在一定场景中又可以理解为与众不同、独树一帜等。又如另一个英语词"show"，引入中国后被翻译成"秀"，引入其他领域，出现了"时装秀""模仿秀"等词语，并渐渐从"展示"义延伸至"炫耀"义：秀肌肉、秀恩爱，与"晒""炫"同义了。再比如近年来使用频率很高的"正能量""中国梦""有温度"等，这些词语的意义都是在基本义的基础上通过比喻、拟人等修辞手法引申发展出来的，有的则是在引申义上进一步引申延展出来的。这些新词语一诞生就被赋予了修辞色彩和生动的形象，可以说一出现就如同插着翅膀，迅速流传，甚至衍生出了新的意义，具有很强的灵活性、多变性和不稳定性。

在另一方面，当这些词语处在具体的特定语言环境中时，其意指的不稳定性就变得稳定起来，因为特定的语言环境要求任何词语的意义保持相对稳定性。这种相对稳定性随着人们的沿用，会日趋稳定，甚至变成新的固定模式。例如近年来一些热词：打拼、新锐、文化快餐、内卷、躺平、清零等，都是修辞的压缩版，形象而简约，迅速流传开来，逐渐由开始意指的临时性变成特定的词语形式了。

第四章　情感思维和艺术语言

艺术语言的思维特征和情感及情感思维紧密相连。艺术语言是情感的凝结，饱含着真挚、深沉的情感，是情感冲动而产生的一种不寻常的语言形式。那么，情感是什么？骆小所教授在他的《艺术语言学》中如是表述："它是一种精神状态，它是与艺术思维错综复杂地交织在一起，相互作用，并不停地变化着、运动着而产生的，是主体与客体、内与外、主观与客观相结合、感情与理性彼此互相渗透的产物。它是人们在社会实践中，在认识和改造世界过程中产生和发展的。它是一种极其复杂的高级精神活动。"[①] 这里所说的情感是指广义上的情感。它包括主体对外界所有刺激而发生的在感觉、感性层面上的反应态度，从最简单最机械的生理的痛觉、触觉、快感，到最深刻最难捉摸的心理活动和意识、潜意识的紧张程度，都属于人的情感范围。

有些研究者认为，人的活动所依赖的心理机制有两种：一种是纯粹科学的机制——理性、逻辑、推论、抽象；一种是审美，即艺术机制——情感、想象力、直觉、灵感、下意识及感知等。我国传统的美学思想就非常重视情感因素在艺术创作上的作用。《乐记》中说："情动于中，故形于声。"《诗序》中有"变风发乎情"，即后来的"饥者歌其食，劳者歌其事""感于哀乐，缘事而发"以至形成"情者文之经"这样的美学理论（刘勰《文心雕龙》）。甚至把情感因素当成艺术的生命。钟嵘在《诗品》中发出"非长歌何以骋其情"的感慨；陆机在《文赋》中唱出"遵四时以叹逝，瞻万物而思纷，悲落叶于劲秋，喜柔条于芳春"的心声；刘勰在他的《文心雕龙》中时有"登山则情满于山，观海则意溢于海"的慨叹。几千年的文艺创作实践证明了情感确实是艺术语言的灵魂。自古以来，人们的伤时感事、哀叹民生之作；抗御外侮、忠勇爱国之篇；羁旅恋乡、思妇旷夫之章；情人幽会、

---

① 骆小所，李浚平.艺术语言学[M].昆明：云南人民出版社，1992：134.

第四章 情感思维和艺术语言

弃妇离忧之唱；寄情山水、隐循林泉之词，无不专在抒情。社会动荡、国家兴亡，可以撰写出高亢激越的辞章；绿水青山，花前月下，也同样能谱写成缠绵低回的小唱。折柳寄别情，红豆寄相思；在天愿做比翼鸟，在地愿做连理枝；或指天为誓，或以花为媒，或借酒浇愁……寄与托，在天宇之中，人世之间，是真挚热烈的情感，耕耘出万紫千红的美学田园，开拓出气象万千的心灵世界。因此可以说，艺术语言的创作过程，实际上就是作家、艺术家主观情感表达和传递的艺术过程。

当作家内心尚处在冷静、理性阶段的时候，他的情感之火还没有燃烧起来，艺术语言创作活动是无法充分展开的。只有当艺术家为现实生活所深深感动和强烈震撼的时候，才有可能产生绚烂多彩和意味隽永的艺术语言，艺术语言的创造永远得益于丰富炽热的情感。可以说，强烈的情感是冲击艺术语言产生的直接动因，也是艺术作品的生命和血液，没有激情的触发，语言的万花筒就无法打开，不可能产生出感人的作品。而强烈得使人难以抑制的激情，往往来自一种特殊的、激荡肺腑的、不平常的生活遭遇和感受，没有这种特殊的遭遇和独特的感受，是掀不起回肠九曲的冲动和激情的巨大波澜的。大凡感人至深的、催人泪下的优秀文学艺术作品，都是出于某种特殊生活的遭遇和萦绕于怀、久久不能罢去的激情所至。宋代著名文学家苏轼由于性情耿直，官场屡屡被贬，坎坷多艰，但他始终保持乐观豁达心态，半生遭贬的漫漫艰难路，却成了苏轼文学创作最重要的黄金期，在经历过痛苦、低落的情绪后，天性旷达的苏轼重新振作，在黄州写下前后《赤壁赋》《念奴娇·赤壁怀古》等多篇杰作，著名的《定风波》也是这一时期的作品：

> 莫听穿林打叶声，何妨吟啸且徐行。竹杖芒鞋轻胜马，谁怕？一蓑烟雨任平生。
> 料峭春风吹酒醒，微冷，山头斜照却相迎。回首向来萧瑟处，归去，也无风雨也无晴。
>
> （苏轼《定风波》）

王国维在《人间词话》中品评："东坡之词旷。"试想，如果苏轼善于官场左右逢源，曲意逢迎，他能写出这样富有精神力量的诗篇吗？正是他经历了寻常人难以体验的生死考验和仕途的大起大落，才能写出如此令人惊叹的作品。千百年来，这首诗词被人们代代传颂，是什么触动了人的心灵？除了诗词高超的艺术性外，应该主要是文字背后那种逆境中坚韧不屈、超然洒脱的精神力量，更加令人动容！

情感本身并无形式，它是各种心理成分相互作用而形成的一种心理张力的状态，在人的心理机制中，它附着各种表象；在艺术语言中，它附着各种具体的艺术语言形式。情感作为携有强大心理能量的动态性心理因素，总是要求着呈现，寻求着更丰富的感性形式作为自身的载体。苏珊·朗格说过：所谓艺术就是人类情感的表现形式；桑塔耶那说：美就是将情感由无形变为有形，艺术创作是一种"有情思维"，[①] 均是这个意思。

众所周知，莎士比亚的诗歌总是以浓烈的感情色彩绽放着它独有的花朵，著名的十四行诗是其经典之作。这里举其中第五首为例：

> Those hours that with gentle work did frame
> The lovely gaze where every eye doth dwell
> Will play the tyrants to the very same,
> And that unfair which fairly doth excel:
> For never-resting time leads summer on
> To hideous winter and confounds him there,
> Sap checked with frost and lusty leaves quite gone,
> Beauty o'er-snowed and bareness every where:
> Then were not summer's distillation left
> A liquid prisoner pent in walls of glass,
> Beauty's effect with beauty were bereft,
> Nor it nor no remembrance what it was.
> But flowers distilled though they with winter meet,
> Leese but their show, their substance still lives sweet.

译文：那些时辰曾经用轻盈的细工
　　　织就这众目共注的可爱明眸，
　　　终有天对它摆出魔王的面孔，

---

① 殷国明. 艺术创作是一种"有情思维"：钱谷融先生谈话录[J]. 新疆大学学报（哲学·人文社会科学版），2000，28（1）：8-14.

第四章 情感思维和艺术语言

把绝代佳丽剁成龙钟的老丑：
因为不舍昼夜的时光把盛夏
带到狰狞的冬天去把它结果；
生机被严霜窒息，绿叶又全下，
白雪掩埋了美，满目是赤裸裸：
那时候如果夏天尚未经提炼，
让它凝成香露锁在玻璃瓶里，
美，和美的流泽将一起被截断，
美，和美的记忆都无人再提起：
但提炼过的花，纵和冬天抗衡，
只失掉颜色，却永远吐着清芬。

诗中对爱人美丽的容貌被时光销蚀摧毁是那样的痛惜，他诅咒流逝的时光把"盛夏"带到"狰狞的冬天"，诅咒那窒息生机的"严霜"、掩埋了美的"白雪"，渴望美和美的记忆永远留住，相信纵然花朵失去颜色，也永远吐露芬芳。诗歌里喧腾着诗人感情的浪涛，鸣响着他的痛心和期冀。

艺术语言是超越常规语法的情感形式，是心灵之语，所有诗性的文学语言形式无不寓于强烈的主观情感性之中。作家、诗人内心的情感并非赤裸裸地呈现出来的，不是直接出面告诉读者的，不是去直接说明或解释，而往往是通过艺术语言的特质和感染力去打动读者，去触发读者产生情感共振。因此，作家、诗人们总是把主观情感和感受熔铸在可变的物态化语言形式中，使情感的呈现曲折含蓄、千回百转，目的是以更加丰富的情感载体去触动读者的心中之情。

情感作为一种心理体验，一向被看作是心理学研究的内容之一，似乎与人的思维无关。但随着现代社会尤其是思维科学的发展，人们逐渐认识到，人的情感在人类的进化和发展中起着重要的推动作用。同时，在社会实践的不断推动下，人类的情感也不断由低级向高级转变，由片面、单一向全面、多样、丰富转变；由自发的、生理的向自觉的、理智的方向转变，并且，最终成为一种自为的、独立的精神需要。这表明，现代人类的情感不仅仅是一种心理现象，而且也是一种思维现象。这种思维形式，我们把它称为"情感思维"。苏越等指出："情感思维又称作动作思维或形体思维，它是通过思维主体的语言、行为、动作或面部表情等表现或体现主体的某种心理意愿或思维动向的思维形式"[1]，依据这一定义，他们把情感思维分为"动作思维""意象思维""形象思维"三种。这里他们对情感思维的分析尚有商榷之处。我们认为，情感的宣泄固然离不开动作、意象和形象，但动作、意象和形象并非都传达情感，或者都只是为了传达情感。情感有它特定的语言学内容。尽管它的宣泄有不同的方式，但特定内容用语言表达出来的时候，便以特有的语言形式同意象思维和理性思维相区别。如"我爱祖国"，这只能说它是一种情感，不是什么动作，也不是什么意象和形象。因此，情感思维应该是同意象思维、理性思维相对的一种基本形式。"情感思维"这一概念的建立对思维科学和语言学科的分类和发展无疑都有着重要的意义。

一、情感思维是人类进化的推动力之一

情感思维是人类最早出现的思维形式之一。在人类出现清晰的多音节的语言之前，情感思维担负着信息传递的主要任务；在人类出现清晰的语言之后，情感思维在传递信息的过程中，起着强化或减弱理性认识的作用。这正如德国文化哲学创始人卡西尔所说："语言和艺术都不断地在两个相反的极之间摇摆，一极是客观的，一极是主观的。没有任何语言理论或艺术理论能忽略或压制这两极的任何一方，虽然着重点可以时而在这极时而在那极。"[2] 兴趣是情感思维积极取向的具体表现，一旦人们对某个事物产生了浓厚的兴趣，它就可以激起人们去探索，有实现某一目标的巨大热情。同样，惊讶可以促使人们迅速调整自己的行为，加快对不同事件的积极反应；轻蔑可以让人产生某种优越感，增强思维主体的自信心；害羞则引导人们作出自我反思，产生自知之明，培养强烈的自我意识；愤怒可以刺激人的大脑，调动人的思维能量，如此等等。可以说，情感思维不但有利于自我思维的积极调节，而且有利于人们的群体和谐与进步，形成人类进步的推动力，从某种意义上说，对于情感调控能力的大小或者适度，是一个人取得成功的根本

---

[1] 苏越，刘荣光，朱青君，等.现代思维形态学[M].北京：中国政法大学出版社，1994.
[2] 恩斯特·卡西尔.人论[M].甘阳，译.上海：上海译文出版社，1985：176.

保证。

二、情感思维是人脑固有的机能之一

从生理角度来看,情感思维是由皮下神经和植物神经系统的兴奋引起的。它一方面受到大脑皮层的指导和调节,另一方面又直接影响到内部器官的活动和腺体的内分泌功能。所以,情感思维总是伴随着内部生理因素的变化而发生某些变化,这种变化是可以进行测量的,甚至肉眼就可以观察得到。如人在发怒时,心跳加速,呼吸快而短促,血压升高,有时脸部还伴随有肌肉的抽搐等等。人的情感、情绪、欲求等,是与生俱来的,又是受大脑支配的,归根结底,是由大脑-情感思维来决定的。因此,情感思维是大脑的固有功能,它与大脑的右半球有密切联系,是大脑-情感思维认识世界与改造世界的基本方式之一。

情感思维是人类基本的思维形式之一,它也是人类交流情感信息的思维形式。由此而形成的情感智商,既是人类个体能力高低的重要标志,又是人类生存与发展的根本条件。因此,了解情感思维的内涵,掌握情感思维方法的真谛并自觉地运用于艺术语言创作中,具有重要的理论意义和现实意义。

(一)情感思维的艺术语言表现形式

根据情感思维的表现形式及方式,人们通常把情感的表现形式分为两种:态势语言形式和情感化言语形式。

1. 态势语言形式

态势语言又称准语言、副语言,是指伴随有声语言进行交际的眼神、身态动作以及语速、声音等。在自然语言交际中,人们并不总是用纯粹的有声语言,而是常常伴随有声语言出现眼神及身态动作来宣泄或传达发话者的情感,在一定意义上可以说,态势语言对人类的有声语言在传情方面存在着的缺憾有着一定程度上的补偿作用。美国著名学者伯德惠斯特尔(Birdwhistell)曾估计,在两个人交往的场合中,有65%的社会含义是通过体态语言的方式传递的。另一位著名学者艾伯特·梅拉比安(Albert Mehrabian)曾提出这样的公式:交际双方的相互理解=语调(38%)+表情(55%)+有声语言(7%)。通过对二人研究的分析,可以看出语言在人们日常交际生活中的重要性。实际上，我国古人也对此发表过精辟的见解。如《毛诗序》写道："情动于中而形于言，言之不足故嗟叹之，嗟叹之不足故咏歌之，咏歌之不足，不知手之舞之，足之蹈之也。"

情感思维往往在发话者的言行中得以表现，在态势语言中，人的举止神态，尤其是眼睛、面部、双手、双脚是人情感最佳的表现部位，也可以说，是表达人的情感的主要工具。人是一种极富情感的动物，姿势、手势、动作的不同，往往能表达出不同的情感。例如握手，不同的动作、力量的大小、握手的方式和握手时间的长短，表达的情感是不一样的。有的表示热情，有的表示冷淡，有的表示真诚，有的只是应付，有的却是粗暴无理等等。在恰当的语言表达的基础上配合以适当的姿势、手势，能够更准确、更生动地表达出自己的思想感情，其效果比单纯的语言或单纯的动作表达要好得多。澳大利亚著名的人体语言学家爱伦·皮斯，曾把人类的形体语言分为下面四种类型：A型常常表示"漠不关心""屈从""无可奈何"等态度；B型可以暗示出一种"自满"的心理状态，同时，也可以用来表示"厌烦"或"漫不经心"的态度；C型传示的信号一目了然，一般表示"害羞""扭捏""谦恭"或"悲哀"的心理状态；D型给人一种"傲慢"或"好斗感"，另外，亦可以表示"惊奇""怀疑""犹疑"等态度。

用态势语言传递信息，它往往比有声语言表达得更充分、更直接、更神秘、更具有诱惑力；它往往能够产生异乎寻常的作用，甚至可以达到只可意会而不可言传的境地。例如下面这段描写：

> 机场上人群静静地立着，千百双眼睛随着主席高大的身形移动，望着主席一步一步走近了飞机，一步一步踏上了飞机的梯子。主席走到飞机舱口，停住，回过身来，向着送行的人群，人们又一次像疾风卷过水面，向飞机涌去。主席摘下帽子，注视着送行的人群，像是安慰，又像是鼓励，人们不知道怎样表达自己的心情，只是拼命地挥手。
>
> 主席也举起手来，举起他那顶深灰色的盔式帽。举得很慢很慢，像是在举一件十分沉重的东西，一点一点地，一点一点地，等到举过头顶，忽然用力一挥，便停在空中，一动不动了。

（方纪《挥手之间》）

第四章 情感思维和艺术语言

上例通过对机场上送行的人们的目光、手的动作及主席的挥手进行了精密细致的动作描写，形象地描写出当时人们及主席的复杂心情。抗日战争胜利后，毛泽东应邀到重庆进行"和平"谈判，饱经战乱之苦的中国人民，无不向往和平的生活。一方面，当时人们希望主席一行会促成国共再次合作，共同建设国家；另一方面，面对前景未卜的谈判之路，是和是战，是真谈判还是假谈判，人们各怀猜疑。毛主席一去便深入虎穴，能否安全返回，都是未知。当时人们有担心主席安全的，想不让主席去重庆谈判；也有希望和谈成功的，便给主席之行赋予了美好祝愿；有的想到国民党对共产党的卑劣行径，对主席去参加谈判的举动怀着一颗敬仰而又忐忑不安之心……主席在飞机舱口挥手的一瞬，可谓沉重而又复杂的世纪挥手，他面对送行的人们，先摘下帽子，注视着送行的人们，"举起手""举得很慢很慢"，仿佛是在举着中国未来之命运，仿佛是在慢慢抚慰当时人们难以平静的心怀，"等到举过头顶，忽然用力一挥，便停在空中，一动不动了"，这仿佛在暗示着主席去心已决，一定不负众托，带回和平之光，一定给一切爱好和平、民主、自由的人们一个圆满的答案，不论成功与否，都将愤然前往……人们当时也不知如何表达自己的心情，只是拼命地挥手，与主席一动不动地挥手形成了鲜明的对比，这些动作描写给人们带来丰富的情感阐释弹性，获得了"此时无声胜有声"的艺术之境。

再如海明威《老人与海》中，作者用了一段捕鱼的动作描写，便为我们塑造了一个坚毅勇敢、沉着冷静的硬汉形象。在描写老人与鱼僵持的一段里，用词简洁，态势动词丰富，动感很强。句型也非常简单短小，频繁使用 he does something 这样的简单句式。主语是 he，谓语以使役动词为主，这类句型的意思是主语让动作的执行者做某件事情，并使其行动达到某种预期目的。在《老人与海》中，这类句型和描写具体行为的短小动词占据主导地位，并且人物对话也简练而富有动感，人物性格因此显得十分鲜明，形象而生动。

2. 情感化言语形式

对中国古代在艺术语言创作心态上存在一个流行看法，便是感物动情说，即认为主体创作的心态都是外物的感发。人性本静，感于物而动，故生七情。七情的变化，乃与感发的外在事物有关。而"发愤著书"则是主体心灵对苦难的最强烈的反应，是感物动情的一种特殊的表现形式。感物动情说同样适用于一切文学艺术创作。

关于艺术语言创作心态上的感物动情（即性情说），不能不提及荀子，他对性情关系作出了明确的阐述。他认为"性之和所生，精合感应，不事而自然，谓之性。性之好、恶、喜、怒、哀、乐谓之情。"（《荀子·正名》）即性是主体和万物生命本性、自然而然的生命之道。而情则是在外物的感发下，由性而表现在感性生命之上的各种状态，即好、恶、喜、怒、哀、乐等。《乐记》在阐述音乐产生的过程时，核心便在强调人心感物而动："凡音之起，由人心生也。人心之动，物使之然也。感于物而动，故形于声。声相应，故生变，变成方，谓之音。比音而乐之，及干戚羽旄，谓之乐。乐者音之所由生也，其本在人心之感于物也"（《乐记·乐本》）。在中国传统的思想中，这种感物可追溯到钟嵘所说的"气之动物"。他在《诗品》说："气之动物，物之感人，故摇荡性情，形诸舞咏。"性情之"摇荡"，既是受了自然物色的感召而产生情绪的激动，更为深层的则是情感之因"摇荡""舞咏"等审美经验而澄清，而升华。

现代心理学家通过大量的实验也同样证明：在感情强烈的时候，人们的感知并不是被动地反映客体，而是能动地对客体进行主客观综合。感知量（即人通过感知外物所获得的心理量）与刺激量（即外物向人的感知觉发出的物理量）有着本质的不同，刺激量是纯客观的物理量，而感知量却是与主体的各种心理相联系的主观心理量。主体对客体的感知量并不等于刺激量。造成感知量与刺激量不相等的原因是多方面的，既有客观因素，也有主观因素。刺激量是不变的，是客观的，而感知量的主观条件是随着每个人不同的情感而变化的。[①]这种感知量形成的心理是复杂的，比如同样是"梅"，在不同人的笔下则会有不同的心理反映和寓意。陆游的《卜算子·咏梅》借梅花抒发的是自己不甘屈服的悲愤、寂寞心情和孤芳自赏、悲观失望的情绪；毛泽东的《卜算子·咏梅》则借梅花抒发了中国共产党不畏险恶环境的战斗精神和必胜信念。这种艺术语言创作的情感心理活动状态，正如卡西尔所说："如果我们处在极端激动的情绪中时，我们就仍然具有对所有事物的这

[①] 朱堂锦.语言艺术哲学[M].昆明：云南教育出版社，1996：157-172.

第四章 情感思维和艺术语言

种戏剧性观念：它们不再现出平常的面貌，而是突然地改变了它们的面貌，带上了特殊的情感色彩——爱或恨，恐惧或希望"。

外在事物或者外在环境的变化，也会导致同一个主体内心情感发生相应变化，所谓"情以物迁，辞以情发。"刘勰在《文心雕龙·物色》中对其进行了深刻而又透彻的阐述：

> 春秋代序，阴阳惨舒，物色之动，心亦摇焉。盖阳气萌而玄驹步，阴律凝而丹鸟羞，微虫犹或入感，四时之动物深矣。若夫珪璋挺其惠心，英华秀其清气，物色相召，人谁获安？……情以物迁，辞以情发。

这里的"情以物迁，辞以情发"，正是在于强调外物及其环境的变化而导致了主体情感的变化，并在艺术语言中得到了相应的表现。如：

> 江南的雪，可是滋润美艳之至了：那是还在隐约着的青春的消息，是极壮健的处子的皮肤。
>
> ……
>
> 但是，朔方的雪花在纷飞之后，却永远如粉，如沙，他们决不粘连，撒在屋上，地上，枯草上，……在晴天之下，旋风忽来，便蓬勃地奋飞，在日光中灿灿地生光，如包藏火焰的大雾，旋转而且升腾，弥漫太空，使太空旋转而且升腾地闪烁。
>
> 在无边的旷野上，在凛冽的天宇下，闪闪地旋转升腾着的是雨的精灵……
>
> 是的，那是孤独的雪，是死掉的雨，是雨的精魂。
>
> （鲁迅《野草之八·雪》）

《野草之八·雪》抒写的主题是两幅雪景：一幅是记忆中故乡江南的雪，"滋润美艳"的雪，体现江南雪的温煦、柔媚；一幅是现实中的、居处朔方的雪，各显示出了自己独特的个性。在鲁迅笔下，朔方的雪被酷寒冻结得如粉如沙，无风的日子里，它们就这么孤寂地、悄然地飘洒在"屋上，地上、枯草上"，谈不上什么"滋润"，更谈不上"美艳"，这似乎是"不幸"的。但是，它们冰冷坚硬，不易消释，只要"旋风忽来"便蓬勃地奋飞，在日光中灿灿地生光，如包藏火焰的大雾"，并且旋转升腾，甚至使太空仿佛也在"旋转而且升腾地闪烁"，这里，由雪的升腾旋转，而产生了作者的幻象，太空也"旋转而且升腾地闪烁"，这是作者在这壮美的朔方雪的感召下而产生的艺术直觉幻象，这也是艺术语言情感运思的真实外现。体现作者既对理想中温暖和美好事物的向往和追求，更是对现实中搏击严寒的力和光的赞颂；这也从另一个侧面体现鲁迅在黑暗中渴望光明、虽孤独而永不颓丧的伟大品格。这也恰巧印证了王夫之在《姜斋诗话》中所说："情、景名为二，而实不可离。……巧者则有情有景，景中有情。"

情感是人的一种不具形式的心理状态，人的喜怒哀乐可以通过特定音乐的感性形式为欣赏者所接受。《乐记·乐本》中有这样的论述："其哀心感者，其声噍以杀；其乐心感者，其声啴以缓；其喜心感者，其声发以散；其怒心感者，其声粗以厉；其敬心感者，其声直以廉；其爱心感者，其声和以柔。六者非性也，感于物而后动。"这段话就是在讲主体的喜怒哀乐之情，都可以通过特定音乐的感性形式——音响效果去感染读者。从语言上来看，情感一经凝结、积淀在语言文字中，就有自己相对固定的结构形式，人们可以通过艺术语言这种"有意味的言语形式"将之细腻而深刻地表现出来。正如明代徐祯卿在《谈艺录》中所说：

> 情者，心之精也，情无定位，触感而兴，既动于中，必形于声。故喜则为笑哑，忧则为吁戏，怨则为叱咤。然引而成音，气实为佐；引音成词，文实与功。盖因情以发气，因气以成声，因声而绘词，因词而定韵，此诗之源也。

这段文字，精辟地论述了充满活力内涵的情感如何被抽象、外化为词语，形成供人们欣赏的文学作品的过程。它首先肯定了情感是人们审美知觉心理因素中诸因素的核心（"心之精"），是无固定形态的，因外在事物的触发而产生，情感兴起后就会引起主体内心的激动、躁动、冲动，并借助声音的形式表现出来，如高兴时的笑声、忧伤时的吁嘘声、怨愤时的叱咤声等。这些气流引起声带的颤动，形成各种表现情感的音响，语言艺术家会注意到各种动态的、静态的词语的音响度和表情性，并通过巧妙的组合来增强它；语词通过其音响度和表情性形成节奏、韵律，并在特定语境中与意蕴相互映衬，使情感在语言形式中获得生命力和表现力，从而形成了艺术语言的音乐美。

在人类思维及情感思维发展的历史进程中，情感表达就是和音乐分不开的。我国古代《吕氏春秋·古乐篇》记载的"葛天氏之乐"就是诗、乐、舞的混合体；

第四章 情感思维和艺术语言

春秋末期的墨子也谈到当时人们诵《诗三百》、弦《诗三百》、歌《诗三百》的情况。汉以后的乐府、汉赋、唐诗、宋词、元曲、明清戏剧等都同音乐的关系有着源远流长的密切关系。艺术语言的情感可以以乐音的形式加以表达,主要体现在节奏、和声、叠韵、叠声等几个方面。就诗歌来说,它与歌咏有着天然的联系,最初是以口头流传为主,一产生就讲究音律美。韵律是诗人情绪流动的节奏,诗行字音所体现的轻重疾徐的节奏,是它的表现形式。例如我国最早的诗歌总集《诗经》,善用赋、比、兴的表现手法,句式以四言为主,常用重章叠句,语言质朴优美,韵律自然和谐,写景抒情都富有艺术感染力,对后世文学有着深远的影响。以《黍离》为例:

> 彼黍离离,彼稷之苗。行迈靡靡,中心摇摇。
> 知我者,谓我心忧;不知我者,谓我何求。
> 悠悠苍天!此何人哉?
> 彼黍离离,彼稷之穗。行迈靡靡,中心如醉。
> 知我者,谓我心忧;不知我者,谓我何求。
> 悠悠苍天!此何人哉?
> 彼黍离离,彼稷之实。行迈靡靡,中心如噎。
> 知我者,谓我心忧;不知我者,谓我何求。
> 悠悠苍天!此何人哉?

(《诗经·王风·黍离》)

诗篇一唱三叹,大量使用叠音词,造成极强的音乐感和浓郁的抒情色彩。

西方文论在艺术语言音韵、格律、节奏方面的研究同样有着悠久的历史,很多作家、诗人本身就是文学理论家,他们用自己的创作实践印证和诠释着自己的理论。例如美国19世纪伟大作家、美国文学界乃至世界文学界的天才作家、诗人和文艺理论家、文学评论家埃德加·爱伦·坡,他一生创作出大量优秀的文学作品,其中包括七十首诗歌、五十篇小说、一部剧作以及大量文艺评论。他在自己的文学作品中不断实践着自己的文学理论。他强调诗歌的目的就是为了表达美、美的内容、美的形式,而美的最高境界莫过于使敏感的心灵感动落泪。他的代表作《乌鸦》,可以说是一部纯艺术品,诗中语音、韵律、节奏等构成了全诗的音乐美感，诗中选词、音韵的策划与作品主题、意象与结构等诸种艺术手段实现了完美的结合。我国现代著名作家茅盾先生曾这样评论道："爱伦·坡的杰作《乌鸦》是一首极好而极难译的诗——或许竟是不能译的；因为这诗虽为不拘律的'自由诗'，但是全体用郁涩的声音 more 作韵脚，在译本里万难仿照……这首诗的音节，除 more 外，第一节中的 dreary 和 weary 相对应，napping 和 tapping 相应，也不是好译的；而且全体的 more 韵脚对全诗的气氛也是有帮助的。译本如果要把这几层好处统统传达过来，一定不可能。"① 爱伦·坡在《创作原理》中为他的诗《乌鸦》设计的韵律为扬抑格，格律以第一行、第三行的8音步与第二行、第四行的715音步交替出现，第五行与第四行相同，最后一行以315音步包含一个三重韵的叠句结束。诗人的独创就在于将这种固定的韵律和格律设计进行各种巧妙组合，大量运用韵脚、头韵、内韵、半韵和精挑细选的遣词，从而产生种种新奇的效果，大量运用叠句，为的是制造"艺术刺激"，不断产生新奇，同时配合全诗"忧伤"的语调，营造不详的"神秘氛围"。同时，为了增强声音和思想的力度，爱伦·坡选择了以"o"加上"r"构成长元音结尾的 nevermore 一词作为叠句，并让其从乌鸦——这不详的躯体、难听的声音、无法进行推理的脑袋——口中重复出来，从第八节开始，共重复了十一遍。nevermore 是乌鸦唯一的话语，听起来答非所问，又觉非常应景，从而将那原本荒诞不经的一幕幕幻觉串联起来，将该诗的主题升华到对生存和死亡意义的哲理探索。由此可见，人类的思维包括情感思维发展是有着共同规律的，情感化的语言表达形式是一切作家的不懈追求。从中外诗人的创作中我们可以看到，小到韵脚、韵律，大到节奏、语调，所有这些语言形式都和情感紧密切合，互为表里，相互诠释，相得益彰，形式和意义的融合和升华是艺术语言最高的美学境界。威廉·华兹华斯（William Wordsworth，1770—1850），"湖畔派"诗人之一，也是19世纪英国浪漫主义巅峰诗人。诗人醉心于欣赏大自然的美景，思考自然与人生。在思想倾向上，华兹华斯颇受启蒙主义的影响，他的诗作向往唯情论，主张在平静中回溯，并在自然田园之中歌颂童心世界的美好纯真。因此，

---

① 奎恩.爱伦·坡集：诗歌与故事[M].曹明伦，译.北京：生活·读书·新知三联书店，1995.

· 第四章　情感思维和艺术语言·

他的诗歌又以韵律美的歌谣体为代表，其中《致杜鹃》(*To the Cuckoo*) 就是最著名的一篇。这里举诗歌的第一节为例：

  O blithe new·co·mer! I have heard, / I hear thee and re·joice：
  O Cuc·koo! shall I call thee bird, /Or but a wan·de·ring Voice？

我们采用小黑点（·）划分音节，四个词语 newcomer、rejoice、Cuckoo、wandering 的音节划分则是兼顾了单词的读音和形式，韵步与韵步之间用单竖线分开；在格律上，应该属于抑扬格。总体来说，这首《致杜鹃》是一首抑扬格四韵步与三韵步结合的"歌谣体"诗歌。整首诗歌音韵格律十分和谐，朗诵时仿佛杜鹃鸟就在耳边悦耳鸣叫，在眼前自由飞翔。

  汉语词汇以单音节为基础，以双音节词为主干，而单音节字、词、音节是三位一体的，一个音节在语音上又分为声母、韵母、声调三要素，这样，作家在诗词作品中无不充分利用和发挥词语双声、叠韵、叠音以及谐音双关等声音形式，构成各种不同情感形态的语言美感。李重华《贞一斋诗说》说："叠韵如两玉相扣，取其铿锵；双声如贯珠相连，取其婉转。"因为双声、叠韵字的运用，能够以其声音特点产生一种先声夺人的音乐美，从而唤起读者循着这种音律美去追寻深层结构的情感内容之美。同样，叠韵词的运用，因其声音形式上的重叠、反复、亦能于调度中使作品生辉溢彩。如李清照的《声声慢》："寻寻觅觅，冷冷清清，凄凄惨惨戚戚。"通过七个叠韵词，把词人当时那种清苦悲凉之情活脱脱地勾勒出来。

  利用谐音双关的手法，在中外文学作品中都很常见，颇具耐人寻味的机趣。这种方法皆是利用声音的相互谐和，说明此事，实达彼意，从而暗中传情。在文学作品特别是在诗歌创作中有一种独特的含蓄、蕴藉之情感美。如唐人刘禹锡的《竹枝词》：

  杨柳青青江水平，闻郎岸上踏歌声。
  东边日出西边雨，道是无晴还有晴。

这首诗描写了一位沉浸在初恋幸福境界中的少女的心态。她虽然深深地爱着她的心上人，而且也听到了她的如意郎君的"江上歌声"，但她还不能完全揣透他的心情。于是诗人便用了"东边日出西边雨，道是无晴还有晴。"两句来刻画这位少女对心上人的心理构想:"郎"对我是有意思呢,还是无心?真像是黄梅时节晴雨不定的天气,令人揣摩不透。说是晴天吧,西边还下着雨;说是雨天吧,东边又出着太阳。至此,读者便顿然醒悟:原来"道是无晴还有晴"之"晴"是借谐音双关的手法隐指"感情"之"情";所谓"道是无晴还有晴"的真正本义是"道是无情还有情"。这样,一幅优美、含蓄的青年男女情爱的画面便展现于读者的眼前了。这种利用谐音双关的手法创造的意犹未尽的含蓄情感美的情形,不仅在诗歌中多见,在散文、小说等非韵文作品中亦颇有存在。如《红楼梦》第五回有"空对着,山中高士晶莹雪;终不忘,世外仙姝寂寞林"。这是利用谐音借"雪"指薛宝钗,借"林"指林黛玉,表现了宝玉对薛、林二人截然不同的态度,但又显得含蓄蕴藉,颇是耐人寻味。

外国文学作品中各种修辞格的运用同样丰富多彩、精彩无限,仅就双关格来说,谐音双关、语义双关的例子可谓举不胜举,俯首皆是,这种辞格的恰当运用能丰富戏剧性语言风格,烘托气氛,同时起到讽刺、幽默的效果,提高作品的可读性,引起读者极大的阅读兴趣。英美许多文学大师,如萨克雷、欧·亨利、马克·吐温、莎士比亚等,在他们的作品中大量使用了双关辞格,从而使他们的作品产生了强大的生命力和艺术感染力。特别是英国语言大师莎士比亚,他的语言功底之深厚几乎达到登峰造极的地步,成为英语语言的典范。莎翁的悲剧和喜剧之所以具有强大的生命力、感染力和震撼力,在一定程度上归功于其光芒四射的语言锤炼艺术,他经常巧夺天工、鬼斧神工般运用多种修辞手法,文采飞扬、言深意远,而双关正是他使用最成功的修辞格之一。例如《麦克白》里面的一句独白:

Lady M: If he do bleed, I'll gild the faces of the grooms withal. For it must seem their guilt.

译文:要是他还流着血,我就把它涂在那两个侍卫的脸上,因为必须让人家瞧着是他们的罪过。

(朱生豪译)

这句话的背景是麦克白在杀害邓肯之后,把杀人凶器(刀子)带了回来,麦克白夫人要求他把刀子送回杀人现场,而麦克白由于恐惧不愿回去,这时麦克白夫人

第四章 情感思维和艺术语言

说了这句话。其中 gild 和 guilt 发音相近，gild 的词义是"染红"，guilt 的词义是"是有罪的"，这里用谐音双关点出了麦克白夫人杀人灭口、制造假象嫁祸于人的刻毒用心，可见莎翁的笔法有多么巧妙！

再如下面这个段子：

> The professor rapped off his desk and shouted, "Gentlemen, order!"
> The entire class yelled, "Beer!"

译文：教授敲击桌子喊道："你们这些年轻人吆喝（要喝）什么？"
学生大声回答："啤酒。"

学生课堂不守规矩，教授生气，大声叫 order，要大家守秩序。但学生听到 order 脑袋里想到的却是叫饮料，于是大声喊出要啤酒。

我们在这里说的情感思维，并非否定艺术语言表达中的理性思维，相反，我们认为情感思维往往与理性思维是相互交融的，它所突出的是感性形式的艺术化呈现。法语文体学的先驱夏·巴依在他所著的《法语文体学》中，专门阐述了语言情感现象："语言表达我们思想，即我们的想法和感情；思想是由理智和情感两种成分按照一定的比例组合而成的，因此表达思想的语句也会含有同样比例的这两种成分。"例如，任何一种语言，其词语都表达思想，并且表达人的感情，这就使词语附着了特定的感情色彩，这种色彩能给听读者留下深刻印象、使他们产生某种心理感受和情感触动，这就是语言的修辞效果。词语色彩一般分为感情色彩和语体色彩两种，巴依提出的情感效果和联想效果与此为同类。

英语语言的感情色彩可以在语言的各个层次上表现出来。

当一个人高兴或悲伤时，语音和语调的感情色彩是不同的。英语单词有重音，句子有重读，在以口语方式交际时，人们往往通过重读来表达特殊的含义；语调、语气都能影响表达效果，不同的音长、停顿、语速、音色等超出常规的变化都可以成为有意味的语言形式。英语的颜色词也是富有感情色彩的。自然界存在着各种颜色，在语言表达中，无不与当时的情感息息相关。在长期历史发展过程中，由于受到不同语种以及不同民族文化沉淀的影响，英语颜色词往往含有其他语义，常常表现出语言使用者的心态、情感、情绪。例如，red 在英语中也有喜庆、热闹、兴奋、隆重等含义。英语国家中，在日历上一见到红色，便高兴，因为凡是以红色印出的日子便是星期日及公众假日，像 red-letter day 本来是用于表示该天是圣徒的节日，但现在已用来泛指一切值得高兴的日子，因而，red-letter 就转义为"可纪念的、喜庆的"；paint the town red 并非"把城市涂成红色"之意，而是"狂欢作乐"的意思；red carpet 字面意思是"红地毯"，引申语义为"隆重、尊重"，铺上红地毯，则表示"隆重欢迎"；red 还有危险、救助、血腥、赤字、亏空等含义，如 red light（十字路口的红灯），Red Cross（红十字会），get into the red（负债），the red（赤字）等等。而 green（绿色）则代表青春、活力、温暖，同时也有新的、未成熟的、幼稚的等语义。a green Christmas（绿色的圣诞节），指没有下雪的、温暖的圣诞节；a green old age 是精神矍铄、老当益壮的意思；keep one's memory green 指记忆犹新；in the green tree 指处于佳境；a green hand 不是绿手，而是生手，而 green horn 则比喻没有经验的、无知的笨人；He is still green at the job. 这句话的意思是他对这项工作还是比较生疏。可见，语言的感情色彩表现在词、语义、语法、句子等不同层次的语言单位上的，"艺术语言的独特意义，完全来自词与词、句与句的独特的组合方式。它的意义，在于各个词相互之间的相互作用和影响。"①

　　艺术语言的夸张、比喻、比拟、移情、移就、通感、量词移用、反饰和拈连都是主体的情感心理活动的言语外现形式。因此，陈望道先生在论及夸张时认为"重在主观情意的畅发，不重在客观事实的记录。"② 如杜甫的《春望》："国破山河在，城春草木深，感时花溅泪，恨别鸟惊心。"花何以溅泪？鸟何以惊心？这似乎很不符合生活的逻辑与真实，但是它却符合艺术的真实，唯有这种超常的语言措辞才能够表达出作者因时伤怀、苦闷沉痛的家国忧愁。面对安史之乱给国家、人民带来的无比深重灾难，诗人内心有着难以排遣的深广忧伤，看到花开而潸然落泪，听到鸟鸣而心惊不已，痛感国破家亡的苦恨，越是美好的景象，越会增添内心的伤痛。这种以乐景表现哀情的艺术手法，早在《诗经》里就有，如"昔我往矣，

---

① 骆小所，太琼娥. 艺术语言的情感体验解读 [J]. 学术探索，2008（6）：94-97.
② 陈望道. 修辞学发凡 [M]. 上海：上海教育出版社，1979：128-115.

第四章 情感思维和艺术语言

杨柳依依；今我来思，雨雪霏霏。"杜甫继承了这种以乐景寄忧心的写法，并赋予了更深厚沉重的情感，获得了更为深沉感人的艺术效果。

在外国文学文论中，对于作家创作过程中内在思想感情与外界情景刺激所产生的奇特反应有大量研究和深刻透辟的论述。以通感这种修辞手法为例，这一辞格最能够体现人的情感情绪作用于客观外物时的奇妙变化。通感（synaesthesia），源于希腊语，汉语称之为"移觉"或"通感"。移觉，即用这种感觉去描写那种感觉，通感，即听、触、味、嗅、视五种感官相通。通感是一个跨学科的多科性术语。它是一种生理现象，即身体的某一部分受到刺激而于其他部分产生的感觉；或者说，是由于外界信息进入人的感官而向中枢输送时，发生改辙换道的结果。它又是一种心理现象，即某一感官所受的刺激给另一感官所带来的主观感受。而后，这一生理和心理现象又运用在语言中，表现为语言现象，成为文学术语。《牛津英语词典》指出，作为一个文学术语，"synaesthesia"也就是"隐喻的运用"（the use of metaphors），但这是一种十分特殊的"隐喻"，即某个感觉通道里产生的感觉，由于受到刺激而转移到另一个感觉通道，譬如听到某种声音会引起看到某种颜色的感觉。比如 the liquid stillness of the night（夜静如水），"静"是诉诸内心的感觉，"水"则是诉诸视觉的，两种感官通道相互交融。再如 The birds sat upon a tree and poured forth their lily like voice.（鸟儿落在树上，倾泻出百合花似的声音）；Taste the music of Mozart.（品味莫扎特的音乐）等等，都是这类富有意趣、意味深长的艺术表现手法。从这些例子可见，中外文学理论本质上是有相通性的，这也是由人类情感的本质和普遍性决定的。

在现实生活或者在文学作品中，炽热而激荡的情感，使人们不得不突破规范语言表达的困厄，不拘一格地寻找表达的突破口，人们不再受制于自己所掌握的表情词汇量和表达方式的制约，积极地开拓新的移情对象用来寄托情感，或者积极创造"变异的语言"[1]来表达思想感情、传达情感，从而用多姿多彩的艺术语言建构起人类诗意的情感家园。

---

[1] 骆小所，李浚平.艺术语言学[M].昆明：云南人民出版社，1992：1-5.

朱堂锦在《语言艺术哲学》中将移情对象分为四种：景、人、物、虚。①特别强调移情之"真"。

艺术语言要求情感之真，之诚。《庄子》中经常谈到"真"，郭象解释为"夫真者，不假于物而自然也。"《庄子·大宗师》所以"至美"也就是真实。譬如庄子在《天运》篇中用"丑女效颦"的故事，生动地阐发了他崇尚抒真情之美，反对矫揉造作抒情的思想。他说："西施病心而颦其里，其里之丑人见之而美之，归亦捧心而颦其里，其里之富人见之，坚闭门而不出；贫人见之，挈妻子而去走。彼知颦美而不知颦之所以美。"庄子这里指出：西施经常心疼，所以捧心颦眉更增其美，因为她出于自然，有真情实感；虚伪就是不真诚，反增其丑，模仿西施的女子，虽也捧心颦眉，并不是由于心疼，只是矫揉造作，装腔作势，反增其丑。正如其所说的："不精不诚，不能动人。强哭者虽悲不哀，强怒者虽严而不威，强亲者虽笑而不和。"（《庄子·渔夫》）刘勰在《文心雕龙·知音》篇中说："夫缀文者情动而辞发，观文者披文以入情，沿波讨源，虽幽必显。世远莫见其面，觇文辄见其心。"意思是说：写文章的人因感情激动而发为文辞，观赏文章的人由阅览文辞而进入情景，顺波直上，追溯源头，即使文章深奥隐晦，也一定会使它显露。年代久远，没有谁见到过作者的面貌，但读了文章，却能从中窥见作者的情感和心思。王国维也在《人间词话》中说道："能写真景物真感情者，谓之有境界，否则谓之无境界。"可以说，艺术语言表达追求的正是这种发乎心灵、诉诸情感的真境界。②

（二）情感思维与理性思维的辩证关系

我们应该看到情感思维可以成功地解决文学艺术、艺术语言的创作问题，但仍有其局限性，表现在它不能完全解决理性认识问题。人类为了认识和改造世界，必须认识事物的本质或规律性，就必须进行理性思维。实际上，情感思维之所以和理性思维有不同的特点，乃因所达的目的不同。文学艺术语言是要表达对人生的感悟和体验，而科学语言则要表达人对客观对象的理论思考。目的不同，手段

---

① 朱堂锦. 语言艺术哲学 [M]. 昆明：云南教育出版社，1990：94-104.
② 罗丹，葛赛尔. 罗丹艺术论 [M]. 沈琪，译. 北京：人民美术出版社，1978：3.

第四章 情感思维和艺术语言

也就不一样了。俄国文艺评论家杜勃罗留波夫较早看到了艺术家、思想家的不同思维的特点：艺术家注意"对世界的感受"，而思想家则重在"理论思考"。不同的艺术家，不管有多少不同的风格，但都有一个共同的特点，那就是"对世界的感受"。这种对世界的感受，只有通过生动的形象才能表达出来，"若是竭力把这种感受引到一种确定的逻辑组织里去，把它用抽象的公式表现出来，这却是徒劳无功的"。艺术家具有敏锐而强烈的感受能力，"看到了某类事物的最初事实时，他就会惊异万分。""他虽然还没有做过理论上的思考，能够解释这种事实；可是他却看见了，这里有一种值得注意的特别的东西，他就热心而好奇地注视这个事实，把它摄取到自己心灵中来，开头把它作为一个单独的形象，加以孕育"[1]。思想家也是从观察生活开始的，却并不只注视个别事实，而是积累很多事实材料。"由于以前聚集在他的意识里，不知不觉地在他的意识里保存下来的个别现象丰富多样，就使他能够一下子用它们组织一个普遍的概念。这样一来，这个新的事实，就立刻从生动的现实世界中，转移到抽象的理性领域里去了。"[2] 艺术家把表象改造成了意象，而思想家把表象抽象成了概念、范畴，其思维走的是不同的途径。

另一方面，情感思维与理性思维之间，并无绝对不可逾越的界限，它们一经产生，就具有既互相矛盾互相排斥、又互相依存互相转化渗透的辩证关系。如果人为地把两者作用的领域对立起来，认为情感思维就是理性思维的真空，而理性思维中毫无情感思维的踪迹，这种认识是不符合思维的客观实际的。

法国史学家兼文艺评论家丹纳曾经指出，了解事物的本质或规律"一共有两条路：第一条路是科学，靠着科学找出基本原因和基本规律，用正确的公式和抽象的字句表达出来；第二条路是艺术，人在艺术上表现基本原因和基本规律的时候，不用大众无法了解的而只有专家懂得的定义，而是用易于感受的方式、不但诉之于智，而且诉之于最普通的人的感官与情感。"[3] 他还认为，科学工作者要善于把抽象的东西形象化，文学艺术家在设计环境和塑造人物时，要注意环境与人的逻辑关系以及人物肉体、思想、感情、个性的内在关系。这就说明，情感思维

---

[1] 胡经之.文艺美学[M].北京：北京大学出版社，1999：160-161.

[2] 同上.

[3] 丹纳.艺术哲学[M].傅雷，译.北京：人民文学出版社，1963：31.

与理性思维虽是两种不同的思维形式，但是也有相互作用、相互补充的一面，两者并无不可逾越的鸿沟。这里举这样一例，法国作家罗曼·罗兰的经典小说《约翰·克利斯朵夫》，同样是开篇的第一句："Legrondement du fleuve monte derriere La maison"，不同的译者就有不同的译法：江声浩荡自屋后上升（傅雷译）；屋后江河咆哮，向上涌动（韩沪麟译）；江流滚滚，荡动了房屋后墙（许渊冲译）。以上三种译文体现的是译者的不同视角的审美体验，即译者根据个体情感对原文的理解和感悟。许渊冲先生对此译例的审美体验就有自己独到的见解，他认为当江流滚滚时在屋里听到的不是声音的上升，而是屋里的后墙被江流所震动了。许先生集感知和想象为一体，将情感思维和理性思维结合在一起，超越原作的表现形象，创造性地再现了原文的情景。

  在中国古代有一个著名的哲学命题："一尺之捶，日取其半，万世不竭。"其中不仅包含着中国古代哲人的深刻智慧，而且在逻辑思维中，包含着非常生动的形象思维，可以说，是形象思维在表达逻辑思维时十分经典的用例。别林斯基说过：不能容忍无形体的、光秃秃的抽象概念，抽象概念必须体现在生动而美妙的形象中。思想渗透形象，如月亮光渗透多面体的水晶一样。事实上，古今中外的政治家、思想家，无不善于取其事物的"神"和"理"来宣扬自己的政治主张和思想观点及其学说。马克思是理论思维的泰斗，同时又是形象思维的大师。他的《资本论》集哲学和政治经济学之大成，同时具有音韵和谐、形神融合的独特风格。全书插入文学形象、寓言故事、文学引语，运用各类比喻、比拟、借代等修辞格有三千多处。如在《资本论》第一卷中，用莎士比亚的《亨利四世》剧本中的女店主快嘴桂嫂做比喻，说明商品不像快嘴桂嫂那样"从来不会藏头盖脸的"，无论人们怎样看来看去地看商品，还是看不见、摸不着价值；《资本论》第三卷，引述了巴尔扎克《农民》中的故事，精当而深刻地说明高利贷者如何使小农越来越陷入高利贷的蜘蛛网中。马克思这种高超地运用语言的技巧，使他的理论著作既是阶级斗争和无产阶级革命的伟大学说，又是唯物主义历史观的伟大历史著作，同时也是讽喻精妙的纪实文学。此外，像《路易·波拿巴的雾月十八日》《法兰西内战》等著作亦是如此。

三、情感思维是文学活动的特殊思维方式

我们把情感放置到文学活动中去考察，会看到一种贯穿始终的独特而动态的思维方式。情感作为文学的内核，历来是一个不争的事实。从远古的神话到现代的荒诞派文学，不运用情感思维就根本无法解读。从作家的创作到读者的解读，情感思维贯穿于整个文学活动之中。

无论是作者还是读者无不围绕着一个"情"字，情感既是文学活动的缘起也是文学活动的归宿。即使今天我们面对新媒体迅猛发展的信息时代，文学作为人们不可替代的精神食粮依然不容置疑，因为文学的存在不决定于媒体的改变，而决定于人类的情感是否消失。显然，没有情感就不会有文学，只要有情感就会有文学，文学与人类的情感是同生死共存亡、唇齿相互依存的关系。既然情感是文学的生命之所在，那么情感又是怎样在文学活动中作为一种特殊的思维方式存在的呢？

以人类早期的文学样式——神话为例，马克思在《政治经济学批判·导言》一文中曾这样指出："任何神话都是用想象和借助想象以征服自然力，支配自然力，把自然力加以形象化；因而，随着这些自然力之实际上被支配，神话也就消失了。"最富想象力的神话为什么产生而又消失呢？可见"征服自然力，支配自然力"这一人类赖以生存的情感愿望的渴求和实现，正是其根本原因和核心所在。在这里，马克思无疑为我们提供了一把解读文学的钥匙，从情感出发，以情感为核心，即使像远古那种荒诞无稽、十分幼稚可笑的天神、怪异故事，我们同样能打开它的大门。毋庸讳言，这正是一种情感思维，它不仅存在于文学活动之中，而且是文学思维的核心所在。

（一）作家"情动而辞发"

从作家角度来说，作家的创作往往是有感而发，不平则鸣。《诗经·园有桃》写道："心之忧矣，我歌且谣。"《文心雕龙·明诗》："人禀七情，应物斯感，感物吟志，莫非自然。"钟嵘说："气之动物，物之感人，故摇荡性情，形诸舞咏。"韩愈说："大凡物不得其平则鸣，……人之于言亦然，有不得已者而后言，其歌也有

思，其哭也有怀。凡出乎口而为声者，其皆有弗平者乎！"

作家为何而创作，直接地说就是为了表达自己情感的需要。《诗经·四月》："君子作歌，维以告哀。"歌以告哀，正表白了诗人作诗的情感目的。南北朝的诗论家钟嵘说得很详细："嘉会寄诗以亲，离群托诗以怨。至于楚臣去境，汉妾辞宫，或骨横朔野，或魂逐飞蓬；或负戈外戍，杀气雄边；塞客衣单，孀闺泪尽；或士有解佩出朝，一去忘返；女有扬娥入宠，再盼倾国。凡斯种种，感荡心灵，非陈诗何以展其义？非长歌何以骋其情？故曰：'诗可以群，可以怨'。"[①]

《西厢记》："别恨离愁，满肺腑，难陶泄，除纸笔代喉舌，我千种相思向谁说！"《红楼梦》："满纸荒唐言，一把辛酸泪。都云作者痴，谁解其中味！"作家们之所以选择文学来表达自己的情感，大概都对"动天地，感鬼神，莫近于诗"的说法有所共识吧。所以，文学是情感的产物，情感与文学与生俱来。朱熹在《楚辞辨正》中指出，汉代拟《骚》之作，"词气平缓，意不深切"，其原因就在于"无所病痛，而强为呻吟"。庄子说："故强哭者虽悲不哀，强怒者虽严不威，强亲者虽笑不和。"文学创作不仅是出自作家的情感表达，而且，这情感还必须是自然真实的，无病呻吟，"为赋新词强说愁"是不会真正打动人的。不表达自己的思想感情，不反映自己真切的情感体验，即使忠实地记录了现实生活，那至多也只能算是历史的实录，不能成为文学。相反，即使是历史著作，如果鲜明地表达了作者的主观情感，那么这历史著作也是可以当作文学作品来欣赏的。司马迁的《史记》之所以被誉为"无韵之《离骚》"，其根本原因就在于鲜明地表达了作者"究天人之际，通古今之变""原始察终，见盛观衰"的创作目的，他更把"发愤"之情感充分地融进了著作之中。

人类的感情是息息相通的，没有任何二致。在浩如烟海的英美文学作品中，情感无不是创作的动因和贯穿始终的精髓。无论是莎士比亚的十四行诗，还是泰戈尔的《飞鸟集》，无论是那灿若星辰的散文，还是浩如烟海的小说，无不凝聚着情感的精华，闪耀着情感的光辉。

[①] 钟嵘.诗品全译[M].徐达，译注.贵阳：贵州人民出版社，1990：12.

（二）文学作品的"有我之境"和"无我之境"

从文学作品本身来看，王国维从意境的角度把文学分为两类，一是有我之境，一是无我之境。所谓有我之境，即"以我观物，故物皆著我之色"。王国维并以欧阳修《蝶恋花》的词句"泪眼问花花不语，乱红飞过秋千去"为例。这一例句确实具有代表性。《古今词论》引清初文学家毛先舒云："此可谓层深而浑成。何也？因花而有泪，此一层意也；因泪而问花，此一层意也；花竟不语，此一层意也；不但不语，且又乱落，飞过秋千，此一层意也。人愈伤心，花愈恼人，语愈浅而意愈入，又绝无刻画费力之迹，谓非层深而浑成耶？"语浅意深，人的伤心情感全由"花"得到了淋漓尽致的表现，人花浑然一体，人问花，花恼人。这是面对落花，那么面对盛开的鲜花如何呢？杜甫有诗"感时花溅泪，恨别鸟惊心"，鲜花鸟语虽好，但面对"国破"的情景，诗人无心欣赏，只能徒增伤感；李白有诗"相看两不厌，只有敬亭山"，在李白的眼里，山比那些权贵们看上去亲切。客观的自然景物虽无生命，但经作家感情汁液的浸染，花鸟虫鱼，山川草木也是可以有情感的。这就是所谓"观山则情满于山，观海则意溢于海"。

20世纪英国作家赫伯特·欧内斯特·贝慈的名篇《十月湖上》，描绘了湖面上的秋色景观，为人们传诵至今。这是一幅"十月湖上"的水彩画。时空交错，动静、虚实相映，既有湖面上的秋色景观，又有湖岸上的绚烂风光和垂钓者的临湖情趣。作者以画家的彩笔、诗人的灵智、博物家的赏识，为我们描绘了这幅"秋水共长天一色"的精美画卷。白杨树叶"簌簌落满湖上"，像小舟一样浮游荡去，使人想起"无边落木萧萧下"的诗情画意。作者神思驰骋，想到夏末秋初，垂钓者观察鱼情的精细和垂钓的情趣；平静湖面被鱼群的"银色舞蹈不断划破时"，漾起丝丝涟漪的美丽画面；湖畔孤零的鹢鹉、横掠湖面引颈长鸣的鸥鸻，以及各类水鸟：白嘴鸭、燕八哥、野天鹅、苍鹭、鹬鸟、翠鸟……以各自不同的姿态和生活习性，给湖上增添了无限生机和灵韵，可谓情景交融的典范之作。

在文学作品中，客观世界总是打上了作家的情感烙印，客观世界总是经过了作家的心灵化以后才进入作品的。这也正是文学作品区别于科学理论著作之所在。黑格尔说得好："在艺术里，这些感性的形状和声音之所以呈现出来，并不只是为着它们用那种模样去满足更高的心灵的旨趣，因为它们有力量从人的心灵深处唤起反应和回响。这样，在艺术里，感性的东西是经过心灵化了，而心灵的东西也借感性化而显现出来了。"所谓心灵化，就是思想情感化。直抒胸臆的作品自不必说，客观的叙述描写也同样体现为一种心灵的表现。常言说"一切景语皆情语"即是此意。

王国维所说的"无我之境"，即"以物观物，故不知何者为我，何者为物"，并以陶渊明诗"采菊东篱下，悠然见南山"为例。在中西方文学批评史上，艾略特（T. S. Eliot）的"客观对应物"（objective correlative）和王国维的"无我之境"一样，是非常重要的美学范畴，二者独立平行，并无相互影响的机缘，但其间却有契合之处：都主张诗歌贵在客观含蓄，诗人应隐蔽主观情感，标举诗歌的非功利性特征。另一方面，二者之间也有差别，具体表现在对客观化强调的程度上。艾略特在《哈姆雷特及其问题》一文中是这样阐述"客观对应物"的："通过艺术表现情感的唯一方法是，找到一个'客观对应物'；换句话说，是用若干实物、某个场景、一连串的事件来表现特定情感；最终要做到，带来感觉经验的外部事实一旦出现，便立刻唤起了情感。"结合艾略特本人的诗歌创作，"客观对应物"应是指诗人利用隐喻、象征等修辞手法呈现的意蕴深邃的意象，以及具有强烈暗示性的典故和外来语。例如他的诗歌名篇《普鲁弗洛克情歌》中的"黄色的雾"和"黄色的烟"这两个意象，就是典型的"客观对应物"："黄色的雾在玻璃窗上擦着背／黄色的烟在玻璃窗上擦着嘴"（The yellow fog that rubs its back upon the window-panes / The yellow smoke that rubs its muzzle on the window-panes），它们徘徊在主人公的脚下，也萦绕在他的心头。黄色是软弱和病态的象征，这些挥之不去的黄色烟雾，刻画出主人公的内心世界：他对现实生活迷惘惶惑但又无能为力，只好随波逐流，一无所成，结果是"我用咖啡勺量走了自己的人生"（I have measured out my life with coffee spoons）。这里的"咖啡勺"也是一个"客观对应物"，通过这个客观物象，诗人间接地传达出他对现代精神世界的主观印象：慵懒和倦怠。

概言之，在王国维的"境界"论里，"有我之境"是"以我观物，物皆着我之色彩"，换句话说，"有我之境"就是诗人的主观情感与客观审美对象相互交融，使得客观物象被赋予强烈主观色彩的艺术境地。"无我之境"则是"以物观物，故不知何者为我，何者为物。""我"即认识主体，"以物观物"说的是审美主体面对客体之时，抛弃了主观情感，忘却了功利心理，完全以一种超然的、审美的心态沉浸其中，忘记了个人的存在。表现在文字上，那就是作者的情感完全被隐蔽起来，从字里行间很难窥视到主体的痕迹。在艾略特的"客观对应物"说中，客观性成为评判作品高下的绝对标准，以反对注重主观情感抒发的浪漫主义文论。但在王国维"无我之境"说中，"无我"并不一定是至高无上的，在《人间词话》中，"有我之境"也颇受重视，并没有厚此薄彼地评价，而是始终把"境界"看成是品鉴的最高标准。

（三）读者"披文以入情"

从读者的角度来看，读者是在作者的诱导下"披文以入情"的。所谓"披文以入情"，应该包含两层含义：一是读者要积极探寻作者的创作意图，也就是将作者话语蕴藉中的思想情感得以显现，"虽幽必显"；二是读者的解读也是自身情感体验的积极参与，读者的解读实际上是对文本的二次创造。先说读者的二次创造。读者接受文本完全是一种自主性。读者不感兴趣的文本，硬塞给他也无益。文本接受的行为取决于读者的动机需求。读者的动机存在多样性，大致有：补偿性动机、求知性动机、求善性动机、求美性动机、求乐性动机等。不管是哪一种动机，它都体现着读者要从文学文本中寻求心理需求的满足。当然，动机不同，必然影响读者对文本的选择和评价。需求不同，情感意向就不同，所得也不同，仁者见仁，智者见智。鲁迅说，同是一部《红楼梦》，"单是命意，就因读者的眼光而有种种：经学家看见《易》，道学家看见淫，才子看见缠绵，革命家看见排满，流言家看见宫闱秘事……"由此可以看出读者面对文本并不是一种被动地接受，而是在心理动机需求驱使下用自己的心灵之光烛照着眼前的文本。不同的思想性格和不同的兴趣爱好对不同的作品感受是不同的。刘勰在《文心雕龙》中说："慷慨者逆声而击节，蕴藉者见密而高蹈，浮慧者观绮而跃心，爱奇者闻诡而惊听。"意气慷慨的人听了昂扬的歌声随着为之击节赏叹，性情含蓄的人看了意境深秘的作品而精神为之高举远迈，有些小聪明的人看了富有藻彩的作品而高兴得心为之跳动，好奇的人对不寻常的事物产生兴趣。动机、需求、兴趣、爱好、性格、气质等正反映出读者的主观情感对文本接受的积极影响。正如莎士比亚的话："There are a thousand Hamlets in a thousand people's eyes."（一千个读者心目中，就有一千个哈姆莱特。"）这句话具有深刻的哲理，揭示了阅读的神奇和阅读效果的多元化。

再谈读者对作家思想情感的探寻。清代学者包世臣在《艺舟双楫》里说："大要作文难，知文亦不易，非其词之工拙之难，知其用意所在之难也。"刘勰也同样感叹过："知音其难哉！"说明探寻作家思想情感是件很困难的事情。事实上作家也有和读者同样的苦恼。从作家角度来说，这实际上是一种有趣的烦恼。作家既希望读者读懂作家，但又不愿意让读者很快地登堂入室，因为作家的直白表露既意味着浅薄，也意味着文学性的丧失，而完全不让读者看懂，又失去了作品本身的意义。《红楼梦》的亦真亦幻，曲尽奇妙，正是其引无数痴情的读者探究的魅力所在。

作家的文学创作总是会受到所处时代环境的种种影响和制约，而作家的心灵却是无限自由的，尤其是思想特立独行的作家往往有着独特的文学理念和艺术追求，在构思作品时肯定有着深刻的思考，并以某种有意味的艺术形式去承载。例如，美国20世纪著名作家捷罗姆·大卫·塞林格（J. D. Sallinger）有一部令读者着迷的小说——《麦田里的守望者》（*The Catcher in the Rye*），自1951年出版，就引起了巨大的争议，同时也使作者举国闻名。这本小说虽然争议很大，仍然受到大批读者的喜爱，它是美国最受欢迎的畅销书之一。这部小说写的是作者年少时的一段故事，带有自传性质，作者以第一人称并以青少年的口吻叙述，写得轻松和畅快，并没有追求语言的华丽和意境的烘托，只是用现实主义的笔调，非常细致地描写一个以"我"自称的名叫霍尔顿的十六岁少年日常生活所经历的点点滴滴。但是，如果仅仅看到这一点是远远不够的。我们可以注意一下小说创作和发表的背景。小说背景是美国的20世纪50年代，对于美国社会来说，这是一个很特别的时代，人们物质生活已经达到富裕的巅峰，而精神生活却跌落到空虚的谷底。精神的虚无缥缈，使这个时代变得"静寂"而"空洞"。我们可以用"静寂的五十年代"作为全书的背景，从而去理解一个中产阶级子弟苦闷、彷徨的精神世界，这样苦闷寂寥的内心矛盾，也许只有在那样复杂的背景下才能产生，这种矛盾实际上是物质生活和精神生活、现实社会的丑恶和自我内心的纯洁之间的矛盾。在这样消极的世界里，霍尔顿不愿和那个年代合拍，不愿与这个世界同流合污，但是又没

第四章　情感思维和艺术语言

有足够的力量去改变，这使他把"长大后当一个麦田里的守望者"当作自己的貌似平庸的唯一追求。这样，当我们读完这本书，细细体味作者在这个少年身上寄寓了什么，这时，我们会发现，麦田里的守望者只是一种象征罢了，在那样的矛盾世界里做无谓的挣扎，不如仅仅是守望，做个简简单单的守望者，未尝不是最好的选择。题目和内容诠释了理想和现实，就像大海和蓝天一样，看上去海天相接，实质上是千山万水，这正是作者留给读者的广阔而魅力无限的阅读空间。

美国著名的小说家欧内斯特·米勒·海明威，在他的文学作品中塑造了一个个性鲜明且有血有肉的人物形象，对话性是海明威小说最为鲜明的语言特征之一，他的创作语言极为简洁凝练，却有着深厚且多重的寓意。以他的短篇小说《一天的等待》为例，文中采用大量精练的对话，运用含混型的对话语言技巧，简练的对话中承载着丰富的语言信息，吸引读者去揣摩解读。小说中开篇写父亲和医生的对话，使他的儿子误认为自己马上就要死了，内心充满恐惧，默默等待死亡的降临。小说结尾处父子间的对话如下：

"About how long will it be before I die?"

"You aren't going to die. What's the matter with you?"

"Oh, yes, I am. I heard him say a hundred and two."

"People don't die with a fever of one hundred and two. That's a silly way to talk."

"I know they do. At school in France the boys told me you can't live with forty-four degrees. I've got a hundred and two."

He had been waiting to die all day, ever since nine o'clock in the morning.

"You poor Schatz, " I said. "Poor old Schatz. It's like miles and kilometers. You aren't going to die. That's a different thermometer. On that thermometer thirty-seven is normal. On this kind it's ninety-eight."

"Are you sure?"

"Absolutely, " I said. "It's like miles and kilometers. You know, like how many kilometers we make when we do seventy in the car?"

"Oh, " he said.

But his gaze at the foot of his bed relaxed slowly. The hold over himself relaxed too, finally, and the next day it was very slack and he cried very easily at little things that were of no importance.

译文："我还有多长时间活着呢？"

"死？你怎么啦？"

"嗯，我要死了。是的，医生说是一百零二度。"

"体温一百零二度时，人是不会死的。这简直是无稽之谈。"

"我懂，这种情况人是会死的。我在法国上学时，学校里的孩子们告诉我：体温升到四十四度，人就要死了。而我已经一百零二度了。"

从早上，整整一天，他在等待死的临头。

"可怜的斯加茨，"我说，"可怜的斯加茨，这可是驴唇不对马嘴，你不会死的。那是另一温度计，那上面的三十七度为正常，而这种温度计上九十八度才是正常。"

"你能肯定？"

"完全肯定。"我说，"这就犹如英里与公里的区别。你是清楚的，我们开车七十里，那跑了多少公里？"

"哦。"他应道。

继而，斯加茨呆滞在床脚的目光慢慢活泼起来，他那紧张的心里也松懈了。第二天，这种莫名的心理云消雾散了。他动不动就吵着要一些无用的小玩意儿。

当儿子得知事实真相时，海明威用一个"哦"字，传达出小男孩内心极其复杂的感受。"哦"字的运用蕴藏着小男孩知晓答案后复杂得难以言喻的心情，那种无法一下子释然的凝滞的瞬间，被一个"哦"表现得淋漓尽致，令人揣摩之后，不禁为作家体察人物内心变化的精细入微而击节赞叹。

综上，概而言之，文学创作是遵循着情感逻辑展开的，而创作所依托的艺术语言，也必然是情感的完美载体。我们经常用"情感""感情"来表达人们对客观事物或自身状况的态度和体验，实际上，从心理学的角度来考察，这包括两种成分：情绪和情感，情绪和情感是由独特的主观体验、外部表现和生理唤醒三个要素组成的。情感不仅是创作活动得以展开的动力源泉，而且还是文学作品所要表达的重要内容之一。从创作到读者的文本接受，情感体现在整个文学活动之中，

· 第四章　情感思维和艺术语言 ·

因而作家和读者作为文学活动中的两个主体，必然是自觉不自觉地受到情感因素的支配和制约。但是作家又不同于读者，作家常常能主动地把握情感，并按情感的逻辑去充分地表现自己，而读者常常是情感的被动接受者，对作家按照情感逻辑塑造出来的艺术形象，常常结合自己的生活体验和人生经历添加了主观理解，所以我们可以说，阅读是作家和读者双重创造的过程，当然，作家是作品的创作主体，读者是作品的阅读主体，读者的解读虽然带有一定主观性，但终究是不能偏离作品本身的情感逻辑的。那么，何谓情感逻辑呢？情感逻辑又叫艺术逻辑，它不同于普通生活的现实逻辑。现实逻辑又叫形式逻辑，它遵循生活事理的规则，情感逻辑通常和生活事理相一致，但有时二者又难免发生矛盾。应该说，情和理相一致的时候，读者是容易理解的。例如"海内存知己，天涯若比邻。无为在歧路，儿女共沾巾。""人有悲欢离合，月有阴晴圆缺，此事古难全。但愿人长久，千里共婵娟。"两例所述合情合理，很好理解。当然，在文学中，经常遇到的是情和理不一致，甚至发生矛盾，那么文学作为一种审美意识，应该牵情就理呢，还是应该牵理就情？一般来说，由于文学意识的审美特性，十分重视感情的评价，如果遇到情与理矛盾的情况，在情与理这一对矛盾中，鱼和熊掌不可兼得，作家往往采取牵理就情的处理办法。特别是当作家为了表现一种复杂的情感，有意识地悖理传情，以至于造成形象上的荒诞，形式上的变异，这时，读者的理解就出现了困难，需要更多了解作品的相关背景，多角度、多方位、设身处地地尽可能去触摸作者的"痛点"。例如"从一粒沙子看到一个世界，从一朵野花看到一个天堂。"（威廉·布莱克《一粒沙子》），诗句形式上显然违反事理，从一粒沙子怎么能看到一个世界？从一朵野花如何看到天堂？读者如果拘泥于现实中的事理逻辑来理解诗句就无法真切地把握诗人的独特感受。艾略特在他的名篇《四个四重奏》里有一句："In my beginning is my end."（在我的开始中是我的结束），这要怎么理解呢？这就需要首先读懂作者，体察他所处的境地和经历、他所赖以产生特别感受的环境和土壤以及作者的文学主张，只有这样才能体味其中内蕴。再如这样的话："黑色的天空和太阳的耀眼的黑色圆盘"（肖洛霍夫《静静的顿河》），可谓荒诞，从现实的理性角度几乎难以理解，但如果结合作者的人生经历和思想感情，应该说就不难品味出这话语的深刻内涵。

有人说，"诗无理而妙"或"愈无理愈妙"。其实这只说对了一半，包括诗在内的任何文学形象的无理都必须建立在真情的基础上，否则无理便成了无稽，毫无价值了。无理之所以好，它的艺术价值就在于无理有时更能反衬出情之真。所以西方现代派作家，特别钟情于悖理传情手法的运用，因而被称为非理性主义作家。如卡夫卡的《变形记》写一个小职员一夜醒来变成了一只大甲虫；尤奈斯库的《犀牛》写全城的人随波逐流地在大街上狂奔，他的《秃头歌女》则写一对夫妇一同到朋友家做客，结果到了朋友家却互不相识；贝克特的《等待戈多》写两个流浪汉始终没有等到一个叫戈多的人，等等。如何来理解这些作品呢？马克思分析古代希腊神话的方法，是我们解读这些作品的一把钥匙。这些荒诞性的文学虽然不合乎事理，但它完全合乎情理，它同样遵循情感逻辑。

总之，缘起于情感，归宿于情感，其间又按照情感逻辑来塑造形象和解读形象，这就是文学特有的一种思维形式——情感思维，同时，也是艺术语言运思的重要思维形式。

四、情感思维在表象活动中展开

我们都有过类似的经验：心里乱得像一团纠葛紊乱的麻，思绪像一群来回奔突茫无目标的兔子，自己也说不清在畅想、在幻想着什么。渐渐在这幅朦胧模糊的图像中，浮现出隐隐约约的形象，如同在浓雾里，在层烟里，它们在我们眼前左右晃动，时而向我们走来，时而离我们而去。它们也许是一两件在我们心里烙下深痕的往事，也许是一两件与我们某日无意中看到过的一片落叶、一块石头、一弯小桥、一个永远关闭着的门等等，总之，我们能感受到却说不清楚。如果这时走来一位朋友，问你在想什么，你会恍然大悟像梦中惊醒一样。当你寻觅词汇来表达你的此情此景，它们忽然又都无迹可求了。在生活中体验到的这些飘忽不定、不可捉摸的混沌的情感状态，就是我们所说的情感的表象。

表象就是已经感知过的事物在人的头脑中留下的痕迹。它是从感知进入概念的一个过渡，是比感知更为复杂的心理过程。就形象而言，表象是在想象展开之前为创造新的形象所准备好的、储藏在记忆中的大量形象；就心理过程而言，想象是表象这一低级的心理活动的延续。在情感活动的混沌状态中，情感和表象是

第四章 情感思维和艺术语言

不能分开的。首先，表象生成时始终伴随着情感，情感的强度对表象的记忆产生直接影响；其次，创作时的情感状态对作者所进行的表象回忆会产生很大影响；最后，情感的表达需要丰富多彩的表象活动。因此二者之间其实很难划开明确的界限。情感活动的目的和意义，并不是为了达到对象本身，而是要得到它的表象。所以，情感活动难以把握的地方就在于离开外部对象的刺激或唤起，就难以生发情感，而交织于情感状态里的并不是客观对象本身，而是可随我们心境不同而变化的表象。情感思维永远是在表象活动中展开的。

　　人的感情是十分复杂而且多变的，而语言的词汇是有限的，情到深处，有限的语言是难以胜任复杂而微妙的情感传达的。例如，人类语言有着大量丰富的表现情感的词汇，诸如"欢喜""愤怒""悲哀""快乐""忧伤""痛苦""失望"等，但是，当我们经历某种强烈的感情遭际或情感冲突时，这些词却仿佛不够用了，找不到自己所需要的那一个最恰当的词或表达方式和方法，总觉得这些表达情感的词汇都无法穷尽我们内心的感受，或者所传递出的还不及内心的十分之一。究其原因，这是因为情感在实际状态中始终伴随着表象活动，而承载着我们情感的表象，并非清晰可辨、确定不变的，而是时隐时现、朦朦胧胧，并不能明确地捕捉到，而且表象随着我们的思绪一个又一个地呈现，如同一幅幅画面、一幕幕戏剧，在我们脑海里浮现、又消失、再浮现，形成一连串的表象。当情感无法"达"出来时，作家就找到了"寄"情于物的方法。西方有"移情说""客观对象说"，都是为了解释这一美感经验。无论"移情说"也好，"寄托说"客观"对象说"也罢，都在表达着同一个意思，即人的情感外射于物的现象。洛慈在《缩形宇宙论》里说："凡是眼睛所见到的形体，无论它是如何微缩，都可以让想象把我们移到它里面去分享它的生命。这样设身处地地分享情感，不仅限于和我们人类相类似的生物，我们不仅能和乌鹊一齐飞舞，和羚羊一齐跳跃，或是钻进蚌壳里面，去分享它在一张一翕时那种单调生活的况味，不仅能想象自己是一棵树，享受幼芽发青或是柔条临风的那种快乐；就是和我们绝不相干的事物，我们也可以外射情感给它们，使它们别具一种生趣。比如建筑原是一堆死物，我们把情感假借给它，它就变成一种有机物，楹柱墙壁就俨然成为活泼的肢体，现出一种气魄来，我们并且把这种气魄移回到自己的心中。"① 创作实践告诉人们，表象生成时伴随的情感强度与记忆效果趋于正比例关系，但是，心理学研究发现，情绪强度会对表象记忆产生积极影响，即与情绪有关的感知内容，在该情绪状态下非常易于记忆，这就是人们经常会遇到的下意识回忆，例如在写自传时，会突然浮现出某种记忆。心理学家发现，人们对创伤性事件的记忆优于对喜悦事件的记忆，例如贫穷、困厄、离婚、病痛、死亡，人们往往记忆十分鲜明，难以忘却。正如钱锺书在《诗可以怨》一文中所说："……盖诗言志，欢愉之词难工，而愁苦则思致不能深入；愁苦则其情沉着，沉着则舒籁发声，动与天会。故曰：'诗以穷而后工。'夫亦其境然也。……用歌德的比喻来说，快乐是圆球形（die Kugel），愁苦是多角体（das Vieleck）。圆球一滚就过，多角体"辗转"即停……"② 钱锺书先生的这段话总结了中外作家在创作过程中的共同发现，即"诗穷而后工"。当人遭遇坎坷时，记忆的表象深刻而细致，情绪的浓度高于对快乐事情的记忆。这从一个方面说明，作家的创作与情绪、情感、表象关系是密不可分的。

　　文学创作对情感的表达要靠对表象的描写来实现。情感是一种内觉体验，与感觉、知觉相比，它没有一个清晰的特征可供表达，比如说"我很郁闷"，想对它进行描述，就不得不借用对象化的感知形象，借用那些引起郁闷的人和事展开描述。所以，文学作品表达情感并不是用"我痛苦""我喜欢"等来表达的，这样表达在读者那里是没有形象感的，因而不可能产生艺术美感。那么情感在文学创作中是如何表达的呢？那就要借助于表象，即外物。这里还是要说到西方文论中的"移情说"。"移情说"固然揭示了作家创作时情绪情感与表象之间的关系，但是它基本上是把观照中的情和物作为不同的两件事，即人的情感是纯粹的情感，观赏中的外物终究是外在的，也就是说当我们无法表达内心情感时，就将这种情感迁移到某种可以寄寓的外物上面，强调的是情感的位移。但仅此是不够的。其实，外物对于主体来说，虽然是外在的，但在人的情感活动中，外物只提供一个表象，由主体加以同化，成为浑然一体的情感状态，此时物与我之间，交互感应，你中

---

① 朱光潜. 朱光潜美学文集：第一卷 [M]. 上海：上海文艺出版社，1982：40.
② 钱锺书. 七缀集（修订本）[M]. 上海：上海古籍出版社，1985：127.

第四章 情感思维和艺术语言

有我，我中有你，物我交融，物我两忘。可见，人的情感并非"移"到物上面去，而是"同化"了物的表象，在心灵里展开了活动。心灵里伴随物象的情感活动是一个内观，在观赏中与具体物联系在一起，则表现为外观，这便是物我交感存在的原因所在。

为什么明知文学作品是作家虚构之物，可是读者却偏偏愿意相信这些"胡编"和虚构呢？这是因为外物从一开始就变了形，被情感同化了，它所提供的仅仅是一个表象。作家可以根据他的眼光（这眼光很大程度上是受民族文化心理的影响而形成的）随意地调整、改变甚至新造某些表象。写作者自由虚构的权利正是来自情感的赋予。正是在这个意义上说，虚构乃是文学的生命。一个不会"编"、不善于虚构的人，可以说他技巧还不够圆熟，从最深刻意义上说，他不会戴着个性化的"眼镜"去看待生活感受世界。文学创作为什么那么重视技巧？技巧的本质是什么？这也与情感的特质有关。如果它是纯粹的不伴随表象进行的东西，只要对它有足够的认识就可以了，并不需要艺术意义上的技巧。但情感伴随着混乱无序的表象，导致了表达上追求的有序性，要让你体验到的东西也让别人同样地体验到，就得把你心灵中多少有点混乱的情感整理出一个清晰的秩序，构造出一个此情此景，技巧就是在这个表达过程中实现从无序到有序的具体方法。

我们只要凭借自己的经验或直觉，就会明白，人的情感总是在具体的、直观的、形象的情景中才能传达出来。它在本质上是属于非概念的。尽管理智和情感并不是水火互不相容，尽管我们在理智的严密逻辑结构中也能够想象汹涌澎湃的情感力量，同样，淋漓尽致的抒情佳构同样能唤起我们深沉的理论思索，但是，应该承认，理智和情感毕竟是人的两种性质不同的活动。如果我们不把周围的世界暂时"定格"，假定现实的鲜活和生动是静止并且理想的观照物，我们就难以用逻辑的方法去认识和揭示其本质及规律；同理，如果不能在周围的世界里去体验和我们一样生机勃勃的万物的生命，就无法去贴近它、感受它，最终也就是无法感受我们自己。一言以蔽之，离开了感情脉络中那些具体、直观、形象的东西，或者说离开了情感"图像"——表象活动，我们内心的情感就无法"达"出，艺术语言运思就失去了依托，艺术语言也就无从谈起。

第五章 艺术想象与艺术语言

想象，这是一个古老而又永远年轻的思维精灵，它几乎随着人类的产生而产生，它帮助人类创造了并且正在创造着不同于动物世界的物质文明和精神文明。

艺术语言运思和艺术想象可谓水乳交融，相辅相成，艺术语言作为艺术审美运思的成果，正是借助某种艺术媒介的诱引，在想象创造的幻觉世界里，或尽现灵魂的陶冶、精神的抚慰，或传达人性的绽放、人生的彻悟。18世纪瑞士文艺理论家布莱丁格曾经将想象生动地比之为"灵魂的眼睛"[1]。这确实是一双不同于生理感官的眼睛，这双眼睛中饱含着人类艺术的无穷奥妙，潜存着人类艺术活动的基本模式。我们只有设法洞开这双"灵魂的眼睛"，才能真正窥见人类艺术活动和艺术语言的内在奥秘。

一、艺术想象是一个复杂的系统

"想象"无疑是一种重要的心理形象，同时又是一个扑朔迷离的字眼，我们需要先来考察一下其自身的复杂性，才能进而认识艺术想象。

《辞海》（1989年版缩印本）给予"想象"以如是解释：它是"利用原有的表象形成新形象的心理过程。在外界刺激物的影响下，在人脑中对过去存储的若干表象进行加工构造而成。人不仅能回忆起过去感知过的事物的形象（即表象），而且还能想象出当前和过去从未感知过的事物的形象。但想象的内容总是来源于客观现实。"[2]

就想象的实际情况来说，既有名词性内涵，又有动词性意义；既有与感觉、记

---

[1] 中国社会科学院外国文学研究所，外国文学研究资料丛刊编辑委员会. 外国理论家、作家论形象思维 [M]. 北京：中国社会科学出版社，1979：26.

[2] 辞海编辑委员会. 辞海（1989年版）[M]. 上海：上海辞书出版社，1989：1840.

·第五章　艺术想象与艺术语言·

忆有关的一面，又绝不简单等同于感觉和记忆；既可以包括幻想，又不等于幻想；有时是不自觉的、非理性的，有时又要受到理性的支配和制约。在历史上，早有很多学者从不同的角度对想象进行过不同的分类。概括起来，主要有以下几种。

（1）单纯想象与组合想象。单纯想象是指感知表象在记忆中的浮现，组合想象是指感知表象的重新组合。

（2）无意想象与有意想象。前者是指没有预定目的的不由自主进行的想象，后者是指理性支配下的想象。这一分类较早引用于文艺学领域，也是心理学理论确认的想象分类。

（3）分解想象与综合想象。前者是指艺术创作过程中的意象选择，后者其实就是创造想象。

（4）再造想象与创作想象。这也是心理学理论公认的一种想象分类。

想象之所以引人众说纷纭，其中一个重要原因是想象生成的生理机制很复杂，大致说来可解释为"大脑半球皮层的主要功能是形成记录过去经验的暂时联系系统，这种经验包含在人关于世界的表象和知识中。暂时联系系统是动力的，它变化、补充和改造着。分析过程中被分出的复合刺激物的部分和特征（这些刺激物是对象或当前情境）被联系或综合成新的组合。因此就建立起新的形象或新形象的现实。"[①]

想象作为一种在感觉经验、记忆表象基础上进行的意识活动，在艺术思维中表现更为丰富，构成一个复杂的想象系统。

（一）艺术想象是一个静态的系统

我们把艺术想象看成一个静态系统，主要便于进行分类研究。和日常想象相比，艺术想象与之有同有异。日常想象包括有意想象和无意想象两大类，艺术想象也可分为这样两类，在艺术活动中，两种想象方式一并起着十分重要的作用。

在艺术欣赏过程中，无意想象是其主要活动方式。而且，无意想象的程度往往与作品自身的艺术价值成正比。一般来说，越是能够将读者引入忘我境界，使

---

① В.В.波果斯洛夫斯基，А.Г.科瓦列夫，А.А.斯捷潘洛夫，等.普通心理学[M].魏庆安，等，译.北京：人民教育出版社，1983：277.

之展开自由想象的作品，越是具有较高审美价值的作品；相反，越是强行使读者进行有意想象的作品，往往越是低劣的、理念化概念化之作。所以，康德在其美学理论中，才不无道理地将没有任何明晰利害观念和理性前提束缚的自由想象（即无意想象）视为审美活动的本质特征；无独有偶，在我国古代文论中同样把"不涉理路，不落言筌"视为较高的审美境界。当然，在作品的欣赏过程中，并非完全不存在有意想象，但这种有意想象更多地表现在那些批评家、导演、演员等某些比较特殊的读者那里。

在艺术创作过程中，无意想象表现为作家在内在情感的驱动下，笔下不由自主的意象流动过程。创作过程中的灵感爆发，便正是这种无意想象发挥的极致；有意想象表现在，作家是按照一定主题或情节的提示要求展示想象的过程。在具体创作活动中，如果只有有意想象，失去了无意想象，文艺作品便会苍白干瘪，缺乏生机；相反，如果仅有无意想象而失去了有意想象，作品便会成为意象的堆积、难以理喻的迷梦。

不论是有意想象还是无意想象，就想象自身的内容构成来看，又包括再现、再造、创造三种形式。在人类的整体创作活动中，再现、再造和创作三种形式往往是一同发挥作用的。再现想象不仅集中体现于自传体作品中，也是其他任何创作类型的基本想象方式。正是通过这种基本的想象方式，艺术形象才显示了相似生活的一面。而再造想象，主要表现在艺术家借助"第二手资料"进行创作的过程。比如在历史题材的创作中，作家必须借助对于文字材料或口头传闻的再造想象才能进行。在一般的创作活动中，作家们也总会自觉或不自觉地将一些间接见闻加入自己的作品中，这常常包含了作家再造想象的成分。创造想象，具体又可分为类比、理想、推测三种公认的分类情况。创造想象全然不同于再现或再造想象那种大致接近于生活原态的特征，而是在此基础上产生的一种全新的艺术造型。类比想象主要体现于象征形态的作品之中。例如毛泽东笔下的"梅花"："俏也不争春，只把春来报，待到山花烂漫时，她在丛中笑。"显然，这已不再是再现意义的梅花原态，而是通过类比想象，将"梅花"与"无私无畏的革命者"的双重表象相叠合而创造出的象征形象。理想想象则集中体现于像我国吴承恩的《西游记》等流露着作者强烈主观愿望的作品之中。推测想象除了用之于一般作品的构思之外，往往集中体现于某些神话、童话及现代科幻作品的创作过程之中。

（二）艺术想象是一个动态过程

在文学创作中，艺术想象始终是处在运动变化之中的。从动态过程来看，艺术想象与人类的其他意识活动相同，也是以记忆基础上的感性材料作为起点的。但因艺术想象是以表象为特殊媒介材料，是以艺术形象的创造为其特殊目的的，这就决定了艺术想象内在运动的构成和具体环节并不等同于人类其他意识活动。艺术想象的动态过程表现为：感觉→记忆→表象→意象→艺术形象。

首先，作为想象赖以存在的记忆本身就是一个特殊的运动过程。按照心理学原理，并非所有记忆形式都能参与表象的储存，表象储存主要与形象记忆和情绪记忆有关。也就是说，参与想象活动的记忆，往往只是日常记忆中与形象有关的部分。伏尔泰曾说过："虽然说记忆得到滋养，经过运用，就能成为一切想象之源泉，这点记忆一旦装载过多，反倒会叫想象窒息。因此，那些脑子里装满了名词术语、年代日期的人，就没有组合种种意象所需要的资料，那些整天计算或者俗务缠身的人，其想象一般总是很贫乏的。"[1]

其次，想象是一个变异的过程。在表象中，经意象到艺术形象的完成过程中，又是一个复杂的多种方式参与的表象运动过程。从艺术创作的实际来看，这个过程既不同于分解，又不同于综合的表象变异运动。表象运动分析见图5-1。

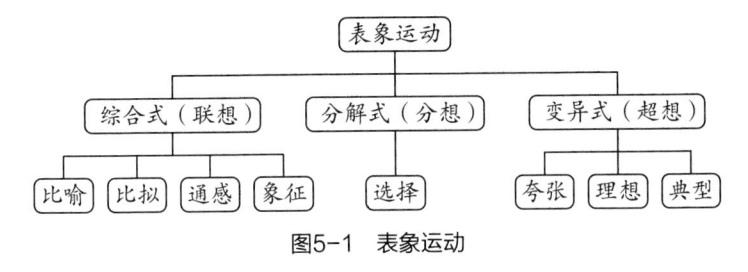

图5-1 表象运动

综合式建基于大脑的"联想作用"。从艺术形象来看，是双重或多重表象叠合的结果，包括比喻、比拟、通感、象征等修辞手段。

比喻是人类最基本的一种综合想象方式，美国当代哲学家威尔莱特把它看作

---

[1] 中国社会科学院外国文学研究所，外国文学研究资料丛刊编辑委员会.外国理论家、作家论形象思维[M].北京：中国社会科学出版社，1979：32.

一种独立的"比喻的想象"。比喻的特征在于，通过联想，把具有某种类似点的甲乙两种表象合为一体，从而创造出一种新的形象。

比拟其实也是一种潜在的比喻，与一般比喻的不同只是在于：一是比拟只限于人与物之间的比喻关系，二是更偏重移情特征。

如前面的章节中所谈，通感是指人的各种感觉的相互沟通和替代。在具体的艺术形象中，则表现为视、听、嗅、触等诸种感觉表象的叠合。心理学理论认为，人的视、听、嗅、味、触等各种感官都能产生美感，同时每一个人的眼、耳、鼻、舌等身体各个感官的领域也都不是绝缘的。艺术语言的魅力所在恰恰表现在能够调动读者各种感官上的感受，并使这些感受彼此相通。因此，艺术语言在修辞上总是努力用形象去牵动欣赏者的多种感官，力求唤起他们对艺术形象的直觉感和立体感，引起欣赏者的美感联想。所以说，通感就是向人这个整体说话的。宋代诗人林逋以善写梅花闻名，他有描写梅花香气的名句："暗香浮动月黄昏"，是说在黄昏的月光下，一阵阵淡淡的清香在小园里、在清清的水面上浮动着。明暗的"暗"是视觉感受，"暗香"是嗅觉通于视觉，借视觉的暗淡来描写"香"的幽微、清雅。"浮动"属于运动觉兼视觉，香气是看不见的，怎么感受它的运动？而且是呈"浮状"的飘动？这是因为诗人嗅到了梅花一阵阵传来的时有时无的幽香，眼睛就仿佛看到月色之下一阵阵淡淡的雾霭在"浮动"，或者说诗人眼前就呈现着团团飘动的云雾。相似的美感节奏，就使得嗅觉和视觉、运动觉联系在一起了。

从表象运动过程看，象征的特征是主体将心目中刻意表现的深层表象，潜附到与之有着某种内在关联的表层表象之中，显然这同样也是一种表象叠加的综合想象过程。

分解式建基于大脑的"分解想象作用"，这是一个表象选择过程，在想象的静态系统中，它属于再现想象范畴，现代小说理论中的景物、细节、肖像描写等，基本上属于这种"分解想象"的结果。

变异式主要建基于大脑的"超想作用"。这主要是指在文学创作过程中，超出某种记忆表象的"扩张"或"缩小"的想象方式。修辞中所谓扩大夸张、缩小夸张、超前夸张等，就是这种变异式想象的产物。

所谓艺术想象，就是这样一个复杂的表象运动过程。上述论述主要是着眼于想象从感觉到艺术形象的实现这样一个过程,下面,我们再从人类思维系统中进一步考察艺术想象的思维个性。

根据马克思在《〈政治经济学批判〉导言》中指出的人类掌握世界的四种方式,学术界通常把思维类型分为科学的、艺术的、宗教的、日常生活的四种。根据内在构成特征,思维运动又可分为两种形式,即推理思维与想象思维。前者以概念为媒介,后者以表象为媒介。想象思维又可进一步分为有意想象和无意想象。

科学思维以推理思维为主,虽然不乏想象因素,但主要表现为有意想象的运用。宗教思维也以想象思维为主,同样主要呈现为有意想象。日常生活思维即马克思所说的人类对于世界的"实践—精神"的掌握方式,是指人类同具体实践直接地、紧密地联系在一起的一种认识世界的方式。因此,它既有推理思维,又包含想象思维。

艺术思维的特征在于,既不同于以推理思维为主的科学思维,也不同于推理与想象不分高下的日常生活思维,而主要是一种想象思维。艺术思维以情感为主要动力,以形象地透视人生、把握世界为主目的,是一个有意想象与无意想象交互作用的过程。

二、艺术想象活动来自表象思维

以表象为思维媒介的艺术想象,本质上是人类最早产生的把握世界的一种思维方式和思维能力。与人类社会本身的历史进程相同,艺术想象也是由低级形态向高级形态逐渐衍变发展的。思维科学史的材料表明,在某些高级哺乳动物那里,已经具有了表象活动,这无疑是后来人类思维形成的基点和前奏。正是借助表象的记忆和储存,主体世界和客体世界才开始了分离;正是借助表象的比附、联想与复合创造,人类才开始了艺术想象形态的原始思维活动,并创造了以神话故事为标志的最早的文学作品。

艺术化思维作为人类思维的一种类型,必然渗透着人类心智的相似性和共同性,这种相似性和共同性也必然反映在艺术语言里。也就是说,在艺术语言的深层结构中能够找到人类童年心理结构的沉淀。在西方,某些"意象派"诗人刻意追求的正是这样一种非逻辑的意象罗列风格。请看美国现代诗歌旗帜人物威廉·卡洛斯·威廉姆斯（William Carlos Williams）的诗 The flowers out of the window（《窗外的花》）：

  Light purple, light yellow
  White curtains change the tone —
  The clean breath —
  The twilight of the sun —
  Light glass tray
  The glass bottle, upside down
  Wine glasses, beside it
  There's a key — I want that
  A spotless white bed

译文：窗外的花

  淡紫、嫩黄
  白窗帘使色调变化——
  洁净的气息——
  向暮的日光——
  照着玻璃托盘
  玻璃水瓶，翻倒的
  酒杯，在旁边
  有把钥匙——还要那
  洁白无瑕的床

全诗都是表象的罗列，没有添加任何旁白和释义，只有开头的"淡紫""嫩黄"几个色彩词，和"白""洁净"两个形容词。其他都交给读者，凭此去做自己的想象和联想，这是何等空旷辽远的艺术留白啊！在中国古典诗歌中，诸如"大漠孤烟直，长河落日圆"（王维）、"古道西风瘦马，枯藤老树昏鸦，小桥流水人家"（马致远）这类迄今时常为人称道的名篇佳句，我们都会感觉到，这些随意罗列的词语，正是不合常规语法逻辑思维特征的表象组合，留给读者无限的创造性想象的空间。

  艺术语言就是这样借非理性的外观传达出高度理性化的内容，它以独特的变

· 第五章 艺术想象与艺术语言 ·

异形式体现着情感的自由超越、意识流动的错杂无序，印记着幻觉和梦呓的感觉实迹，追求着个性的完美和健全。要寻找艺术语言的深层心理结构，就需要在人类非理性的表象思维中挖掘其带有普遍性的深层意蕴，进而去探索文明与原始、客观与神秘、理性与非理性、现代语言艺术与远古图腾之间相互转化的文化背景的奥秘。

（一）原始思维的直观感受性和象征性

原始人的思维是建立在简单的感性直观基础上的。古希腊许多大哲人以及中国的老子、庄子都曾竭力强调直观感知在人类生活中的巨大作用，认为直观感知是发现真理的源泉和起点。在人类进化的史前时期，原始先民的抽象思维还不发达，他们大都用表象，用最简单的来自经验的客观世界的表象进行思维。因此原始人对事物的认识和理解是直觉的、具体的。也就是说，他们主要还是用一种表象复现的思维形式，还不能对事物本质及事物之间的关系进行抽象的概括反映。许多原始民族在交流信息表达思想时，更多使用的是具体细致的形象化词汇，那些具有概括性的概念词汇则十分贫乏。例如因纽特人不会用数字概括的方式表达："我家来了四个人。"而只会说："我家来了一个妇女，一个歪眼的男孩，一个老人，一个带弓的人。"在塔斯马尼亚人那里，没有"冷、热、软、硬"之类的概念，如果要说"热的"，就会说"像火一样"；要说"冷的"，就说"像水一样"；要说"软的"，就说"像兽皮一样"；说"硬的"，就说"像石头一样"。[①] 所有这些都表明，原始思维还只是人类在感知基础上形成的表象或系列表象的复现运动，因而，只能是具体化、形象化的。而这具体化和形象化正是现代艺术思维所具有的基本特征，也是艺术语言的基本特征。

人类语言的发展是一个从无到有、从简单到复杂的不断完善的过程。语言的词汇同样是一个从少到多、从表现具体事物到表达抽象概念的不断丰富的过程。原始人最初创造的词语都是指称那些与他们生活密切相关的事物，而对那些比较陌生的事物或抽象概念则没有或无法命名。但是，人们在交际中必然会碰到一些没有名称的事物，要排除交际障碍，就不得不发挥已有词语的作用，用直观感受

---

① 列维·布留尔.原始思维[M].丁由，译.北京：商务印书馆，1986.

到的东西去描述感受不到的东西，这样，艺术语言便产生了，各种艺术表达的修辞手法也就诞生了，像比喻、借代、拟人等手法就是如此。

在人类语言中，表示抽象概念的词形成较晚。如形容词表示事物性质和状态，词义抽象而概括，在原始思维的发展中，这类概念形成较晚，这类词大多都是由一些表示具体事物的名称衍化而来的。这种衍化经常会使用比喻、借代等修辞方法。随着词义的发展，我们今天使用的形容词大都发生了词义的转移，即指称具体事物的本义已经完全消失，只有表示事物性状的抽象意义了。但在其他词类中，多义词的比喻义则和本义共存，这种现象在语言词汇中占有相当大的比例。例如 mouth 原来仅指动物的"嘴巴"，现在不但可以指人的"嘴"，还可以用来指河道的"出口"和山洞的"入口"。这种词义使用范围的扩大和转移，都是通过比喻的手法产生了新义，在长期的使用中逐渐在本义的基础上衍生出多个义项，产生了一词多义的现象。再如 chatter 这个词，原意是"不停发声"，当用来指人时就成了"喋喋不休"，指鸟时是"啁啾"，还可以指"（猿）啼""（机械）嗒嗒响"等等，词义范围不断扩大，甚至转移了。

原始心理是一种整体统一的心理，原始思维的直观感受性是以神秘的"集体表象"为基础的。原始人感受的集体表象不是真正的客体表象，而是一种主客体混合的意象。这种集体意象源于原始社会团体对客体世界的敬畏、崇拜等共同情感和想象，源于这个集体所共有的整体意识。在他们眼里，世界遍布了具有超人神力的东西，每个存在物、每种自然现象，都具有某种神秘属性。正因为如此，图腾氏族把动物看作他们的祖先，把一切自然之物都看作像人一样。

集体表象中神秘的属性牵引着人们丰富的联想，给原始思维带上了浓郁的象征色彩。用具体事物来表达或暗示某种特殊意义和观念，原始先民早已发端了，这便成为文明人类象征艺术手法的原型。象征，是原始思维中一个重要属性。神话的产生便是事实。神话虽似荒唐、违背常理和逻辑，但原始人却真诚地信仰着。在原始神话里，象征就是其主要艺术手法。

象征思维方法的运用结果使得原始人产生了一种感觉的变异，不同的事物，他们感受到的却是那种相同的神秘的象征意义。这种感觉的变异反映在语言上，就创造出原始语言的艺术变异色彩。

弗里德伦德尔认为"艺术乃心灵之物，这意味着对艺术的任何科学研究都将是心理学的，它虽然也可能涉及别的科学，但心理学总是必不可少的。"[1] 心灵中现实与幻觉的交融混杂表现在语言上，就出现变异现象，艺术语言往往以变异取胜，道理就在这里。

通过上述对于原始语言和艺术语言的特殊心理感受的分析可知：从深层结构看，二者都属于表象的转化，即表象与表象的互相渗透；从表层结构上，这种表象转化体现为名称——词的转义形式。不是直接说出事物的名称，而是采用间接的方式，用指称其他事物的名称来表示，如借喻和借代方法。这说明，在原始语言发展过程中，首先出现的是反映表象的词，然后才出现反映抽象概念的词和多义词，其中转义形式的运用是产生新词义的重要途径；从艺术语言的各种修辞手法看，比喻、比拟、借代等辞格并非天才所造，而是出自人类自发的语言行为，是人们为了解决语言材料与表达思想感情的需求不平衡的矛盾，使有限的词语发挥更大的作用而创造的方法。

（二）原始思维"物我合一"的神秘规律

和艺术想象相比，原始思维还呈现主客不分、物我合一的混沌状态。由于人的主体意识尚未觉醒，在原始人心目中，自我本身与其他事物之间、实存的事物与想象的事物之间，往往没有截然分明的界限。这种主客不分、心与物化的思维混沌特征，在现代艺术想象活动中表现得同样十分突出。作家在创作过程中，当进入到某种体验境界时，呈现的正是这样一种心理状态。法国作家乔治·桑在她的《印象和回忆》里说："我有时逃开自我，俨然变成一棵植物，我觉得自己是草，是飞鸟，是树顶，是云，是流水，是天地相接的那一条横线，觉得自己是这种颜色或是那种形体，瞬息万变，来去无碍。时而飞，时而潜游，时而吸露。我向着太阳开花，或栖在叶背安眠。天鹅飞举时我也飞举，蜥蜴跳跃时我也跳跃，萤火和星光闪耀时我也闪耀。总而言之，我所栖息的天地仿佛全是由我自己伸张出来的。"艺术想象活动中这种虚实不分、物我交融的特征，与原始思维的混沌状态又是何其相似。

---

[1] 马克斯·J.弗里德伦德尔.论艺术与鉴赏力[M].邵宏，译.北京：商务印书馆，2015.

车尔尼雪夫斯基对此指出，未开化的人把自然界看作某种与人相似的东西，他们设想自然界也有与人相似的生命。物我合一、主客不分，实际上是一种拟人的思维形式，它就是拟人修辞手法的深层心理结构和原型。在原始人看来，石头、山峦、苍穹等一切自然界的事物都被视为有生命的拟人化实体；而人类自己也可以变为自然界的拟物化实体。人和物是可以随主观意愿和感情而互相比拟的。例如中国古代的十二兽历法起源于原始时代，至今我国很多民族在祭祖和祭祀时，仍然使用原始时代遗留下来的十二兽历法。此外，原始思维中弥漫着"万物有灵"的神秘色彩，在原始先民看来，世界上万事万物与人相同，都是一种生命的载体，背后都有相应的神灵作为主宰。比如太阳、土地、水火之类的自然事物，几乎都受到了所有原始先民的虔诚崇拜。日本先民曾将太阳奉为"天照大神"，古秘鲁人甚至径直相信太阳是酋长之父；对土地的崇拜更是有着丰富多样的表现，如在中国、古希腊及其他许多民族中，都流传着关于"地母"的神话；对火的崇拜同样有大量记录，如印度最古的宗教经典《梨俱吠陀》中，对火神"阿耆尼"的赞歌占有极大的篇幅。另如山川、草木、花卉之类，在许多原始民族的心目中，往往也被视为某种相应神灵的化身，受到小心翼翼的尊崇。

这种原始的人和物交融互渗的模糊意识仍然闪现在今天的艺术语言之中。《红楼梦》中黛玉的《葬花词》："尔今死去侬收葬，未卜侬身何日丧？侬今葬花人笑痴，他年葬侬知是谁？"这种以花自况、花人不分的比喻，正是原始思维在语言中的反映。

物我合一、主客不分的交融互渗规律，除了拟人化特征外，还浸透着强烈的夸张意识。原始人没有数量观念，只有对质的把握，他们往往把事物特征累积、夸大来加以突出，以便从质上加以把握。这就成为夸张的原型结构。比如表示"多"，他们就说"像星星那样多""像头发一样数不清"等。

原始思维这种物我合一的神秘规律还导致了原始人丰富而奇妙的联想和想象。远古人类沉浸在迷梦的幻想中。他们总是以多种多样的、奇异古怪的形式来展开想象。正如马克思所说，古代各民族是在幻想中、在神话中经历了自己的史前时期。古代民族用想象和借助想象以征服自然力，支配自然力，把自然力加以形象化，充满了感性色彩。在原始人的表象中，知觉和感性，客体和主体，彼此紧密相连，难以分开。原始人的知觉神秘性实际上就是受情感左右,原始人丰富的想象和联想也完全是受情感推动的。这些都在说明着,原始人不是纯客观地掌握世界,而更多的是主观地体验着世界。

三、艺术想象与变态心理

变态心理是与常态心理相对的一个概念。一般说来,所谓常态心理,是指人们按照现实事理逻辑进行思维的心理状态;所谓变态心理,原是精神病理学意义上的一个术语,本来是指由于心理失调而导致的幻觉、妄想、人格分裂、思维离奇、情绪亢奋等精神病患者常常表现出来的一种临床特征。我们这里主要用以借指在文学创作过程中,由于情感作用而导致的主体的一种异常亢奋心理状态。作家在艺术想象活动中,当然离不开常态心理的制约,但同时却也常常伴随着一种类似精神病患者的变态心理过程。

艺术想象离不开变态心理。从内在机制来看,变态心理是一种物我两忘、如醉如痴、混淆了现实与幻境界限、心驰神往、高度集中的想象状态。正是借助这样一种想象,在作家的视野中,才会出现莺歌燕舞、花鸟溅泪、草木赋愁、山水起舞的万物皆灵的奇妙世界。具体说来,主要表现在以下几个方面。

(1)感知错幻。感知错幻又可分为错觉和幻觉两个方面。从病理特征来看,错觉是指对客观事物的歪曲的感知,即把客观外界存在着的某种事物感知为性质完全不同的另一类事物,比如把白云错觉为绵羊,把花丛错觉为人影等。幻觉是指一种在没有实在的客观外物刺激的条件下产生的虚幻的感知体验,即外界环境并不存在某种事物而主体却感知到了该事物的存在。

在文学创作理论中,艺术变形是一条普遍的规律。尤其是在运用比拟、象征等手段进行的创作活动中,往往存在着对客观事物大幅度变形的过程。在这样一种想象变形过程中,越是不露人工痕迹,越是接近真诚的病态错觉,艺术形象就会越加真切感人。例如,正是借助这种真诚错觉,才有了"草木知春不久归,百般红紫斗芳菲"(韩愈)、"蜡烛有心还惜别,替人垂泪到天明"(杜牧)这样美妙动人的艺术境界。

同理,越是逼近病态的幻觉,越是信以为真,作者笔下的想象便会越加栩栩如生。凡成功的作家，几乎都有过这样类似精神病患者的幻觉体验。巴尔扎克在创作过程中，会"忽而气得呼哧呼哧地骂他们是坏蛋、傻瓜，忽而微笑着，称赞地拍拍他们的肩膀……"①陀思妥耶夫斯基在创作过程中，也体验到："我同我的想象、同亲手塑造的人物共同生活着，好像他们是我的亲人，是实际活着的人，我热爱他们，与他们同欢乐、共悲愁，有时甚至为我的心地单纯的主人公洒下最真诚的眼泪。"②显然，正是借助这种心理变态的幻觉，作家才得以进入感同身受的创作境界。

（2）异常心理。在医学上，异常心理又被称为病态或变态心理，但对于艺术家而言，异常心理在某种程度上，却又是艺术家在艺术创作中的一种必然表现。主要表现为躁狂亢奋与抑郁伤感两种对立的情绪倾向。躁狂亢奋的病理特征是，患者或哭笑无常，叫喊怒骂，或捶胸顿足，满地打滚。从变态心理学的角度可以看到，文学创作过程中的所谓灵感爆发，其实也就是作家的心理变态达到一定强度、想象特别活跃的情绪躁狂亢奋的状态。实际上，在一般的创作过程中，常态心理和变态心理总是起伏不定、交互作用的。灵感爆发状态，也就是作家的常态心理遭到暂时掩抑，自由想象发挥到极致的状态。这时候的作家，表面看来，往往呈现最为近似精神病患者的如痴如醉的迷狂状态。郭沫若讲过，他创作《地球，我的母亲》时，就经历了"神经性发作"的迷狂状态。曹禺在谈《日出》的创作过程时也说过："在情绪的爆发当中，我曾经摔碎了许多纪念的东西，……我绝望地嘶嚎着，那时我愿意一切都毁灭了吧，我如一只负伤的兽扑在地下，啃着咸丝丝的涩口的土壤。我觉得宇宙似乎缩成昏黑的一团，压得我喘不出一口气。"③作家这种处于灵感爆发状态的躁狂亢奋，与精神病患者情绪异常几无二致。

抑郁伤感，郁闷难解，同样是艺术创作过程中常用的变态心理现象。这种抑郁伤感，是一种心理能量淤积的结果。作为病理变态者，由于这种淤积无由发泄，

---

① 康·帕乌斯托夫斯基.金蔷薇[M].戴骢，译，上海：上海译文出版社，2007.
② 中国社会科学院外国文学研究所，外国文学研究资料丛刊编辑委员会.外国理论家、作家论形象思维[M].北京：中国社会科学出版社，1979：111.
③ 山东师范大学中文系文艺理论教研室.中国现代作家谈创作经验[M].济南：山东人民出版社，1980：369.

第五章 艺术想象与艺术语言

常常致其情绪沮丧、思维迟钝、茫然无措,甚至悲观厌世,走上自杀之途。而在艺术创作活动中,这种变态心理淤积的能量,往往刚好成为激发艺术想象的强大动力,成为作家释放内心积郁的一种手段。曹雪芹在《红楼梦》中的"满纸荒唐言,一把辛酸泪",蒲松龄在《聊斋志异》中的"集腋为裘,妄续幽冥之录;浮白载笔,仅成孤愤之书",作家在其作品中找到了情感的喷泄口,或者说,这些作品正是一种心理能量释放的产物。另如法国作家罗曼·罗兰,正是在年轻时的一次痛心失恋后,才以一种心灵的痛苦为动力,创作出《约翰·克利斯朵夫》。也许正是从这个意义上,我国唐代诗人韩愈谓之:"物不得其平则鸣……人之于言也亦然,有不得已者而后言,其歌也有思,其哭也有怀。"(《送孟东野序》)日本现代文艺理论家厨川白村所谓"文艺乃苦闷的象征",也道出了个中道理。

(3)人格分裂,或称多重人格。在病理学方面,这本是一种解离性神经官能症,病人往往呈现两个、三个或多个明显不同的人格。当同一个人身上体验着两种完全不同的内心活动,过着两种不同的生活,表现出两种不同的个性,或者说,病人体验到自身之中还有另一个自己时,这叫双重人格,如果体验到自己分成了几个人时,即为多重人格。显然,这种多重人格的变态心理,也是艺术创作常常出现的心理体验。作家正是借助这种人格分裂的心理体验,才能进入设身处地的想象状态,写出生动感人的艺术形象。据说汤显祖在创作《牡丹亭》时,当写到春香陪老夫人一起到后花园祭奠死去三年的杜丽娘时,好像自己也成了春香,居然一个人跑到柴屋里痛哭了一场。[①]福楼拜也曾说过,他写包法利夫人服砒霜自杀时,自己竟也仿佛果真尝到了砒霜的滋味。他这样谈道:"写书时把自己完全忘却,创造什么人物就过什么人物的生活,真是一件快事。"[②]所有这些都说明,在艺术创作过程中,作家总是要经历必不可少的设身处地的想象活动,即一种类似人格分裂的变态心理,否则,就很难达到艺术创作特有的全神贯注的高度亢奋状态。

正因为变态心理是构成成功的艺术想象的必要心理条件,所以,古今中外的许多文学家、理论家,都高度肯定过精神迷狂之于艺术创作的价值。王蒙这样说:

[①] 周旋,肖源锦,周子瑜,等.中外文艺家创作轶事[M].贵阳:贵州人民出版社,1980:284.

[②] 朱光潜.朱光潜美学文集:第一卷[M].上海:上海文艺出版社,1982:44.

在进入创作境界之后,"确实是如醉如痴,难解难分,'都云作者痴,谁解其中味?'把这种'痴'夸张成精神病当然是谬说,然而,一点不'痴',又怎么能写得成呢?"①

正是由于文学创作中具有这种迷狂状态的变态心理作用,才有了艺术语言色彩斑斓的艺术表现手法,诸如反复、排比、夸张、呼告、示现、设问、感叹、警策等修辞手法无不是在情绪沸腾不可遏止的情状下自然而然从笔下飞溅而出的。朱光潜先生说过:"任何人的心理都不免带有若干所谓变态的成分。比如做梦是常事,可受催眠暗示也是常事,而这些心理作用却属于变态心理学范围之内。"② 以上列举的感知错幻、情绪异常、人格分裂等也莫不是人人皆有的心理体验。许多作家笔下动人的艺术境界,正是作者变态心理作用的结果。如李白在《金乡送韦八之西京》中有诗句:"狂风吹我心,西挂咸阳树。"若用常态心理来看,狂风如何吹心?心又如何挂在树上?杜甫在《古柏行》中有"霜皮溜雨四十围,黛色参天二千尺"的诗句,宋代学者沈括在《梦溪笔谈》中指责杜甫这两句诗:四十围是径七尺,高二千尺,不是太细长吗?这种误解,显然是论者用常态心理去判断诗人写诗时的心理了。没有情感的升腾超拔,就没有艺术。我们读这些诗句,会产生一种心领神会之后的快感,恰恰是由于作者的变态心理和读者类似的心理产生共鸣的结果。

综上所述,艺术语言是语言进入艺术这一领域后形成的语言变体,是为了表达主体情感而超脱和违背常规语言,追求语言美学功能和表情功能的话语形式。可以说,艺术语言是一种超越性的语言形态,它超越了现实需求,是在心灵自由、审美自由推动下进行的审美创造。艺术语言超越了现实世界而进入人类心灵旨归的可能世界,创造了独特的审美心理时空。它超越了语法和形式逻辑的桎梏,甚至超出通常人认为的常理和规范,放任心灵高飞远举,超越现实的束缚而遨游在自由的广阔之域,让横亘在我们与现实之间的帷幕骤然揭开,使我们瞥见了平常被遮盖着的人性的深层奥秘。正如黑格尔所说:"自由是心灵的最高的定性。""真

---

① 《青春》编辑部.作家谈创作[M].《青春》文学月刊社,1980:18.
② 朱光潜.朱光潜美学文集:第一卷[M].上海:上海文艺出版社,1982:336-337.

正的创造就是艺术想象的活动。"整个艺术语言的创造过程，都是主体在同客体结成特殊的审美关系时，以最大限度的心灵主动性去改造客体，再造客体，并从中发现自己，实现自己的本质力量。

第六章　艺术语言的自我超越

语言，既是人类认识世界的桥梁，又在某种程度上禁锢了我们对感性世界的表达，这是因为语言符号本身的抽象性，使得语言无法与本原世界一一对应，在鲜活生动的大千世界面前，它显得十分贫乏。比如"树"这个词，只能给人一种模糊、空泛的感觉，我们无法知道是哪一种活生生的树，更无法进一步知道树的具体形象、颜色、气味等感性信息。更有甚者，面对人类在许多方面的感知体验，语言符号会显得很尴尬。例如在描写人们常出现的某些强烈情绪时，很难直接用语言去准确无误地加以表达。

英国现代科学家卡尔·波普尔认为，有三个各自独立或准独立的世界，即物理客体世界、客观知识世界和精神状态世界。物理客体世界包括无生物界、生物界以及人的创造物，是一个可以触摸到的世界；客观知识世界主要指科学、历史以及文学艺术等人类智力成就的记录，这是一个可以用逻辑语言清晰表述的世界；精神状态世界则主要是指人类由客观现实和自我生理机制等所引发的感觉、体验、思想、情感、想象等。与物理客体世界和客观知识世界相比，精神状态世界无疑是一个最为神秘模糊、奥妙无穷的感性世界，是一个难以用有限的词语、有限的逻辑手段清晰表述的世界。历史上许多大作家之所以慨叹语言的痛苦，概源于此。老子所谓"大音希声，大象无形"的见解，也让我们从中体味到语言在感性世界面前的无能为力。

人的本性是追求精神自由的，当文字符号与思想感情的畅快表达对立冲突时，人们就要想方设法挣脱外在束缚，用不拘一格的超越精神追求精神的解放。文学艺术之所以被视为具有审美价值的精神产品，之所以为人类钟爱不衰，其根本原因就在于人在对象物上面看到了人性超越束缚的成功，感受到美感的欣喜。

艺术创造就是对一种自我创造物的生产。我们正是通过遵循自然法律和自己

第六章 艺术语言的自我超越

的心理倾向对自然显示了我们主宰力量，证明了我们在地球上生活的资格。

人的自由源于他的创造活动。创造，就意味着人能够自由地发挥自己的体力和智力，去改造外在世界。心理学认为，创造是指提供第一次制作的、新颖的、具有社会意义的产物的活动。按照这个说法，"创造"就是一个广泛运用于人类各种实践活动的概念。创造是依靠想象力去制作出原来不存在的东西，借以表现情感。这表明了艺术创造对于主体的心灵自由的依赖。事实上，整个艺术创造过程，都是主体在同客体结成特殊的审美关系时，能以最大限度的心灵主动性去改造客体，再造客体，并从中发现自己，实现自己的本质力量。这也就是主体自由的实现。黑格尔说"自由是心灵的最高的定性"，正是从这个意义上讲的。我们完全可以说，艺术创造是心灵自由的创造。

艺术语言是生命的燃烧，是生命力经过升华以后的一种光华四射的形态。艺术语言是生命力根基上开出的花，原始内驱力则是一种深层的生命动力，有的心理学家称之为原始生命力，它超越于人的理智，是激情、爱与创造力量的深层来源。

我们先举古希腊《荷马史诗》的例子。世界上所有民族流传下来的诗歌，无不是先民口口相传而来，又经过文人的整理定型下来的。古希腊上古时代的历史也都是以传说的方式保留在古代先民的记忆之中，后又以史诗的形式在人们中间口耳相传。《荷马史诗》其实并非一时一人之作，而是保留在全体希腊人记忆中的历史。特洛伊战争结束以后，一些希腊城邦的民间歌手和民间艺人就将希腊人在战争中的英雄事迹和胜利的经过编成歌词，在公众集会的场合吟唱。在这些短歌的流传过程中，又同神的故事融合在一起，增强了这次战争英雄人物的神话色彩。经过荷马的整理，至公元前8世纪和公元前7世纪，逐渐定型成为一部宏大的战争传说。史诗用自然质朴的口语写成，使用了大量口头艺术的表现技巧，如比喻、夸张、烘托等，完全是民间口头自发创作，显示了人在物理客体世界面前和精神状态世界中自由创造的巨大力量，同时，诗歌本身独特的韵律和源于神话传说的丰富的想象极大地增强了作品的感染力，达到很高的艺术成就。在其中长诗《伊利亚特》中，形象生动的比喻比比皆是，尤以明喻最为精彩纷呈、引人入胜。如"lion"（狮子）、"wild boar"（野猪）、"night"（黑夜）、"windstorm"（风暴）等意象广泛地用来修饰战士和战争等元素。诗人在第五卷中这样形容最猛的斗士们："like a pack of lions, devouring them alive, like a pack of wild boars, yes, brute strength."（像一群狮子，生吞活剥，像一群野猪，是的，蛮力无穷。）异曲同工地，在第七卷中，诗人形容埃阿斯和赫克托耳"like a lion or a wild boar of infinite strength"（像生吞活剥的狮子或蛮力无穷的野猪一般），两位勇士奋力出击的形象跃然纸上。在描写战争的阴霾即将散去时，诗人以奥德修斯的口吻讲说："Night has crossed the long distance, and dawn is closing in."（黑夜涉过长途，黎明正在进逼）。在第十一卷中，诗人借助一个四行的明喻对赫克托耳的强悍作了出神入化的描写："The king killed them, the chief of the Danai, and then rushed upon the place where the men had gathered, whirling and whirling like the west wind, and breaking through the bright clouds of the south wind."（此君杀死他们，达奈人的首领，随后扑向人马聚集之地，像西风卷起飞旋的狂飙，碎荡南风吹来自亮的云翳。）可见，艺术化的语言表达并非文人创造物，而是人自身直觉和本能的灵感，是心灵自由的创造。

　　我国古代最早的诗歌总集《诗经》，更是处处闪耀着语言的灵光和华彩，可谓是中国古代历史上的一朵奇葩，优美的语言，精湛的修辞手法几千年来都是后人学习和模仿的典范。如《周南·桃夭》："桃之夭夭，灼灼其华。之子于归，宜其室家。桃之夭夭，有蕡其实。之子于归，宜其家事。"将女子比喻成为一棵生长繁茂的桃树，用桃树的不同部位如花朵、叶子、果实等分别表达了对女子的赞美和祝福。《郑风·有女同车》："有女同车，颜如舜华。将翱将翔，佩玉琼琚。"将女子美丽的容貌比喻成为木槿花。《邶风·简兮》："有力如虎，执辔如组"，前半句刻画舞武中的表演者手中拿着的道具，描绘出作战时所表现出来如老虎般的威力，而后半句中的"如组"则是形容驾车人手中拿6条整整齐齐的缰绳，这里比喻的是绘舞者模仿的战车御法动作。这里的比喻和《荷马史诗》中的比喻手法有着异曲同工之妙，而且更为丰富多彩。我国古代文学评论家刘勰《文心雕龙·物色篇》中指出："诗人感物，联类不穷。"一语点出艺术语言的情感与心理特质，正是这种情感的支配力量，使艺术语言具有极大的内在张力，借助它，人们可以超越一切常识的羁绊，使内心的渴望找到最佳喷发口。

第六章 艺术语言的自我超越

一、主体的自我超越

（一）自我实现——心底的渴望

自我实现作为心理学概念是由 K. 戈尔得斯坦在《机体论》中提出的。他认为生理机体有实现自身潜能的内部倾向，他通过对脑伤士兵脑功能自我调整的研究，论证在人的机体内部也存在这种实现自身潜能的趋向，并把这种趋向称为自我实现。后来美国心理学家马斯洛则用这个概念来表达人的最高层次的需求。马斯洛认为，人的一切行为都是由需求所引起的，而需求又是分层次的：最底层是生理需求，中间层有安全需求、归属和爱的需求，最高层是自我实现的需求。[①] 这五个层次中，生理需求是其他各种需求的基础，只有当人们的一些低层次的需求基本得到满足以后，才会有动力促使高一层需求的产生和发展。自我实现的需求是人类需求发展的顶峰。自我实现一方面是人的潜能的释放，使人能够实现其自由的本质；另一方面，自我实现也是一种超越，是对诸如生理需要等较低层次的超越。

根据需求层次的理论，艺术创造属于自我实现的需求。这种需求，从层次级别的角度讲，乃是高级需求，它不是为了维持纯粹的生存，也不是为了追逐更丰裕的物质实利，而是为实现存在价值。由此来看，激起此类需求的动机，超出了纯粹生存的、物质的欲求，因而被马斯洛命名为"超越性动机"。由超越性动机驱动的活动是满足"超越性需求"的活动。

追求存在价值，以创造作为生命的天性，必然是非欲求的、忘我的、不受外物控制的，表现出主体极高的精神自主性。艺术家意欲的创造，完全是内在需求，艺术家只有受到了自己内心的促迫，才能产生创作的欲望，并形成创造优秀作品的心理条件。任何外来的力量，包括金钱与权势的诱惑，都不可能真正成为驱动创作的势能，更不能保证创作的成功。

心理学把主体在环境的压力、环境的刺激面前保持自己的相对独立性与自主性，叫作"心理自由"。在艺术创造的心理机制中，心理自由、内心解放这个因素

---

① A.H. 马斯洛. 人的动机理论 [M]// 陈纪方，中州大学. 社会心理学教学参考资料选集. 郑州：河南人民出版社，1986：174.

起着关键的作用。首先，这种作用有利于阻断主体同外在世界结成物质欲望关系，而促成主体同外在世界建立起审美关系。其次，心理自由有利于促使主体无拘束地、自然地披露心曲，倾诉情感，发表印象，也就是大胆自由地袒露自己的内心世界，表现自己没有被歪曲与压抑的纯真人性。再次，心理自由赋予了主体充分发挥自己的潜能的可能性。创造本身就意味着冲破禁忌，挣脱束缚。只有主体保持一种无羁绊的心境，去从容地进行创造，他的潜能才有可能被调动起来和得到充分发挥。正如席勒所说，艺术创造作为主体的超越性需求，其本性就在于"它只能从精神的必然性而不能从物质的欲求领受指示"。[1]

（二）虚静与迷狂——艺术语言创造的心态

虚静一说，可以上溯先秦时期。老子说："致虚极，守静笃。"（《道德经·第十六章》）意谓心境原本是空明宁静的，只因私欲与外界活动的干扰，而使得心灵闭塞不安，所以必须时时"致虚""守静"以恢复心灵的清明。庄子发展了老子的思想："水静则明烛须眉，平中准，大匠取法焉。水静犹明，而况精神？圣人之心静乎？天地之鉴也，万物之镜也。夫虚静恬淡寂漠无为者，天地之平而道德之至。"（《庄子·天道》）水清静下来，能够明澈地照见须眉，人的内心清静下来，也就可以像明亮的镜子一样映照出天地万物。老子与庄子的虚静说，一方面带有绝圣弃智、无知无欲的虚无色彩，但另一方面也强调了摆脱主观的局部感知，进而达到对客观世界的全面的、明晰的认识。刘勰在《文心雕龙·神思第二十六》中提出了虚静是进行艺术创造的重要前提："是以陶钧文思，贵在虚静，疏瀹五藏，澡雪精神。"强调了在审美观照时要排除庸俗繁杂的日常事务的干扰，排除主观成见，使心灵呈现明静虚空、朗如满月的状态。

从审美角度来说，虚静是一种纯粹的审美状态。因为它超越了功利得失的考虑，是一种自由的精神状态；也因为它是一种潜意识最为活跃的精神状态。

虚静可以把人导入最佳的创作状态。因为虚静并非纯消极的令人心如死灰的境界，而是为了排除外界纷繁事物的干扰，祛除心中的俗念，从而集中全部心神，进入"神与物游"的状态。在虚静心态之下，排除了俗念，摆脱了个人利害得失，

---

[1] 席勒.美育书简[M].徐恒醇，译.北京：中国文联出版公司，1984：37.

第六章　艺术语言的自我超越

获得了心灵的自由，故而能从审美的角度对客观事物进行观照，从而发现事物美的本质。

虚静心态可使人从具体的时空环境和具体的事务中超脱出来，为人们提供广阔的心理时空，有利于展开艺术想象做心灵的遨游。宋代文学家曾巩说过："虚其心者，极乎精微，所以入神也。"

英国著名的浪漫主义诗人华兹华斯在《内心的憧憬》一诗中曾经描绘过他的体验：

> The most pleasant is to hang down their eyes
> To wander alone, path or no,
> All round the traveller there is a meandering landscape,
> But he had no desire to see it,
> The product of that fantasy, or indulge
> The joy of contemplation, which steals into the heart,
> When beauty comes and goes.

译文：最愉快的是垂下自己的目光
独自去漫步，不管有无路径，
旅人四周展现着迤逦的景象，
但他却无心去观赏这美景，
那幻想的产物，或者沉湎于
沉思的快乐，它悄悄潜入深心，
当美景时隐时现之际。

华兹华斯的体验是有代表性的。艺术想象的前提就是要心空无物，寂寞凝神。如果满脑子充塞俗念，为具体事务所累，表象运动的空间就会大受限制，清新的诗句也就很难涌现。

虚静的目的，就是忘我。忘记了自我的存在，也就泯灭了物我的界限，也就超越了一切意识而进入无意识状态。这种无意识，看似毫无感情，其实只是没有感情的选择性，而把感情扩散到整个宇宙空间，因而是一种最为幽微广远的感情。这种无意识，看似毫无意识，其实只是没有意识的局限性，但把意识开放到无微不照、无广不容的程度，却是一种最为清明透彻的意识。

和虚静相对立的是心灵的迷狂亢奋状态。笔者在"艺术想象与艺术语言"中讲到艺术想象离不开心理变态，其中已经对这种艺术创作中迷狂亢奋的心理状态进行了论述。最早注意到艺术创作中的迷狂心态的是古希腊哲学家德谟克利特。他认为诗人只有处在一种感情极度狂热激动的特殊精神状态下才会有成功的作品。这种情绪上昂然自得的特殊的精神状态被认为是一种疯狂，并且在习惯上总是把它看作是与一个人在控制着他的全部机能时的那种正常状态相对立的。① 柏拉图接受了这种观点，他认为，迷狂是诗人创作时普遍存在的一种心理状态："科里班特巫师们在舞蹈时，心里都受一种迷狂支配；抒情诗人们在作诗时也是如此……诗人是一种轻飘的长着羽翼的神明的东西，不得到灵感，不失去平常理智而陷入迷狂，就没有能力创造。"②

从心理学的角度来说，当一个人把全部身心都沉没在审美对象时，在大脑皮层会产生相关的优势兴奋中心，这一优势兴奋中心越强，其负诱导的作用就越大，此时不仅对与审美对象无关的外部世界会茫然无知，就是对自身的直觉也会被抑制。换言之，当进入高度兴奋与集中的创作高峰状态后，人们不可能同时分生出一个冷静的、理性的"自我"来观照正在紧张地进行创作活动的自我。因而当时意识不到自身的存在，这就是艺术思维的所谓"忘境"。

当一个人泯灭了自我与对象的界限进入"忘境"，也就同时陷于迷狂。这种迷狂主要是一种心理状态，在这种状态下，人对外部世界似乎不视不闻，完全沉浸于内心的奇异感受之中，作者的思绪可以自由地飘来飘去，面对广漠的心理时空，与宇宙万物共鸣交谈，一旦有所悟，一股遏制不住的热流急涌上来，流遍全身，再从笔下喷射而出，所谓的"神来之笔"或"神品"就这样出现了。正如普希金在1833年所写的《秋》一诗中所描绘的：

  In sweet silence I forget the world,

  I let the wonderful fantasy reverberate in my heart.

---

① H. 奥斯本. 论灵感[M]// 中国社会科学院情报研究所. 外国文艺思潮（第一集）. 西安：陕西人民出版社，1982：83-98.

② 柏拉图. 文艺对话集[M]. 朱光潜，译. 北京：人民文学出版社，1963：8.

第六章 艺术语言的自我超越

At this time, poetry began to flourish and revive,

My heart is full of lyrical fire,

It trembles, it calls, it wants ecstatically

Pouring out, wanting to be fully displayed —

A crowd of phantoms came to me, familiar and familiar,

The fruit of my imagination, which I have nurtured for ages.

译文：在甜蜜的静谧中，我忘了世界，

我让美妙的幻想回荡在心间。

这时候，诗情开始蓬勃和苏醒，

我的心里充塞着抒情的火焰，

它战栗，呼唤，如醉如痴地想要

倾泻出来，想要得到充分的展现——

一群幻影朝我涌来，似生而又熟识，

是我久已孕育的，想象的果实。

（查良铮译）

以自我意识的暂时失落为主要标志的迷狂心态的形成意味着诗人的创作进入高峰状态，意味着新鲜的、富有独创的意象正在诞生。

徐渭，中国古代一个典型的狂态艺术家，他为人豪放不羁、蔑视礼法，且"眼空千古，独立一时"，于"当时所谓达官贵人、骚士墨客""皆叱而奴之，耻不与交"，遂为世人所怪恨，悲愤莫喻而得狂疾。他主张"师心横纵，不傍门户""信手扫来""醉抹醒涂"。后人论其作诗：

其所见山奔海立，沙起云行，风鸣树偃，幽谷大都，人物鱼鸟，一切可惊可愕之状，一一皆达之于诗。其胸中又有勃然不可磨灭之气，英雄失路托足无门之悲。故其为诗，如嗔如笑，如水鸣峡，如种出土，如寡妇之夜哭、羁人之寒起。

（袁宏道《徐文长传》）

由此可见，其癫狂的情感状态十分鲜明。

汤显祖自运才情，而不守"曲律"；袁宏道更是"独抒性灵，不拘格套"，认为，"善画者，师物不师人；善学者，师心不师道；善为诗者，师森罗万象，不师先辈"。

(《瓶花斋论画》)

在文学创作中，作家为了宣泄自己胸中的激情，往往会超越了规范的禁忌，一任奔涌的激情把自己和世界一起卷进了感情的狂涛，人也就进入了物我两忘的"非理性"精神状态。

虚静与癫狂，是达到泯天人、忘物我、超意识的纯粹的审美状态的两条道路。虚静是一种精神自由，癫狂也是一种精神自由。虚静可以通神入幻，癫狂也可以通神而入幻。在解脱外在理性的羁绊、以无意识为标志这一点上，狂态接近于静态，与静态殊途同归。

华莱士·史蒂文斯（Wallace Stevens）是20世纪美国意象派杰出代表诗人之一。他的诗歌创作深受中国传统文化影响，折射出20世纪中西文化交融互动过程中西方对中国文化的接受。他的诗歌浸润着中国式哲学的智慧，充满着中国古典诗歌的优雅，他甚至把中国艺术品的颜色、布局、主题、神韵等都纳入其诗歌中，从而构成独特的诗的意象。在这里举华莱士·史蒂文斯的诗《雪人》为例：

One must have a mind of winter

To regard the frost and the boughs

Of the pine-trees crusted with snow;

And have been cold a long time

To behold the junipers shagged with ice.

The spruces rough in the distant glitter

Of the January sun;and not to think

Of any misery in the sound of the wind.

In the sound of a few leaves.

Which is the sound of the land

Full of the same wind

That is blowing in the same bare place

For the listener, who listens in the snow,

And, nothing himself, beholds

Nothing that is not there and the nothing that is.

第六章 艺术语言的自我超越

译文：一个人必须有冬天的头脑

留意枝头的霜冻

覆盖着积雪的松树；

而且已经冷了很长时间

看那些结了冰的杜松。

远处粗糙的云杉在闪闪发光

不去想一月的太阳

在风的声音里没有任何痛苦。

在几片树叶的声音中。

那是陆地的声音

充满了同样的风

吹在同一个地方

对于在雪中倾听的人来说，

没有自己，看见

不存在的无，存在的无。

观雪人，却并没有出现雪人，而是写看雪人必须要用冬天的心境；观雪景，要有一颗冬天的心，必须经过长期冰雪冷冻之后，才能凝视冰雪压枝的刺松和一月阳光下闪耀的云杉。全诗于不见雪的情境中写凝视雪景，无中生有，以虚映实，与中国古代诗歌的哲理美不谋而合。

（三）想象的自由——超越经验事实

在这里，我们不能不再度谈及"想象"这个思维的精灵。

人在日常的事务及活动中，在科学研究中，都必须尊重经验事实。尽管这些活动并不能排除人的幻想与想象，然而，人要在这些活动中达到预期的目的，取得可靠的成果，就不得不使自由的想象符合经验事实及其规律。物质生产、科学研究和其他社会实践活动中的想象，毕竟要受经验事实的检验，由成果来证明想象的正确性，即使是那些依靠想象力提出的大胆的科学假说，最终还是要用无可辩驳的事实来加以验证。而在艺术中，我们看到的却是与此判然有别的另一种情景。可以说，诗这种艺术作品，是一个纯粹想象的创造物，虽然它有着经验事实的依据——它的物质载体具有物理的性质，但究其实质——它的内容与形式，绝非物理意义上的物。艺术创造是想象的自由活动，它不能脱离经验事实，但又不能屈从于经验事实；非但不屈从，而且要有意地超越它，主体借想象力创造出多样的假定性形式。在这个领域，艺术家不受经验事实的羁绊，越过现实的自然状态与规模，去大胆地想象，既是允许的，也是受到鼓励的；其想象之物，不必用经验事实来对照验证，更不必用物理规律来检验。辛弃疾词《太常引·建康中秋夜为吕叔潜赋》："一轮秋影转金波，飞镜又重磨。把酒问姮娥，被白发欺人奈何？乘风好去，长空万里，直下看山河。斫去桂婆娑，人道是清光更多。"我们难道可以把诗人乘风登月，斫去月中盘旋的桂枝，让人间普照清光的美好想象，同阿波罗登月计划的实施摆在一起，去受经验事实与物理规律的检验吗？文艺复兴时期的意大利杰出的雕刻家米开朗琪罗为红衣主教罗斯雷雕刻《哀悼基督》，作品中圣母的长相比她儿子耶稣还要年轻。主教问米开朗琪罗："怎么圣母的脸显得那样年轻，甚至比她儿子还年轻呢？"这位雕刻家说："依我看，圣母玛利亚是长生不老的。她纯洁，风韵永存。"主教对这个回答很满意，他并没有拿事实来裁定艺术家的想象。

想象可以造出虚有的、夸大的、变形的形象。艺术家不仅能够利用多姿多彩的经验事实加以改造，还能够借想象另外创造出无穷无尽的，甚至经验事实中不存在的形象。

艺术创造的想象自由，根源于艺术家的心灵，它所遵从的是心理规律而非物理规律。想象自由也来源于主体表现情感的需要，因为艺术家是遵循情感逻辑进行创造的。情感逻辑，就是主体以对象能否满足自己的愿望与适合自己的需要而做出评价的逻辑。情感带有强烈的主观色彩，它也是不受经验事实的限制的。

美国意象派诗人华莱士·史蒂文斯受中国古典诗词意象理论影响，创造了一种奠基于想象之上的诗歌理论，核心观点是诗歌与现实的关系。他认为，诗歌不是幻想，也不与浪漫等同，他认为想象就是现实本身。他的创作也履行了自己的创作理念。在史蒂文斯的《六帧有趣的风景》中，诗人通过树下的老人与树下的飞燕草、老人风中飘动的胡须和风中摇动的飞燕草、风中波动的松树、水漫过的芦苇，几组意象叠加在一起，一位独坐松树下淡然脱俗的智叟形象便跃然纸上，我们可以清晰地看到诗中营造的那种中国古典诗词悠然恬静的意境美。

· 第六章　艺术语言的自我超越 ·

艺术创造的规律是相通共融的，因为人的感情是不分国界的。艺术家为了骋其情，便会逾越经验事实的界限去穷情写物，情感的真挚热烈赋予他们自由的心灵和想象的超越。

（四）潜思维——艺术信息的再生

思维在艺术语言的创造过程中居于核心地位。正是通过思维，人的生活与情感积累才凝为晶莹的珍珠，作者的才华与气质才化成智慧的雨露，心灵之花才傲然怒放。现代心理学认为，思维是人脑的一种机能，是人脑对信息的加工。信息在大脑中的流动与加工的过程，也就是思维的过程。

人脑对信息的加工，一部分是在主体控制下进行的，可以被明显地意识到，这通常叫作表象思维与抽象思维，它存在于显意识当中；另一部分则是不由主体控制，不在意识中显示出来。这种在潜意识领域中进行的、不被主体意识到的信息加工，叫作潜思维。[1]

潜思维作为一种在"黑箱"之中的信息加工形式，无从直接观察。但心理学家们从对精神病人的治疗实践以及对正常人的梦境、直觉、顿悟、下意识的反应、口误与动作失误等的考察中，推断出潜思维是一种客观存在的合理的精神现象，并大致勾勒出它不同于有意识的思维活动的某些特征。

（1）潜思维处于无序状态，表现为无理性、无逻辑、无时间和空间顺序、不受主体控制。潜思维的这一特点使它有可能冲破主体有意识状态下的思维定势，点燃创造的火花，出现奇妙的组合，产生出按正常思维顺序永远不可能得到的成果。在对事物本质的把握上，潜思维有时与严格的科学思维有异曲同工之妙。

（2）潜思维是个永不间断的连续过程，始终处于动态之中。人进入梦乡，有意识的思维停止了，潜思维反而更加活跃。在这一过程中，人们不自觉地将潜意识中的知觉信息与过去的经验信息相匹配，并在该信息的刺激下，对信息进行重新建构，并整合为不稳定的，也不太有条理的思维片段。自由连接起来的思维片段则构成了一条绵延不断的思维流。这一现象表明在现实中中断的思维活动，在潜意识领域中并没有中断。

---

[1] 吴思敬.心理诗学[M].北京：首都师范大学出版社，1996：174.

（3）潜思维与有意识的思维并不是毫无关联的，而是以交流信息的方式互相作用、不断转化的。

就认识的全过程来说，潜思维与有意识的思维是对立统一的，你中有我，我中有你，互相渗透、互相补充、互相转化，"到处都显现，特别是在无意识状态中，这时一切知解力和理性都失去了作用，因此它超越一切概念而起作用。"[①] 潜思维的进行是作者自身意识不到的，但潜思维的效应在艺术语言的创作中却实实在在地存在着。

（1）潜思维是艺术语言创造的内在驱动力量。潜思维作为隐蔽的、不自觉的、无时无刻不在运动中的思维流，具有强烈的能动作用。

（2）潜思维有助于人对外部事物的直觉把握。人生活在客观世界中，每时每刻都能接收到大量的外部世界的信息，但不是所有的信息都能勾起人创作的冲动，只有在特殊的情况下，外部事物的刺激与作者的心理状态出现同构，作者才会怦然心动，有所发现。这发现的瞬间，靠的不是抽象的逻辑推理，而是潜思维对外部事物的直觉把握。

（3）潜思维可以使人在不知不觉的情况下出现"神来之笔"。艺术语言的创造不同于写实用性的文章，可以单凭意志的力量去完成。灵感的袭来往往是突然的、始料不及的。恰如古人所云："尽日觅不得，有时还自来""有时忽得惊人句，费尽心机做不成"。艺术语言创作中的这种千招不来、忽焉而至的情形看似离奇，但从潜思维的角度看便不难理解了。艺术语言的构思并不限于摊开稿纸、提笔凝思的那段时间，放下笔墨，有意识的思维停止了，潜意识中的信息加工却在继续着，只是作者自己觉察不到而已。当潜意识中的构思已酝酿成熟，接近阈限，此时受到外界或内在某一因素的触发，潜意识的成果浮现为显意识，"神来之笔"便出现了。

可见，潜思维既是创作行为的内在驱动力，也是潜在的信息加工方式。潜思维可以使艺术语言创作的心理能量达到最大限度的发挥；潜思维活动的成果又可以转化为一种信念，使人在创作道路的跋涉中获得巨大的勇气。

---

① 爱克曼.歌德谈话录[M].朱光潜，译.上海：华东师范大学出版社，2015：236.

二、对客体的超越

作为人,一方面是理性的阅读主体性,他可以冷静地观察判断事物;但另一方面又兼有超越常规的非自觉性。超越性,是人寻求精神需要的一种体现,人们以此来寻求精神的和谐。这种精神要求就是审美理想。审美理想是创造艺术语言的动力,也是充分发挥主体性的内在根据。人的内在的精神要求与现实条件往往是矛盾的,这种矛盾造成了人格的变移性:一方面是现实的人格,它是人格的表层,体现着社会关系的总和;另一方面又是活跃的理想的人格,在情感冲动时,要求冲破现实的人格,成为理想的人格。理想人格是人的更深层次,即无意识领域的潜在人格,这时的人就既可以上天,又可以入地,往往寄托于客体的超越,由客体的超越来实现主体的超越。

艺术语言所反映的客体是由主客关系即审美关系来决定的,是主体基于情感而展开的对客体的认识。艺术语言使客体变形,把现实对象变成审美的艺术虚构与虚拟的形象,目的就在于实现主体的自由创造。例如:

> 清渭无情极,愁时独向东。
>
> (杜甫《秦州杂诗二十首》其二)

诗人把自己的情感移到渭河上,渭河水就像人一样,在忧愁时默默"独向东"流去。

从把握现象到揭示深层意义,恰恰是艺术家主体精神对外在事物的超越与升华。这种超越与升华,不是自然而然地发生的,乃是主体探索与发现的结果。一方面,主体以开阔的视野观察现实,注目于形形色色的现象,在此基础之上进行比较、选择与综合,再造一个完整的图景,这叫作艺术概括。概括来源于许多个别的现象,但却高出其中的任何一个个别现象。所以,艺术创造意味着主体在量上超越了外在的现象,使现象从个别性上升到普遍性,从有限性上升到无限性。另一方面,主体越过现象去探求它的深蕴旨趣,对生活进行深刻的沉思。艺术家并不是浮光掠影地看世界,而是以对世界的沉思来获得巨大、深邃的透视力,从而能从那些被人们认为是毫无疑义的庸俗琐事上发现独特的意义;又能在那些平常的事物中看出别人所看不到的新的东西;他还能根据过去与现在推测未来,这些说明艺术在质上已经超越了外在事物，从感性直观上升到了对现象的内在意义和本质的揭示，外在事物往往只把它的感性面目暴露给我们，艺术家却把它隐蔽的内在旨趣展现给我们。

艺术家在创造活动中，必然带有个人的表达性，这表达性包括两方面：给出的表达与流露出的表达。前者是艺术家自觉意识的表达，包括意识到的观念与被理性处理过的情感；后者是艺术家无意识的表达，即下意识的思想、激情，积淀于心灵深处的观念与情感，等等。无论是给出的表达，还是流露出的表达，都表明艺术家能够超越外在事物的限制，来表现自己内在的世界，显示自己深邃的灵魂，使艺术获得单纯提供外在世界的图景所不可能达到的精神价值的高度。

作为艺术语言的创造，它实际上是一种从无形到有形的精神创造，它不仅仅是内觉层次上的心灵创造，而且还是心灵对符号的创造，是心灵升华的体现。艺术语言往往以拟态表现来传达情感，实质上是发话主体的情感、意态、神态、心态等的物化形式，因此，艺术语言对客体的拟态是多样化的。往往表现为对客体的虚拟化重建。这种虚拟的实质是创造性的，而不是简单模拟；是表现的，而不是再现。艺术语言的真实是主客观的统一，是生活的真实和心理真实的统一。

三、对语言形式的超越

人的活动都是受动机支配的。艺术语言的创造是一种言语活动，支配言语活动的动机即言语动机。言语动机越强烈，那么驾驭语言的自觉性就越强，对语言的追求目标就越高。这就要求艺术语言的创造必须承受并征服巨大的"语言痛苦"。

语言痛苦是人们在传达过程中所感到的辞难达意的痛苦。意象，正是诗人欲言却不尽不达时所借助的客观外物，当主观情意投射到物象上并浸润其中时，美好而新鲜的意象便诞生了。正如尼加拉瓜诗人鲁文·达里奥（Rubén Darío）在《我寻求一种形式》一诗中所描述的：

    I was looking for a form that wasn't in my style,
    A thought bud that longs to be a rose,
    It came like a kiss on my lips
    Or the Venus de Milo who can hardly embrace me.

第六章　艺术语言的自我超越

　　Green palms adorned the white colonnades,
　　The stars in the sky foretell to me the coming of the goddess,
　　And yet this ray of light lingers upon my mind,
　　Like a moonlit bird perched in the middle of a calm lake.

译文：我在寻求我风格中没有的一种形式，
　　　　一种渴望成为玫瑰花的思想蓓蕾，
　　　　它之出现犹如一吻在我唇前停滞
　　　　又似难以拥抱我的米洛的维纳斯。
　　　　绿油油的棕榈装饰着洁白的柱廊，
　　　　天上的群星向我预示女神的降临，
　　　　然而，这一束光辉却凝滞在我的心灵，
　　　　仿佛月下的鸟儿栖息在平静的湖心。

（陈光孚 译）

　　当达里奥试图把思想的蓓蕾外化为芬芳的玫瑰花，把凝聚在心灵的光辉投射出来的时候，他却"只感到语言在流窜逃逸"，找不到合适的语言把它传达出来，即使勉强写出，也总觉得难切人意，甚至是对自己心目中美好意象的亵渎。这使诗人痛苦之极。19世纪俄国诗人纳德松也说："世上没有比语言的痛苦更强烈的痛苦"。

　　语言痛苦的产生来源于由内部言语转化为外部言语的困难，即我国古代文论上谈到的"意"与"言"的矛盾。《易传·系辞》上就有"书不尽言，言不尽意"的慨叹。《庄子·秋水》上说："可以言论者，物之粗也；可以意致者，物之精也"。佛教的经典中也有许多关于神秘的宗教体验是不能简单地用言语表达的论述，如《除盖障菩萨所问经》卷十说："此法惟内所证，非文字语言而能表达，超越一切语言境界"。人的内心世界漫无边际，人的情感意志随时在发生微妙的变化，瞬间的直觉和顿悟更如电光石火，稍纵即逝，欲把这些内容完美地传达出来，直指性的语言符号是难以胜任的。

　　意象，在我国的艺术和语言中，有着深远的渊源。早在老子《道德经》中就有："道之为物，惟恍惟惚，惚兮恍兮，其中有象"。刘勰在《文心雕龙·神思第二十六》中指出："独照之匠，窥意象而运斤。""神用象通，情变所孕。"他所说的"象"是心理之象。他用佛教塑像的"神用象通"来说明语言作品中的意象的构成。这里所说的神,已经不完全指神灵的神,实际上更多的是指人的精神、情感、思想。古人认为,人的精神、情感、思想都是藏于心中的,心是神之舍。"意"和"象"是相互作用而存在的。关于意象和艺术语言的关系,我们在下面要专章论述。

描写性的变异修辞是一种意象化的言语。变异修辞中意象的基本内容就是主观之意和客观之象的统一。这种具有意象的语言,辞面所描写的"象",不是客观之象,而是客观之象的变形,它传递的不是话语所要传递的真正信息,而是"意",即话语的潜在信息,它深孕于辞内的深层。例如:

这寂寞又一天天长大起来,如同大毒蛇缠住了我的灵魂。

(鲁迅《呐喊·自序》)

由于情感的原因,通过想象,抽象的"寂寞"变得可以"长大起来"了。这样,辞的深层便蕴藏了丰富的意义,传达了情感化之"意"。

美国意象派诗歌代表人物埃兹拉·庞德(Ezra Pound)的诗歌 *A girl*(《一个少女》)原文如下:

The tree has entered my hands,

The sap has ascended my arms,

The tree has grown in my breast- Downward,

The branches grow out of me,

like arms.

Tree you are,

Moss you are,

You are violets with wind above them.

A child - so high - you are,

And all this is folly to the world.

译文:这棵树长进我的手心

树液流到我的双臂

将它抱在胸前

它向下坠落

第六章　艺术语言的自我超越

  树枝像手臂一样在我身边生长
  树就是你
  树上的青苔也是你
  你是微风下的紫罗兰
  高大的孩子，那是你
  世人认为这全是荒唐

  诗中的"树"是爱的意象，诗人所爱恋的少女朴实、真挚、健康、纯洁，正在成长，充满青春的活力，她是一棵绿油油的爱情幼苗，在阳光雨露的滋润下，日新月异，充满爱情的希望。诗中的"树"不同于现实生活中的树，她是诗人所恋爱的少女的形象与生活中的树的形象的复合，也是感情与理智的复合。诗的第一行和第二行着重于外在意象的描写来写"树"的健康成长，富于青春的朝气，也表达了她与诗人之间亲切的关系和真挚的感情。诗的第三行至第五行着重于内在意象的描写："The tree has grown in my breast- Downward"，是说她已在我的心里；"The branches grow out of me"是说她和我心心相印，如我国所谓的"心有灵犀一点通"；下面四行诗："Tree you are, Moss you are, You are violets with wind above them."连续三个排比句，三个意象，把少女的形象渲染得更加纯洁无瑕，无比可爱。诗的最后一行："And all this is folly to the world."笔锋陡然急转，诗人心中对世俗的愤恨和爱而不得的沉重失落跃然纸上，给人的感受更为深刻。

  意象的产生是审美对象和审美主体双向审美变形的结果；也可以说，审美意象就是审美主体为了描写这种意中之象，寻找主客体相适应的物质手段和媒介，通过一定的组织构造，把它固定下来。这种物质手段和媒介用语言表达出来，便是变异修辞。

  关于艺术语言是变异的语言艺术，我们在前面的章节已经做了阐述，但一论及"超越"二字，还是避不开语言的"变异"。从言语形式看，语言的变异表现为语音变异、词序变异、词性类属变异、词的组合搭配变异、句法形式和表达的变异等；从言语特点和描写的客体来讲，语言的变异往往是对常规语法的偏离，超越组合规范，有悖常理，却深藏着特殊的含义。它往往不以常规语法为据，而追求更高的社会规范，表达的是难以言说之义，它体现了主体的精神，具有意象美、神韵美和空灵之美。在英美文学中，艺术语言的变异造成"陌生化"的美感是其突出特点，尤其是现代主义文学流派兴起后，对传统语言范式的突破往往融入了独特的文学理念，成了理念的艺术化表达，体现了对传统和流俗的颠覆和突破。通过词语的陌生化组合、意象的创造以达到艺术语言美感的营造，成为英美文学语言的鲜明艺术特色。下面从句法的变异和修辞的变异两个方面稍做展开，以便更充分地说明艺术语言对常规的超越。

（一）句法的变异

句法的变异是文学作品中很重要的风格特征，它指的是句法中那些不合常规的表达方式，主要表现在词序、句式结构、逻辑思维等方面。

（1）词序的变异。词序变动是为了达到突出、强调的目的。莎士比亚戏剧《哈姆雷特》中有这样一句话："O what a noble mind is here o'erthrown! The courtier's, soldier's, scholar's, eye, tongue, sword."（"哦，这里毁掉了一颗多么高贵的灵魂！廷臣的、武士的、学者的眼光、辞令和武艺。"）这句话中，eye、tongue、sword 三个词的顺序与各自的所有者 courtier、soldier、scholar 的顺序不相配对，所有格与所有格名词被截然分隔于两处。这种违背常规语言逻辑的话语是作者精心打造的，恰到好处地描绘了奥菲利娅由于哈姆雷特的精神失常而陷入极度痛苦的心情。

（2）句法形式与表达的变异。句子不合规范、结构松散无序、缺乏逻辑推理是一种典型的句法风格变异。此种变异能够强调感性、反映直觉和刻画心理。

（二）修辞的变异

修辞是一种重要的表现风格的手段。各种辞格都属于变异的表现手法，具有加强语言效果的功能。

（1）回文。例如：Able was I ere I saw Elba. 据说这是1814年各国联军攻陷巴黎后，拿破仑被放逐到地中海的厄尔巴（Elba）荒岛时写的。该句的妙处在于它的形貌特征：典型的回文句。许渊冲先生在《翻译的艺术》一书中提供了两种译文："不见棺材不掉泪"；"不到俄岛我不倒"。这两个译文没有保持原作的突出形貌特征，即回文，因此美中不足，难以充分体现原作神韵。马红军先生将它译成："落败孤岛孤败落。"不仅正确传达了原文的意思，而且保留了回文形式，是当之

第六章　艺术语言的自我超越

无愧的佳译。

（2）嵌字游戏的翻译。例如：

I love my love with an E, because she's enticing; I hate her with an E, because she's engaged. I took her to the sign of the exquisite, and treated her with an elopement, her name's Emily, and she lives in the east?

—— David Copperfield

原文是口头嵌字游戏，按我们中国的习惯，这个"字"最好要嵌在每一句的同一地方；所嵌的字不一定要同形，有时同音亦可。马红军用同音同形字译成：我爱我的那个"丽"，可爱迷人有魅丽；我恨我的那个"丽"，要和他人结伉俪；她文雅大方又美丽，和我出逃去游历；她芳名就叫爱米丽，家住东方人俏丽。马红军的译文行文流畅、朗朗上口，可谓音美、形美、意美，用"丽"与原文的"E"相类比，很好地传达了原文的音韵美。

（3）双关的翻译。请看著名诗人李商隐的《无题》：

相见时难别亦难，
东风无力百花残。
春蚕到死丝方尽，
蜡炬成灰泪始干。

第三、四句是广为流传的名句，其中第三句的"丝"同"思"是谐音双关，暗指诗人深深的思念之情，感染力极强。如果译者只译双关中的表层含义或字面意义，就会极大地损伤原诗的韵味；如果译出双关的双重含义，又显得过于直白，破坏了诗的含蓄美。最好的办法是以双关译双关：

It's difficult for us to m eet and hard to part;
The east wind is too weak to revive flowers dead.
Spring silkworm till its death spins silk from love-sick heart,
And candles but when burned up have no tears to shed.

——许渊冲译

Till silkworm s their threads expend
Their labor o'love won't end;

Till candles burn out and die
Their tears will never dry.

——马红军译

许先生把"丝"译成 silk，同时又把"思"译作 love-sick，而 sick 和 silk 不但音似，而且形近，可以说是通过"音美"和"形美"来传达原文双关的"意美"。马先生的译文将原文的一句译为两行，采用抑扬格三音步，韵式为 aabb。第三句保留原诗中的双关语义，用 labor of love（心甘情愿做的工作）表现蚕吐丝的艰辛，又用 love 表示"爱恋思慕"，用 labor 表示"痛苦酸楚"。两位译界高手的精彩译文令读者叹服。双关使诗歌简洁凝练而含蓄丰富，成功的译文也必须含有比较明确的双重含义。此外，翻译双关的手段可灵活变通，如谐音双关可考虑以语义双关代之，总之要保持原文丰富含蓄的美感。

文学作品的美是通过其独特的语言形式表现出来的，形式本身具有了能指与所指的双重意义。优秀的作家总是努力打破常规语言的藩篱，创造独特的语言形式，用变异的语言创造生动形象的审美效果。

总之，我们可以说，情感是艺术语言之魂，它渗透于艺术语言的每一个角落，没有了真切的情感，便没有了优美的艺术语言；超越是手段，没有超越，便没有情感的释放、心灵的自由。

原始内驱力是对人的理智的超越，是激情、爱与创造力量的深层来源。没有原始内驱力这深层的生命动力，便没有生命力根底上开出的鲜花——艺术语言。

自我实现是对诸如生理需要等较低层次的超越，同时也是人的潜能的释放，使人能够实现其自由的本质。

癫狂与虚静是超越，是泯天人、忘物我、超意识的纯粹的审美状态，可以使人达到精神自由、通神入幻、解脱外在理性的羁绊，任精神的翱翔而忘记了身处的现实世界。

想象是超越，在艺术领域，艺术家不受经验事实的羁绊，越过现实的自然状态，去大胆地想象，其想象之物，不必用经验事实来对照验证，更不必用物理规律来检验。

潜思维是对于意识思维的超越，是创作行为的内在驱动力，也是潜在的信息加工方式。潜思维可以使艺术语言创作的心理能量达到最大限度的发挥。

对客体的超越，是为了使主体表现自己内在的世界，显示自己深邃的灵魂，使艺术获得单纯提供外在世界的图景所不可能达到的精神价值的高度，"离形得似""神与物游"。

艺术语言是对常规语言的超脱和违背。它超越了语法和形式逻辑的桎梏，去寻求表现人真挚、美妙情感的最佳途径。

人的自由源于他的创造活动。我们可以说，艺术语言的创造是对心灵自由的执着寻求。

第七章　意象思维与艺术语言

　　由普通的语言符号上升为艺术语言符号，是通过两个层次的艺术媒介来实现的：一是语言符号层面的变异手段，二是审美意象层面的象征形式。

　　作家、诗人进行文学创作时为了追求最佳效果，往往对规范语言系统进行重新编码和修饰，然而，当冲破了语言常规的樊篱，也难以尽情表达主观的情思的时候，就需要营造一种艺术语言意境，达到"得意而忘言"的境界，进入到一种"言在耳目之内，情寄八荒之表""文已尽而意无穷"的艺术境界。因此，为了追求更高的审美目标，作家、诗人就需要借助于意象思维这一特殊的艺术思维方式，即把审美情感、生活认知等主观因素寓于特定的、具体的自然物象之中，此时的物象经过主体的审美观照后，变成了特有的"心中之象"，这里的"心中之象"是主体的情感所寄托的载体，从而使物象上升到了具有审美价值的意象性艺术符号，即"立象以尽意"。可以说，"象"是在言不能尽意时所选择的再生之路，当作者叩响"象"之大门时，"情感"才真正得以最大限度在"象"中释放开来。

一、形象思维和意象思维

　　最早提出"形象思维"这一概念的是俄国民主主义理论家别林斯基。别林斯基在1838年6月发表的《伊凡·瓦尔科讲述的〈俄罗斯童话〉》一文中第一次提出的诗是"寓于形象的思维"这一说法。

　　在西方文论中没有"形象思维"的说法，与之相应的概念是"想象"或"创造性想象"，至今依然如此。我国的传统文论也没有"形象思维"一说，而是谈"赋比兴"，谈"神思"，谈"思理"。我国自二十世纪三四十年代翻译引进别林斯基等人的理论著作起，"形象思维"这一概念逐步在学术界流行开来，在二十世纪五六十年代以及20世纪70年代末，文艺理论界和哲学界还对此进行过相当热烈的讨论。到了20世纪80年代，对于这一问题的讨论成为众多学科关注的焦点。尽管现在学术界仍对此说法存在着不同意见，但是这一概念确实已经对我们产生了深远影响。

关于形象思维，别林斯基主要提出了以下基本观点。

（1）艺术与科学是有差别的。别林斯基认为二者的差别是非常明显的："科学是通过理性的分解活动，从活生生的现象中把普遍观念抽引出来"；"艺术通过想象的创造活动，用活生生的形象把普遍观念显示出来"；"哲学家以三段论法说话，诗人则以形象和图画"；"一个是证明，另一个是显示"；"科学通过思想直截了当地对理智发生作用；艺术则是直接地对一个人的感情发生作用。"

（2）直感隐藏在创作性想象中。别林斯基在给艺术和创造性的想象下定义时，一再强调"直感性"，即"给予你的直接印象的力量和威力"。具体说就是"隐藏在他天性里的一切，都表现在他的动作上、姿势上、声音上、脸上、容貌的变化上，总而言之，他的直感性上"。

（3）强调思想观念、倾向与形象思维的关系。别林斯基始终强调诗人与哲学家面对的内容即"真理或理想"是相同的，所不同的是"一个用逻辑论据，另一个用描绘"；"一个是证明，另一个是显示"。

（4）创造性想象是形象思维的核心。别林斯基认为创造性想象是形象思维的核心，"只有它才构成诗人之所以有别于非诗人的特长"。同时说明"诗是把现实作为可能性加以创造性的再现"，而不是"睡汉的呓语""疯子的幻想"。

从以上观点可以看出，"形象思维"这一概念包含了非常丰富的内容，其内涵远远超出其外延。

我国是一个艺术大国，不仅有灿烂辉煌的文学艺术作品，而且有精湛深刻的文艺创作理论。既有体系的论著，也有自成系列的"诗话""词话""画论"等，对形象思维不可能不涉及。周振甫先生在《诗词例话》中，转引了钱锺书先生关于李商隐《锦瑟》一诗的解释，"略同编集之自序"。"庄生晓梦迷蝴蝶，望帝春心托杜鹃"，这是"言作诗之法""心之所思，情之所感，寓言假物，譬喻拟象""无取直白"。"举事宣心"，故"托"、故"迷"。以"蝶""鹃"等外物形象提示"梦"与"心"之衷曲情思。"此即所谓'形象思维'。""沧海月明珠有泪，蓝田日暖玉生烟",这是"言诗成之风格或境界"①。这可以说是用形象的语言对形象思维作了生动的表述。

其实,我国古代早在《周易》中就已经提出了"意"与"象"的概念,而到了刘勰的《文心雕龙》那里,又对"意象"进行了较为全面的阐释。

关于意象,敏泽在《中国古典意象论》一文中做了详细的探源。意与象源于《周易》的"立象尽意"和《庄子》的得鱼兔而忘筌蹄,王弼《周易略例》概括说:"言者所以明象,得象而忘言;象者所以存意,得意而忘象。"他把两者相分离,没有连成一个词组。敏泽援引了钱锺书先生的解析:"《易》之有象,取譬明理也""求道之能喻而理之能明,初不拘泥于某象,变其象也可";"词章之拟象比喻则异乎是。诗也者,有象之言,依象以成言。舍象忘言,是无诗矣"。

首先把意与象联成一个词组的是《文心雕龙》,最先出现在《神思》篇:"独照之匠,窥意象而运斤。"刘勰在《比兴篇》中对意与象进行了专门的论述,做出了"拟容取心"的概括;在《情采篇》中,还把"情"和"志"连缀成词,铸成"情志"这个概念。虽然刘勰没有给意象思维的"意象"下一个明确的定义,但这一中心观点却贯彻于创作论中,而自成体系。明清时期的王廷相、王世贞等人又在他们各自的文章中论述了意象的相关内容,发展了这一意象理论;王夫之则集各家优秀论点之大成,把意象理论推向高峰。

中国古代意象理论的早熟是有各种原因的。首先是中国古代的语言观。《周易·系辞》中有"书不尽言,言不尽意"的观点,后世的"立象以尽意"、作家"恒患意不称物,文不逮意"以及作家诗人对"象外"的美学追求、以象达意的意象营造、比兴手法的广泛运用等等盖出于此,无不是对"言不尽意"的回应。其次是中国古代文化特点对意象理论的影响。中国古代哲学和文化传统主张和推崇"天人合一"的思想,使古人在思想上形成与自然界的亲密关系,在诗学上的反映即是主客观的契合,主客观的和谐,所谓"情往似赠,兴来如答""以我观物""以物观物",使"尚象"的审美心理形成一种从整体形象上直觉地把握事物本质的思维方式。对意象往往只做形象的描绘,而很少做抽象的说明,往往表现作者敏锐

---

① 严羽.沧浪诗话校释[M].郭绍虞,校释.北京:人民文学出版社,1983:20.

的直觉。此外，将禅宗思想融入诗学中，进一步增添了意象理论的"玄妙"。例如严羽主张的"妙悟""顿悟"，强调的就是主观对客观事物的瞬间领悟。中国古代诗学向来主张借景抒情、寓情于景，反对直抒胸臆，而要达到这一点，就要求诗人必须和所写的对象融为一体，主客观密切契合，"神和冥会"（朱弁），"神与物游"（刘勰）。

二、意象理论的输出与输入

如前所述，意象理论在中国古代文论发展史上可谓源远流长，刘勰在《文心雕龙》中首次提出"意象"这个概念后，历代对于意象的研究和讨论层出不穷，步步深入，融合了古代语言观、文化观、禅宗思想、比兴观等等，使内涵日趋丰厚。刘勰指出："独照之匠，窥意象而运斤。"提倡要像富有独特见解的工匠一样，凭借心中之象进行创作。强调作者主体思想感情对物象的观照，而物象是一个主体精神观照中的情感实体。我国明代中期以后，意象理论日臻成熟，被广泛运用于文学创作理论和实践中。

20世纪语言观、哲学观的转变给西方文学造成了深刻的影响。在20世纪初，英美诗坛充斥着维多利亚诗风，被称作后期浪漫主义诗歌。这时期的诗歌，在内容上因循承袭，无病呻吟，艺术上追求华丽辞藻，意象模糊。在伦敦的一些英美诗人为了反拨这种颓靡的诗风，组成了意象派或意象主义诗歌流派，反对含混的抒情、抽象陈腐的说教，强调用鲜明的意象，通过感觉上具体的对象来表现诗意，在西方造成了巨大影响，被人们认为是整个英美现代诗的开端。

西方意象派的理论基础是柏格森的直觉主义。根据柏格森的直觉主义，理性只能看到事物的实用性，唯有直觉才能察知事物的独特性，艺术家要表现这种独特性，就必须使用直觉的语言手段，创造意象，表达新颖的印象，使事物从视觉中呈现。意象派的创始人之一、英国哲学家、批评家和诗人 T. E. 休姆甚至从直觉主义出发，得出唯意象论的结论：艺术＝直觉＝意象，认为艺术家的任务就是通过直觉捕捉生活中的意象。艺术美国的著名理论家韦勒克和沃伦合作编写的《文学理论》这本著作中也详细地阐述了意象问题，在西方也取得了比较大的影响。在他们合作的这本著作中，他们把意象当作相当宽泛的一个概念，认为意象既是文学研究的范围，同时也是心理学研究的课题。总之，英美新批评对诗歌意象进行了深入的分析，他们极力地想找寻被表层文字省略并隐藏在意象深层的语义关系。除此之外，解构主义、结构主义、心理学分析、神话原型批评等各流派，无不钟情于意象。尽管西方各流派在意象理论上存在一定的差异，但是意象的概念中都含有某种"意"，在意和象相互联结的本质特点上是与我国古代的意象理论相通的。

西方意象派还从中国古典诗歌中汲取营养，受到中国古典意象论的极大影响。庞德还将意象这一概念进行全面阐释，并将它提高到无以复加的程度的。以庞德为代表的意象派从中国古典诗歌中吸取"营养"，使其理论达到了前所未有的高度。作为意象派创始人之一，庞德认为诗歌创作的目的应该是塑造意象，他主张使用鲜明的感觉中的具体对象来表达诗意，反对空泛的抒情和议论，并引中国诗歌为旁证，认为中国诗人从不直接谈出自己的看法，而是通过意象来表现一切。在《几条禁例》中，他把意象的理解完整地阐释为"一个意象是在瞬间呈现的一个理性和情感的复合体。""正是这种'复合体'的突然呈现给人以突然解放的感觉，不受时空限制的自由的感觉，一种我们在面对最伟大的艺术作品时经受到的突然长大了的感觉"。[1]

庞德提出了"意象主义宣言"的诗歌创作三原则：（1）直接处理"事物"，无论是主观的是客观的；（2）绝对不使用无益于呈现的词；（3）至于节奏，要用音乐性短句的反复演奏，而不是用节拍器反复演奏来进行创作。事实上，意象派所使用的意象脱节、意象并置、意象叠加等艺术手法与中国古典诗歌都有"血缘"关系。以庞德著名的短诗 *In a Station of the Metro*（《在地铁站》）为例，"The apparition of these faces in the crowd; /Petals on a wet, black bough."（人群中闪现的这些脸庞，湿黑的树枝上花瓣数点。）在这首诗中，他使用了意象叠加的方法，一个意象加在另一个意象之上，暗示了现代都市生活那种易逝感。这种艺术语言技巧在中国古典诗歌中有很多，尤其是李白的诗，如"月下飞天镜，云生结海楼。"（《渡荆门送别》）、"客心洗流水，余响入霜钟。"（《听蜀僧濬弹琴》）以及白居易的"玉容寂寞泪阑干，梨花一枝春带雨。"（《长恨歌》），都是意象叠加的典范。庞德

---

[1] 黄晋凯，张秉真，杨恒达．象征主义·意象派[M]．北京：中国人民大学出版社，1989．

喜欢中国古典诗歌，尤其是李白的短诗，庞德、华莱士·史蒂文斯等意象派诗人无不对中国古典诗词十分欣赏，并从中学到意象叠加的语言技巧，从而引领了一个新的艺术风格流派。

美国著名符号论美学家苏珊·朗格也从符号学角度对意象进行了比较全面的总结。她把意象视为其理论体系中的重要概念，甚至是核心概念，她认为，艺术作品创造出来的真正对象亦即艺术作品的本体是一个意象。苏珊·朗格认为，"意象"是一个与"幻象"，尤其是与西方传统美学中的核心概念"形式"相等同的可以互换的概念。她认为符号性是意象的一个重要性质，这个性质规定了意象的感性特征总是模糊、短暂、破碎和残缺不全的。意象可以是视觉的，也可以是听觉或其他感觉。她进而从艺术是表现人类情感的符号出发，认为艺术意象是一种情感符号，是一种非逻辑、非抽象的符号，具有表现情感的功能。

20世纪30年代，西方的意象理论输入中国，以戴望舒、卞之琳为代表的中国诗人不仅吸收了西方的诗歌理论，也继承了中国古代诗歌意象理论，在表达现代情绪时，他们往往使用既有的中国古代诗歌意象，从中可以看出晚唐诗歌的影响，中西合璧，使中国现代主义诗歌趋于成熟。西方语言的传入，使中国古代语言解体，白话的通俗化特点使中国现代主义诗歌意象一方面趋于哲理化，另一方面趋于日常化。现代诗人们从日常生活中撷取意象，使古代诗歌中的意象面貌发生了改变，脱掉了古典诗词中意象的典雅性和书卷气，更加贴近生活本身，呈现更加清新、平易的风格。在革故鼎新的当时社会里，诗人们寻求诗歌理论和实践的改革路径，积极地向西方现代主义文学理论学习，对西方以艾略特为代表的现代意象派诗人的创作十分认同，与此同时，在继承中国古代诗歌意象理论的基础上，开创出了中国现代主义诗歌流派。

总之，西方意象论经历了一个从抽象到具体、从心理层面到具体的艺术创作过程。我们可以看到，中西方意象概念既有相同、相通之处，又有明显差异。这是由于存在差异的艺术思维模式与文化精神造成的。了解这种差异，有助于加深对中西意象理论的认识，从而加深对各国历史文化进程的了解。

综上所述，可以看出"形象思维"与"意象思维"两个概念的内涵有交叉又有所不同。形象思维重在触景生情，是一种不含有理性思维逻辑的情感思维，是人的精神刹那间进入忘我的自由愉悦状态，是西方美学理论中所说的"美的观照"，即人和物象情感碰撞，人的情感附着在物象上，物象成了人的情感化身，成为有血有肉有情的活生生的感观形象。这叫作人的情感的"物化"。意象思维则是一种比较抽象的思维形态，可以说，意象思维是抽象思维中的形象思维。意象思维的第一媒介来自客观自然形态的物象，即"第一性自然"，在艺术家的情感意识和审美观念的作用下，这时的物象在艺术家心中形成了具有自身艺术生命特征的新的结合体，即"人化的自然"，这便是"第二性自然"。由此就完成了由客观物象到"心中之象"的意象思维转化。意象性是艺术思维的本质属性，象，源于客观世界，一切自然现象、社会现象和精神现象都可以成为艺术思维的对象，成为思维头脑中的象。象，是思维者对外部世界的理解和把握，当象一经进入艺术思维领域时，就已经不再等同于原有的客观之物了，因为它经过了艺术家的联想和想象的加工、思考的升华，将原有之象进行了艺术的塑造，赋予了情感和对人生的理解。象，是作家、艺术家主体寄托情感、理性思考的载体，是作家、艺术家抒发胸臆的凭借。意象思维中的花鸟鱼虫、山岳江河、风雨雷电、一草一木等，都可以寄托理性观照过的情感，因而意象思维中的象，大多具有某种典型意义，成为人们表达主观精神的象征物，例如美好的象，陶冶美好的心灵，铸造高尚的情操，丑恶的象，令人厌恶，避而远之，象的象征性很好地发挥了艺术的抑恶扬善的作用。形象思维和意象思维两者相较，"意象"比"形象"有着理性思维的基础，融入了作家、艺术家的艺术思考，具有更强的主动性和创造性，因而具有更大的外延空间和拓展层次。

三、艺术语言学意象的含义和功能

（一）艺术语言学"意象"的含义和功能

骆小所先生指出，艺术语言学所说的意象的基本内容"就是主观之意和客观之象的统一。"[①] 这里，"主观之意"是指人的情感体验，当某人在情感冲动而又无法直接用普通语言来表达这种情感体验的时候，就把这种情感体验寄托于客观物

---

① 骆小所.艺术语言再探索[M].昆明：云南人民出版社，2001：48.

第七章 意象思维与艺术语言

象中，用带着这种情感体验的心理去感受客观物象，然后，再把他感受到的客观物象用语言描述出来，这时，他所使用的语言就是"艺术语言"，而他所描述出来的客观物象就成了凝结着自己主观情感的"意象"。例如闻捷的《葡萄成熟了》：

> 小伙子们咬着酸葡萄，
> 心眼里笑迷迷：
> "多情的葡萄！
> 她比什么糖果都甜蜜。"

葡萄怎么会"多情"呢，酸葡萄怎么可能比糖果"甜蜜"呢？这是作者把小伙子们的难以言说的爱情体验融入了葡萄中，使"多情的葡萄"成为一种意象，这一特殊的意象会触发有过类似体验的读者的记忆：当自己陶醉在爱情中的时候，心里确实会感到葡萄也是"多情"的，味道也会由"酸"变"甜"了，这样，小伙子们主观难言的爱情体验就通过"多情的葡萄"这一意象，活灵活现地进入读者的心中。这样，就达到了"立象以尽意"的目的。

同一个意象其内在的"意"也可以有不同，这取决于作者不同情境下的独特感受。威廉·布莱克的诗作中有着许多令读者印象深刻的丰富的意象。布莱克是一个热爱自然、关心社会、关注人民疾苦的充满热情的艺术家，现实世界的黑暗（社会）和美好（自然）为他提供了无穷的意象。诗中意象主要有两个来源：想象世界和现实世界。简单性和对比性是他诗作中意象的突出特点。他善于用简单的意象和形式表达深刻的思想内容，往往用孩童般简单的语言来表达灵魂深处的天真无邪。从文字上看，他的诗所使用的词汇大部分是基本词汇。如短诗《病玫瑰》描述了一个自然现象：一只害虫趁着黑夜里的风暴，袭击了一朵玫瑰花，摧毁了其美好的生活。诗中使用的都是一些常见词汇：rose（玫瑰）、worm（虫子）、bed（床）、destroy（毁坏）等，因而读者很容易理解诗的表层含义。另外，诗的形式也比较简单，主要是可以咏唱的乐曲，如儿歌歌谣曲。但这种简单并非单纯的通俗易懂，实际上寓意深刻，作者寓复杂于简单之中，成为他的诗的特点之一。对比性是他的诗另一个特色。如《天真之歌》和《经验之歌》是他的两部诗集。单单从字面我们就可以看到它们内容的比较性。如《天真之歌》的基本内容是偏于幻想，多是乐观；《经验之歌》则重于现实，以悲为主。《天真之歌》中的孩子是这样的：

> And so Tom awoke; and we rose in the dark,
> And got with our bags and our brushes to work.
> Though the morning was cold, Tom was happy
> and warm;
> So if all do their duty they need not fear harm.

而《经验之歌》中孩子则控诉道：

> "And because I am happy and dance and sing,
> They think they have done me no injury,
> And are gone to praise God and his priest and
> king, Who make up a heaven of our misery."

新生儿有欢乐和悲哀的对比，扫烟囱的孩子也有温暖和寒冷的反差。这种对比性应该是布莱克刻意为之，这使他的诗作中的意象带有明显的对比意味。

可见，无论古今，还是中西方，人们使用意象的目的，就是想在生动的"意"和难以尽意的"言"之间插入一个具有可观照性的"象"，形成了"意""象""言"三个层面。"象"的加入克服了普通语言在表达上的弱点，从而建立了一个由"言"到"象"，由"象"到"意"的富有活力的系统。

那么，这种"意象"是怎样生成的呢？

（二）生成意象的心理基础

意象是"主观之意"和"客观之象"的统一，主观之意是指人的情感体验。心理学家们认为，人在情感冲动的时候，往往会产生一种异常心理状态，这种非病理性的异常心理状态常表现为幻觉和错觉。幻觉和错觉其实是人类普遍存在的现象，只不过由于情感的强弱不同，这种心理状态的"异常"程度有所不同罢了。

正是在这种异常心理状态下，人们仿佛生活在虚幻的世界中，在这个世界中，人们没有理性的约束，可以随心所欲地做自己想要做的事，可以"觉得自己是草，是飞鸟，是树顶，是云，是流水，是天地相接的那一条水平线。觉得自己是这种颜色或是那种形体，来去无碍，瞬息万变……"①在这种心理状态下，人们所运用的思维形式就是情感思维。很明显，情感思维并不遵守理性逻辑。人们在情感思维过程中，也使用一些形象，我们称之为"心象"，②这种"心象"与形象思维所使用的表象不同，表象是对客观物象的"摹写"，而"心象"则是对客观物象的"变形"——这种变形是由情感造成的。

情感思维在人的梦中表现非常明显，所以我们认为情感思维与人的潜意识有密切关系。弗洛伊德认为人的潜意识常常通过梦境来表现人的一些情感欲望，他通过考察大量的梦境后发现，潜意识常常是以象征的方式来表达人的情感欲望的。很明显，这些作为象征的物象也是在情感的作用下对某种事物的变形，因此，这些象征物也可以说是一些"心象"。弗洛伊德还发现，一些年龄很小的小孩子，有的连话都还说不通顺，但他们的潜意识却也能无师自通地运用象征来表现其情感了。这说明，人人都有"立象以尽意"的潜在本能。潜意识运作的具体机制人们虽然还不太清楚，但潜意识对人的心理有巨大影响却是人们公认的。所以意象的构建，从本质上来看，是一种心灵的自由活动。

（三）意象的语言形式

人由于情感冲动，心理出现异常状态，在这种状态中所感知到世界都是"变形"的，可称为"心象"，心象借助某种物象描述出来，便成为艺术语言中的"意象"。可以说，意象是人的某种异常心理状态的显影，而"言为心声"，与其对应的就是"变异"的语言形式——艺术语言。

在英语文学作品中，有意识偏离语言的常规而选择个性化的"变异"的方法来创造性地表达，例子俯拾即是，语言形式的变化极大地影响了文学风格，在诗歌中运用最突出，这是由于诗歌本身所具有的特点，诗人在变异地运用语言上比小说、散文等文体有着更大的自由度，意象的选择更富有个性化，因而诗人的创新激情和艺术胆量都更高涨。例如：

---

① 骆小所，李浚平.艺术语言学[M].昆明：云南人民出版社，1992：149.
② 骆小所，李浚平.艺术语言学[M].昆明：云南人民出版社，1992：131.

From my mother's sleep I fell into the state,
And I hunched in its belly till my wet fur froze.
Six miles from earth, loosed from its dream of life,
I woke to black flak and the nightmare fighters,
When I died they washed me out of the turret with a hose.

——Randall Jarrell *The Death of Ball Turret Gunner*

译文：从我母亲的睡眠中，我进入了一种状态，
我缩在它的肚子里，直到我湿漉漉的皮毛都冻住。
离地球六英里，失去了生命的梦想，
我被黑色高射炮和梦魇战斗机惊醒，
我死后，他们把我从炮塔里冲洗出来。

——兰德尔·贾雷尔《旋转炮塔射手之死》

一个士兵在最残酷、最缺乏诗意的战斗机炮塔中，用简朴的语言概括了自己匆匆的一生。"我"从母腹中（sleep）降临人世间（state），还没有来得及享受烂漫的少年生活，就已经长大成人，应征入伍来到这炮塔（belly），直至战死在炮塔（turret）。短短五行诗句，记录了这个士兵匆匆的一生，几个貌似平常的词语：belly、state、turret 在特殊的语境作用下，成为生动而且含义深刻的意象；其中 belly 和 turret 指的是战斗机冰冷的球形炮塔，又让人想到母亲孕育生命时那隆起的子宫，更是他最后战死的疆场。这种丰富的意蕴，具有强烈的反差和对比，而这种多义性都容纳在诗人创造的这几个意象中。

又如20世纪初美国诗人克兰恩（Hart Crane）所写的 *At Melville's Tomb*（《梅尔维尔墓》）的第一节：

Often beneath the wave, wide from this ledge,
The dice of drowned men's bones he saw bequeath.
An embassy. Their numbers as he watched,
Beat on the dusty shore and were obscured.

这里的 dice（碎骨头）和 embassy（大使馆）作为两个意象，象征骰子（代表运气和机会）与信息、消息。表面上看是不合常规逻辑的，甚至是费解的，但结合全

诗会发现这些意象内含的意义是丰富而深刻的。

人类的情感是极其丰富的，所以不同的情感冲动会造成不同的心理状态，而客观物象本身又是丰富多彩的，人们用语言创造的表达各种情感体验的意象也就千姿百态、异彩纷呈。有时，人们会把类似的情感体验寄托于不同的客观物象；有时，人们也会在相同的客观物象中寄托着不同的情感体验。例如陆游的《卜算子·咏梅》：

> 驿外断桥边，寂寞开无主。已是黄昏独自愁，更著风和雨。
> 无意苦争春，一任群芳妒。零落成泥碾作尘，只有香如故。

这首词借拟人化的梅花作为意象，把作者寂寞惆怅、孤芳自赏的情感抒发得淋漓尽致。而同样是以拟人化的梅花为意象，毛泽东在他的词《卜算子·咏梅》中却表达了与陆游大相径庭的情感：

> 风雨送春归，飞雪迎春到。已是悬崖百丈冰，犹有花枝俏。
> 俏也不争春，只把春来报。待到山花烂漫时，她在丛中笑。

这里拟人化的梅花意象，表达的是作者不畏险恶环境的战斗精神和必胜信念。可见，这两首词都以拟人化的梅花作为意象，表达的却是完全不同的情感，这两个意象可谓"象"相同而"意"相异。

这里就涉及物象与意象的关系问题。物象是客观的，它不依赖人的存在而存在，也不因人的喜怒哀乐而发生变化。但是物象一旦进入作者的构思，就带上了主观色彩。这时它要受到两方面的加工：一方面，经过作者审美经验的淘洗和筛选，以符号化作者的美学理想和美学趣味；另一方面，又经过作者思想感情的化合与点染，渗入作者的人格和情趣。经过这两个方面加工的物象进入作品中就是意象。所以说，意象是融入了作者主观情意的客观物象，或者是借助客观物象表现出来的主观情意。例如上两例所用的梅花，它有形状、有色彩，具备某种象，但只有当诗人把它写入作品中，并融入了自己的人格情趣和美学理想时，它才成为意象。

在文学创作中，意象与具体的物理物象的联系已不再那么紧密，或者说不再表现同一性，这一物象已成了主体情感的寄托之物，物象与人的世界相通了。所以，物理世界之物象与艺术语言媒体的象并非处于同一层次，物象对艺术语言的象并没有决定意义，能够负载情感冲动并起决定作用的是意象、心象。例如在中国文化中，许多外物与语词表象都是艺术语言情感的艺术媒介，是人的神韵及情感的载体，例如，松与高洁、虚心、有节；梅与坚贞；孤舟与乡愁；露与人生感叹；夕阳、残照与死亡焦虑；柳絮与漂泊之感、薄命之叹等等。另外，艺术语言也积极地创造意象，用来表情写意，常见的有比喻意象、移就意象、通感意象、比拟意象、拈连意象、夸张意象、象征意象、迭现意象，等等。

袁行霈先生对意象做了五大分类："自然界的，如天文、地理、动物、植物等；社会生活的，如战争、游宦、渔猎、婚丧等；人类自身的，如四肢、五官、脏腑、心理等；人的创造物，如建筑、器物、服饰、城市等；人的虚构物，如神仙、鬼怪、灵异、冥界等。"[1] 前面讲到，同一个物象，由于融入的情意不同，所构成的意象也就大异其趣，那么一个物象还可以构成意趣不同的许多意象。例如由"云"构成的意象。"孤云"，带着贫士幽人的孤高，陶渊明的《咏贫士》："万族各有托，孤云独无依。"杜甫《幽人》："孤云亦群游，神物有所归。""暖云"，则带着春天的感受，罗隐《寄渭北徐从事》："暖云慵堕柳垂条，骢马徐郎过渭桥。""停云"，却带着对亲友的思念，陶渊明《停云》："霭霭停云，濛濛时雨，八表同昏，平路伊阻。"作者在构成意象时，可以夸张物象某一方面的特点，以加强艺术效果，如"白发三千丈"，（李白《秋浦歌》）"黄河之水天上来"（李白《将进酒》）；也可以将另一物象的特点移到这一物象上来："我寄愁心与明月，随风直到夜郎西。"（李白《闻王昌龄左迁龙标遥有此寄》）作者还可以用某一物象为联想的起点，创造出世界上根本不存在的东西，李贺诗中的鬼神大多属于这一类。

总之，物象是意象的基础，而意象却不是物象的客观机械的模仿。从物象到意象是一个艺术的创造过程。

（四）理解和欣赏意象的条件

人们用艺术语言创造了各种各样的意象，从而达到了"立象以尽意"的目的，但这只是作者单方面的事情，这些意象却并非每个人都能理解和欣赏的，也就是说，理解和欣赏意象是要有条件的。由于意象是作者主观之意和客观之象的有机

---

[1] 袁行霈.中国诗歌艺术研究[M].北京：北京大学出版社，1987：63.

第七章 意象思维与艺术语言

结合，而这种主观之意是指的情感体验，所以，阅读者（接受者）要想从意象中理解这种意，首要条件就是必须具备相对应的情感体验。

这里所说的相对应的情感体验并不是指交际双方的具体情感体验绝对相同（这是不可能的），而是指交际双方要有类似的情感记忆。"情感记忆本身是一种十分复杂的心理现象，它是人们经历过无数种情感体验在人的心灵深处留下的纵横交错的痕迹。这些痕迹在长期的存贮过程中发生着变形、淡化，经过时间的销蚀，情感记忆与曾经引起现实情感的那些利害得失之间的联系越来越淡漠，最后它只是作为一种纯粹的情感体验被储在人的心理中，因此，当它受到某种刺激而重新复现时，就不再是具体的生活情感，而变成了一种带有抽象性的情感模式。"[1]

情感记忆在人们的生活中有重要的意义，它一方面作为一种左右人们的行动因素而存在，另一方面它又作为一种理解外来情感信息的先决条件而存在。情感记忆的后一种作用，就使它成为人理解意象的主观条件。

由于"人类在许多时候，心理状态和情感体验是极其相似的，尤其是同一民族的人们，有着共同的民族文化心理，对许多事物的价值的看法是相同的。"[2] 所以许多人都有着类似的情感记忆，这样，当某人为某种情感体验找到了一个典型的意象加以表现时，这一意象便会唤起人们相类似的情感记忆，从而与作者产生心灵的共鸣或情感共鸣，这样就充分地理解了写作者所要表达的情感体验——这种理解方式不是通过抽象思维获得的，其实质是阅读者（接受者）记忆被唤醒，与作者产生一种情感体验的临时的对应，所以从表面上看，"受话人的欣赏和理解活动，首先是一个直觉活动过程……在这一过程中，没有理性的分析综合，也没有概念推理和逻辑思维。"[3] 受话人（阅读者、接受者）在这种理解过程中，出于自己的情感记忆被唤醒，自己同时会得到一种美的享受，所以这种理解同时也是欣赏，艺术语言学把这一过程称为"无理而妙"，又称为"心心相印"。很明显，如果阅读者没有与作者相对应的情感体验，没有类似的情感记忆，那么作者创造的意象就不可能引起读者心灵的共鸣，就不可能理解作者所要表达的真正情感，甚至产生误会。例如前面

---

[1] 骆小所，李浚平. 艺术语言学 [M]. 昆明：云南人民出版社，1992：58.
[2] 骆小所，李浚平. 艺术语言学 [M]. 昆明：云南人民出版社，1992：237.
[3] 骆小所，李浚平. 艺术语言学 [M]. 昆明：云南人民出版社，1992：241.

闻捷创造的"多情的葡萄"这一意象,一个小孩子是无论如何也不可能真正理解葡萄为什么会"多情","酸葡萄"为什么会比糖果还"甜蜜"的,因为小孩子缺乏与"小伙子们"相对应的爱情体验(这种体验是以性成熟为基础的),因而不可能具备与之相类似的情感记忆。这正如鲁迅所说:"是弹琴人么,别人的心上也须有弦索,才会出声;是发声器么,别人也必须是发声器,才会共鸣。"

当然,读者要想准确理解作者的语言意象,还应对其使用语言的具体环境——语境有所了解。另外,要想很好地欣赏语言意象,还必须具备一定的文化修养,如果读者没有基本的文化修养,那么再好的艺术语言读者也不能欣赏。正如马克思说的:"对于没有音乐感的耳朵来说,最美的音乐毫无意义,不是对象,因为我的对象只能是我的一种本质力量的确证,就是说,它只能像我的本质力量作为一种主体能力自为地存在着那样才对我而存在,因为任何一个对象对我的意义(它只是对那个与它相适应的感觉来说才有意义)恰好都以我的感觉所及的程度为限。"

四、中西文论中意象与意境之比较

关于意象的阐释,前文做了一定的探讨,这里主要从中西比较的角度略作展开。

意象、意境是中国古代文论中的重要范畴,历来探讨甚多。意象和意境两个概念联系紧密,但并不完全相同。一般在理解时,常常不加细致区别,这大概与王国维《人间词话》中将两个概念同时使用有关。但详加分析,二者的区别还是分明的。

(一)古典文论中意境的特点

"境"这个词很早就有,后来出现了"境界"一词,最初指地域疆界的意思。陶渊明《饮酒》诗中有"结庐在人境,而无车马喧"的诗句,这里的"境"就是指地方、地域。后来的佛教经籍里也出现了"境界"一词,意思有了扩大,与人的精神心智有了关系。唐代诗人王昌龄在他的《诗格》中说:"诗有三境。一曰物境。欲为山水诗,则张泉石云峰之境;极丽绝秀者,神之于心,处身于境,视境于心,莹然掌中,然后用思;了然境象,故得形似。二曰情境。娱乐愁怨,皆张于意而处于身,然后驰思,深得其情。三曰意境。亦张之于意而思之于心,则得其真矣。"

第七章 意象思维与艺术语言

王昌龄这段论述对境和意境已经做了重要的划分，并明确了"境"与"象"的关系，故而又有"境象"之说。在后来的运用中，境界一词语用范围更广了，而意境则主要用于文学艺术的创作中，成为文艺理论中的一个重要范畴，即境界一词可言及文学艺术作品之外，而意境乃意蕴之境，只用于文学艺术创作。

根据中国古代文论关于意境的论述，可以归纳为以下特征。

一是意境由审美直觉获得。如下面这首诗：

> 野桥人迹少，林静谷风闲。
> 谁识孤峰顶，悠然宇宙宽。
>
> （王侹《题画扇》）

前两句写景，似乎是随意所见、信手拈来的景色。后两句说景，诗人之志暗含其中。表面上在问"有谁知道孤峰顶上望见宇宙之无边无涯而肃然阔达的胸襟呢？"实际上在写自己卓然超世的胸怀和境界。而这种宏伟之志没有明写，而是藏于物的背后，"我"与物象浑然不分。

二是意境具有整体性。例如：

> 移舟泊烟渚，日暮客愁新。
> 野旷天低树，江清月近人。
>
> （孟浩然《宿建德江》）

这首诗抒写的是羁旅之思。行船停靠在江中一个烟雾蒙蒙的小洲边；天尽黄昏，停船靠岸。"日暮客愁新"，黄昏时刻，倦鸟归林，旅人却难以归家。诗人将满腹愁绪化入后两句诗中：野旷天低树，江清月近人。夜晚的明月和树木都和舟中的人那么近，一颗寂寞的心得到些许安慰。诗到此戛然而止，但意犹未尽，或隐或显，或虚或实，相互映衬，相互补充，构成了一个思与境谐、含而不露的意境。

三是意境具有超越性特征。意境的超越性特征是指实中又有虚。如：

> 人闲桂花落，夜静春山空。
> 月出惊山鸟，时鸣春涧中。
>
> （王维《鸟鸣涧》）

这首诗融合着老庄虚静、混沌的美学观和佛教色空、性空的宗教观，建构的是一种空灵、澄明的精神家园。与西方形而上的上帝观不同，它是一种回归大自然，与山川河流同声共气的超越现实的精神"虚境"。

（二）古典文论中意象的特点

意象是作者"制造"出来的。意中之象不是随心所欲信手拈来的，而是作者用心筛选出来的具有典型性、代表性的物象。古人认为心意是内在的、抽象的，象是外在的、具象的，主观之意源于内心并借助于象来表达，象便是意的寄托物，这个寄托物是作者精心着意地赋予的特定的象，一言以蔽之，意象是审美主体与客体相结合的一个产物。例如在艺术语言的使用中，象与意经常融合一体成为修辞的象征：水仙花具有清韵、优雅的特点，在岁末寒冬百花凋零时反倒开花，它进入诗人的审美视野后，作为一个独特的意象便出现了，人们赏其形而取其神，赋予水仙清雅、自洁的人格意象。再如梅花早已成为君子的象征意象；菊花、莲花等等也都成为象征人格魅力的意象，松、竹、梅被历代合誉为岁寒三友，可谓举不胜举。

意象是以词语为单位的诗意形象，是艺术语言最小的能够独立运用的基本单位。正如一首诗，它既可以是单个的景或者物、人或者事，也可以指由多个意象所构成的整体意象。与意境相比较，意象不是指单个的"心中之象"或者多个"象"的复合，而是多个独立意象所构成的整体意象，是象外之韵，象外之致，是一种广阔的审美空间。

（三）西方诗人理解中的意象和意境

20世纪初西方兴起的意象派运动反对诗歌中含混的抒情和陈腐抽象的说教，强调诗人应当使用鲜明的意象，描写感觉上的具体对象来表现诗意。中国古代诗歌对意象派的形成和发展起到了很大作用。意象派先驱庞德曾翻译了15首李白和王维的短诗，题名为《汉诗释卷》，这个译本在当时被认为是庞德"对英语诗歌最持久的贡献"。这本诗集触发了英美诗坛翻译、学习中国古典诗歌的热潮。意象派诗人从中国古典诗歌中看到了与意象派主张颇为吻合之处，而且非常完美，达到了诗歌艺术的高峰。然而，由于受不同文化、不同思维方式的限制，西方诗人在翻译古代诗的时候无法真正理解诗歌背后的思维方式。中国古代诗歌意境的形成有赖于汉语词语结构的特殊性，意境首先通过词语的特殊组合来营造；其次，汉语诗歌还通过词类活用，以动态意象入诗，造成意境的灵活运用，使诗意具有模糊不定性、空灵超越性，例如"野旷天低树，江清月近人"中的"低"和"近"，这种由词类活用而产生的直觉感受，是西方诗人无法完全领悟和模仿的。他们对中国古代诗歌的翻译手法，主要是对其艺术境界零散化的拆解，把诗歌拆解成一个个单一的意象，即用意象并置、意象叠加的诗歌构成技巧。如把"独钓寒江雪"翻译成"钓着鱼/冰冻的河/雪"；"云霞出海曙，梅柳渡江春"翻译成："云和雾/向大海/黎明，梅和柳/渡过江/春"。庞德对意象做出的定义是"在一刹那的时间里表现出一个理智与感性的复合物。"

（四）中西文化不同造成的意象差异

诗歌意象的选择是会受到不同文化因素的影响和制约的，这些文化因素包括自然环境、宗教观念、道德伦理、神话传说等，正是这些因素制约了中西方诗人的诗歌意象创作，使他们自觉不自觉地创造出适应本国文化环境的、具有本国文化特色的诗歌意象，同时意象也反映着不同国家的文化特色。

我们以自然环境因素为例。自然环境是人类赖以生存的环境，与人们的生活息息相关，密不可分，它既深深地影响着人类的文化创造，同时也不断被赋予了种种文化意蕴。

1. 意象与植物

由于地理环境、气候条件不同，植物生长的种类有差别，加之诗人对自然认识的差异，在诗歌创作中所呈现的意象便受到一定限制。有些植物在一种文化里被赋予了丰富的文化内涵，而在另一文化中却并无任何联想意义。比如梅、兰、竹、菊、松，在汉文化中具有丰厚的象征意义，但在英美文化中，松树只是一种树木，而竹在英诗中罕见提及。同样，英美诗人笔下的植物意象也有自己的特点，例如对玫瑰的钟情，对小草的歌咏；如果要选取一种植物象征长寿，中国诗人会选择松柏，西方诗人会选择橡树；如果用花卉象征高洁，中国古代诗歌会用莲花来象征，西方诗歌则多用百合花。

2. 意象与山水

不同的地理环境会影响诗人的意象选择。英美诗歌中的意象经常以大海、山川、劲风、云雾等为主，体现一种豪放洒脱、傲视自然的阳刚之雄壮。拜伦《赞大海》、普希金《致大海》等以大海为意象的作品非常丰富，这与西方靠海、环海的地理环境有着密切关系。

3. 意象与时令

中西方不同的时令会影响到诗人对同一意象的感知和阐释。以中西诗歌中经常出现的雨的意象为例。雨作为一种自然现象经常被各民族诗人写入诗中。中国诗人相对来说更喜欢春雨，因为春雨与农业生产之间关系非常密切，对于以农耕为主的中国古代社会来说，"春雨贵如油"，春耕播种没有春雨就无法进行。当然在中国古代诗歌中，雨的意象还经常用来表现离愁别绪等。西方诗人笔下的雨的意象传达什么样的思想感情呢？16世纪有一位西方诗人写了一首以雨为意象的小诗，大意是"西风啊，你何时起，何时才把春雨洒下？上帝啊，让爱人回到我怀中，让我回到我的床榻。"这里的雨不是离愁别绪，而是隐喻一种性爱。可见，不同的人文地理环境会产生不同的意象，而同一种意象，诗人赋予的含义是不同的。我们在阅读西方诗人的诗作时，必须注意这一点。

五、意象思维的两大类型

人类的意象思维是随着人类的劳动及社会的发展而发展的，另外，语言的发展也可以对人类的意象思维施加反作用力，因此，我们根据人类的意象思维发展特点，将意象思维的艺术语言表现形式分为原始意象和现代意象这两大基本类型，下面就结合其表现特性及言语表现形式分别讨论。

（一）原始意象

人类心理结构的演化历经了漫长的历程，从文化的最简单发端开始，历经野蛮时代，直到现今的文明时代，它印记着从原始思维到现代思维的每一个足迹。现代思维系统是由原始思维系统发展转化而来的，原始思维作为人类精神的升华和结晶，作为人类生存活动的存在的内在形式，它积淀着人类时间的逻辑，总要

第七章 意象思维与艺术语言

作为深层心理结构和原型继续在文明人类的思维规律中发挥作用。法国学者列维·布留尔曾经做过专门研究,他认为由于原始人的生产力发展水平及其认识能力都很低,使原始人思维表现出以下思维特点。

一个是忽视主体与客体的区别,用列维·布留尔的话来说,为一种神秘的人与动物之间可以互渗的所谓互渗律所支配。由这种互渗观念支配,人如果披上虎皮就具有老虎的力量了;头上插上老鹰的羽毛,就可以获得鹰敏锐的视力和强健、机灵的属性了;在所画的动物身上加一支箭,就意味着在实际生活中,那动物也中箭了;憎恨某个人,给某个人塑一个像,然后将它砸碎,就等于将那个人打死了。在原始人看来,画的与被画的形象以及塑的与被塑的形象一样,都有生命。原始人这种不能区分主体与客体、幻想与实在的思维特点,对于认识论来说,当然是愚昧可笑的,但在艺术起源的问题上却具有重大意义。

由于原始人不能将主体与客体,幻象与实在区分开来,从功利的目的出发,常常借助于主体的幻象来代替客观的实在。这主体的幻象不少带有艺术的色彩,如为了引来真正的野牛而虚拟野牛舞,为预兆杀伤黑熊而画有带箭的黑熊画。这里人和物的互渗实际上是一种拟人意象的艺术思维的基础,它就是拟人修辞格的深层心理结构和原型。

原始人思维方式上的另一个突出特点,就是认识与情感相混淆,直观与理智相混淆,表现出很强的情感色彩和直观色彩。列维·布留尔认为,原始人"往往是在一些对他的情感产生最深刻印象的情况下"获得集体表象的。[1] 原始人对待周围世界的认识都是在一种浓郁的情感思维中进行的,而且很重视事物的表象。原始人的思维缺乏紧密的逻辑特征,头脑中储存的表象往往在一种非科学的思维方式指导下连缀起来,想象倒是十分丰富的,这种重情感、重表象、重想象的思维特点又为艺术的产生、发展准备了心理条件。

研究语言意象也离不开对原始思维的研究。原始语言的一个显著特征就是具象性。"原始语言没有抽象概念,大量使用表象词,进行形象描绘,并且极富表情声调。"由于尚未受到理性思维的大规模濡染,其"象"对客观的具体存在有很强

---

[1] 列维·布留尔.原始思维[M].丁由,译.北京:商务印书馆,1986:26-27.

的依附性，具有十分突出的个别化倾向。在南非巴文达族的语言中，每种雨都有专门的名称，他们对每一种土壤、每一种石头或岩石都有专门的称呼。而在他们的语言中，没有什么树、灌木和植物是叫不出名字的，甚至每种草他们也能叫出不同的名称。这种个别化倾向，凝聚着命名活动中产生的十分具体生动的感受和体验，负载着丰富的感性内涵，但语言为了适应发展了的思维和交往的需要，势必趋于抽象化，突出表现就是牺牲个别性来换取普遍性，这样，个别性的丧失意味着具体的感性内涵的抽空与剥离，如果说"命名似乎是把一个词同一件物奇妙地并合在一起"，那么，并合就是人和世界的交往，随之而来的是对发现的欣喜、对交往的兴奋、对世界与自我的赞叹，于是命名的语词就不仅和对象联系起来，同时包容了一切命名活动带来的感受与体验。因而，原始语言的"象"实为原始意象的间接传达，是语象和意象的统一。在语言使用过程中，这种个别性的语言被大多数人使用，变成了人们的日常用语，从而渐渐沉淀为普通的、平凡的日常生活语言，即成了合乎常规的语言编码系统中的基本词汇了。难怪众多的语言学家都指出，人类的语词多半是比喻性的。例如，血红、金黄、冰凉、火红、笔直、甜蜜、雪白……这也证明了著名心理美学家鲁道夫·阿恩海姆（Rudolf Arnheim）所说的一句话："语言发展的历史表明，那些看上去与直接的知觉经验无关的词语，在它们刚出现时是与之有关的。看得出来，许多词语现在仍然是比喻性的。"[①]

（二）现代意象

科学的发展与社会的进步，并没有带来意象思维的消亡，相反却引发了艺术创造中意象思维的复兴。意象思维在当今各国的艺术中得到了广泛的运用，"已涉及一切艺术形式，在绘画、雕塑、小说、戏剧、电影、舞蹈、音乐、建筑中都有典范的作品。"[②]一方面，原始意象被重新发现，另一方面，表现自己情感和生活态度的个人象征意象大量涌现。无论在东方还是西方，人们对意象产生了越来越浓厚的兴趣，致使无论是赞成还是反对它的都需要用一种新的眼光来重新审视它。

---

① 鲁道夫·阿恩海姆.视觉思维：审美直觉心理学[M].滕守尧，译.成都：四川人民出版社，1998：342.

② 朱狄.当代西方美学[M].北京：人民出版社，1984：329.

第七章 意象思维与艺术语言

这种意象思维形式的复兴，体现了人类主体意识在创造中的进一步觉醒，标志着艺术观念的深刻变化。作家、艺术家已经越来越不满足于对客观现实的精神模拟，而是更倾向于表达自己对世界意义的理解与解释。现代哲学、文化人类学、符号学等学科的发展，为意象思维在艺术创作中的复兴输送了强大的"营养剂"。现代心理学对人类深层意识的发现，更是深刻影响了现代的意象思维。与此同时，吸取了这些学科成果的现代文艺、美学理论，也将意象思维作为重要的对象加以研究。在英美新批判、心理分析学派、神话—原型批判、符号美学、图像学中，"意象"都是极为重要的范畴之一。

现代意象是指向主观情感、生活哲理以及对人类生存状态的领悟和潜在的深层心理的揭示，大大扩展了意象所指的精神领域，深化了艺术语言作品的思想意义。海明威的《老人与海》是一幅现代人类生存斗争的意象图画，圣地亚哥老人是作家心目中全人类的英雄意象。老人圣地亚哥独自出海捕鱼，有着一种内在力量和人格的追求。海对于老人来说，不是具体的捕捞区域，它的宽广足以使老人航入能了解和体验不可知的和未可知的现实奥秘的领域；它的浩大足以允许老人生活在永恒之中。"老人"与"海"各有其象征意义，"老人"是孤独的追求者，"海"是深沉的追求对象，二者相互阐发，互相补充，"老人"显示了"海"的博大和深沉；"海"显示了"老人"的孤独与奋进，使作品呈现一种悲壮美，在悲壮中强化这种独自追求的伟大人格力量。在卡夫卡、海明威等人的小说中，象征意象往往被用来表现作家所发现的生活的哲理和对人类生存状态的理解。卡夫卡笔下的"城堡"意象象征着权力，是整个国家统治机器的缩影；他笔下的"长城"意象是人类一切徒劳无益的劳动悲剧的象征。

现代象征的另一个显著特点是个人象征意象的大量运用。原始意象基本上是集体的、传统的象征意象，意象与其意蕴是历史的、约定俗成的。而现代象征意象"通常由诗人选择来代表他自己的独特的概念"，具有突出的个别性、独特性。这种意象往往具有两个或多个象征意义，这些象征之间具有相关性、偶然性、相似性的特点，这种象征意象，不仅含义丰富，而且显得悠远深奥、格外圆活。在理解这种象征意象所指象征意义时，有时候可以从上下文仔细推敲得之，有时候

·英汉艺术语言的思维特质·

须借助象征意象的外部社会时代背景来解读，方能解读出其曲折隐晦的象征义。①例如余光中的《乡愁》：

  小时候
  乡愁是一枚小小的邮票
  我在这头
  母亲在那头

  长大后
  乡愁是一张窄窄的船票
  我在这头
  新娘在那头

  后来啊
  乡愁是一方矮矮的坟墓
  我在外头
  母亲在里头

  而现在
  乡愁是一湾浅浅的海峡
  我在这头
  大陆在那头

这首诗以巧妙、新颖的比喻意象创造出了一串蒙太奇的意象流，并把深深的乡愁化在貌似平淡的叙述中，从而得以淋漓尽致地表现出来。在诗中，作者把"乡愁"比作"邮票""船票""坟墓""海峡"，并由此推出四个意象情景、四组艺术画面，而每一组画面都是"我"产生"乡愁"的根源所在，这四个艺术画面，形成了一种独特的民族文化意境。"乡愁"这种无形物是不确定的，而它本身就具备了一种刺激着创作者灵感的魅力，也刺激着审美主体想象的魅力，诱导着我们用自身的感觉、知识、经验去形象化地领会体悟。"乡愁"是作者一生萦绕在心头的情结，由小到大，从过去到现在，作者运用具象表抽象的艺术手法，即通过"邮票""船

---

① 周春林. 谈谈象征及其美学功能 [J]. 修辞学习，2000（3）: 27-28.

第七章 意象思维与艺术语言

票""坟墓""海峡"四种具体之象以表达"乡愁"抽象之意。这样,"乡愁"的内蕴得以扩展和丰富,使之具有不确定性,具有弹性之美。作者把"乡愁"进行多层次的转化,从而形成蒙太奇的意象流。在这里,我们由对"邮票""船票""坟墓""海峡"表层意义的探寻深入更深刻的深层修辞中。如果用普通语言学的语法眼光来审视这些语句,它们是不符合规范语句的。但是由于审美主体受到话语形式和内容的渲染,激活了内心的审美经验和情感,以情感逻辑代替了理性逻辑,从而形成"无理而妙"的艺术之境,创造了美的内容。这正如叶维廉所说:"中国诗的意象,在一种互立并存的空间之下,形成了一种气氛,一种环境,一种只唤起某种感受但不将之说明的境界,任读者移入境中,并参与完成这一强烈感受的一瞬之美感体验,中国诗的意象往往就是具体物象(即所谓'实境')捕捉这一瞬的原形。"[1]

英国现代派诗人罗伯特·弗罗斯特就写过一些很好的含义隽永的诗。如《雪夜林中小停》第一节:

> Whose woods these are I think I know.
> His house is in the village, though;
> He will not see me stopping here.
> To watch his woods fill up with snow.

译文:这树林是谁的我知道
 他的房子在村子那头
 他不知道我路过小停
 看积雪压满幽径枝梢。

由于诗人只用一个"他"代表树林的主人,"他"自然既定是一个诗人的熟人,又含有比一个单纯的"熟人"更多的意思。"他"是谁?这里就产生了一个"他"的特殊含义意象。由于"他"的多层意义,"他"的"树林"也增加了象征的色彩,进而雪夜悄悄地经过一片树林这一行动也获得某种"神秘"意义。诗的最后一节:

> The woods are lovely, dark and deep.

---

[1] 朱良志."象":中国艺术论的基元[J].文艺研究,1988(6):12-19.

> But I have promises to keep,
> And miles to go before I sleep,
> And miles to go before I sleep.

译文：森林迷人、阴暗、深沉，
　　　　但我得赴约赶路程
　　　　还得走长长的里程，在安睡之前
　　　　还得走长长的里程，在安睡之前。

诗人要赴约，是和谁相会？在"安睡"之前，显然不是一般的睡眠，那是诗人在另一层结构上向读者提出更多思考和解释的命题。这样，意象性使诗性层层登至高峰，在诗的结尾处，诗性得以总的爆发，并留下意味深长的艺术空间。

再如我国当代诗人卞之琳的《断章》："你站在桥上看风景，看风景的人在楼上看你。明月装饰了你的窗子，你装饰了别人的梦。"仅仅着眼于个别的词语或个别具体意象，无法领会到该诗的象征意义，只有通过挖掘其意象"你""别人""桥""楼上""窗子""明月""梦"及其所组成的意境理解，才能领会该诗的象征意义。如果从"你"出发，"你"是在看"风景"，但从"看风景的人"出发，"你"就是"风景"；如果"明月装饰了你的窗子""你"却"装饰了别人的梦"。由这二重暗示，我们明白了其象征意义，原来诗人是以"相对性"来评价人生的。这里的象征意象具有"象外之象""味外之旨"的弹性美，从而达到"婉而成章，称名也小，取类也大"（刘勰《文心雕龙·比兴》）的艺术效果。在这里我们先从象征意象出发，再由象征意象群的组合中领悟到其象征意境直至象征意义，层层地追寻，离不开审美主体的主观能动参与性，我们在这样的象征意象的追寻中，体悟到了人生的真谛，也同时领悟到了该诗所具有的含蓄之美，使心灵受到了一次新的陶冶和洗礼，这难道不也是一种美的享受吗？弗洛伊德在论及文学作品的美学乐趣时把这种美的享受描述为"作家提供给我们的快感增量，目的是使我们头脑深处的更大快感，释放出来。这种快感增量，可称作'兴奋的酬谢'。"[1]

---

[1] 弗洛伊德. 论创造力与无意识 [M]. 孙恺祥，译. 北京：中国展望出版社，1986：51.

第八章 阅读主体与艺术语言

　　文学是主体审美意识的符号化，作品价值和功能的实现必须有读者的审美参与，而艺术语言则是作品和读者之间沟通的桥梁，作品意义能否被读者领受或在多大程度上被领受，取决于阅读主体（阅读者，以下称阅读主体）对艺术语言即作品语言符号解读的能力和水平，这足见在整个文学活动系统中，阅读主体的欣赏有着不可忽视的重要意义。西方存在主义哲学的代表人物萨特说："文学客体是一个只存在于运动中的特殊尖峰，要使它显现出来，就需要有一个叫作阅读的具体行为，而这个行为能持续多久，它也只能持续多久。超过这些存在的，只是白纸上的黑色符号而已。"[①] 这一观点也为西方新兴的接受美学所坚持。这突出表明了文学作品的一个特点：它的全部内容都隐藏在以"白纸上的黑字符号"为物质外壳的语言符号体系之中。因而离开接受过程，文学作品就只能以潜在的方式而存在。

　　在前面的几个章节中我们已经详细论述了艺术语言作为建立在普通语言符号系统基础之上的艺术语言符号体系，是一种审美形象的符号和载体，是经过艺术加工的富有诗性的言语符号，它在传递语义学信息的同时，还传递着美学信息，因而其语言形式本身就是美的，就具有欣赏价值。艺术语言正如一件艺术品，如果不被欣赏者欣赏和接受，其审美形式和内涵意蕴就无法得到价值实现。艺术语言所具有的意指结构，使它有着辞面和辞里不吻合的属性，以及陌生化、隐喻性和意象性等多种效应。这就很容易给阅读主体造成理解的障碍，不易理解其形式所载荷的深层美学信息，甚至使人产生曲解。这就要求阅读主体必须具备一定的审美心理能力，而写作者在表达过程中，更应当千方百计调动阅读主体的审美参与，从而使艺术语言的价值和意义得到充分实现。

---

① 伍蠡甫.现代西方文论选[M].上海：上海译文出版社，1983：193.

一、阅读主体的审美态度

对艺术语言的理解和欣赏实际上就是阅读主体和作者共同合作的过程,艺术语言的理解和欣赏作为一种艺术的认识活动,是阅读主体的经验和作者的经验相结合的产物,这就是说,阅读主体对作品语言的理解和欣赏始终是一个积极的再创造活动。但艺术语言被创造出来作为阅读主体的欣赏对象,对于具体的阅读主体来说,并不是无条件地就可以成为欣赏对象的,需要阅读主体具备一定的条件,其中最重要的就是阅读主体必须具备相应的审美心理态度,否则阅读就构不成积极的再创造活动,就谈不上欣赏。

什么是态度?美国当代心理学家阿尔波特认为"态度是一种精神和神经准备就绪的状态,它通过经验组织起来,并对个人所面临的客观对象和与之有关的情境作出反应,产生一种起指导作用或能动作用的影响。"[①]一件事物,自然物或文学艺术作品,能否成为美的对象,从根本上来说,取决于观赏者对它采取何种心理态度。比如,同样是面对一株梅花,有的人见了,就想起它有什么实际用途,值多少钱,是拿它来做笔生意还是赠送亲友;有的人见了梅花,会联想到它在植物学中属于哪一门哪一类,它的生长需要哪些条件,经过哪些阶段,这也只是一种科学研究;也有的人,一见到梅花,就被其形象深深感动:那俏丽的花枝、鲜艳的花瓣,更有那傲霜斗雪的风采,这时,观赏者就会不由自主地把自己的全部心理活动都投入梅花的形象中,不带任何功利性地去观赏它。在上述三种情况中,第一种态度是实用的心理态度,第二种是科学的心理态度,第三种才是审美的心理态度。

可见,审美鉴赏的起点在于阅读主体的审美态度。对于艺术语言的理解和欣赏也一样需要阅读主体的审美态度,不具备这种态度,艺术语言本身潜在的美就无从实现。《红楼梦》是一部"好"小说,所谓"好",也是针对阅读主体而言的。如果不能读到它,作品的"好"就不为人所知,也就失去了意义。可见,阅读主体必须和审美对象建立一定联系,同时,作者也必须注意修饰语言设置情境以吸引阅读主

---

① J. L. 弗里德曼, D. O. 西尔斯, J. M. 卡尔史密斯. 社会心理学 [M]. 高地, 高佳, 译. 哈尔滨:黑龙江人民出版社,1986:321.

第八章 阅读主体与艺术语言

体的审美注意，使阅读主体能自觉不自觉地与对象建立起一定的审美联系。

（一）审美情境注意

在审美态度中，首先是审美情境注意的问题。"注意是心理活动对一定事物的指向和集中。"[①] 注意是沟通一个人的心理世界与外在世界的最直接的心理中介。阅读主体的注意也不例外，它是阅读主体的心理活动在具体情境中对特定对象的选择性集中。阅读主体开始转入一种积极活动的心理过程，而且这种心理过程有了特定的方向。注意不仅仅指向客体，而且也可以指向主体的内部经验。因为注意不是一种独立的心理过程，而是感知、记忆、思维、想象、情感等心理功能所共有的心理特性，所以，一个完整的心理过程实际上就表现为围绕特定对象而展开的各种心理功能的交织运转。注意又可分为随意注意和不随意注意两类。《红楼梦》第二十三回写林黛玉听曲，把这位少女听《牡丹亭》曲子时的心理状态真切而细腻地反映出来了。林黛玉听曲时，开始是偶然听到传来的乐曲声，这是一种不随意注意；紧接着是"止步侧耳细听"，立即转入随意注意；但这些都还只是感知中的注意，随后，她还把注意力放在思索、回忆、联想及情感功能上。

由此可见，在审美欣赏中，注意是一种很重要的心理现象。人们为了表达思想感情调动修辞手法来建构艺术语言时，很多时候是与表达者意欲强化阅读主体的注意、提高表达效果分不开的。特别是夸张、设问、反复、倒装等辞格的运用，目的很明确，是典型的基于注意强化心理而采取的修辞手法。例如夸张辞格的运用，一方面是因为要满足表达者在激情状态下的某种影响心理平衡的能量的释放以获得情感纾解的需要，另一方面则旨在引发阅读主体的思想和情感的共鸣。例如：

> As brave as a lion.
>
> As timid as a rabbit.
>
> He has a heart of stone.
>
> He lives in that match-box of a house.
>
> His words made my blood freeze.

[①] 曹日昌. 普通心理学（上册）[M]. 北京：人民教育出版社，1980：188.

译文：狮子一样勇猛。

　　胆小如鼠。

　　他的心比石头还硬。

　　他住的房子比火柴盒还要小。

　　听了他的话，我的血液都快凝固了。

这些夸张的用法一方面满足了作者的情感纾解需要，另一方面也使读者产生联想，容易引发不随意注意，从而加深了印象。再如：

　　寻寻觅觅，冷冷清清，凄凄惨惨戚戚。乍暖还寒时候，最难将息。三杯两盏淡酒，怎敌他、晚来风急！雁过也，正伤心，却是旧时相识。

　　满地黄花堆积，憔悴损，如今有谁堪摘？守着窗儿，独自怎生得黑？梧桐更兼细雨，到黄昏、点点滴滴。这次第，怎一个愁字了得！

（李清照《声声慢》）

这首词是李清照在夫亡家破和饱经离乱之后所作，是一首极其精湛的艺术佳构。其中，最为人们传诵称道的是上半阕开头的"寻寻觅觅，冷冷清清，凄凄惨惨戚戚"三句和下半阕"到黄昏、点点滴滴"，这是非常典型的反复辞格的运用范例。叠音词的反复使用，在表达上，延缓了音节的推进，这恰好贴合了表达者哀伤凄苦的心境，突出强调了诗人的悲切心情。

可见，对于作家和诗人来说，审美注意无疑是一种为提高语言效果、吸引阅读主体积极参与而主动建构的心理活动。除了词语的建构外，人们还非常注意审美情境的作用，即语境的建构。就自然美的欣赏而言，同样一个岳阳楼，同是一个范仲淹，当他在"淫雨霏霏，连月不开，阴风怒号，浊浪排空"的情况下登上岳阳楼，"则有去国怀乡，忧谗畏讥，满目萧然，感极而悲"的情绪；而在"春和景明，波澜不惊，上下天光，一碧万顷"的天气里，登上岳阳楼，"则有心旷神怡，宠辱偕忘，把酒临风，其喜洋洋"的快意。

显然，在艺术语言的理解和欣赏中，语境，它决定着艺术语言的有效运用，艺术语言只有在特定语境的参与下，在具体语境提供补充信息的前提下，它才能成为艺术语言，才能传达言外之意。例如：

第八章 阅读主体与艺术语言

> 墙上芦苇，头重脚轻根底浅；
> 山间竹笋，嘴尖皮厚腹中空。
>
> （毛泽东《改造我们的学习》）

如果不了解特定的语境，"墙上芦苇""山间竹笋"就仅仅是辞面的本义，但进入具体的语境中，这副对联就成了双关和比喻的艺术语言了。

有时，离开了语境的帮助，我们就读不懂文意。例如：

> 四叔家里最重大的事件是祭祀，祥林嫂先前最忙的时间也就是祭祀，这回她却清闲了。桌子放在堂中央，系上桌帏，她还记得照旧的去分配酒杯和筷子。
> "祥林嫂，你放着罢！我来摆。"四婶慌忙的说。
> 她讪讪的缩了手，又去取烛台。
> "祥林嫂，你放着罢！我来拿。"四婶又慌忙的说。
>
> （鲁迅《祝福》）

读这段文字，如果我们不知道小说前面所写的祥林嫂是死了两个男人和一个孩子的"不吉利""不干净"的寡妇，就无法真正理解这段话的意思，更谈不上审美欣赏了。

在英语语篇阅读中，对词义的理解同样要放到一定的上下文中才能得到正确理解。例如：head 这个单词，其字面意思是"头，头部"，但放到特定语境中，意义就明显不同了：

（1）He has a good head for mathematics.

这个句子里 head 不能直接理解为"头"，句子的意思是他在数学方面能力很优秀。在这里，head 相当于 ability 的意思。

（2）The dinner cost us five dollars a head.

这个句子里的"head"出现在一顿饭的花费上，肯定不能理解为"头"，要把饭钱摊派在 head 上面，应该是"每人"的意思。

（3）Let's discuss the question under five heads.

这句话说要"在五个……下"讨论问题，我们从整句话提供的信息看，要讨论一个问题应是"从五个方面"进行讨论，这里的"head"就应该理解为"方面"了。

在阅读中，很多句子离开了特定语境就会产生歧义，所以说，对语篇的理解是建立在语篇线索解歧的基础之上的。如下面的例子：

（1）My uncle turned out an impostor.

这句话中的"turned out"有两个意思：证明是，原来是；赶走。那么，这个句子就有了两种不同的理解："我叔叔原来是骗子。""我叔叔赶走了骗子。"两种意思大相径庭。

（2）He didn't go because he was afraid.

根据该句子中的否定成分"didn't"所否定的范围，这个句子可有两种意思：一个意思是"他不是因为害怕才去的"（didn't 所否定的范围包括 because 引导的原因状语从句。相当于 He went, but the reason is not that he was afraid.）；另一个意思是"他因为害怕才不去"（didn't 所否定的内容只是 go，because 引导的原因状语从句说明的是前面动作的原因）。

像这类歧义句在英语语篇阅读中经常可以遇到，只有把它们放到一定的语篇语境中，才能推测确定其正确的含义。脱离了上下文，单纯地读句子，很容易不知所云，理解错误就是难免的了。

在语篇阅读中，阅读主体往往不自觉地运用已有的文化背景知识去理解语篇传递的信息，这就需要教师充分考虑学生的知识结构、人生阅历、生活经验，提前给学生提供理解语篇所需的背景知识及文化知识的介绍，注意中西文化的比较，在比较中给学生留下较深的印象，便于他们理解和记忆。这些文化背景知识包括：一是词语的文化内涵，如词语的指代范畴、情感色彩和联想引申意义，具有某种文化背景的成语、谚语和惯用语的运用等；二是通过语篇学习，接触和了解相关的英美国家的政治、经济、历史、地理、文学及当代社会概况；三是了解和体会中西方价值观念、宗教观念、思维习惯等方面的差异，包括人生观、宇宙观、人际关系、道德准则以及语言表达方式等。只有具备了这些预备知识，在语篇阅读中，学生才能产生相应的审美心理注意，从而把阅读活动上升到审美欣赏的水平。

语境在赋予艺术语言以确切的含义之外，还进一步决定着艺术语言的优劣。

有些人判断语言美的标准往往是看辞藻是否华丽、句式变化是否花哨。实际上,语言材料本身并无优劣之分,漂亮的词语如果用在不适当的地方,即不适合语境需要,那也绝不是美的,甚至是丑的;普普通通的词语如果用得恰当、得体,适合情境,同样会很有表现力。许多脍炙人口、传颂至今的名诗句,恰恰用语十分浅近、贴切,如唐代诗人骆宾王的"白毛浮绿水,红掌拨清波",杜甫的"两个黄鹂鸣翠柳,一行白鹭上青天""穿花蛱蝶深深见,点水蜻蜓款款飞"等等,这些言浅意深的诗句,令人读之形象跃然纸上,不仅生动,而且精致。

一些突破通常语言规范的富有创新性的艺术表达,也无不是由适应了语境的特定需要而获得的。语境是一个十分重要而又内涵丰富的问题,但我们在这里不准备展开论述。总之,艺术语言的优劣不仅由审美情境注意而定,还会涉及更多的心理现象,如阅读主体的审美心理时空。这就是我们下面要谈的审美态度的第二个方面。

(二)审美心理时空意识

在中外美学界,从时空意识的角度寻找审美根源由来已久。近几十年来,国内美学界也开始了有关审美心理时空的研究。"如果把存在规定为人类世界的存在,它包含着三种水平或层次,即自然的存在,现实的(社会的)存在和审美的存在。与此相应,就存在着三种时空形态:自然时空、现实时空和审美时空。对三种时空形态的把握,就产生了三种时空意识或心理时空。"[①]自然时空是最基本的时空形态,它不以人的意志为转移,具有绝对性;现实时空是人类社会生活的存在形式,它以自然时空为基础,同时又赋予自然时空以人的尺度和社会内容。我们在现实生活中的时空意识,例如时间的快慢、空间的大小,都是按照一定的感受标准进行判断的,渗透着我们的生活经验。人类正是运用自己的实践能力,使自然时空服从于社会生活的发展,转化为社会时空。而随着社会时空主体性的发展,人类就将在更大程度上超越时空限制,进入精神的自由王国。

审美世界作为自由的精神领域,完全消除了主客体的对立:在这里,自然时空被征服了,现实时空被超越了,产生了自由的审美时空。审美时空是超时空的自由领域,是人的存在的理想方式。审美时空同时就是审美的心理时空,是自由

---

① 杨时春.审美意识系统[M].广州:花城出版社,1986:136.

的精神生活本身的形式。

阅读主体的审美心理时空也是审美态度中的重要心理现象。同人们日常认知活动相比，审美心理时空主要表现为以下主要特点。

（1）审美心理时空具有超越性特点。在认知心理时空中，主体的心理结构主要是顺应对象物，以满足人们现实生存的实际需要；而在审美心理时空中，审美主体往往超越和突破客观现实的束缚，在审美欣赏中体味所谓"象外之象""味外之味"，创造一种独立于客观时空的美感境界，达到无功利目的的超越境界。中国古代"虚中有实，实中有虚""小中见大，大中见小"等审美现象，反映的就是一种审美心理时空问题。如诗句"三十八年过去，弹指一挥间""窗含西岭千秋雪，门泊东吴万里船"等等，其成功之处就在于，诗句充分调动了阅读主体的审美心理时空，使欣赏者"游心太玄"（嵇康），超然象外，在审美心理时空中观照对象。再如英国诗人威廉·布莱克（William Blake）的 *A Grain of Sand*（《一粒沙子》）：

> To see a world in a grain of sand,
> And a heaven in a wild flower,
> Hold infinity in the palm of your hand,
> And eternity in an hour.

译文：从一粒沙子看到一个世界，
　　　从一朵野花看到一个天堂，
　　　把握在你手心里的就是无限，
　　　永恒也就消融于一个时辰。

"sand"——"a world"，"a wild flower"——"a heaven"，"Hold infinity in the palm of your hand""eternity in an hour"，以小见大，以实指虚，以简喻繁，在审美心理时空中观照"无限"和"永恒"，创造了超越现实时空之外的审美心理时空和美感境界。

（2）审美心理时空是一个复合表象整体。日常认知心理时空是作为理性思维载体的纯粹认知性的时空表象；而审美心理时空则是整合了记忆、联想、想象、情绪、情感等心理因素而组成的一个复合的时空表象体。审美心理时空的这种特点，在大量咏物抒怀的诗歌作品中都有着充分的体现。以威廉·华兹华斯（William Wordsworth）的诗 *The Daffodils*（《水仙》）为例：

第八章 阅读主体与艺术语言

I wandered lonely as a cloud

That floats on high o'er vales and hills,

When all at once I saw a crowd,

A host, of golden daffodils;

Beside the lake, beneath the trees,

Fluttering and dancing in the breeze.

Continuous as the stars that shine

And twinkle on the milky way,

They stretched in never-ending line

Along the margin of a bay:

Ten thousand saw I at a glance,

Tossing their heads in sprightly dance.

译文：我好似一朵孤独的流云，

高高地飘游在山谷之上，

突然我看到一大片鲜花，

是金色的水仙遍地开放。

它们开在湖畔，开在树下

它们随风嬉舞，随风飘荡。

它们密集如银河的星星，

像群星在闪烁一片晶莹；

它们沿着海湾向前伸展，

通向远方仿佛无穷无尽；

一眼看去就有千朵万朵，

万花摇首舞得多么高兴。

这首诗写于诗人从法国回来不久。诗人带着对自由的向往去了法国，参加了一些革命活动。但法国革命没有带来预期的结果，随之而来的是局面混乱。诗人的心受到了打击。后来他在亲友的帮助下情绪慢慢得以平复。这首诗就写于诗人心情平静之后不久。诗的开头，诗人将自己比喻为一朵孤独的流云，孤单地在高高的天空飘荡。孤傲的诗人发现了一大片金色的水仙，它们欢快地遍地开放着。大片水仙如天上的星星闪烁，又是流动的，沿着弯曲的海岸线向前方伸展。诗人把自己的"心"投注在"水仙"这个象征物上，这时，"水仙"已经不再是一种普通植物，而是将表象与诗人的情感结合一体，成为诗人记忆、联想、想象、情绪、情感等心理因素的复合物象，象征了一种欢悦灵魂和蓬勃不衰的精神。我们欣赏这样的诗作，就要与诗人的情感同频共振，才能进入到作者所创造的审美心理时空中。

再如一首来自新疆诗人章德益的《我与大漠的形象》：

大漠说：你应该和我相像

它用它的沙柱，它的风沙

它的怒云，它的炎阳

设计着我的形象

——于是，我额头上，有了风沙的凿纹

——于是，我的胸廓中，有了暴风的回响

我说：大漠，你应该和我相像

我用我的浓荫，我的笑靥

我的旋律，我的春阳

设计着大漠的形象

——于是，叶脉里，有了我的笑纹

——于是，花粉里，有了我的幻想

大漠有了几分像我

我也有了几分与大漠相像

我像大漠的雄浑、开阔、旷达

大漠像我的俊逸、热烈、浪漫

在这首诗中，我们可以看到，诗人不是在以物观物，而是在以心观物，将自己旷达的心怀投射于大漠边陲具有典型意义的种种物象，不仅写了大漠、沙柱、炎阳，而且抒写了"我"的俊逸、热烈的胸怀，整首诗组成了一个复合的时空意象。欣赏这类诗歌的美，就需要审美主体具备这样的审美心理时空，唯其如此，才能深刻体会到艺术语言所特有的多元化意指趋向。

（3）审美心理时空中时间感和空间感相互渗透。实际上，客观时空原本是不

第八章 阅读主体与艺术语言

可分割的统一体,没有脱离时间的空间,也没有脱离空间的时间。但在审美主体的心理体验中,却往往会将对空间的感受时间化,或在描写空间时,也映照出时间的运动。例如温庭筠的《春江花月夜》、陈子昂的《登幽州台歌》等,体现了浑厚而旷远的时间纵深感;而陶渊明的《饮酒》:"采菊东篱下,悠然见南山。山气日夕佳,飞鸟相与还",欣赏者从中体会到的与其说是空间景象,不如说是一种饱含人世沧桑感的生命境界。

审美心理时空意识中的互渗性,可分为时间感和空间感的相互转化性和相互融合性,都意味着自然被人格化,被纳入人类历史。人类自古以来就梦想着超越时空限制,进入无限和永恒的领域。神话传说中的天堂、仙境、长生不死的神仙,都寄托着这些幻想。西方人把这种向往交给了宗教,中国人则把这种向往交给了生活,着眼于现实创造理性境界。曹操在《龟虽寿》中吟道:"神龟虽寿,犹有竟时。腾蛇乘雾,终为土灰。老骥伏枥,志在千里。烈士暮年,壮心不已。盈缩之期,不但在天。养怡之福,可得永年。"从诗中我们可以读到,诗人虽渴望长生,但却不听命于自然,而是希望通过身心调适来达到健康长寿。这无疑是一种乐观、旷达的人生意识。这首诗里我们更多体验到的境界是时空的转化感。时间感和空间感的融合则是指审美心理时空将主客体两者整合到一起,铸成一个情景交融的审美意象的心理功能。如陆放翁《咏梅》中的梅花便是经过这种融合的时空意象,那清高的形象,孤寂的性格,既是梅花的也是诗人自己的。正如诗人在另一首诗中写的:"何方可化身千亿,一树梅花一放翁。"

对于审美主体来说,审美心理时空意识可以使人在欣赏中忘却有限的生命和在宇宙中的渺小位置,而成为时空的主宰。物质不能摆脱时空限制,现实意识只是有限的时空意识,只有作为审美个性心理的审美心理时空意识,才真正能帮助阅读主体摆脱有限的时空,使精神进入到无限和永恒。所以,当阅读主体建立起审美心理时空意识,就可以从艺术语言的辞面和辞里中,啜饮到更多的琼浆玉液,以高度自由的审美体验领受到更丰厚的意蕴。

审美态度是一个复合的多层次心理结构,对于作者和阅读主体双方来说,都存在着审美态度问题。笔者认为,研究审美态度的心理结构对于艺术语言的审美接受有着十分重要的意义。艺术语言的理解和欣赏本身,实际上就是一个审美活动或审美过程，其中，阅读主体的各种心理要素都处在积极活跃的状态，感知、回忆、想象、理解、感情、直觉等心理功能综合地作为一个整体发挥着作用，它们决定着阅读主体在审美前的"预备情绪"（心理期待）以及在阅读中的全神贯注、情感"投射"、自我超越等心理状态。在下文，笔者拟着重就情感、直觉等重要心理要素以及意境审美范畴在阅读主体理解和欣赏过程中的作用加以论述。

二、情感与阅读主体

文学是作者与读者之间运用语言所进行的一种特殊活动，这种活动的特殊性最为突出的就是它的情感性。这一点我们在"情感思维和艺术语言"一章中已经做了详细阐述。

艺术语言所提供的主要是情感信息，它和作品一道构成文学活动的物质凝结，文学的情感性在语言上得到了最集中的体现。对艺术语言的接受，是一个主动性和创造性的精神活动，必须是阅读主体和创造主体在情感上实现沟通和对应。现在，我们来分析一下艺术语言接受活动中的主体情感。

（一）阅读主体情感的动因

艺术接受情感心理根源于主体的深层动因。我们知道，一切文学艺术活动无不产生于人类自我释放的本性追求中，艺术主体的深层动因同样来源于人的复杂情感的宣泄需求。人在现实生活中时时会产生各种各样的情绪情感。现代情绪心理学研究表明，情绪情感的生理基础是一定能量的产生和积蓄。人在意识层次中受到刺激，大脑皮层将刺激信息传入情绪中枢，引起情绪中枢的生理反应，释放出一定能量。这样人的生理系统就处于失衡状态，反映到心理上，使人产生一种情感宣泄的渴求。如果要使生理系统恢复平衡，心理上的渴求得到满足，就需要将能量释放出来。情感表现正是这种能量的释放过程。

那么，阅读主体是怎样使自己的情感得到宣泄的呢？

阅读主体的情感宣泄是以艺术作品的情感表现性为前提的。文学作品是作家情感表现的结果，凝聚着作家的情感。列夫·托尔斯泰认为艺术是人类情感交流的手段，苏珊·朗格认为艺术是人类情感的表现形式。中国古代诗论也以情感作

第八章 阅读主体与艺术语言

为诗的真正本体。但是,再高明的作家也不能直接将情感呈现于阅读主体面前,它是作为情感的转化形式而出现的,即文学作品作为作家情感的物化,必然与客观现实以及作家对这种现实的主观认识交织在一起。对这类作品的接受,一方面要直观到作品中描绘的景物,一方面要体会到景物中渗透的情感,这两方面结合成一个接受过程。例如,我们读"鸡声茅店月,人迹板桥霜"这样的诗句,首先必须在脑海里呈现相应的景象,其次是从中体会到一种凄凉的情感,这样才算把握了诗句的内容。叙事性作品更为复杂,作家的情感是通过作品中众多人物的活动及复杂的社会生活内容曲折地表现出来的。因此,阅读主体要体会作家的情感就不能不对作品中表现出来的社会生活和人物性格进行了解。我们读任何一部中外文学作品,都只有通过了解和分析人物性格和社会生活场景,才能体会到作品所蕴含的思想内容和情感分量。所以,作品虽然在本质上是表现情感的方式,但这情感只有与一定的客观内容相结合才能得到表现,阅读主体也只有在把握作品反映的自然景物和社会生活的同时,才能接触到作家的情感。而所有这一切,又都必然以艺术语言作为物质载体呈现出来,离开了艺术语言这一物质载体,就谈不上文学作品。因此,阅读主体对艺术语言的把握也就是对作品的把握,反过来从一定意义上说,对文学作品的把握也就是对艺术语言的把握。阅读主体通过艺术语言认识了作品的内容,体验到其中的情感,然后才能触发自己内心的情感,并使之得到宣泄。认识生活并非目的,情感宣泄才是审美活动的本质所在。例如,莎士比亚在他的经典剧作《哈姆雷特》中有一句经典台词:"To be or not to be, that is a question……"(生存,还是毁灭,这是一个问题……)。这句独白不仅仅是哈姆雷特对人生的思考,同时也是莎士比亚对人生的拷问。当观众听到或读者读到这句话时,很自然地就会和自己的经验对接起来,从而产生深刻的共鸣,自然而然地会对自己的人生产生反思和叩问。只有这种蕴含着深广思想感情内涵的语言,才能够在读者心中产生如此巨大的灵活震撼。再如,英国诗人托马斯·格雷(Thomas Gray)是一位伤感主义的代表人物,同时也是诗歌墓园派的奠基人。他醉心于墓园风光,擅长通过悲凉的文字感染,在他的诗歌创作中,怀古伤今的诗句比比皆是。在《乡村墓地的挽歌》中有这样的诗句:

>The breezy call of incense-breathing morn,
>The swallow twittering from the straw-built shed,
>The cock's shrill clarion, or the echoing horn,
>No more shall rouse them from their lowly bed.

译文：清新的早晨轻拂的微风，
草窝里的燕子呢喃声声，
雄鸡的啼鸣，号角的回荡，
也无法将他们从墓中唤醒。

诗中作者罗列了"微风""燕子""雄鸡"等意象，似乎与这首挽歌无关，但仔细品味，会发现这里每一个意象都衬托出无法言说的悲凉，一个"唤醒"，把那种空荡荡的、寂寥无言的情感表现得淋漓尽致。

艺术作品的情感表现性是阅读主体情感宣泄的前提，而作品中那些浸润了作家情感的审美意象和典型的社会生活内容则为阅读主体情感宣泄开辟了渠道。对于阅读主体来说，绝不仅仅是认识作品中表现出来的情感，更重要的是他要把作品的情感变为自己的情感，使自己的情感与作品的情感合为一体。作家的创作语言以及运用语言描写的艺术形象和社会生活，都浸透着特定的情感，阅读主体看到这些形象和内容也就会产生与作家相类的情感，于是，他自己的情感与之共鸣，从而得到一定的宣泄。而且，凡优秀的文学作品，在引发阅读主体的情感时，还要将作家的情感导向一个更高的境界，即在作品中融入审美趣味和审美理想以及进步的道德观、价值观，这些趣味、理想和观念与作家的主观情感相结合，构成作品总的主观倾向，这种倾向渗透了作家的艺术语言，使艺术语言成为隽永的"有意味的形式"。这样，阅读主体在欣赏作品时就将自己的情感在不知不觉之中提高到一个新的境界，使原有的自然情感转化为艺术情感。

（二）阅读主体情感心理层次

有研究者在分析艺术接受过程中情感运动的轨迹时，认为预备情绪应该是接受（阅读）的起点。苏珊·朗格将这种预备情绪称为"直觉预感"，她指出："有一种叫作'直觉预感'的现象，其中一个突出的例子就是当幕布刚刚升起（有时甚至还早）的时候，真正的戏剧爱好者就已经兴奋异常。"[1] 在预备情绪产生后，阅读主体的情感释放还要经过三个相关的层次。[2]

（1）与审美知觉相联系的情感。审美知觉是阅读主体对作品内容的感性把握。但这种感性把握不同于人们在非审美活动中的知觉，它包含着更为丰富的情感内容。情感性可以看作是审美知觉与一般认识知觉的根本区别。例如我们读刘禹锡的诗句："沉舟侧畔千帆过，病树前头万木春"，"病树"给我们造成的知觉表象是包含了情感评价的，它代表没落、衰亡的事物。但这种情感评价也不同于诗人所注入的情感，因为诗人原本是以"病树"来自况。阅读主体发挥联想和想象，从艺术语言中形成自己的审美知觉，他自己的情感便也伴随这种知觉而被激发起来。

（2）伴随理解的情感活动。阅读主体并不仅仅停留在知觉层次上，还要继续深入理解作品蕴含的理性内容。但这种理解并不是用逻辑思维来完成的，它是一个艺术直觉的过程。阅读主体用艺术直觉而不用逻辑思维来理解作品的理性内容，正是情感所决定的。阅读主体在理解过程中伴随情感，情感反过来影响到阅读主体思维的方式，直觉思维就是一种表现。

（3）对作品艺术语言情调的把握。作品艺术语言的情调是作品整体上所表现出的情感倾向，它笼罩在作品之上并形成作品的总体色彩，阅读过程中也就产生相对应的类似情感。如我们很久以前读过的一本好书可能会忘记了具体情节，但作品特有的语言情调却使我们印象深刻，难以忘怀。

（三）阅读主体心理的能动性作用

我们说，对艺术语言的理解和欣赏是建立在审美直觉基础上的，但这种理解和欣赏又反作用于审美直觉，也就是说，艺术语言的理解和欣赏是阅读主体能动的、富于创造性的活动。这种创造性，最为充分地表现在阅读主体不是被动地理解、感受和反应，而是一种具有主动性和创造性的精神活动。具体表现为两个方面。

（1）能动地再现艺术语言所展现的内容。阅读主体在理解和欣赏活动中，对

---

[1] 苏珊·朗格. 情感与形式 [M]. 刘大基，傅志强，周发祥，译. 北京：中国社会科学出版社，1986：44.

[2] 李春青. 艺术情感论 [M]. 天津：百花文艺出版社，1991：146.

于艺术语言所描写和展现的景象和生活内容，首先做出的审美反应是再现。阅读主体不仅要再现艺术语言所描写的客观的形象、事件，而且要再现这些形象、事件中贯注的作家的思想感情。然而，在这个再现过程中，阅读主体并非被动地服从于艺术语言本身，而是包含着自己对生活的理解，融合着自己的审美经验，体现着创作和欣赏的辩证运动。例如泰戈尔的名篇《生如夏花》第一段：

> I heard the echo, from the valleys and the heart
> Open to the lonely soul of sickle harvesting
> Repeat outrightly, but also repeat the well-being of
> Eventually swaying in the desert oasis
>
> I believe I am
> Born as the bright summer flowers
> Do not withered undefeated fiery demon rule
> Heart rate and breathing to bear the load of the cumbersome
> Bored

译文：我听见回声，来自山谷和心间
　　　以寂寞的镰刀收割空旷的灵魂
　　　不断地重复决绝，又重复幸福
　　　终有绿洲摇曳在沙漠

　　　我相信自己
　　　生来如同璀璨的夏日之花
　　　不凋不败，妖冶如火
　　　承受心跳的负荷和呼吸的累赘
　　　乐此不疲

（郑振铎译）

阅读主体在读这些文字时，绝不是无动于衷地去识别一个个词句，而是调动着自己想象和联想、情感和体验，透过"summer flowers"的字面意思，在全诗的大语境中，领会到诗歌的深层内涵：夏季的花朵象征着蓬勃而绚烂的生命，无论遇到什么挫败，无论是悲伤甚至死亡，都要努力去盛开，不凋不败，妖冶如火，承受

第八章 阅读主体与艺术语言

心跳的负荷和呼吸的累赘并乐此不疲。进一步,阅读主体还可以结合自己的人生经历,融入自己的独特体悟。正因为这首诗写出了人们心灵深处的呼声,才使它跨越国界,飞越时空,拨动了一代又一代人的心弦,广为传诵,成为一首经典诗歌。

（2）创造性地欣赏和表现。阅读的过程不仅仅是再现,而是表现,是创造,带有鲜明的个性色彩。日本艺术理论家厨川白村说过:"所以文艺作品所给予者,不是知识而是唤起作用,刺激了读者,使自己唤起自己体验的内容来,读者接受了这刺激而自行燃烧,即无非也是一种创作。倘说作家用象征来表现了自己的生命,则读者就凭了这象征,也在自己的胸中创作着。"[①] 比如很多女性喜欢读《红楼梦》中的《葬花词》,先是脑海里再现出"花谢花飞飞满天"的情景,然后是体会"红消香断有谁怜"的凄楚哀婉的情感,再后是将个人的情思情不自禁地融合进去,将现实生活中积压的情感和情绪宣泄而出。这就是借助作家所表达的感情来宣泄疏导自己内心的积郁,从而得到一种艺术欣赏的快感。

总之,我们可以说,阅读过程是一个创造性的、能动的心理活动,这个过程与文学创作过程一起,构成作者和阅读主体共同呼应合作的不可分割的统一体。

三、直觉与阅读主体

如上所述,艺术语言的理解和欣赏活动,首先是一个直觉活动过程。我们说阅读过程是一个审美再造性的精神活动,这个审美再造的生理机制和心理过程就是审美直觉活动的生理机制和心理过程。在这一过程中,没有理性的分析综合,也没有概念推理的逻辑思维,阅读主体也无须高难度的脑力劳动,审美的创造性精神活动往往是在与作品的一刹那心灵感应间形成的。如果语言文字艰深,或不知所云,需要阅读主体绞尽脑汁地去分析、猜测,那实际上就把对艺术语言的欣赏和体验变成猜谜活动了。猜谜活动当然也能随着谜底的揭晓而产生一种快感,但那是对自己智力的赞许,是获得一种认识的愉快,是理智感,不是美感。真正优秀的文学作品,语言中往往蕴含着深刻的思想和飘忽隐现的意趣、意味和情调,阅读主体假如不能把握这些东西,那就等于"弃宝山而空还",不可能产生真正的

---

① 厨川白村.苦闷的象征[M]//鲁迅.鲁迅译文全集:第三卷[A].福州:福建教育出版社,2008:46.

审美愉悦。在阅读过程中，阅读主体要将感性与理性、体验与认识、情感与理解融为一体，在感性的情感体验过程中把握内涵，善于凭借艺术直觉能力去获得作品语言蕴含的深层意义，只有这样，才能使阅读活动成为一种美感享受过程。

（一）直觉与美感体验

在阅读过程中，直觉就是一种审美体验。它通过对作品的感受、体味获得两种结果：一是情感激动，二是对意味的领悟。例如美国著名近代诗人、小说家威廉·卡洛斯·威廉姆斯（William Carlos Williams）的短诗 The Red Wheelbarrow（《红色手推车》）：

> So much depends
>
> upon
>
> A red wheel
>
> barrow
>
> Glazed with rain
>
> Water
>
> Beside the white
>
> Chickens.

译文：多少东西仰仗于

你

　　一辆红色的

　　手推车

闪亮地缀着

雨滴

　　旁边是群白色的

鸡

诗的首行给读者以惊喜、模糊、悬念，"多少东西仰仗于 / 你"，接着呈现给读者一幅想象的视觉画面，"闪亮地缀着 / 雨滴 / 旁边是群白色的 / 鸡"。细细品味，方觉其妙：大雨刚过，一辆手推车在明亮的阳光照耀下闪闪发光，轮子刚在雨中滤过，一片晶亮中透出光艳照人的红色；旁边是不知刚从什么地方钻出的一群小鸡。红、白色的交相辉映，给读者以非常鲜明的色彩与形象，恰似一张彩色照片。这首诗简单到极点，既无比喻、象征等手法，也没有诗人的曲折思绪，只在第一行带了一点惊喜之情，然而凭读者的直觉，可以感受到"红色的手推车""白色的鸡"都是寄托了作者情思的意象：白色象征着淳朴的生活，红色象征着美好的愿望。这幅简洁的画面中，与白色小鸡的颜色、形态相对照，经雨水洗涤的红色手推车本身便成为美的象征。

再例如当代诗人鲁藜一首诗：

> 老是把自己当作珍珠，
> 就时时有怕被淹没的痛苦。
> 把自己当作泥土吧，
> 让众人把你踩成一条道路。
>
> （鲁藜《泥土》）

读着这首诗，我们首先是被诗中洋溢的高尚情感打动，产生情感的呼应和情绪的波动；由此来回味诗中所蕴含的思想：人，应当以朴素、平常的心态，乐于和甘于为人民奉献，而不要自矜和自骄被众人唾弃。当然，这种领悟往往带有朦胧、混合的特征，不同于一般知识，是一种对意味的领悟。

（二）直觉与阅读心理定向

心理学的实验表明，人们一定的认识和感受活动是直接受到心理定式制约的。一个饥饿的人看见一个优雅的人体雕塑，是不会感到任何美的；一个贪婪成性的人看到黄金白银只会想到其实用价值而绝不会有任何审美感受的。同理，倘若让一个春风得意、轻松快活的人去欣赏杜甫的《春望》《茅屋为秋风所破歌》，同样是难以感同身受的。这说明，主体的阅读活动是由其特定的审美心理结构（包括审美经验、审美趣味、审美理想、特定心境等）规定了大致方向的，而阅读主体的艺术直觉也是在这种心理定向的直接影响之下的。

艺术语言美的实现，必须以唤起阅读主体共鸣为前提，共鸣的发生根源于情感的对应和心灵的瞬间接通。它需要阅读主体情、知、意与审美对象的美的特质和谐统一，默然契合，彼此相通。既然是共鸣、相通、契合，那么，就必须有客体和主体双重的心理基础，即作品必须能扣动阅读主体心弦，阅读主体必须有相似相同的心理趋向，这两方面才能构成阅读共鸣的触发点。

（三）直觉与审美愉悦

艺术语言的接受（阅读）过程，始终伴随着一种精神的享受，因此，在整个艺术接受活动中应自始至终伴随着审美愉悦。例如雪莱的著名抒情诗歌《致云雀》前两节：

> Hail to thee, blithe Spirit!
> Bird thou never wert,
> That from Heaven, or near it,
> Pourest thy full heart
> In profuse strains of unpremeditated art.
>
> Higher still and higher
> From the earth thou springest
> Like a cloud of fire;
> The blue deep thou wingest,
> And singing still dost soar, and soaring ever singest.

译文：你好啊，欢乐的精灵！
> 你似乎从不是飞禽，
> 从天堂或天堂的邻近，
> 以酣畅淋漓的乐音，
> 不事雕琢的艺术，倾吐你的衷心。
>
> 向上，再向高处飞翔，
> 从地面你一跃而上，
> 像一片烈火的轻云，
> 掠过蔚蓝的天心，
> 永远歌唱着飞翔，飞翔着歌唱。

（江枫译）

这首诗共有二十一节,开篇高调赞美云雀和云雀的歌声:"欢乐的精灵",来自"天堂或天堂邻近",唱着欢乐而神圣的歌声;以"不事雕琢的艺术,倾吐你的衷心"表达诗人自己的美学观点:好的诗歌应该是直接从心灵深处涌现的思想激情。第二节是全诗最美的一节,写出了云雀从地面一跃而起的运动姿态和一边飞翔一边歌唱的特点。云雀向上,直升上晴空去迎接朝阳,这饱含激情而又欢快明朗的形象,吸引着读者追随云雀的歌声进入一个浪漫的艺术境界。可见,审美愉悦是和情感活动分不开的,阅读和直觉始终有情感伴随。再例如:

> 打起黄莺儿,莫教枝上啼。
> 啼时惊妾梦,不得到辽西。

(金昌绪《春怨》)

此诗不过写了女主角的一个赶黄莺的动作和原因,却极富动感,看似日常语言,仔细琢磨,却是十分巧妙、精美的艺术语言,这是由于它在艺术符号的目标指向方面十分明确,旨在创造一种情感意味,这种意味是隐藏于语言之中并能让人直接感受到的东西,但又是一种很难言传的东西,它直接存在于语言符号的形式中,吸引读者超越经验世界进入艺术语言所提供的"言外言""象外象"之中:黄莺鸣春,何以赶之?为何要到辽西?辽西又有何人让她梦而不愿醒?这些疑窦,诗中似乎给出了答案,但字面上又没有答案,诗的题目叫《春怨》,全诗又不着一个"怨"字。短短一首诗,竟传递了如此丰富的美感信息,留给读者以想象的审美空白,使其充分去领略阅读过程中的美感愉悦。

四、意境与阅读主体

关于意境,我们在前面的章节中有所论及。研究者普遍认可,意境的特征在于"象外之象,景外之景""言有尽而意无穷",意境是"弦外之音""味外之旨""韵外之致",那么,意境究竟是艺术作品本身具有的,还是在与阅读主体的对话交流中产生的?也就是说,意境是独立于阅读主体之外的,还是本来就存在于阅读过程中,离开了阅读主体就不存在呢?

（一）"言外之意"的召唤结构

我们先从"言外之意"说起。宋代严羽在《沧浪诗话》中提出著名的"言有尽而意无穷"的说法，给了后人极大的启示。但相似的言论早在刘勰的《文心雕龙》里就有了："隐也者，文外之重旨者也"。(《文心雕龙·隐秀》) 刘勰以后，钟嵘在《诗品》中也有相似的思想："言在耳目之内，情寄八荒之表。"这些言论都在表述着一个核心思想，即作为文学作品之存在方式的艺术语言之外，存在着一种美感经验。这种美感经验既不能离开"言"本身而成为无本之木，同时又毕竟不是"言"本身，而有赖于阅读主体自己去发现，即这种美感经验只有在阅读主体的经验和意识中，才能得以展示和实现。我国整个古代文论中，自南北朝、唐至宋、元、明、清各个朝代都始终贯穿着这一核心思想，足见"言外之意""象外之象""弦外之音"等思想在我国文艺理论和美学界影响之深广。

艺术语言作为文学作品的物质载体或存在方式或"有意味的形式"，它自身无法产生"言有尽而意无穷"的艺术效果。这就需要有阅读主体的介入。没有阅读主体的介入，"言"就不可能自动产生"言外之意"。这就是说，艺术语言的"言外之意"本身就是一个召唤结构，这个结构非要阅读主体的参与才能完成。

二十世纪六七十年代达到鼎盛的解释学美学以及接受美学都十分强调主体在审美价值的实现时所起的作用。现象学美学坚持体验、意义先于形式和语言，把语言视为对难以言说的体验的命名、确认和显现，强调接受者的重要性，主体意识不是消极地记录作品的信息，而是积极地建构审美的世界。现象学美学甚至认为"文学作品的'世界'不是客观实在，而是德语所谓的 Lebenswelt，即被个别主体实际组织和经验到的实在。"[1] 波兰现象学美学代表人物罗曼·英加登认为文学作品本身仅仅是一种"图式"，作品的实现是由接受者完成的。文学作品中充满了空白和"未定点"。他认为文学作品包含四个层次：语词——声音；意义群；图式化层面；被表现客体。此外还有一种"形而上品质"。前两层是确定的，而后两层则充满"空白点"，迷离恍惚，难以确定；形而上品质则更是神秘莫测，不可言传。

---

[1] 特雷·伊格尔顿. 二十世纪西方文学理论 [M]. 伍晓明，译. 北京：北京大学出版社，2007：96.

第八章 阅读主体与艺术语言

英加登认为,处理"空白点"的唯一办法就是请出阅读主体的"体验"。[①]而文学作品本身其实是个不完满的"暗示",是对阅读主体的"邀请",邀请阅读主体介入作品的再创造,使作品内蕴的意义得以实现。

由空隙、未定点等概念,导致了接受美学中的召唤结构的概念。召唤结构是接受美学的代表人物之一伊瑟尔提出的。伊瑟尔首先认为文学文本和文学作品是两个不同的概念。文学文本具有未定性,它是非自足性的、未完成的,它的存在本身并不能产生意义,意义的实现必须有赖于读者的具体化。[②]现象学美学和接受美学无疑是解开意境产生过程中读者的作用的一把钥匙。我国古代文论虽没有提出未定点的说法,但我国古代艺术由于受老庄哲学的影响,尚简、虚静的艺术追求,恰恰暗含了西方未定点、召唤结构之说。例如古代诗人温庭筠的名句:"鸡声茅店月,人迹板桥霜。"可谓高度简约的笔法,呈现在读者眼前的仅仅是几个简单的意象:鸡声、茅店、月、人迹、板桥、霜,没有任何关联词语。按照接受美学理论,诗仅仅提供了一种潜在的意境,而不是现实化了的意境。准确地说,诗句只是一个召唤结构,它的境界还有待实现和具体化。当这些意象被阅读主体接受,即透射到阅读主体心灵屏幕上时,这六个孤立的意象立刻活起来了,"鸡声茅店月,人迹板桥霜"的"象外象""味外味"一下子就荡漾出来,正如欧阳修对此诗所称赞的:"道路辛苦、羁旅愁思,岂不见于言外乎?"(欧阳修《六一诗话》)

(二)整体意境与零星意象

以诗歌为代表的文学作品的意境,往往通过作者对词语精心着眼的锤炼而营造出来,通过各种修辞手法如明喻、隐喻、象征、联想以及意象营造出来。英美诗歌中的意象较之汉语诗歌来说,意象的形式更为灵活丰富,有听觉意象(auditory image)、视觉意象(visual image)、触觉意象(tactile image)、动觉意象(kinaesthetic image)、嗅觉意象(olfactory image)等种类。一首好诗,往往是因为几个生动而深刻的意象烘托出艺术意境而被人们记住。因此,我们在诗歌欣赏中,要从意象入手,去领会诗人的意图,进入诗的意境,从而达到审美的阅读欣赏。下面举英

---

① 王一川. 审美体验论[M]. 天津:百花文艺出版社,1992:305.
② 陶东风. 中国古代心理美学六论[M]. 天津:百花文艺出版社,1992.

国诗人托马斯·那什（Thomas Nash）所写的 Spring（《春》）为例：

    Spring, the sweet spring, is the year's pleasant king,
    Then blooms each thing, then maids dance in a ring,
    Cold doth not sting, the pretty birds do sing:
        Cuckoo, jug-jug, pu-we, to-witta-woo!

    The palm and may make country houses gay,
    Lambs frisk and play, the shepherds pipe all day,
    And we hear aye birds tune this merry lay:
        Cuckoo, jug-jug, pu-we, to-witta-woo!

    The fields breathe sweet, the daisies kiss our feet,
    Young lovers meet, old wives a-sunning sit,
    In every street these tunes our ears do greet:
        Cuckoo, jug-jug, pu-we, to witta-woo!
            Spring, the sweet spring!

在这三节诗中，阅读者可以发现多种意象："sweet"（甘美的春天）、"bloom"（百花齐放）、"dance in ring"（围圈舞蹈）、"do sing"（百鸟齐鸣）、"make…gay"（喜洋洋）、"frisk and play"（羔羊嬉戏）、"shepherds pipe"（牧笛悠扬）、"breathe sweet"（田野四处飘香）、"a-sunning sit"（老人闲晒太阳）、"these tunes our ears do greet"（悦耳的歌声）。这一系列动觉和触觉意象，使我们想到了甜美的花香，听到了春天鸟儿的歌唱，看到少女们在围圈跳舞，人们在快乐地放歌，所有这一切，汇成了一首百鸟齐鸣百花齐放的春天交响曲。诗中反复出现的各种禽鸟的叫声，全部由拟声词构成，构成诉诸听觉的意象，描绘了一幅春回大地、鸟语花香、人畜兴旺的画卷，营造出生机蓬勃、和谐欢悦的美好意境。

    汉语文学作品中的意象多是通过锤炼名词、动词、形容词来表现，也有通过代词、拟声词来表现的。以温庭筠诗句"鸡声茅店月，人迹板桥霜"为例，六个零星的意象，一旦被阅读主体通过情感的观照透射于心灵的屏幕上后，部分的意

第八章 阅读主体与艺术语言

象就变成了崭新的意境，令阅读主体体会到旅人星夜赶路有多么辛苦，羁旅中的愁思是多么孤寂。而这样一幅生活图景的意蕴正是由这零星的意象烘托营造出来的，而绝不是几个意象的简单相加。

中国古代诗歌历来讲究"炼字"功夫，不惜以"捻断数茎须"的苦心来经营传神之笔，追求"诗眼"的画龙点睛之妙，这个"诗眼"就是作品整体结构的"支点"。清顾嗣立《寒厅诗话》中有一例。张桔轩诗："半篙流水夜来雨，一树早梅何处春？"元遗山曰："佳则佳矣，而有未安。既曰'一树'，乌得为'何处'？不如改为'几点'，便觉飞动。""一树早梅"，固定指一处，显得呆板，缺乏动感，"几点早梅"，着眼于广阔的空间，而且未限定数目，所以能刺激阅读主体的联想和想象，使静态的画面飞动起来，使"篙""流水""夜来雨""早梅""春"各要素沟通活跃起来，共同合成了一个生机萌动的艺术境界；一个不定短语"几点"，在意境的创造上发挥了"诗眼"的支点作用。古今关于锤炼词语的成功例子可谓浩若烟海，举不胜举，其成功之处无不在于以一字之妙和盘托出了全诗的意境。

全世界不同民族生活在完全不同的文化环境中，但是就人类社会的文化而言，它们所处的背景有相同之处，就中西方文化历史的发展而言，它们也是在不断的融合和碰撞中形成了交点。就"意象"一词而言，它贯穿了整个文学艺术发展过程，故而中西意象理论在本质上是有着相同之处的。但由于二者所处的思想文化背景不同，又经历了不同的发展过程，所以二者又存在诸多差异。纵观中国古代诗词，作品中的意象特别讲究空灵虚静，诗人总是由内心体悟出发去追求虚空、朦胧之美，讲究虚实相生、形神兼备，不仅要以神似手法描述事物，而且要能创造出超越客观物象的更广阔的艺术空间，追求更丰富的表现力和更大的张力。而西方诗歌中，所选用的意象一般都只是自己内心的反应，是诗人内心喜怒哀乐的传递物，它们之间缺少更多的意蕴和耐人寻味的内涵，仅仅是把主客观紧密结合在意象之中，追求的是意象结构本身，其意象虽然独立鲜明，在表达上与中国古典诗歌非常近似，但它缺少中国古典诗歌那种空灵缥缈的意蕴美，他们所反映的基本上只是一种纯粹的体验和感觉，并没有达到超然物外的境界。此外，中西文学对意象的认识程度也有所不同。虽然中西方在理论上都认为意象是意和象的结合体，但是中国古人却认为意和象结合时，意更为重要，而西方理论家则偏重象的表达，侧重于主观思想对客观世界的直接感受和直接反映。这是因为在理性主义的传统下，西方的艺术，总是十分重视对自然、对人本身的详细考察和理性分析，强调凭直觉认知和表现客观世界，追求直观的象给人的心灵造成的瞬间感觉。再者，在意象的选择上也存在不同，中国文人更强调情与景的结合交融，而西方文论更倾向于把意象视为一种主观经验的显现，这似乎与西方艺术理论和审美情趣密不可分。例如王维的《山居秋暝》：

> 空山新雨后，天气晚来秋。
> 明月松间照，清泉石上流。
> 竹喧归浣女，莲动下渔舟。
> 随意春芳歇，王孙自可留。

空山、雨后、秋凉、松间、明月、清泉、竹林、浣女、渔船、荷花、荷叶，这一连串物象，和谐完美地融合在一起，给人一种丰富新鲜的美的感受，它像一幅清新秀丽的山水画，又像一支恬静优美的抒情乐曲，组成了一幅意境优美的山水画面，表面看来，这首诗只是对景物作细致的刻画，实际上是通过比兴手法寄慨言志，含蕴丰富，耐人寻味。

再节选一段美国杰出的现代诗人华莱士·史蒂文斯（Wallace Stevens）的 *The Snow Man*（《雪人》）：

> One must have a mind of winter
> To regard the frost and the boughs
> Of the pine-trees crusted with snow;
> And have been cold a long time
> To behold the junipers shagged with ice,
> The spruces rough in the distant glitter
> Of the January sun; and not to think
> Of any misery in the sound of the wind,
> In the sound of a few leaves,
> Which is the sound of the land
> Full of the same wind

That is blowing in the same bare place

For the listener, who listens in the snow,

And, nothing himself, beholds

Nothing that is not there and the nothing that is.

译文：他必须具有冬日的情怀，

才能够凝望雪原冰海，

凝望枝头上积雪的松柏；

他已经在严寒中久久等待，

见证了松树被冰雪覆盖，

一月的阳光为云杉披上斑斓的色彩；

他毫不在意

寒风凄厉地悲哀，

残存的枯叶敲打着节拍；

那是大地发出的天籁，

与风结伴呼啸而来，

回荡于这片荒凉的舞台；

雪原中孤寂的听众

物我两忘，摆出注目的姿态：

本来无一物，虚无即存在。

《雪人》是一首独白体诗歌，这里举的是诗的开头一段。开篇诗人展开了一幅逼真的美丽的冬景画卷：雪原、冰海、积雪、松柏、阳光、云杉、寒风、枯叶，构成了一幅冬天特有的画面。定冠词 the 在诗的前七行重复运用，而定冠词是用在特指的人或事物之前的，诗人用定冠词意在向读者暗示：说话人是面对眼前的景物有感而发、直抒胸臆的。而开篇作者用"One"这个不定冠词却颇费猜想。这个 One 是指一个真实的人呢，还是指雪人？想必是指雪人。这样，前半部表现了说话人观察雪人的所作所为的感想，后半部则表现了雪人由于长期生活在冰天雪地里，他的肉体和精神都已经与天寒地冻的气候相适应，虽身处恶劣的环境，依然与自然环境和谐默契。诗人说，若非"雪人"便会对"雪景"无动于衷，因为只有冬天的心境才会使观察者看到冬天的景观。这里，客观世界不再独立存在，而是融进了心灵的感受。随着诗歌的解读，渐渐地，观察者与雪人之间的差异消逝，我们成为雪人，通过雪人的眼睛观察世界，获得了雪人那种对世界的感受，这种感受使人不再感到冰雪的冷酷，而是像雪人一样融化为自然的一部分。诗人想告诉人们，要真实地观察冬景，就必须有雪人的心境，直到与自然融为一体。当物我交融时，我们就能更敏锐地观察冬天的风物了。中西两首诗放在一起比较，我们看到，同样是写景，也同样融入了诗人的思想感情，但《山居秋暝》更有空灵的意境美，给读者留下的空白和不定点更多；而《雪人》在雪景中注入的感情则更为理性，表达得更直接、更直观。这也说明了中西文学作品在意境的营造上不同的风格特色，阅读主体在阅读过程中应该注意区别性鉴赏。

（三）语言的空灵和空白

空灵、尚简、虚静，不但构成了中国古代哲学基本思想的要素，而且是中国古代美学的一大传统，成为中国艺术精神的体现。文论如此，画论亦如此。由于简，就必然导致虚、无、空，所以与尚简相应的是对虚空的推重。语言符号越简略，留出的空白之处也就越多，虚、空，是意境产生的重要条件。

老子曰："凿户牖以为室，当其无，有室之用。"意思是说，室之所以有用，正是因为室中之空间可供人使用。对语言艺术也当如是观。话语过多过实，阅读主体反倒印象不深；艺术语言之所以称为艺术符号，就是因为它能为阅读主体开拓一个审美想象的空间，刺激和调动阅读主体进行能动的补充，这样的艺术语言才是有生命的。例如：

> 独坐纱窗刺绣迟，紫荆花下啭黄鹂。
> 欲知无限伤春意，尽在停针不语时。

（朱绛《春女怨》）

这首诗写得很朴实，是说在一个春光明媚的日子里，一位姑娘坐在窗前刺绣。表达得也比较直露，说是她有无限的伤春之事。诗到此好像并无出奇之处。但到了第四句"尽在停针不语时"，情况陡转，一大段空白或未定点出现了，诗思立刻活跃起来：姑娘伤春的惆怅、寂寞而不安的心灵律动、那忘记举针的茫然动作、那一声声发自心底的深深叹息……全都在读者的脑海中激活了！进而体味到，紫荆

·第八章 阅读主体与艺术语言·

的怒放、黄鹂的鸣叫，都成了美妙的反衬，更强化突出了姑娘的愁思和烦乱。宗白华先生极赞这种艺术空白："西洋传统的油画填没画底，不留空白，画面上动荡的光和气氛仍是物理的目睹的实质，而中国画上画家用心所在，正在无笔墨处，无笔墨处却是飘渺天倪，化工的境界。"①

空灵美，是对意境美的总体要求，也是提供给阅读主体的有机审美心理场。空是虚，是无，是静穆；而灵则是实（不同于写实的实），是有，是灵气，是生命。没有空，灵气就无法往来流动；没有灵，空就成了空洞，就失去了美感力量。空和灵构成空灵艺术的两个基本特点。艺术语言的空灵，表现为虚实相照，实中寓虚，张弛有致。空，则超逸灵活，羚羊挂角，不着迹象；灵，则性灵旺盛，意蕴丰满。空灵的艺术语言，往往简中寓繁，小中有大，用"有意味的语言"展示出博大的艺术空间和大千世界的形态，表现人们对世界的深刻理解和洞察力。

空灵和虚静紧密相连。如果说虚静更主要是指一种审美态度，那么空灵则是由阅读主体创造出来的意境美。而空灵虚静的境界产生的根源在于"简约"。美学上的简约不同于科学论文或其他实用文体中的简练省略，而是说寥寥数笔而意境盎然，以十分简单的线条勾勒出旷达的美感空间，引发人们无穷无尽的联想和想象。一首诗，寥寥数行，却有无尽的美感发动之力，那么，我们就说这首诗达到了简约和空灵。老子所崇尚的"大音希声"和"大象无形"（《道德经·四十一》）的艺术境界，就是建立在"有无相生"，以"无"为本的哲学基础上的。"有无相生"，"有"是生于"无"的，"无"处于主导一方。如王维的《鹿砦》，全诗共四句：

空山不见人，但闻人语响。
返景入深林，复照青苔上。

诗的前两句写空山之空旷无人、静寂幽深，后两句写人声却不见人，愈发静寂之中却暗暗勃发着盎然的机趣。不仅如此，全诗还给人以美妙的画面感：一束灿烂的阳光，从深幽茂密的森林中透射而过，多么空寂而又灵动的境界！

空灵之空，其实是实中之虚，"有无相生""虚实相生"，空（虚）是以实（有）为条件的。我国古代艺术非常强调以实蕴虚，这个"实"，就是指作者借助一定的

---

① 宗白华. 美学与意境[M]. 北京：人民出版社，1987：222-223.

物质手段，用一定的外在艺术形式，表现作者的思想感情和审美体验。"所谓'虚'，就是指作者依靠他所提供的'实'的部分来间接地提示、暗示、象征他所要表达的内容。"① 这里的"提示""暗示"就是本文留给阅读主体的空白、未定点、召唤结构，等待读者的创造性填补和解读。

和空灵相辅相成的另一种心理感受显现是充实，意即虚幻的艺术境界使人仿佛进入一种浩渺、虚空的艺术空间，自由无碍地翱翔；但这并不是真的虚幻之旅，在看似虚幻的空间里，有一种艺术的真力健满、有一种恢宏的气韵。例如王昌龄的《出塞》：

秦时明月汉时关，万里长征人未还。
但使龙城飞将在，不教胡马度阴山。

诗中先虚构了秦月汉关这样一个恢宏的历史时空，然后再写征战中的人，使我们在读诗的过程中，感觉到一种气韵在充盈，慢慢变得壮大起来。

可见，艺术语言的空灵，不是空旷之物，而是其中有无穷的景，深厚的意，充满了人的宇宙意识和生命节奏。而这空灵之中的景和意，都要靠阅读主体去主动体验。只有阅读主体能动地去体验，才能体味到在这个灵的空间里"行神如空，行气如虹"（司空图《二十四诗品》）的深广内蕴。

空灵产生简约，简约产生意境，空灵、简约、意境相辅相成，相映成趣。空灵虚静，是我国古人所追求的美学理想，也是营造意境的重要手段。空灵和空白是相通的、一致的。前者是中国古代文论的一个重要的美学范畴，后者则是中西诗学理论的共享术语。空灵和空白这两种空白观都关注语言的繁简造成的深层含义。但理解中西空白的美学观，要结合不同的文化语境去深入理解。中国古代的空灵虚静，深受道教与禅宗文化的影响，诗人往往追求天人合一、人与自然的融合，努力营造艺术的空灵境界；而西方文学的空白观，则受到结构主义理论影响，是接受美学的重要理论范畴，它侧重于空白与作品意义的关系，努力构造一个特定语境中的平衡的动态结构。中国的绘画理论和诗论具有本质上的相通性，同样讲究留白，给读者或观者以审美参与的广阔空间。总之，空灵、空白、留白，都

---

① 骆小所，李浚平. 艺术语言学[M]. 昆明：云南人民出版社，1992：2.

第八章 阅读主体与艺术语言

是以语言和含义之间的关系,研究其在欣赏者审美视界中的辅助性作用,体现作家自身认识世界和表现世界的维度。就空白的内涵来说,中西方指的都是文本中虚写、隐含的东西,中西空白也都要求阅读主体在与语篇文本的互动中实现对文本的创造性阅读。但是,空白提出的背景与中国古代文论中的空灵文化背景是迥然有别的,思维方式也不相同。中国的空灵观是道教观与禅宗文化在文学创作活动中的映照,力图用有限表现无限,用有限的言辞表达无限的思想,形成一个从有限到无限的运动轨迹。它像一条伸向远方的射线,无限地延展开去,直至消隐于空茫之中。正如苏东坡所云:"言有尽而意无穷,天下之至言也。"中国诗学中的空白、空灵,为意境的生成创造了契机,空白的最终指向是虚与实的有机结合,是审美感觉中的一种回归本体、物我交融的状态,是一种物即我、我即物,不分彼此、妙合无垠的美妙状态。这一点是与英美文学中的空白观最根本的不同点。

法国著名现象学家、哲学家梅洛·庞蒂(Merleau Ponty)针对语言符号的局限性有过精辟的论述:"讲话并不是以一个字词对应一个想法,如果真的这样做,那么任何事情也难以表白,而且,我们也将失去语言的生动情感……如果语言不再仅仅陈述事物,它就必然表达了那一事物……当语言不再复写思想,允许思想来冲破自身进而重新构建时,那么,它就是意味深长的。"[①] 其对言和意的关系从根源上进行了阐释。西方的空白观也是要表达无尽之意藏于尺幅之间,达到以简约胜繁多的效果。西方的空白指向一个可以预测到的存在——有限,强调阅读的过程是一个阅读主体填补空白的过程,空白一旦被填补,就由虚转而为实。正如德国接受美学家沃尔夫冈·伊瑟尔(Wolfgang Iser)所指出的,空白是"用来表示存在于本文自始至终的系统之中的一种空位(vacancy),读者填补这种空位就可以引起本文模式的相互作用。"[②] 阅读主体能动地发挥想象力,在阅读过程中,加入文本的创作中,从而使艺术语言所蕴含的意义在阅读的互动中得以实现。

总之,对艺术语言的理解和欣赏,实际上是读者和作者共同合作的过程,是读者的经验和作者的经验借助艺术语言符号的一种相遇、激发和交流。作为文学

[①] 沃·伊瑟尔.阅读行为[M].金慧敏,张云鹏,张颖,等译.长沙:湖南文艺出版社,1991.

[②] 沃·伊瑟尔.审美过程研究——阅读活动:审美响应理论[M].霍桂桓,李宝彦,译.北京:中国人民大学出版社,1988:249.

作品之存在方式的艺术语言，并非对于每个时代的每位阅读者都以同一种面貌出现，它像一部曲谱，在不同读者的弹奏中可能会变化着反响。但有一点是肯定的，只有进入演奏，艺术语言才能真正煽动起艺术的翅膀。

（四）审美体验与阅读活动

意境的创设与接受都伴随着一系列复杂的心理活动，其中，审美体验是极为重要的一种心理活动，从文艺心理学角度来看，意境的美学内涵与写作者的审美体验及阅读主体的再度体验有着密不可分的关系，主客体统一、情景交融、言有尽而意无穷等基本的美学内涵，无不是情感体验的审美体现。

体验，在通常意义上是指人对事物、对生活亲身经历和感受的过程与结果。审美体验，则是人对于具体审美对象深入而独特的感性直觉方式。在人类诸多体验中，审美体验最能自由和自觉地展示人自身的生命意识以及对理想境界的追寻，在这种体验过程中，不仅能感受到生命最深层的活力，而且能获得对自身价值的肯定以及对于客体世界认知与把握。因此，审美体验既是一种人的意识活动，也是人的一种基本的生命活动。在英语文学作品阅读教学中，师生的审美体验是阅读过程中不可或缺的审美思维活动方式，也是阅读鉴赏活动中所达到的一种精神境界。《普通高中英语课程标准》（2017年版2020年修订）中指出："教师要努力把文化知识的教学有机融入语言学习之中，充分挖掘语篇中的文化和育人价值，在活动中与学生共同探讨文化的内涵，丰富学生的文化体验，发展学生的文化鉴赏力。"[1] 这就启示我们，英语阅读教学绝不能仅仅停留在辞面意义的理解，而应当把阅读教学当作学生、教师、语篇文本之间的多重对话，当作思想与心灵的碰撞和交流过程，通过积极展开鉴赏，品味艺术语言的内涵，感受艺术形象的意义，领悟文字背后的深层意蕴，体会语言的艺术表现力，从而获得丰富的审美体验，陶冶情操，涵养心灵。

1. 唤醒阅读主体的审美情感

从审美体验的性质看，审美体验蕴涵于情感之中，情感始终贯穿于审美体验

---

[1] 中华人民共和国教育部.普通高中英语课程标准（2017年版2020年修订）[S].北京：人民教育出版社，2021：53.

的过程中，没有情感，也就没有审美体验的发生和深化。所谓审美情感，是指在审美情境下，人的情感需要获得满足时产生的一种心理体验。在美学意义上，审美情感是一种巨大的动力机制，在阅读主体的审美心理结构中，将各种心理要素联结起来，将阅读主体的各种记忆唤醒，感受到思接千载、视通万里的灵感苏醒状态，思维的广阔性、活跃性都被调动起来，一起参与阅读的创造性接受活动。在阅读教学中，学生情感态度和价值观的形成，尽管有赖于日常情感的激发，但真正起决定作用的却是审美情感，审美情感是审美体验的核心，是审美想象力、审美理解力和审美表现力的和谐统一。当学生与文本中的形象发生认同关系时，说明自己已经充分展开了想象和联想的翅膀，引发了内心的真情实感，发生了情感的共鸣，真正进入了阅读的双向演奏。这就是说，阅读主体情感的激发和共鸣是伴随审美体验而产生的，而审美体验源自阅读主体的情感认同和共振，教师引导学生进行审美体验，首先要充分唤醒学生的审美情感，只有情感因素真正参与阅读接受过程，阅读教学的情感、态度和价值观目标才能真正落到实处。

2. 激发阅读主体的审美感悟

审美能力的形成过程是审美经验长期积淀的过程，英语文学作品阅读教学就是要积极引导学生发掘美的因素，发展学生文化鉴赏力和文学欣赏力，培养学生对艺术语言的审美情趣，发展学生的审美创造动能，从而真正达到提高学生审美的能力，使学生的英语核心素养得到全面提升。阅读是一种接受文字信息的复杂的思维过程，感知是阅读过程的开始，理解、感悟是阅读认知的关键。阅读过程中，阅读主体先从文本中感知文字信息，在弄清句意的基础上，通过语言形式厘清语篇中作者的思想脉络，产生初步感受，在此基础上进一步揣摩品味达到更深入的理解，即领悟。因此，在阅读过程中阅读主体对文本的每一层理解和感悟都是能动的接受活动，是一个综合而复杂的富有创造性的思维活动过程。从初读文字，到构建阅读表象，到理解感悟，产生审美想象和联想等审美体验，这时，阅读主体便超越了对语言符号的直接反应和概念、判断为主的逻辑思维阶段，而进入一种渗透着情感自由的审美心理阶段。这个阶段所产生的感受有时会是朦胧模糊的，甚至不能用恰当的语言进行表述，是一种"只可意会不可言传"的审美境界；在这个层次里，阅读主体心灵的体验与文本信息达到了沟通与融合，即升华到审美活动的最高境界。

然而，要达到审美活动的最高境界，一切都要从感知语言开始。因此说，阅读中审美感悟最直接、最主要的手段是语感，对于文学作品的诗性语言来说，就是要培养对艺术语言的语感。在文学作品的鉴赏中，语感，主要指对文本所呈现的意蕴具有色彩丰富的灵敏性的感悟能力。语感是阅读审美接受能力的核心要素之一，具有直觉性、体验性和联想性等特点。语感强调阅读主体对文本进行整体直接的感知，在语词音韵、语言形式、感情色彩等直接作用下，通过阅读主体积极主动的情感投射与想象联想，把语义内容转化为内在的审美图式，从而形成对语言形象的心理记忆。语感的形成需要大量的阅读练习，只有在长期的阅读实践中才能形成这种宝贵的心理能力和语言直觉，因此，教师通过各种形式增加阅读量，传授一定的阅读技巧，帮助学生形成语感，对于提高学生的英语语言素养、丰富审美体验、涵养审美情感都是极为重要的。

审美阅读的感悟自语感开始，但又不能仅仅停留在语感层面上。教师要鼓励学生对文本展开自我体验与理解，积极呼应文本的召唤结构，能动地发挥想象力进行文本的再创作，从而使艺术语言所蕴含的意义在阅读的互动中得以实现。同时，要善于培养学生的文化历史眼光，既注意到语言技能的驾驭，又兼顾到文化差异的认识；既注重发现语言的内涵，又注意探究其背后的文化价值观；既善于鉴赏艺术语言的魅力、欣赏文化思想内蕴，又能将之内化为正确的价值取向和分辨能力，在吸收异国文学营养的同时，将创新精神和民族文化自信熔铸在认知视野中，在语篇阅读的审美鉴赏过程中，获得人生境界、文化品位、审美情趣和鉴赏能力的全面提升。

下 篇
教学实践篇

A Psalm of Life 阅读鉴赏教学设计

一、课程概述

（一）课程开设

课题	A Psalm of Life	课型	英语文学鉴赏阅读课
执教者	陈婧雅	时长	45分钟
主题语境	人与社会（文学诗歌）、人与自我		
文本类型	诗歌		

（二）文本分析

【What】主要内容及背景知识

A Psalm of Life 是牛津译林版七年级下册 Unit 7 Poem 的拓展阅读课，作为教材内容的补充，进一步培养学生诗歌鉴赏实践应用能力。本篇的主题语境为人与自我——做人与做事——身心健康，抗挫能力，珍爱生命意识。A Psalm of Life 是一首慷慨激昂催人奋进、乐观向上的人生颂歌，作者表达了人生短暂、珍惜生命、抓住现在、积极进取、努力创造辉煌人生的主题思想，否定人生如梦的虚无主义思想。朗费罗生活在19世纪美国社会和经济蓬勃向上发展的时代，美国作为一个刚刚兴起的国家，在政治、经济和文化等各方面都寻求独立自主。工业主义的扩张延伸、移民的涌入和西部边疆开拓者的勇敢勤奋跋涉探索，使这个年轻的国家呈现一片欣欣向荣景象。正是这样一个年轻国家的生机感染了思想敏锐的诗人。朗费罗是一位著名的浪漫主义诗人，一生中遭遇颇多波折。虽觉人生充满挫折，内心不免感伤，但在诗文中他激励人们积极面对人生，在生命的航程中，努力珍惜和把握现在，不断追求，有所作为。该诗一共由九个诗节组成，共三十六行。诗人在诗中假想了两个人物：青年（the young man）和歌者（the psalmist）。全篇分四个部分探讨了诗人眼里的人生。第一节和第二节回答了什么是人生，第三至

第六节探讨了应该如何度过人生，第七、八节强调了人生的价值和意义。最后一节是对全诗的总结和升华。诗人号召人们要行动起来，勇于面对一切挑战，要"学会苦干，还要学会等待"，以求人生最大的幸福和成功。

【Why】创作意图及意义

A Psalm of Life 是一首短小精悍、结构严谨的励志诗。朗费罗写本诗时，社会上流行的是靡靡之音，这首诗是对颓废思想的反击，显示了年轻人奋发的精神和乐观的情绪，是一剂治疗精神萎靡的良药。诗中那催人奋发、恰如其分的修辞，余音缭绕的韵律至今仍吸引广大读者。全诗一气呵成，感情强烈，为世人传颂。诗人的坚韧不拔、知难而进、乐观主义不但反映了时代的发展需要，也奠定了他诗作的主旋律。诗人正是在这样的时代与个人背景下，倾其一生用行动实现他在诗作里所倡导的人生理想。*A Psalm of Life* 与美国开拓时期的时代气息和民族精神相呼应，成为美国人民开拓精神在文学中留下的鲜明印记。虽然 *A Psalm of Life* 是从美国当时的社会变革中产生的，但它没有提及生活中的具体事件或地方。因此，尽管这首诗敦促读者活在当下，但它读起来似乎可以从人类历史的任何时间或地点说出来，这给了这首诗一种普遍性的感觉。演讲者将生活在当下的具体细节留给他的听众来定义，并为子孙后代将这首诗应用到他们的生活中留下了很大的空间。因此，也为我们本次诗歌鉴赏课的课后拓展预留了空间。

【How】文体结构及表现手法

这首诗结构严谨，语言平易，韵律优美，深受读者青睐。从语音的角度看，这首诗采取了较传统的抑扬格四音步和四行诗节组成。韵脚为 abab，即隔行押韵。其中韵脚又有变化，奇数行用阴韵，偶数行用阳韵。前者委婉平和，后者短促有力，二者的交叉运用使得全诗充满了律动感，优美动听。诗歌节奏简练明快，语言接近日常用语，既通俗易懂、朗朗上口，还极富音乐感。

这首诗之所以长盛不衰，还在于诗人对各种修辞手法的熟练运用。例如，在诗人在副标题中用拟人的手法，将演讲者塑造成"年轻人的心"，以强调接下来戏剧性独白的激情。作为一个原型，"年轻人"是一个充满激情的英雄人物，而"心"通常是强烈情感的象征。

此外，诗人在第五节使用隐喻的手法，把世界比作战场，把人生比作临时的营站，劝人们要做英雄好汉，打好人生这场仗。同时用明喻的手法告诫人们不要像任人驱使的哑畜，在人生的道路上漫无目的。同样的用法还有第四节的明喻"我们的心……/依然像蒙住的鼓"以及第七节中时间的沙滩和第八节中人生的航行等暗喻。诗人以随手拈来的比喻将一首流于说教的诗歌装点得形象生动，妙趣横生。

同时，诗人在诗行中多次使用了简洁有力的排比，增强了气势和渲染力。例如第五行："Life is real! Life is earnest!" 第九行："not enjoyment, and not sorrow"；第十七行与第十八行："In the world's broad field of battle,/In the bivouac of life." 第三十五行："Still achieving, still pursuing.",最后一行："Learn to labor and to wait."

（三）学情分析

（1）学生鉴赏英语文学作品的已有基础。目标学生处于七年级下学期，他们已有良好的中文古诗词鉴赏的知识储备。中文诗歌赏析对英文诗歌赏析有着正向迁移作用。学生乐于思索与分享，喜欢合作学习，整体英语口语水平较佳。同时，他们乐于接受新知识、新挑战。本次课例是 Unit 7 Poem 单元的最后一个课时，在前期课程中，学生已经学习英语诗歌的分类、韵脚、韵律和修辞的相关知识。

（2）可能存在的问题。小部分学生对于生词、难句、修辞手法和文化差异的理解有畏难情绪，同时深层思考能力尚待提升。另外，学生对英语诗歌赏析的策略和方法缺乏系统化的建构，利用所学知识应用到诗歌赏析和诗歌创作的能力尚待提升。

（3）解决方法。课前，教师布置学生观看微课动画，旨在指导学生简要了解英文诗歌的鉴赏步骤。同时下发 *A Psalm of Life* 的原文以及注释文稿，作为预习材料。

（四）教学目标

通过这节课的学习，学生能够：

（1）在听读、诵读中感知诗歌的形式美、节奏美、韵律美；注意诗歌中拟人、隐喻、排比等修辞手法，感知诗歌的语言美和意象美以及文字承载的文化符号。理解诗人倡导的像战士一样不畏命运的苦难、不断进取、学会等待的理念。推测诗人的写作意图。

（2）梳理诗歌中的文体结构，提炼诗歌中的主题意义。结合作品时代背景和作者经历，对作者观点进行分析，在思辨中树立乐观向上的人生观和价值观，积极地面对人生中的悲欢离合。

（3）运用 BRACE 诗歌鉴赏策略和思维导图等可视化图片工具，分析作品的美学价值，在赏析诗歌的过程中获得人生境界、文化品位、审美情趣和鉴赏能力的提升。

（4）简要比较中英文诗歌的差异。以小组合作的形式进行中文古诗转译创作，体验文学创作的乐趣。将优美的中国古诗词传向世界，增强民族自信和文化自信。

（五）教学重点

（1）赏析诗歌的形式美、节奏美、韵律美；分析诗歌中拟人、隐喻、排比等修辞手法，感知诗歌的语言美和意象美。

（2）运用 BRACE 诗歌鉴赏策略和思维导图等可视化图片工具，分析作品的美学价值。

（六）教学难点

（1）分析诗歌中拟人、隐喻、排比等修辞手法运用，阐述诗歌的语言美和意象美。

（2）对比中英文诗歌的差异及诗歌的创作。

（七）教学方法

任务型教学法。

（八）教具及相关材料准备

（1）课前：

◎ 微课视频——旨在让学生简要了解英文诗歌的鉴赏步骤。

◎ *A Psalm of Life* 的原文以及注释文稿，作为预习材料。

· A Psalm of Life 阅读鉴赏教学设计 ·

```
Step 10  Consider the message of the poem. How does it make you feel?
Step 9   Think about the mood of the poem, is it positive or negative?
Step 8   Identify the imagery-words that paint pictures in your mind.
Step 7   Identify the poetic devices such as similies and metaphors.
Step 6   Look at the rhyme and the rhythm of the poem.

         10 Steps for unseen poem

Step 1   Look at the title, form and shape
Step 2   Read the poem aloud in your mind
Step 3   Think about the voice, who the speaker is
Step 4   Think about the subject of the poem and the setting
Step 5   Look at the words used. Identify the repetition. Think about the themes
```

（2）课中：课件、配乐诗朗诵音频《雨的印记》、图片等。

（3）课后：项目式作业诗歌鉴赏文本 *The Tide Rises, The Tide Falls*

二、教学过程

（一）教学目标一

在听读、诵读中感知诗歌的形式美、节奏美、韵律美。

注意诗歌中拟人、隐喻、排比等修辞手法，感知诗歌的语言美和意象美。

The Stork Tower	登鹳雀楼　　王之涣
The sun beyond the mountain g**lows**;	白日依山尽，
The Yellow River seawards f**lows**.	黄河入海流。
You can enjoy a great s**ight.**	欲穷千里目，
By climbing to a greater h**eight.**	更上一层楼。

Sound Slow	声声慢　　李清照
I seek but seek in v**ain**,	寻寻觅觅，
I search and search ag**ain**;	冷冷清清，
I feel so sad, so d**rear**,	凄凄惨惨戚戚。
so lonely, without ch**eer**.	

Coming Home	回乡偶书　　贺知章
Old, I return to the homeland while y**oung**,	少小离家老大回，
Thinner has grown my hair, though I speak the same t**ongue**.	乡音未改鬓毛衰。
My children, whom I meet, do not know who am **I**.	儿童相见不相识，
"Where are you from, dear sir?" they ask with beaming **eye**.	笑问客从何处来。

· 201 ·

教学活动1

学生诵读三篇英译中国古典诗词，感知英语诗歌的形式美、节奏美、韵律美。同时猜测英译的原文对应的是哪篇中国古诗。

Activity 1　A guessing game

Try to read and recite the Chinese traditional poems according to their English translation.

设计意图　此环节的设计目的是引发学生的感知与注意。利用三篇学生耳熟能详的中国经典古诗词的英语译文作为导入，激发学生对英文诗歌的兴趣。同时为下面探究英文诗歌的鉴赏方式作出了铺垫。

活动层次　感知与注意。

效果评价　观察学生回答问题的表现，根据说出的答案，了解其关于中国古诗的知识储备。

教学活动2

学生回忆在语文课堂中鉴赏中国古诗的方法，分享时可以举例说明。

Activity 2　Brainstorm

Ask students to recall how they appreciate poems in Chinese class. Then guide students to explore the methods by giving examples.

T: What beautiful poems they are! How do you analyze the beauty of the poems in your Chinese class? Some of you give me really good answers. As you say, 意境 theme, 意象 imagery and 情感 mood. These methods can also be used to appreciate English poems. Let's see more examples!

设计意图　该环节设计目的是激活学生已有的关于解决问题的认知经验，并根据维果斯基的最近发展区理论，通过学生回忆鉴赏中国古诗的方法，来激活学生大脑中已有图式，将已有的鉴赏中国古诗的方法合理向鉴赏英语诗歌鉴赏方面迁移。学生对中国古诗词鉴赏中的修辞、情感、意境、押韵比较熟悉，但是不知道如何用英语去表达这些术语。

活动层次　获取与梳理。

效果评价　根据学生回答鉴赏中国古诗方法的合理程度，评估其鉴赏英语诗歌策略的能力。

教学活动3

学生诵读英译版《登鹳雀楼》，并关注押韵；学生查看儿歌乐谱，分析儿歌韵律。

Activity 3　Explain rhyme and rhythm by examples

T: Boys and girls, you give me really good methods to appreciate Chinese poems. But how can we analyze English poems ?

Let's learn rhyme and rhythm according to the following examples.

Example 1:

Read the poem again and find the rhyme pattern.

Q: What is the rhyme pattern?

The sun | beyond the mountain | g<u>**ows**</u>;

The Yellow River | seawards f<u>**ows**</u>.

You can enjoy | a great s<u>**ight**</u>

By climbing to | a greater h<u>**eight**</u>.

→ rhyme →押韵

Example 2:

Twinkle, Twinkle, Little Star

singing-bell.com

[乐谱]

Let's sing this nursery. Pay special attention to the rhyme and the repeated pattern of sounds.

Q:Why is the nursery easy to sing?

Because it rhymes and has a strong rhythm. → rhythm →节奏

设计意图　此环节的设计目的是帮助学生获取与梳理英语诗歌形式美中的重要概念 rhyme 和 rhythm，为学生创作诗歌做出技术铺垫。同中国诗词一样，英文经典诗歌形式较为优美押韵，且富有节奏感，朗朗上口，甚至可以伴随音乐吟唱出来。

Example 1　此环节设计目的是阐明 rhyme 概念。通过重现 warm-up 中的诗歌，并重点标注诗歌中的韵脚和韵律，引起学生关注，以此给学生搭建脚手架，学生通过朗读诗歌，深化感知和理解英语诗歌中常见的押韵美和节奏美。

Example 2 此环节设计目的是阐明 rhythm 概念。诗歌具有音乐性的特征，通过引导学生吟唱儿歌和观察五线谱的歌曲音节，将五线谱中的音节划分类比、迁移应用到英语诗歌中的划分音节来。帮助学生理解 rhythm 韵律的含义以及朗读诗歌的方法。学生通过以上环节归纳优秀经典诗歌的共同形式特征：押韵美和节奏美。

活动层次 获取与梳理。

效果评价 根据学生回答鉴赏中国古诗方法的合理程度，评估其鉴赏英语诗歌策略的能力。

（二）教学目标二

利用思维导图等可视化图片工具概括英语诗歌鉴赏策略，利用 BRACE 诗歌模型整合诗歌鉴赏策略。

教学活动4

学生自主探究与归纳

Activity 4　Summarize the English appreciation methods by introducing BRACE Model (2 minutes)

（1）Guide students to classify methods of appreciating English poems into several elements. Ask students to write a mind-map to summarize the methods of appreciating English poems. Introduce Brace Model to students.

（2）Ask students to remember to use the BRACE Model above to analyze *A Psalm of Life* written by Longfellow.

设计意图 此步骤的目的是让学生探究、归纳、总结出鉴赏诗歌的基本线路，为下一步鉴赏 *A Psalm of Life* 铺垫了方法论。学生在前一个任务环节中给出鉴赏方式的方法的回答可能是碎片化、片面化的，需要教师从诗歌背景（background）、内容（content）、修辞（rhetoric）、形式（form）、意象（imagery）等方面来引导学生梳理鉴赏英语诗歌方式。引入 BRACE 诗歌鉴赏策略模型，利用思维导图工具等可视化图形培养学生概括与整合的思维能力。

活动层次 概括与整合。

效果评价 观察学生思维导图中写出的关键词，判断其诗歌鉴赏策略的全面

和准确程度。

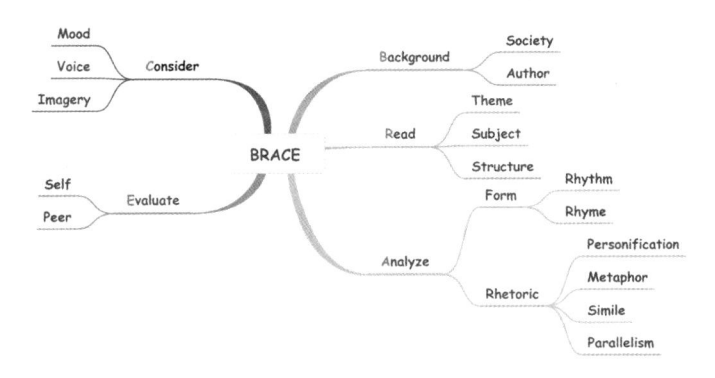

BRACE 诗歌鉴赏模型

（三）教学目标三

感知诗歌的语言美和意象美以及文字承载的文化符号；理解诗人倡导的像战士一样不畏命运的苦难、不断进取、学会等待的理念；推测诗人的写作意图。

梳理诗歌中的文体结构，提炼诗歌中的主题意义。结合作品时代背景和作者经历，对作者观点进行分析，在思辨中树立乐观向上的人生观和价值观，积极地面对人生中的悲欢离合。

教学活动5

学生通过动画了解 *A Psalm of Life* 作者简介和诗歌创作的历史背景。通过图片获取诗歌中重要角色信息——赞诗（psalm）和歌者（psalmist）这两个文化概念。

Activity 5　Background introduction

（1）Give a brief introduction of the background of both the poet and the period of American society. (3 minutes)

Question: What would you feel if you experienced several failures? Will you be sad about life or be positive as before?

（2）Explain the psalm and psalmist by showing the picture below.

设计意图　此环节开始，在教师的引导下，学生开始进行 BRACE 赏析策略

的第一步 background——society and author。了解文学作品的创作背景和作者人生经历有利于学生更深层次体会作者想要表达的情感和意境。作者在创作此篇诗歌时期遭遇了很多挫折，且美国当时的社会处于重大变革时期，作者却依然对生活充满希望。同时也向学生介绍赞诗（psalm）和歌者（psalmist）这两个文化概念。

活动层次　描述与阐释。

效果评价　根据学生回答了解其对写作背景和文化概念的理解，同时对于其回答的逻辑性和合理性给予评价。

教学活动6

快速阅读本诗，特别关注标题和副标题，理解诗歌主题、意象和内容以及诗人表达的情感。

Activity 6　Read for theme and subject

Ask students to read the poem quickly, and pay special attention to the title and subtitle, and answer the questions below.

Q1: What is the theme of this poem about? (living in the present)

Q2: Who are talking? (the heart and the psalmist)

Q3: Why does the writer use the "heart" to talk instead of the young man?

Q4: What's the poet's attitude towards life? Positive or negative?

设计意图　在教师的引导下，学生开始进行 BRACE 赏析策略的第二步 read for theme and subject。此环节的设计目的是帮助学生快速理解诗歌主旨和内容。通过读阅读标题和副标题，可以找到本诗的主题（珍爱生命，奋发向上）和意象（正在交谈的年轻人的心和歌者）。这里作者巧用年轻人的心作为和歌者交谈的对象，这种拟人化的手法体现了作者语言和情感的真挚，同时年轻人的心也体现了一种生机活力。

活动层次　分析与判断。

效果评价　观察学生回答的观点是否清晰、逻辑是否关联、要点是否清楚。

教学活动7

快速阅读诗歌，梳理文体结构，明晰文本意义主线。

Activity 7　Read for the structure: match the meaning

Ask students to read the poem again and match the meaning with each part.

T: The whole poem can be divided into four parts. Let's read again and match the meaning with each part.

Stanza 1-2　　　live in the present
Stanza 3-6　　　what life is
Stanza 7-8　　　how to live
Stanza 9　　　　the value of life

设计意图　此环节进行 BRACE 赏析策略的第二步的 read for structure。本环节意图在于帮助学生在提取信息、概括信息、整合信息的过程中明晰文本的意义主线。感知并理解语言所表达的意义和语篇所承载的文化价值取向。

活动层次　分析与判断。

效果评价　教师观察学生完成匹配活动的情况，根据学生表现给予指导和反馈。

（四）教学目标四

自主运用 BRACE 诗歌鉴赏策略和思维导图等可视化图片工具，分析作品的美学价值，在赏析诗歌的过程中获得人生境界、文化品位、审美情趣和鉴赏能力的提升。

教学活动8

小组合作探究式学习，运用 BRACE 策略对 *A Psalm of Life* 进行诗歌赏析。

根据上个教学环节划分的段落层次，学生分为四组，分组如下：

G1：Stanza 1-2　what life is

G2：Stanza 3-4　live in the present（Ⅰ）

G3：Stanza 5-6　live in the present（Ⅱ）

G4：Stanza 7-9　the value of life & how to live

小组成员以合作探究的学习方式，利用 BRACE 策略，分工合作，小组成员内部分为 tempo master, rhyme master, rhetoric master, commentator, assistant，分别从韵律、押韵、修辞、内涵、意象等方面赏析诗歌片段（具体分工见后文），学生先进行小组讨论，然后各组陈述，最后教师进行必要引导和补充，达成共识。

注：为了降低难度，教师先举例演示，给予学生参考。如果学生不会用英语表达诸如 metaphor，simile 等修辞术语，亦可用中文表达。

Activity 8

（1）Ask each group to analyze part of the poem. The tasks are as follows.

G1：Stanza 1-2　　what life is

G2：Stanza 3-4　　live in the present（Ⅰ）

G3：Stanza 5-6　　live in the present（Ⅱ）

G4：Stanza 7-9　　the value of life & How to live

（2）Then invite student representatives from each group to share their analysis of the form beauty of the poem.

Their analysis should include rhyme, rhythm，rhetoric, mood, imagery.

Give students' an example.

T: For rhyme, you should tell us what the pattern is.

For rhythm, pay special attention to the stressed syllable and unstressed syllables. You can show the rhythm by reading it out.

For rhetoric methods, you must explain the sentence in detail and the function it works.

设计意图　从此环节开始，学生开始自主完成 BRACE 剩余环节，即 analyze，consider，evaluate。此环节的设计意图旨在训练学生通过合作、探究的学习方式，运用新的知识结构开展自主鉴赏英语诗歌形态美的活动。逐步实现对语言知识和文化知识的内化，巩固新的知识结构，促进语言运用的自动化，助力学生将知识转化为能力。教师按照内容和篇幅标准将整首诗歌分成四个部分，交由四个小组分别完成赏析。其中 stanza 3-6 篇幅最长，内容也最为丰富，因此由两个小组共同完成。学生赏析的角度为押韵、韵律、修辞、意象。韵律的划分方式通过学生分组朗读体现。为了降低难度，教师可先举例演示，让学生参考范本。

活动层次　内化与应用。

效果评价　在分析语言修辞时，学生能够说出具体的修辞手法的应用以及其产生的效果。学生赏析的角度为押韵、韵律、修辞和内容解读。韵律的划分方式通过学生分组朗读体现。学生发现的价值可能与诗人本意不一致，但只要是有积极意义的，教师应允许学生形成自己的价值建构，这也是文学审美教育的特性之一。

教学活动9

小组成员按照分配任务以及上个环节已经划分的韵律节奏，接力式分组有感情地朗读诗歌。伴随《雨的印记》音乐的韵律，学生充分享受诗歌的形式美、语言美、音韵美、意境美。

Activity 9　Read aloud in groups

Ask students to read the poem with positive emotions and deep love for life. Read with the background music —《雨的印记》. Teacher read the first stanza as an example.

设计意图　此环节的设计意图是通过学生接力式分组有感情地朗读诗歌，在优美音乐的伴随下，进一步体验诗歌带来的意境美和形式美。

活动层次　内化与运用。

效果评价　观察学生是否按照划分的节奏朗读，发音是否准确，情感是否丰富。

（五）教学目标五

简要比较中英文诗歌的差异。以小组合作的形式进行中文古诗转译创作，体验文学创作的乐趣。将优美的中国古诗词传向世界，建立民族自信和文化自信。

教学活动10

每个小组成员合作完成分配的英译版中国古诗，填词时要从中国诗词的意境、主题、情感考虑，也要从英语诗歌的押韵、韵律、修辞出发，尽量做到信达雅。完成后思考：中文诗词的英译版本是否和原文一一对应？中文诗歌和英文诗歌有何异同？

Activity 10　Challenge: complete English poems

Give students four incomplete poems with its Chinese version and rhyme patterns. The texts are as follows. Ask each group to find suitable words for the poem. The words they choose should not only meet the needs of the standards of form beauty but also be true to the original poem. Then invite students from each group to read and share their poems.

设计意图　此环节的设计意图是学生通过合作、探究的学习方式将本节所获得的关于诗歌赏析的知识和能力迁移到解决翻译英语小诗方面，以此训练学生创新思维。众所周知，在我国悠久的历史中，文人墨客留下了无数经典古诗词。将中国传统优秀古诗词推向世界也需青年学生助力。本环节考虑到学生的英语基础，

· 英汉艺术语言的思维特质 ·

教师降低难度，将这些诗词的最后一个词挖空，并且给出了英语版本诗歌的韵脚模式，学生不仅要从中国诗词的意境、主题、情感考虑，也要从英语诗歌的押韵、韵律、修辞出发，翻译时尽量做到信达雅。

活动层次　想象与创造。

效果评价　学生给出的回答可能和标准答案不一致，但只要是合理的、能基本做到押韵并且将意义表达清楚，教师就要给予积极反馈。鼓励学生大胆尝试与创新。

Group A　Rhyme Pattern: a-b-a-b

Prelude To Water Melody　　　　　　　　　　　水调歌头　苏轼

How long will the bright moon _____ ?　　　　明月几时有？
Wine-cup in hand, I ask the _____ .　　　　　把酒问青天。
I do not know what time of _____ ,　　　　　不知天上宫阙，
It would be tonight in the palace on _____ .　　今夕是何年

（possible answer：appear; sky; year; high）

Group B　Rhyme Pattern: a-b-a-b

A Farewell Song　　　　　　　　　　　　　　　送元二使安西　王维

The little town is quite after morning _____ ,　　　渭城朝雨浥轻尘，
No dust has dulled the tavern willows fresh and _____ .　客舍青青柳色新。
I would ask you to drink a cup of wine _____ ,　　劝君更尽一杯酒，
West of the Sunny pass no more friends will be _____ .　西出阳关无故人。

（possible answer：rain, green, again, seen）

Group C　Rhyme Pattern: a-a-b-b

Spring Morning　　　　　　　　　　　　　　　春晓　孟浩然

This spring morning in bed I'm _____ ,　　　春眠不觉晓，
Not to awake till birds are _____ .　　　　　处处闻啼鸟。
After one night of wind and _____ ,　　　　夜来风雨声，
How many are the fallen _____ ?　　　　　花落知多少。

(possible answer：lying, crying, showers, flowers)

```
              Group D    Rhyme Pattern : a-a-b-b
                 Moored At Melon Islet                      泊船瓜洲    王安石
    A river severs Northern shore and Southern _____.   京口瓜洲一水间，
    Between my home and me but a few mountains _____.   钟山只隔数重山。
    The vernal wind has greened the Southern shore _____.  春风又绿江南岸，
    When will the moon shine bright on my return? O _____?  明月何时照我还？
    (possible answer：land, stand, again, when)
```

（六）教学目标六

理解诗人倡导的像战士一样不畏命运的苦难、不断进取、学会等待的理念。

教学活动11

教师寄语，文本如下。

Teacher's Words

Still achieving, still pursuing, learn to labor and to wait.

学会努力和等待，不断追求，成就未来。

The spirit of Beijing Winter Olympics

Bearing in mind the big picture, being confident and open, rising to the challenges, pursuing excellence,and creating a better future together.

冬奥精神：胸怀大局、自信开放、迎难而上、追求卓越、共创未来。

设计意图　借用习近平总书记在北京冬奥会、冬残奥会总结表彰大会针对冬奥精神的阐述，激励学生奋发向上，共创美好未来。同时也要学会等待机遇，厚积薄发。

作业设计

1.诗歌创作（必做）

当今社会，面对激烈的社会竞争，部分青年人缺乏信心与斗志，自嘲为"佛系青年"或"躺平族"，用消极的态度逃避当下的现实生活。请你参考 A Psalm of Life 的写作风格，自拟一篇现代短诗，呼吁青年人活在当下，奋发上进，迎难而上。

创作要求：(1)内容积极向上，题目自拟，字数不限；(2)巧用修辞手法，提升诗歌趣味性；(3)善用祈使句，尽可能使诗歌押韵。

2. 诗歌赏析（必做）

自主阅读 Longfellow 的 *The Tide Rises, The Tide Falls* 诗歌，运用 BRACE 策略，进行全文文本赏析。以小组为单位进行分享，形式不限，可尝试制作微课、微视频等。

3. 探究类论文（选做）

中国古诗词和英语诗歌同样都是源远流长，它们有什么相同点和不同点呢？请你去图书馆或上网查阅资料，写一篇小论文，来对比二者的异同。

设计意图 教师设计分层作业并鼓励学生与他人合作、分享，给学生创设了自主学习和展示的舞台，挖掘每位学生的学习潜能。

活动层次 想象与创造、运用与展示。

效果评价 课堂展示、教师点评、学生互评。

三、*A Psalm of Life* 阅读鉴赏教学设计

A Psalm of Life

BY Henry Wadsworth Longfellow

What The Heart Of The Young Man Said To The Psalmist.

I

Tell me not, in mournful numbers[1],
Life is but an empty dream!
For the soul is dead that slumbers[2],
And things are not what they seem.

II

Life is real! Life is earnest!
And the grave is not its goal;
Dust thou art, to dust returnest[3],
Was not spoken of the soul.

VI

Trust no Future, howe'er pleasant!
Let the dead Past bury its dead!
Act, -act in the living Present!
Heart within, and God o'erhead!

VII

Lives of great men all remind us
We can make our lives sublime[7],
And, departing, leave behind us
Footprints on the sands of time;

III

Not enjoyment, and not sorrow,
Is our destined end or way;
But to act, that much to-morrow
Find us farther than to-day.

IV

Art is long, and Time is fleeting,
And our hearts, though stact[4] and brave,
Still, like muffled drums, are beating
Funeral marches to the grave.

V

In the world's broad field of battle,
In the bivouac[5] of Life,
Be not like dumb, driven cattle!
Be a hero in the strife[6]!

VIII

Footprints, that perhaps another,
Sailing o'er life's solemn main[8],
A forlorn[9] and shipwrecked[10] brother,
Seeing, shall take heart again.

IX

Let us, then, be up and doing,
With a heart for any fate;
Still achieving, still pursuing,
Learn to labor and to wait.

Note:

1. sorrowful words   2. sleep   3. Dust you are, to dust you shall return.

4. strong   5. solder's camp without a tent   6. fight

7. of very high quality and causing great admiration   8. sea   9. lonely

10. a ship is destroyed in an accident at sea

四、本节课创新点

（1）在课程设计方面，教师按照充分感知、理解体验、文本内化、重组输出、构建创新的螺旋上升的教学步骤，进行了基于语篇的整体设计，注重培养学生的思维品质和学习能力。

（2）在中西方诗歌对比方面，教师利用三篇学生耳熟能详的中国经典古诗的英语译文作为导入，在学生感知中西方诗词异同之际，激活学生大脑中已有图式，将已有的鉴赏中国古诗的方法合理向鉴赏英语诗歌鉴赏方面迁移。

（3）在学习策略方面，创造性地引入 BRACE 诗歌鉴赏策略模型，为学生搭建了脚手架，帮助学生感受英语语言独特的表达方式和思维特质。

五、教学设计简评

（1）该教学设计指导思想明确，思路清晰，过程完整，按照充分感知、理解体验、文本内化、重组输出、构建创新的教学步骤，螺旋上升，渐次递进，其中有不少环节设计得非常有特色。

（2）在文本学习之前，教师做了充分的铺垫，从学生熟悉和喜爱的三首中国古诗及其译文入手，使学生感受诗歌的韵律美，体认到韵律对于诗歌的重要性，在此基础上引入本节课要学习的英文诗歌，学生不会有突兀之感；通过反复朗读，引导学生去发现一切诗歌作品在语音上的共性，从美感角度去感受英文诗歌。

（3）整个课程共设计了十个教学环节，内部之间逻辑脉络清晰，环环相扣，导学目标明确，关注探析作品艺术思维的特色。

（4）诗歌阅读鉴赏对学生是一个新的挑战，如何处理文本中较大量的生词和词语、语法的超常规搭配运用，帮助学生认识诗歌特有的思维特质，同样是对教师设计教学的挑战和考验。简而言之，只有紧扣住"情感"和"想象"两个核心要素，才能四两拨千斤，引导学生打开诗歌的宝库，去体味诗的意蕴美和意境美。

Nothing Gold Can Stay 阅读鉴赏教学设计

一、课程概述

（一）课程开设

课题	Nothing Gold Can Stay	课型	英语文学鉴赏阅读课
执教者	珠海市第八中学 谭敏仪	时长	40 分钟
主题语境	\multicolumn{3}{l}{人与社会（文学诗歌）、人与自我}
文本类型	\multicolumn{3}{l}{诗歌}

（二）文本分析

【What】主要内容及背景知识

诗歌 Nothing Gold Can Stay 通过讨论时间对自然的影响描述美的转瞬即逝。"黄金"象征着一切美丽、重要和有价值的东西，但即使如此美好的事物也会逐渐消失。本诗写于1923年，当年十月在《耶鲁杂志》(The Yale Review)上刊印出版，随后就被收录到 Robert Frost 的一本名为《新罕布什尔州》(New Hampshire)的诗集中。这本诗集帮助 Robert Frost 赢得了普利策诗歌奖。虽然这首精致的诗歌只有八行之长，但是仍然被视为 Robert Frost 的最佳作品。

Robert Frost 是美国近代最具影响力的诗人之一，他曾四次获得普利策奖，被称为"美国文学中的桂冠诗人"。他一生历尽艰辛和痛苦，他的诗往往以描写新英格兰的自然景色或风俗人情开始，渐渐进入哲理的境界，诗歌语言朴实无华，然而细致含蓄，耐人寻味。他善用隐喻和象征手法，用具体的事物说抽象的概念。

【Why】创作意图及意义

本诗歌表面上是描写自然随季节更替而产生的变化，同时却蕴藏着一切美好事物都会消失的深层意义。诗人通过对自然变化的描述，引发读者对人生哲理的思考——一切美好的事物都会消失吗？结合对诗人背景知识的了解，通过思辨，读者能够尝试体会、理解作者的观点，并在哲学层面进行思考、感悟。

【How】文体结构及表现手法

本诗短小精致，只有八行，共40词。另外，整首诗歌没有超过三个音节的单词，语言朴实、通俗易懂。本诗整体遵循三音步抑扬格，格律感强。本诗尾韵韵式简单明了，为AABBCCDD。诗人同时运用头韵（**H**er **h**ardest **h**ue to **h**old）、行内韵及谐辅韵（**d**awn/**d**own）形式增强行内节奏，整首诗极具韵律美。

本诗通过对意象的描述，激发读者发挥联想与想象，感受诗人情感与诗歌意境，加深对诗歌主题深层意义的理解。本诗运用多种修辞手法。诗人运用拟人手法，将自然拟人化作"她"，使诗歌语言具有感染力和生动性，表达了作者对自然的喜爱之情；诗人通过暗喻，将新绿比作黄金，将初叶比作花朵，表达了诗人对春天的喜爱之情；诗人通过引用典故及象征手法，用"first green"及"early leaf"象征着春天，用"Eden"象征已不复存在的人世间的美满，用"dawn"象征一日最光明、充满希望的时刻，而他们都是不同层面的"golden age"——最美好的事物，由此揭示一切美好事物都会逐渐消失的人生哲理。

（三）学情分析

（1）基于问卷调查得知，学生对诗歌学习非常感兴趣。他们拥有较为扎实的语文诗歌鉴赏能力，同时对英文诗歌的要素如格律、音韵、形式、意象等概念有基本了解，并已通过观看微课，清楚掌握英文诗歌的五种基本类型及其特点：童谣（nursery rhymes）、清单诗（list poems）、五行诗（cinquain）、俳句（Haiku）及唐诗（Tang poems）。

（2）本班学生在逻辑推理、分析论证观点以及批判评价方面有较强能力。超过三分之二的学生英语语言运用能力较强，能够快速获取、阐释语篇意义，有较强的语言感知和表达能力，能用英语自信地表达观点。

（3）基于问卷调查得知，学生对诗人Robert Frost及本诗歌的创作背景缺乏充分认识，是学生对诗歌进行深度赏析的一大障碍。因此，在课前，学生通过自学的方式，查阅相关资料了解背景知识，为本课学习做好充分准备。

（四）教学目标

通过这节课的学习，学生能够：

（1）感知诗歌的格律、音步、韵脚、韵式，在听读、诵读中感受诗歌的节奏美、韵律美；注意诗歌中拟人、隐喻、象征等修辞手法，理解作者想要借其表达的对春天、自然、伊甸园及黎明等美好事物的喜爱之情以及对它们终将消失不复存在的感伤之情，推测诗人的写作意图。

（2）对诗歌的深层主题意义进行提炼，概括诗人诗歌作品的风格特征，并结合时代文化和作者背景对作者观点进行分析思考，在思辨中树立积极的人生观和价值观，珍惜青春年华，珍惜生活中的美好。

（3）在相应图片的帮助下，赏析诗歌的意象美，发挥联想和想象，并用适当的形容词描述诗歌意境，以小组合作的形式进行主题诗歌创作，体验文学创作的乐趣。

（4）掌握 FRISS 诗歌鉴赏策略，提高诗歌鉴赏能力，在赏析诗歌的过程中获得审美体验，提升文学素养及文化品格。

（五）教学重点

（1）从音形义象及修辞手法方面对诗歌进行深度赏析。

（2）思考诗歌中蕴藏的深刻哲理，进行理性思辨。

（六）教学难点

（1）立足诗歌意象，找出意象之间的组合关系，对诗歌主题进行深度剖析。

（2）进行主题诗歌创作。

（七）教学方法

活动教学法、问题链教学法、思维导图教学法、支架式教学法。

（八）教具及相关材料准备

（1）课前：

◎ 网络问卷调查——旨在了解学生对诗歌学习的兴趣、对英文诗歌的认知概况及对本课诗歌相关背景知识的掌握情况，了解学生本课诗歌学习的相关需求；

◎ 微课视频——旨在让学生了解英文诗歌的五种基本类型及其特点。

（2）课中：课件，配乐诗朗诵音频，图片等。

（3）课后：项目式作业诗歌鉴赏文本 *These Things Shall Never Die*。

二、教学过程

（一）教学目标一

引入话题，激活学生已有知识。

教学活动1 自由讨论

学生观看有关金子的图片，回答问题：

Q1: What do you think of gold?

Q2: Do you have anything gold in your life?

Activity 1　Free talk:

Students are presented pictures of gold, and then answer the following questions.

Q1: What do you think of gold?

Q2: Do you have anything gold in your life?

设计意图　激发学生对本课学习的兴趣。激活学生已有知识，为引入诗歌做好准备。

活动层次　感知与注意（perception and attention）。

效果评价　学生积极回应，对本课学习充满兴趣。

（二）教学目标二

学生对诗歌进行初步感知，通过观察行数、诗节数，感受诗歌的形式美。

教学活动2 读诗知形美

学生朗读诗歌，回答以下问题，感受诗歌的形式美：

Q1: How many lines are there in the poem?

Q2: How many stanzas can you find?

Activity 2　Appreciating the beauty of form

Students read the poem and appreciate the form of the poem:

Q1: How many lines are there in the poem?

Q2: How many stanzas can you find?

设计意图　学生朗读并观察本诗行数与诗节数，对诗歌进行初步感知，继续激发学生赏析诗歌的兴趣。

活动层次　感知与注意、获取（perception and attention；acquisition）。

效果评价　学生能关注到本首诗歌篇幅短小，只有八行，却被誉为诗人的最佳作品之一，对后续学习充满兴趣。

（三）教学目标三

学生通过回答问题，明确本首诗歌以自然为主题，并推断出本诗歌揭示的"宝贵如金之物岁月难保留"深刻哲理。

教学活动3　读诗知义美（一）

（1）学生读诗，回答以下问题：

Q1: What's the subject of the poem?

Q2: Does the writer like the subject? How do you know?

Q3: How many parts can you divide the poem into? Are there any key words to help you divide the poem? What feelings are conveyed in each part?

（2）学生小组内分享讨论。

Activity 3　Appreciating the beauty of sense (I):

（1）Students read the poem and answer the questions:

Q1: What's the subject of the poem?

Q2: Does the writer like the subject? How do you know?

Q3: How many parts can you divide the poem into? Are there any key words to help you divide the poem? What feelings are conveyed in each part?

（2）Students discuss in groups.

设计意图　培养学生在阅读中获取和概括信息的学习能力和语言运用能力。明确本诗主题，并推断出本诗歌揭示的"宝贵如金之物岁月难保留"的深刻哲理，激发学生深度赏析诗歌的兴趣。

小组合作可以培养学生合作意识，促进学生思维的发散性。

活动层次 获取、概括、分析（acquisition, generalization, analysis）。

效果评价

（1）学生通过阅读，明确本首诗歌以自然为题材，通过 first green, gold 等词推断作者对自然的关注与热爱。

（2）学生通过捕捉关键词 but，体会诗歌的情绪变化。

（3）学生先独立思考，后在小组中分享、合作，初步掌握诗歌的主题及情感基调，对后续学习充满兴趣。

（四）教学目标四

学生感知诗歌的格律、音步、韵脚、韵式，在听读、诵读中感受诗歌的节奏美、韵律美。

教学活动4 读诗知音美

（1）学生聆听配乐诗朗读，回答以下问题：

Q1: How does the poem sound?

Q2: What makes it sound beautiful?

（2）读诗知音律：学生再次聆听诗朗诵，并分析本诗格律与音步。（抑扬格三音步）

（3）读诗知音韵：

① 韵式：

◎ 学生关注每两行诗末尾的词，用下划线标注出韵脚，并回答出押韵的音素。

e.g. Nature's first green is **gold**, Her hardest hue to **hold**.

　　***gold** rhymes with **hold**（/əʊ/）

◎ 学生对韵式进行总结：AABBCCDD。

② 头韵：学生关注本诗中首辅音的重复，感受诗歌的节奏感和韵律美。

　　<u>H</u>er <u>h</u>ardest <u>h</u>ue to <u>h</u>old.

　　So <u>d</u>awn goes <u>d</u>own to <u>d</u>ay.

③ 谐辅韵：学生关注辅音的重复，即辅音 /d/ 在"dawn""down"和"day"中的重复，感受诗歌音律。

So **d**awn goes **d**own to **d**ay。

（4）学生朗读本课诗歌，在诵读中体会音律美。

Activity 4　Appreciating the beauty of sound

（1）Students listen to the poem with music and answer the questions:

Q1: How does the poem sound?

Q2: What makes it sound beautiful?

（2）Appreciating the rhythm: Students listen to the poem again and scan the poem to find out the meter and foot, This is a poem of three foot combination with unstressed and stressed syllables (iambic trimeter) generally.

（3）Appreciating the rhyme:

① Rhyming scheme:

◎ Students pay attention to the ending words of every two lines and underline the rhyming pairs.

e.g. Nature's first green is **gold**, Her hardest hue to **hold**.

　***gold** rhymes with **hold**（/əʊ/）

◎ Students find out the rhyming scheme: AABBCCDD.

② Alliteration: Students pay attention to the repetition of the initial consonant sounds and feel the flow and music in the verses.

Her **h**ardest **h**ue to **h**old

So **d**awn goes **d**own to **d**ay

③ Consonance: Students pay attention to the repetition of consonant sounds in "dawn" "down" and "day", then students sense the rhyme.

So **d**awn goes **d**own to **d**ay

（4）Students read and enjoy the melodic poem.

设计意图　通过聆听配乐诗朗读，学生在富有诗意的情景中对诗歌的韵律美有了直观和整体的感知。

通过分析格律、音步、韵脚、韵式、头韵等，学生能够在理性层面，更进一步体会诗歌的节奏感和韵律美。

活动层次 获取与梳理、分析（acquisition and collation, analysis）。

效果评价

（1）学生通过聆听配乐诗朗读，感受诗歌的韵律美。

（2）学生能够通过分析格律、音步，判断本首诗歌属于抑扬格三音步诗歌。

（3）学生能够找出诗歌的韵脚、韵式、头韵及谐辅韵。

（五）教学目标五

学生关注、分析诗歌中拟人、隐喻、象征等修辞手法，理解作者想要借其表达的对春天、自然、伊甸园及黎明等美好事物的喜爱之情以及对它们终将消失不复存在的感伤之情。

教学活动5 读诗赏修辞

（1）学生读诗，通过回答问题，分析诗中运用的拟人修辞手法。

Her hardest hue to hold.

Her early leaf's a flower

Q1:Pay attention to the underlined words, what rhetoric device is used?

Q2: Why does the poet use her to refer to nature?

（2）学生读以下两行诗，分析诗中运用的隐喻修辞手法。

Nature's first green is gold.

Her early leaf's a flower.

Q1: What rhetoric device is used here?

Q2: What feelings are conveyed?

（3）学生找出诗中运用的典故及象征，分析其象征意义及写作意图，完成表格。

Allusion/Symbols	Symbolizing...	Why?
first green /early leaf	Spring, the most hopeful season in a year	To show that golden ages at different levels will vanish
Eden	Perfection, youth, the purest period in a lifetime	
dawn	Hope, the quietest and most hopeful moment of a single day	

（4）学生读以下两行诗，深入分析头韵修辞手法：

Her **h**ardest **h**ue to **h**old

So **d**awn goes **d**own to **d**ay

① 辅音 /h/ 不易发音，这暗示着美好事物不易留存。同时辅音 /h/ 犹如一声叹息，这体现诗人对四季变更的无可奈何。

② 辅音 /d/ 是一个爆破音，这象征着幻灭——如同安静、充满希望的黎明终将成为喧闹白日，最终沦为黑夜。

Activity 5　Learning rhetoric devices

（1）Students read the lines and analyze the use of personification.

Her hardest hue to hold

Her early leaf's a flower

Q1:Pay attention to the underlined words, what rhetoric device is used?

Q2: Why does the poet use her to refer to nature?

（2）Students read the two lines of the poem and analyze the use of metaphor.

Nature's first green is gold.

Her early leaf's a flower.

Q1: What rhetoric device is used here?

Q2: What feelings are conveyed?

（3）Students are expected to find out allusion or symbolism in the poem and complete the chart.

Allusion/Symbols	Symbolizing...	Why?
first green /early leaf	Spring, the most hopeful season in a year	To show that golden ages at different levels will vanish
Eden	Perfection, youth, the purest period in a lifetime	
dawn	Hope, the quietest and most hopeful moment of a single day	

（4）Students read the two lines to analyze the use of alliteration more deeply.

Her **h**ardest **h**ue to **h**old

So **d**awn goes **d**own to **d**ay

① The sound /h/ is hard to pronounce, which implies that the good is hard to keep. And the sound /h/ is like a sigh, which shows the poet's helplessness towards the passing of seasons.

② The sound /d/ is a plosive consonant, which implies disillusion—a quiet and hopeful dawn becomes a noisy day, and finally a dark night.

设计意图　通过赏析诗歌中的修辞手法，学生能够进一步感受诗歌意境及作者所表达的抽象情感，同时可以培养学生对文本整体的分析和感悟能力，提高学生的审美情趣和人文素养，增加学生对英语的高层次理解。

活动层次　分析与判断、整合与运用（analysis and judgment, integration and application）。

效果评价　学生能够赏析诗歌所运用的拟人、隐喻、用典及象征修辞手法，感受其赋予诗歌语言的感染力和生动性，感悟作者的感伤，品味诗歌的语言美。

（六）教学目标六

学生在相应图片的帮助下，赏析诗歌的意象美，发挥联想和想象，并用适当的形容词描述诗歌意境。

教学活动6　读诗知象美

（1）学生观看相关图片，鉴赏诗歌意象并谈论感受。

Q1: What adjectives can you think of when you see the green in spring?

Nature's first green → lively/vigorous

Q2: What adjectives can you think of when you see the flowers?

a flower → beautiful/bright

Q3: How do you feel so far?

Jovial.

Q4: What adjectives can you think of when you see the flowers wither away?

Only so an hour → withered/bleak

Q5: How do you feel when the leaves turn yellow and dry up?

Leaf subsides to leaf → withered/bleak

Q6: How do you feel when you see Eden fall apart?

Eden sank to grief → broken/sorrowful

Q7: What can you feel when dawn goes down to day?

Dawn goes down to day → gloomy/dark

（2）学生分析动词短语，并用箭头来表示情绪发展。

Q8: Pay attention to the verb phrases, what emotion is conveyed? Can you use some arrows to show it？

Then leaf subsides to (↘) leaf.

So Eden sank to (↘) grief.

So dawn goes down to (↘) day.

Emotion: negative, down.

Q9: How do you feel about the second part of the poem?

Sentimental.

Activity 6　Appreciating the beauty of imagery

（1）By using relevant pictures, students appreciate the imagery and talk about how they feel.

Q1: What adjectives can you think of when you see the green in spring?

Nature's first green → lively/vigorous

Q2: What adjectives can you think of when you see the flowers?

a flower → beautiful/bright

Q3: How do you feel so far?

Jovial.

Q4: What adjectives can you think of when you see the flowers wither away?

Only so an hour → withered/bleak

Q5: How do you feel when the leaves turn yellow and dry up?

Leaf subsides to leaf → withered/bleak

Q6: How do you feel when you see Eden fall apart?

Eden sank to grief → broken/sorrowful

Q7: What can you feel when dawn goes down to day?

Dawn goes down to day → gloomy/dark

（2）Students analyze the verb phrases and use arrows to show the emotional developments.

· 英汉艺术语言的思维特质 ·

Q8: Pay attention to the verb phrases, what emotion is conveyed? Can you use some arrows to show it?

Then leaf subsides to (↘) leaf.

So Eden sank to (↘) grief.

So dawn goes down to (↘) day.

Emotion: negative, down.

Q9: How do you feel about the second part of the poem?

Sentimental.

设计意图

（1）在诗歌赏析过程中利用图画帮助学生感知意象，使抽象的诗歌变得直观形象。

（2）教师鼓励学生积极表达个人的感受，从情感的维度欣赏诗歌的内容和意境。

（3）通过分析三组动词短语并用箭头示意情感变化，能够使抽象的情感具体化，加深学生对诗歌主题深层意义的理解。

活动层次　描述、推理、想象（interpretation, deduction, imagination）

效果评价

（1）学生能够结合图片积极表达个人感受，感受诗歌意象及其对应的情感，推断、体会诗歌意境。

（2）学生能够用箭头表示三组动词短语呈现的情感变化，加深对诗歌深层意义的理解。

教学活动7　中英诗词对比赏析

学生赏读中国唐代山水田园派诗人孟浩然的作品《春晓》。

（1）赏析《春晓》中运用的修辞手法。①隐喻，虚实相生（"眠"喻指隐居，"鸟"喻指外在力量即身边朋友，"风雨"喻指诗人的坎坷仕途，"花"喻指光阴）；②联想（诗的第三、四句作者联想到前一夜朦胧睡梦中听到的风雨声，感叹花落；结合诗人生平经历，诗人联想到自己在入世与出世间的徘徊，感叹时光的流逝）。

（2）通过观看相应的图片，感知《春晓》中包含的意象：①眠（安定）；②鸟（外界力量）；③风雨（困难、挫折）；④花（美好事物/时光）。

226

（3）对比。①修辞手法异同；②意象：中文诗词的意象重形象，类似于中文诗词中的"象征"；英文诗词的意象重感悟，类似于中文诗词中的"意境"。

Activity 7 Comparative appreciation

Students read and analyze *Chun Xiao* by Meng Haoran, a famous pastoral poet in Tang Dynasty.

（1）Rhetorical devices: ① metaphor; ② imagination.

（2）Imagery.

（3）Comparing Chinese poems and English poems regarding rhetorical devices and imagery.

设计意图 中英诗词对比鉴赏有利于提高学生文学鉴赏能力，提升学生文化自信、民族认同感。

效果评价 学生能够赏析唐诗《春晓》中修辞手法及意象，积极探讨中外诗词的异同。

（七）教学目标七

对诗歌的深层主题意义进行提炼，概括诗人诗歌作品的风格特征。

教学活动8 读诗知义美（二）

（1）挖掘主题深层意义。在赏析诗歌的修辞手法及意象的基础上，学生思考诗歌主题的深层意义——一切美好的事物都会消失。

*On the surface: the passing of seasons;

*At a deeper level: the mortality of the beauty (The good will fade away).

（2）总结作者诗歌风格特点：学生再次朗读诗歌，回答以下问题，总结作者Robert Frost 的诗歌风格特点：

① What do you think of the poem?

② Can you tell the features of the works of Robert Frost?

Activity 8 Appreciating the beauty of sense(II)

（1）The theme at a deeper level: By appreciating and analyzing the rhetoric devices and imagery, students think about the theme of the poem at a deeper level.

*On the surface: the passing of seasons;

*At a deeper level: the mortality of the beauty (The good will fade away).

（2）Features of Robert Frost's works: students read the poem again and sum up the features of Robert Frost's poems:

① What do you think of the poem?

② Can you tell the features of the works of Robert Frost?

设计意图

（1）挖掘诗歌主题的深层意义，引发学生的深度思考。

（2）通过了解、鉴赏作者诗歌的风格及特点——有助于学生提高文化认知，提升诗歌鉴赏品位。

活动层次　分析与判断（analysis and judgment）。

效果评价

（1）学生能够在赏析修辞手法和意象的基础上，透过作者对自然四季更替的描写，提炼诗歌主题的深层内涵。

（2）学生分析总结本诗特点，总结作者诗歌风格特点——语言通俗易懂，善用象征隐喻，通过平淡无奇的事物表达深刻的人生哲理。

（八）教学目标八

结合时代文化和作者背景对作者观点进行分析思考，在思辨中树立积极的人生观和价值观，珍惜青春年华，珍惜生活中的美好。

教学活动9　读诗明哲理

（1）学生结合诗人的背景知识，回答以下问题：

① Why does the poet get sentimental about the passing of seasons? Why does he think nothing gold can stay?

Robert Frost's life was full of misfortune and his life experiences affected the way he viewed the world.

② What philosophical principle can you think of and what inspiration for life can you get?

Philosophical principle: Social existence determines social consciousness.

Inspiration for life: Try to understand disagreements and show respect.

（2）学生在教师的引导下，继续思考、回答以下问题：

① The poet experiences misfortunes, but is he a pessimist? How do you know?

No. He appreciates something gold like the nature, the first green, the flowers and the Eden.

② Though the poet's experience is rough, he is still positive towards life and active in writing poems, and finally becomes a poet laureate. What philosophical principle can you think of? And what lesson can you learn?

Philosophical principle: We should exert the subjective initiative fully.

Inspiration: Though time goes by, we can seize the day and make a difference in our golden age. Then they'll be sweet memories when we replay in old age.

（3）小组讨论，学生进一步讨论是否一切美好的事物都会消失，并分享感悟。

Possible opinions and implications:

① FOR：

◎ Imperfection is perfection. → Embrace imperfection.

◎ The unobtainable is the best. People know how to cherish something after losing it.

→ Cherish what we have.

② AGAINST: The good can be kept in different forms. Characters, love, sweet memories and so on can be kept in mind.

→ Live in the moment and work for a better future.

Activity 9　Reasoning

（1）Students answer the questions with the help of the background information of the poet Robert Frost:

① Why does the poet get sentimental about the passing of seasons? Why does he think nothing gold can stay?

Robert Frost's life was full of misfortune and his life experiences affected the way he viewed the world.

② What philosophical principle can you think of and what inspiration for life can you get?

Philosophical principle: Social existence determines social consciousness.

Inspiration for life: Try to understand disagreements and show respect.

（2）Students keep thinking about the following questions:

① The poet experiences misfortunes, but is he a pessimist? How do you know?

No. He appreciates something gold like the nature, the first green, the flowers and the Eden.

② Though the poet's experience is rough, he is still positive towards life and active in writing poems, and finally becomes a poet laureate. What philosophical principle can you think of? And what lesson can you learn?

Philosophical principle: We should exert the subjective initiative fully.

Inspiration: Though time goes by, we can seize the day and make a difference in our golden age. Then they'll be sweet memories when we replay in old age.

（3）Students further think about whether nothing gold can stay.

Possible opinions and implications:

① FOR：

◎ Imperfection is perfection. → Embrace imperfection.

◎ The unobtainable is the best. People know how to cherish something after losing it.

→ Cherish what we have.

② AGAINST: The good can be kept in different forms. Characters, love, sweet memories and so on can be kept in mind.

→ Live in the moment and work for a better future.

设计意图

（1）通过联系诗歌的时代文化及作者背景知识，学生能够真正地深入了解和思考诗歌所具有的文化价值。

（2）将诗歌鉴赏拓展到学科育人的层面，通过设置问题链，引导学生层层思辨，引导学生树立正确的人生观、价值观。

活动层次 推理与论证、批判与评价（deduction and demonstration, criticism and evaluation)

效果评价

（1）学生能够结合背景知识，思考诗人感伤的原因。

（2）学生能够在教师的引导下，从诗歌意义延伸至对哲学原则的提炼与思考，在思辨中树立正确的价值观、人生观。

（3）学生小组讨论并分享感悟。

（九）教学目标九

以小组合作的形式进行主题诗歌创作，体验文学创作的乐趣。

教学活动10 读诗学创作

学生以 *Something Gold Can Stay* 为题，创作诗歌。

（1）学生完成思维导图，快速梳理诗歌的五种类型。

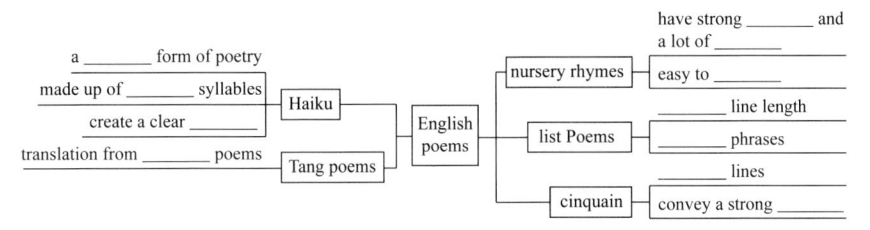

（2）学生回顾活动一中提到的 something gold（对自己重要、宝贵之物），在小组中讨论诗歌素材与词汇，如诗歌主题、描述性形容词和意象等。

（3）学生独立完成任一类型的诗歌创作。

（4）学生小组内鉴赏作品。

Activity 10　Creation：Students write a poem *Something Gold Can Stay*.

（1）Students review the five types of poems briefly with the help of a mind map.

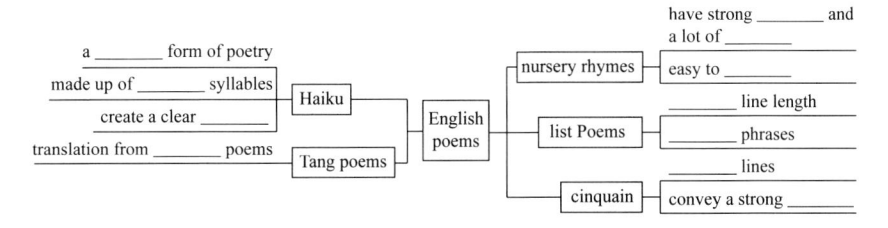

（2）Students review something gold that they talk about at the lead-in part and work in groups to discuss what they can write or use in a poem, such as subjects, adjectives, imagery, etc.

（3）Students write a poem in any type individually.

（4）Students share their poems.

设计意图

（1）利用思维导图快速回忆、梳理诗歌的五种类型及其特点，为后续诗歌创作提供脚手架；

（2）内容小组合作、创作独立进行的学习形式，既给了学生独立思考和运用语言的机会，又体现了合作学习的必要和效果。

活动层次　想象与创造（imagination and creation）。

效果评价

（1）学生能够利用思维导图快速回忆诗歌的五种类型，并选择其中一种类型，根据自己的生活经验发挥想象，进行诗歌创作。

（2）学生小组合作，在合作中相互启发。

（十）教学目标十

小结本课内容，总结"FRISS"诗歌鉴赏策略。

课堂小结

（1）学生小结本课所学内容，回顾诗歌意境及其蕴含的哲理。

（2）学生总结鉴赏英文诗歌的角度，在教师引导下将其提炼为"FRISS"诗歌鉴赏策略。

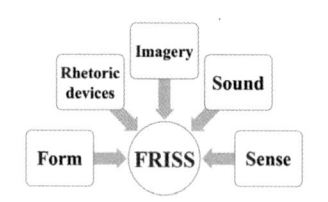

Summary

（1）Students go through what has been learned in this lesson and keep thinking about the feelings and philosophy the poem conveys.

（2）Students summarize the FRISS approach to appreciating poems, considering the dimensions of the form, rhetoric devices, the imagery, the sound, the sense, etc.

设计意图

(1)学生再一次回忆本课所学知识,回顾诗歌所传递的情感和哲理。

(2)总结"FRISS"诗歌鉴赏法,为后续项目式作业的开展做好准备。

活动层次　概括(generalization)。

效果评价

学生对本课诗歌学习进行小结,并总结出"FRISS"诗歌鉴赏策略。

(十一)教学目标十一

在作业中进一步巩固、运用课堂所学知识。

课后作业

(1)必做作业:

① 有感情地朗读本课所学诗歌;

② 从音形意象等方面完善课堂诗歌创作,并将作品以配乐朗诵的形式录制成微视频,上传至钉钉。

(2)选做作业:项目式作业

运用"FRISS"诗歌鉴赏策略赏析诗歌 *These Things Shall Never Die.*

(3)小组合作完成;

(4)以课堂展示、录制微视频等方式展示项目成果。

(*诗歌文本 *These Things Shall Never Die* 见附件。)

Homework

(1) Have to do:

① Read the poem with emotion. ② Poem modification. Students modify their poem written in class considering the sound and imagery, etc. Then students record their poems with music and upload their works to Ding Talk.

(2) Try to do: Project-based homework.

Read another poem *These Things Shall Never Die* with the FRISS approach.

(3) Work in groups.

(4) Introduce it to the class in any way students prefer, like lecturing, making

micro-videos, etc.

(*The text of the poem *These Things Shall Never Die* will be provided.)

设计意图　分层作业体现分层教学、因材施教理念，学生能在合作探究中运用所学策略，进一步提高、巩固诗歌鉴赏能力。

活动层次　应用、想象与创造（application, imagination and creation）。

效果评价

（1）通过完成作业，学生进一步巩固本课所学内容，能够在自主学习、合作学习中提高诗歌鉴赏能力。

（2）大部分学生能够运用"FRISS"诗歌鉴赏法赏析诗歌 *These Things Shall Never Die*。并通过课堂展示、录制微视频等方式展示项目研究成果。

* 附文本原文

Nothing Gold Can Stay
— Robert Frost

Nature's first green is gold,
Her hardest hue to hold.
Her early leaf's a flower;
But only so an hour.
Then leaf subsides to leaf,
So Eden sank to grief.
So dawn goes down to day,
Nothing gold can stay.

* 附项目式作业诗歌文本

These Things Shall Never Die
— Charles Dickens

The pure, the bright, the beautiful,
That stirred our hearts in youth,
The impulses to wordless prayer,
The dreams of love and truth;
The longing after something's lost,

The plea for mercy softly breathed,
When justice threatens nigh,
The sorrow of a contrite heart—
These things shall never die.
Let nothing pass for every hand

Nothing Gold Can Stay 阅读鉴赏教学设计

The spirit's yearning cry,
The striving after better hopes-
These things can never die.
The timid hand stretched forth to aid
A brother in his need,
A kindly word in grief's dark hour
That proves a friend indeed；

Must find some work to do；
Lose not a chance to waken love-
Be firm,and just ,and true;
So shall a light that cannot fade
Beam on thee from on high.
And angel voices say to thee—
These things shall never die.

三、本节课创新点

（1）基于艺术语言特征，深度赏析英语诗歌文学作品。英语的诗歌强调韵律和意象，而这些和语音的选择是息息相关的。本课引导学生关注语音、关注头韵这一修辞手法的使用效果。如在 her、hue 和 hold 三个词中的辅音 /h/ 不易发音，这暗示着美好事物不易留存。同时辅音 /h/ 犹如一声叹息，这体现诗人对四季变更的无可奈何。而在 day、down 和 dawn 三个词中的辅音 /d/ 是一个爆破音。在仅有六个词的一行诗中竟包含了三个爆破音 /d/，结合单词的语义和诗歌情境，这象征着幻灭——如同安静、充满希望的黎明终将成为喧闹白日，最终沦为黑夜。本课从语言学角度出发，帮助学生感受英语语言独特的表达方式和思维特质。

（2）鉴赏中英诗词异同，提高学生文学修养，坚定文化自信。本课设置中英诗词作品比较鉴赏环节，通过从修辞手法和意象两方面对比 Nothing Gold Can Stay 及唐代诗人孟浩然作品《春晓》，学生能够对中英诗词的修辞、意象有更深的感知和理解，提高文学鉴赏能力，提升文化修养，坚定文化自信。

（3）立足新课标，探索诗歌教学新实践。本课教师在深度解读文本、细致分析学情的基础上确定了本课的教学目标，并基于教学目标从诗歌的文体特征出发，遵循英语学习活动观开展诗歌鉴赏阅读活动。教学活动设计体现了学习理解、应用实践、迁移创新三类活动的关联和递进。教师首先创设情境，从学生已知出发，让学生对诗歌文本进行初步感知；随后引导学生通过观察、理解、分析、推理、想象，从形式美、节奏美、韵律美、意象美、意义美等方面对诗歌进行深度赏析。本课诗歌阅读鉴赏不仅仅停留在诗歌的艺术性，更是注重诗歌的思想性，通过结合时代文化和作者背景，设置问题链等方式引导学生层层批判思辨，思考人生哲理，促进学生文化品格及思维品质发展，实现英语学科的育人功能。

（4）互动式教学凸显学生主体性。本课注重学生创新能力、分析问题、解决问题能力的培养，主要采用引导启发式、讨论式、范例式、项目式等多种教学方法，激发学生学习的积极性和参与性，分层可选择的作业有效地兼顾了学生的个体差异，鼓励学生在自主探究、合作学习中巩固提高语言能力，提升诗歌鉴赏品位，培养批判性、创造性思维，发展学科核心素养。

四、教学设计简评

（1）本教学设计抓住诗歌这种文体的特征，紧扣韵律，引导学生关注语音形式的修辞效果，帮助学生感受英语诗歌独特的表达手法。如，指出在 her, hue 和 hold 三个词中的辅音 /h/ 不易发音，这暗示着美好事物不易留存；在 day, down 和 dawn 三个词中的辅音 /d/ 是一个爆破音，一行诗中仅有六个词，竟包含了三个爆破音 /d/，结合单词的语义和诗歌情境，发现这种语音特征的象征性——幻灭与黑暗。但安排朗读的时间不够充足，应大胆地把时间留给朗读，并且设计不同形式的朗读，让学生去体味英文诗歌的韵律美。

（2）把中英文诗歌加以对比，展开对比性鉴赏，这个环节设计富有特色，有助于感受中英诗歌的异同，开阔学生的文化视野，提高学生文学修养；对于中国古诗，在鉴赏过程中应该紧扣住意境表现，这是古典诗词的精髓所在，也是中英文诗歌相异又相通的肯綮所在。

（3）本教学设计有些环节的设计尚需要进行繁简、难易的调整，强化以点带面，突出诗歌的感性特点。由于长期以来高中学生阅读体裁单一，接触文学作品较少，阅读英语诗歌更少，同时受到词汇量、语法、语义等语言能力的限制，阅读能力和鉴赏能力不可避免地存在不同程度的欠缺，所以，做出的教学设计一定要在教学实践中不断修改完善，使教学设计始终在改进的过程中，没有最好，只有更好。

Autumn: The rain and the leaves
阅读鉴赏教学设计

一、课程概述
（一）课程开设

课题	Autumn: The rain and the leaves	课型	英语文学鉴赏阅读课
执教者	珠海市梅华中学 曾培栖	时长	40min
主题语境	人与自然、人与自我		
文本类型	虚构类小说		

（二）文本分析
【What】主要内容及背景知识

小说主人公马可瓦尔多是城市中一位在 SBAV 公司上班的蓝领工人。他家庭生活拮据、单纯、敏感、热爱大自然、有点可笑又有些可悲。他有一个矮矮胖胖的老婆和四个孩子。日复一日，他搭乘电车去上班，为的是领取按小时计酬的雇员薪水、额外的工资补助和家庭津贴。马可瓦尔多对于城市生活有着诸多不适，广告招牌、红绿灯、橱窗、霓虹灯、海报——这些由于快速城市化而如肿瘤般膨胀增生的都市景观让热爱自然的他无所适从。卡尔维诺在小说中经常使用去熟悉化的写法，比如马可瓦尔多的孩子们误入一片森林，最后才发现那片森林其实是诸多广告招牌组成的空间；又如在充满雾气的一天中，马可瓦尔多无意间走上了一架飞机。在马可瓦尔多眼中，如今人们再熟悉不过的那些都市的、现代化的、消费主义的景观以闯入者的姿态进入他的生活。而他则努力地将这些陌生的、前所未有的体验纳入自己的认知范围，比如把广告牌想成森林。纵然城市生活令人疲惫，马可瓦尔多仍然努力地在其中发现乐趣。"四季的变化、心里的欲望和自己微不足道的存在，这些他都能发现。"

卡尔维诺对于文本结构的关注也鲜明地体现在《马可瓦尔多》中。短篇小说集《马可瓦尔多》包含了20篇短篇小说，在结集成册出版之前，其中的一些故事已经在当时意大利共产党的党报《团结报》上发表了。小说集第一次于1963年11月以少年读物的形式出版。小说集的副标题：城市里的季节来源于小说的结构，每一个故事都发生在一年中的一个季节。在每一个季节中，马可瓦尔多都能发现隐藏在城市角落和夹缝中的、被工业化和消费主义掩盖的诗学。在《马可瓦尔多》的20个短篇故事中，每一个都在讲述关于生活的寓言。

伊塔洛·卡尔维诺是意大利当代作家，于1985年被提名为诺贝尔文学奖获奖者。他生于古巴哈瓦那，后随父母移居意大利，毕业于都灵大学文学系，在第二次世界大战中积极参加反法西斯斗争。战后开始文学创作。20世纪50年代起以幻想和离奇的手法写作小说，或反映现实中人的异化，或讽刺现实的种种荒谬滑稽。卡尔维诺很清楚，描述一座城市有太多种方法，但在这里却只有一种，即是"观察"。1963年，短篇小说集《马可瓦尔多》问世，标志着卡尔维诺的文学创作达到了新的高度。小说以寓言式的风格，揭示了从社会学、心理学和生理学的角度都业已蜕化的人类社会，描述了当代人孤寂、惶恐、陌生和不安的心态。

【Why】创作意图及意义

奇特的想象与无穷的探索，会让城市中的每一块石头都不一样。与卡尔维诺一样，马可瓦尔多也是自然主义者。借由农村奔赴城市的底层小工马可瓦尔多的一段生活日常，连接了一个普通人的人生阶段变迁。他始终留意那些微小的、不为人知的物事：树枝上发黄的叶子、落在瓦片上的羽毛、人行道上被踩扁的果皮。在他看来，只有这些从远方翩然而至的事物，才是大自然的馈赠，也才符合他对山谷树林的向往。而同时在这些生活碎片中又包容了人物、动物、植物的命运以及城市的气质，足以窥见马可瓦尔多的人生，也足以让人感受到万物的存在和挣扎。

卡尔维诺在这部作品中更立体全面地展示了人性、社会、生存（分别由人物、城市、动植物代表）三者互相影响共生的状态。每一个元素都可以成为变量，这个变量就像南美洲亚马孙河流域的热带雨林中那只挥动了翅膀的蝴蝶，虽然看似微不足道，却可以产生足以改变万物命运的影响。

他传递的信息有两层：一方面，马可瓦尔多代表了对世界的错误看法以及不合理地依恋过去或遥不可及的理想所固有的不快乐和失望；另一方面，工业化的优势与归化的美丽和好处之间存在着紧张关系。卡尔维诺远非支持一个非工业化的世界，一个没有城市的世界，一个为世界上的马可瓦尔多斯而建的世界；但他也谴责城市工业化中所犯下的错误行为：污染、浪费、盲目消费主义。在卡尔维诺的塑造下，马可瓦尔多看似是城市中常见的底层小工，与妻儿为了生计奔波，妥协于制度规则只为了吃饱肚子，他的生活基本与芸芸众生无异，但是表象之下，马可瓦尔多的行为与思考却无时无刻不在和大众价值观下的日常相对立，有时是马可瓦尔多个人的胜利，有时是普世价值观对个人的粉碎性碾压。

因此，通过师生活动在语篇阅读中培养学生关注城市化的影响，以发展的眼光看问题。同时激发学生的情感，调动审美体验，培养学生的文化历史眼光，既注意到语言技能的培养，又兼顾到文化差异的认识；既注重发现语言的内涵，又注意探究其背后的文化价值观；在审美鉴赏中，使学生获得人生境界、文化品位、审美情趣和鉴赏能力的提升。

【How】文体结构及表现手法

本文通过对意象的描述，激发读者发挥联想与想象，感受作者的情感与意境，加深对主题深层意义的理解。卡尔维诺在知识、想象、寓言、童话、科幻、智慧、传说之间搭建了一个小说的世界，创造了一个全新的文学现实。跟传统的线性叙事不同，《马可瓦尔多》按照春夏秋冬不断更迭的方式，每个季节只写一个故事，夏写阳光冬写雪，一共20个故事，时间跨度5年。

此外，作者非常擅长用一种独具个人特色的"黑色幽默"来演绎深层的孤独世界，他运用多种修辞手法，如拟人手法，将自然拟人化，使故事情节具有感染力和生动性。马可瓦尔多在城市里寻找自然，为发现的景观赞叹不已，每一个短篇故事都充满了惊喜，但同时生活的压力、社会的压力依然使他苦不堪言。

（三）学情分析

（1）基于问卷调查得知，学生对虚构类文本特别感兴趣。对于一些修辞手法如象征、拟人、比喻等非常的熟悉。

（2）本班学生在逻辑推理、分析论证观点以及批判评价方面有较强能力。超过三分之二的学生英语语言运用能力较强，能够快速获取、阐释语篇意义，有较强的语言感知和表达能力，能用英语自信地表达观点。

（3）基于问卷调查得知，学生对作者及本篇小说的创作背景缺乏充分认识，是学生对文本进行深度赏析的一大障碍；他们对"人与自然"这个话题的知识有限；同时，他们中的一些人可能没有批判性地看待和评价工业化的发展。因此，在课前，学生通过自学的方式，查阅相关资料了解背景知识，为本课学习做好充分准备。

（四）教学目标

通过这节课的学习，学生能够：

（1）梳理出人物特征，并描述故事中发生的变化，对文章的深层主题意义进行提炼；

（2）注意文章中拟人、隐喻、象征等修辞手法，理解作者想要借其更深入地思考生活在大城市的疏离、贫困、突然看到改善的机会、热情和冲动的行动，推测作者的写作意图；

（3）概括文章的风格特征，并结合时代文化和作者背景对作者观点进行分析思考，在思辨中树立积极的人生观和价值观。

（五）教学重点

（1）从修辞手法方面对文章进行深度赏析，分析马可瓦尔多所表现的语言和情感；

（2）思考故事的背景、情节和人物；分析文章中的气候变化，特别是降雨的变化与文章主题的关系，进行理性思辨。

（六）教学难点

注意文章中拟人、隐喻、象征等修辞手法，理解作者想要借其更深入地思考生活在大城市的疏离、贫困、突然看到改善的机会、热情和冲动的行动，推测作者的写作意图。

（七）教学方法

活动教学法；问题链教学法；思维导图教学法；支架式教学法。

二、教学过程

（一）教学目标一

梳理出故事的起因、经过、结果。

教学活动1

略读全文，并且回答问题。

Teacher asks:

（1）What is this story mainly about?

（2）Who's point of view of the story?

　　A. Marcovaldo's point of view.

　　B. Signor Viligelmo's point of view.

　　C. The plant's point of view.

（3）Where is the text set?

设计意图　使学生通过略读掌握重要信息。

Enable students to grasp important information through skimming.

活动层次　描述、分析（description, analysation）。

效果评价　学会分析和描述文章的核心内容。

（二）教学目标二

描述故事中发生的变化，对文章的深层主题意义进行提炼。

教学活动2

阅读全文，并找出主人公和植物之间发生的故事。

Think-Pair-Share

Read again and write down what happened between Marcovaldo and the plant. Then share it with your partner to the whole class.

设计意图　训练学生提高阅读技能，学习如何与他人交流思想。

Train students to improve reading skills and learn how to exchange ideas with each other.

活动层次　描述、分析（description, analysation）。

效果评价　学会分析和描述文章的事件、起因、经过、结果。

（三）教学目标三

梳理出人物特征。

教学活动3

思考探究：主人公和植物之间是如何相互影响。

How did Marcovaldo and the plant influence each other? Use text evidence to find out the changes.

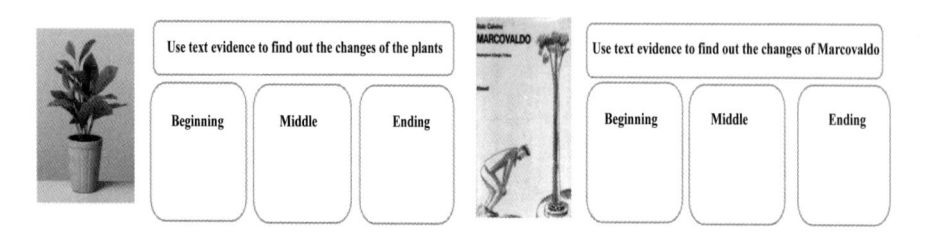

设计意图　学会通过文本证据分析主要人物的性格，用文中证据评价小说中的人物。

帮助学生想象马尔科瓦尔多是什么样的人。

Learn to analyze the characters of the main characters through text evidence, and evaluate the characters in the novel with evidence.

Help students to visualize what Marcovaldo is like.

活动层次　描述、评价、分析（description, evaluation, analysation）。

效果评价　学会对主人公的行为、性格及所发生的事件进行评价。

（四）教学目标四

注意文章中拟人、隐喻、象征等修辞手法，理解作者想要借其更深入地思考生活在大城市的疏离、贫困、突然看到改善的机会、热情和冲动的行动，推测作者的写作意图。

教学活动4　带着情感进行朗读下列句子，并且回答问题。

Read the following sentences aloud with emotions. Then answer the questions.

（1）"He paid so much attention to details of the plant, like taking care of the troubles of his relatives. And he sighed, whether for the plant or himself — because in that lanky(过分瘦长), yellowing bush within the company walls, the plant was his friend."(Paragraph 2)

Question: Why did Marcovaldo signed?

_____

（2）"Marcovaldo, with his nose in the air, sniffed the smell of the rain, a smell—for him—already of woods and fields, and he thought about his old days."(Paragraph 5)

Question: Why did Marcovaldo need to sniff the smell of the rain? What's the smell of rain?

_____

（3）"The manager, Signor Viligelmo, was the kind of man who ran away from responsibilities, 'Are you crazy? What if somebody steals it? Who'll answer for that?'"(Paragraph 7)

Question: Why did the manage Viligelmo call Marcovaldo crazy?

_____

（4）"Behind him, on the rack, he had tied the pot; and bike, man, and plant seemed a sole（唯一的；单独的；仅有的）thing; indeed you saw only a plant on a bicycle."(Paragraph 10)

Question: Why did Marcovaldo think the plant seemed a sole thing?

_____

设计意图 训练学生对语言进行批判性思考，欣赏语言之美。

通过扫读，帮助学生找到阅读的一些关键元素和深层含义。

Train students to think critically about the language and appreciate the beauty of the language.

Help students locate some key elements and the under-layered meaning of the reading through scanning.

活动层次 评价、分析、应用（evaluation, analysation, application）。

效果评价 学会分析语言特色和写作特点，进行深度思考。

（五）教学目标五

思考故事的背景、情节和人物；分析文章中的气候变化，特别是降雨的变化与文章主题的关系，进行理性思辨。

教学活动5　同伴共同探讨，并完成表格。

Text-to-self: What was the most interesting thing you learned?	Text-to-text: What is the main message of this book?	Text-to-world: What kind of world is described in the story?
I learn that …	This story reminds me of … The author wants me to think about …	It makes me think of … because …

设计意图　引领学生将故事与自己生活中的真实生活情境联系起来，达到自我教育和自我提升的目的。

引导学生更深入地探讨主题。

Guide students to connect the story with real life situations in their own life in order to achieve self-education and improvement.

Lead students to explore the theme at a deeper level.

活动层次　评价、创造、应用（evaluation, creation, application）。

效果评价　学会解析语篇的言外之意，指出作者有意识留下的空白和不定点，回应文本的召唤结构，引导学生自由地发挥想象，积极参与到二度创作中。

（五）作业设计

（1）Make a lap book based on the story.

（2）Continuation Writing: Would you have ended the story differently? Write down what may happened to Marcovaldo and the plant afterwards.

（六）课后学习效果自我评价表

学习效果自我评价表

姓名：				
评价内容	Excellent	Good	Average	Needs improvement
1）I can describe the characters in the novel.				
2）I can talk about the setting in the novel.				
3）I can appreciate the language and emotion in the novel.				
我的复习和改进计划：				

（七）板书设计

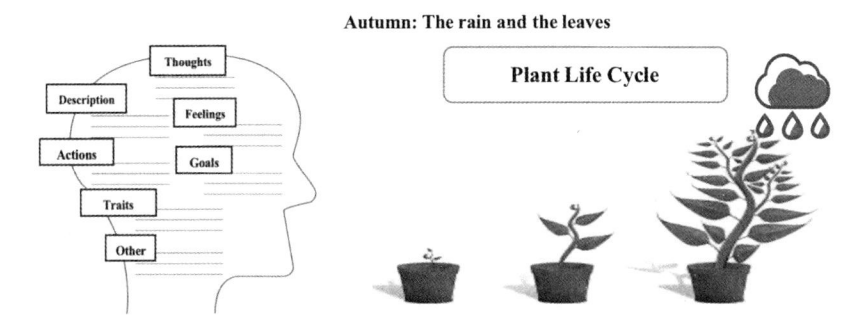

Autumn: The rain and the leaves

附：文本及学案
Appendix 1

Autumn: The rain and the leaves

by Italo Calvino

At his job, among his other responsibilities, Marcovaldo had to water the potted[1]（盆栽的）plant every morning. It was one of those green house-plants. Because the plant was between the curtain and the umbrella-stand, it lacked light, air, and dew. Every morning Marcovaldo found some bad signs: the stem of one leaf drooped as if it could no longer support the weight, another leaf was becoming spotted like the cheek of a child with measles[2]（麻疹）, the tip of a third leaf was turning yellow; until, one or the other, was found on the floor. At the same time, the plant's stalk[3]（茎）grew taller, taller, with a clump[4]（形成一丛）at the top that made it look like a palm-tree[5](棕榈树).

Marcovaldo cleared away the fallen leaves, dusted the healthy ones, poured water at the foot of the plant. He paid so much attention to the plant, like taking care of the troubles of his relatives. And he sighed, whether for the plant or himself — because in that lanky[6](过分瘦长), yellowing bush within the company walls, the plant was his friend.

The plant had become such a part of Marcovaldo's life that it was in his thoughts day and night. When he saw clouds in the sky, he was no longer wondering whether or not he should wear his raincoat. Instead, he was just being like a farmer who waited so hard from day to day for the rain after a drought. The moment when he raised his head from his work and saw it was raining, he would drop everything, run to the plant, take the pot in his arms, and set it outside in the courtyard.

The plant, feeling the water run over its leaves, seemed to grow, to offer the greatest possible surface to the drops, and in its joy it seemed to show its greenness or at least so Marcovaldo thought, as he stayed there to see it, forgetting to go back.

They stayed in the courtyard. A man and plant, facing each other, the man almost feeling how plants moved under the rain. Marcovaldo, with his nose in the air, sniffed the smell of the rain, a smell—for him—already of woods and fields, and he thought about his old days. But as these memories clearer and closer, his rheumatic aches[7] (风湿病) that hurt him every year made him go back inside in a hurry.

When working hours were over, the place had to be locked up. Marcovaldo asked the manager, "Can I leave the plant outside there, in the courtyard?"

The manager, Signor Viligelmo, was the kind of man who ran away from responsibilities, "Are you crazy? What if somebody steals it? Who'll answer for that?" But Marcovaldo knew how much good the rain did the plant. It would mean wasting that gift of heaven. "I could keep it until tomorrow morning..." he suggested. "I'll load it on my bike and take it home... That way it'll get as much rain as possible."

Signor Viligelmo thought it over a moment, then agreed, "Then you're taking the responsibility."

Under the pouring rain, Marcovaldo crossed the city, bent over the handle-bars of his motorbike, bundled up in a rain-proof jacket. Behind him, on the rack, he had tied the pot; and bike, man, and plant seemed a sole[8] (唯一的；单独的；仅有的) thing; indeed you saw only a plant on a bicycle. Every now and then, Marcovaldo looked around and every time it seemed to him that the plant had become taller and more leafy.

Key words:

1. potted   /ˈpɒtɪd/   *adj.*   盆栽的
2. measles   /ˈmiːz(ə)lz/   *n.*   麻疹
3. stalk   /stɔːk/   *n.*   茎
4. clump   /klʌmp/   *vi.*   形成一丛
5. palm-tree   /pɑːm/ /triː/   *n.*   棕榈树
6. lanky   /ˈlæŋkɪ/   *adj.*   过分瘦长
7. rheumatic   /rʊˈmætɪk/   *n.*   风湿病
8. sole   /səʊl/   *adj.*   唯一的；单独的；仅有的

Culture Notes:

Italo Calvino (15 October, 1923 — 19 September, 1985) was born in Cuba and grew up in Italy. He was an Italian journalist and writer of short stories and novels.

His best known works include the Our Ancestors trilogy (1952–1959), the Cosmicomics collection of short stories (1965), and the novels Invisible Cities (1972) and If on a winter's night a traveler (1979).

Marcovaldo (or *The Seasons in the City*) is a collection of 20 short stories written by Italo Calvino. It was first published in 1963.

These stories take place in an industrial city of northern Italy. The first in the series were written in the early 1950s and thus are set in a very poor Italy, the Italy of neo-realistic（新写实）movies. The last stories date from the mid-60s, when the illusions（幻觉）of an economic boom（繁荣）flourished.

Appendix 2

Student Worksheet

Notes for today

Check your homework: Read different covers of Marcovaldo and write down your answers.

·英汉艺术语言的思维特质·

What do you think this passage will be about? Why do you think that?

_____

Do you know anything about potted plants based on your experiences?

_____

What questions would you like to ask the author before you read this passage?

_____

1. Read to know: Analyze the setting and the plot

Task 1 Skim the text and answer the questions.

（1）What is this story mainly about?

    A. Marcovaldo is a blue collar worker and he doesn't like his job.

    B. Marcovaldo is a nature-lover and tries to take good care of a potted plant.

    C. Marcovaldo and Signor Viligelmo try to grow a plant together.

（2）Who's point of view of the story?

    A. Marcovaldo's point of view.

    B. Signor Viligelmo's point of view.

    C. The plant's point of view.

（3）Where is the text set?

    A. Italy.   B. Cuba.   C. We don't know.

Task 2 Think—Pair—Share.

2. Read again and write down what happened between Marcovaldo and the plant. Then share it with your partner to the whole class.

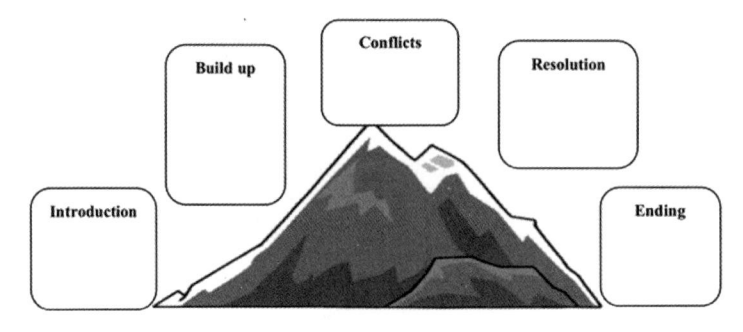

· Autumn: The rain and the leaves 阅读鉴赏教学设计 ·

What I think	What my partner think	What we will share

3. Read to get: Analyze the characters

Task 3 How did Marcovaldo and the plant influence each other? Use text evidence to find out the changes.

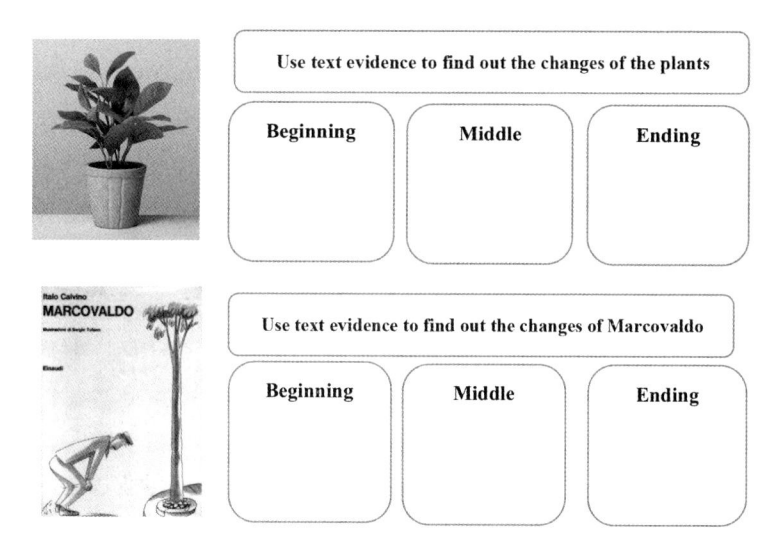

Use text evidence to find out the changes of the plants

Beginning   Middle   Ending

Use text evidence to find out the changes of Marcovaldo

Beginning   Middle   Ending

Task 4 What kind of person is Marcovaldo? Finish the character map in your group.

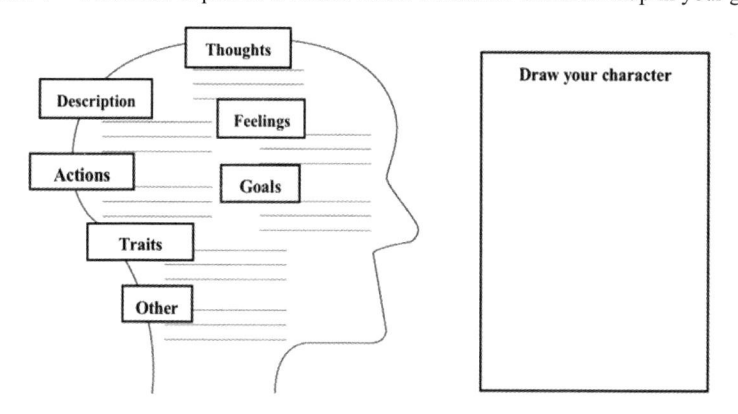

Description, Thoughts, Feelings, Actions, Goals, Traits, Other

Draw your character

· 249 ·

4. Read to connect: Analyze the language and emotions.

Task 5 Read the following sentences aloud with emotions. Then answer the questions.

A. "He paid so much attention to details of the plant, like taking care of the troubles of his relatives. And he sighed, whether for the plant or himself — because in that lanky(过分瘦长), yellowing bush within the company walls, the plant was his friend." (Paragraph 2)

Question: Why did Marcovaldo signed?

_____

B. "Marcovaldo, with his nose in the air, sniffed the smell of the rain, a smell-for him-already of woods and fields, and he thought about his old days." (Paragraph 5)

Question: Why did Marcovaldo need to sniff the smell of the rain? What's the smell of rain?

_____

C. "The manager, Signor Viligelmo, was the kind of man who ran away from responsibilities, 'Are you crazy? What if somebody steals it? Who'll answer for that?'" (Paragraph 7)

Question: Why did the manage Viligelmo call Marcovaldo crazy?

_____

D. "Behind him, on the rack, he had tied the pot; and bike, man, and plant seemed a sole (唯一的；单独的；仅有的) thing; indeed you saw only a plant on a bicycle." (Paragraph 10)

Question: Why did Marcovaldo think the plant seemed a sole thing?

_____

Task 6 Listen to different background music and underline sentences that describe the changes of the climate.

Task 7 Why did the author use *Autumn: The rain and the leaves* as the title? What does the rain have to do with Marcovaldo and the plant?

5. Read to reflect: Analyze the theme

Task 8 Discuss with your partner and finish the chart.

Text-to-self: What was the most interesting thing you learned?	Text-to-text: What is the main message of this book?	Text-to-world: What kind of world is described in the story?
I learn that ...	This story reminds me of ... The author wants me to think about ...	It makes me think of ... because ...

三、本节课创新点

（1）基于作品语言艺术特色，从聚焦语言到关注内容、从关注内容到培养思维、从培养思维到创造思想。通过师生活动在语篇阅读中培养学生关注城市化的影响，以发展的眼光看问题。同时激发学生的情感，调动审美体验，培养学生的文化历史眼光，既注意到语言技能的培养，又兼顾到文化差异的认识；既注重发现语言的内涵，又注意探究其背后的文化价值观；在审美鉴赏中，使学生获得人生境界、文化品位、审美情趣和鉴赏能力的提升。铺垫必要的语言和文化背景知识，通过梳理、概括、整合信息，感知并理解语言所表达的意义和语篇所承载的文化价值取向。

（2）立足新课标，探索文学鉴赏新实践。从优化教学设计入手，深入研读文本，围绕主题意义，实践活动观，将语言、文化、思维有机融合，帮助学生建构结构化知识、重视实践、内化、联系学生实际，引导分析评价、致力迁移创新，指向知行合一。在教学设计中关注社会情感的学习和社会文化的学习。卡尔维诺在这部作品中更立体全面地展示了人性、社会、生存（分别由人物、城市、动植物代表）三者互相影响共生的状态。每一个元素都可以成为变量，这个变量就像南美洲亚马孙河流域的热带雨林中那只挥动了翅膀的蝴蝶，虽然看似微不足道，却可以产生足以改变万物命运的影响。

（3）素养为本，有机结合体验式教学。本课注重学生创新能力、分析问题、解决问题能力的培养，主要采用引导体验式、项目式等多种教学方法，激发学生学习的积极性和参与性，培养学生批判性、创造性思维，发展学生学科核心素养。在迁移创新类活动中的探究是一个更主动、更深度的思维训练。当学生们面对一个具有挑战性的问题，他们会提出各种挑战性问题，深度研究，并尝试解答问题，之后他们会提出更深刻的问题——这个过程会持续、循环，直到他们得到一个满意的答案或解决方案。

四、教学设计简评

（1）该教学设计以一篇带有科幻、童话和传说综合特色的小说为阅读文本，紧扣小说独特的叙事方式，首先引导学生略读全文，通过阅读故事的起因、经过和结局，梳理出主人公和植物之间的发生的故事，进一步探究主人公的性格特征，引发学生发挥想象，去感知主人公是一个什么样的人，去接近、走进人物的内心世界；其次，在阅读过程中引导学生关注文学语言特有的修辞美，既有宏观的观照，又能够抓住文学语言的特点，从修辞的角度分析作品的语言美以及语言美给故事带来的奇妙的艺术魅力。

（2）在阅读分析中，该设计有一个非常有意义的环节，即重视了语篇的言外之意，引导学生发挥想象和联想，去填补作品的空白，主动回应文学作品特有的召唤结构，培养学生自由发挥和创造性思维的能力。

（3）该教学设计以"从修辞手法方面对文章进行深度赏析"作为全文的教学重点，可以斟酌。小说文体的阅读，重点应放在故事的脉络、人物性格冲突和叙述语言的特色上，以体现小说这种文体的特点，切中其肯綮。

Annabel Lee 阅读鉴赏教学设计

一、课程概述

（一）课程开设

课题	Annabel Lee	课型	英语文学鉴赏阅读课
执教者	杨紫珈	时长	40分钟
主题语境	人与自我		
文本类型	诗歌		

（二）文本分析

【What】主要内容及背景知识

Annabel Lee 是 Edgar Allen Poe 在1849年为追思亡妻而写下的一首著名的悼亡诗。诗歌的大意是：很久以前，在海边的某一国度里，诗人与一位名叫 Annabel Lee 的少女深深相爱，尽管他们还是少年，但是他们的爱情却超出了常人之恋甚至是遭到天使的嫉妒，天使借助寒风夺去了少女 Annabel Lee 的性命。但在诗人的心中，他与 Annabel Lee 的爱情是神圣的、浓厚的、永存的。无论是天堂的天使，还是地狱的恶魔，他们可以夺去情人的性命，却不可以夺走他们彼此深深相爱的心灵。明澈的月光伴诗人梦见了美丽的 Annabel Lee，闪烁的星光使诗人仿佛看见了 Annabel Lee 那双明亮的眼睛。每当夜幕降临、海潮涨起之时，诗人便来到海边情人的墓地，与其相伴，与她共眠，与她一起聆听那大海的涛声。

诗歌纯洁、完美、极富想象力，充分地体现了 Edgar Allen Poe 的诗学追求，即爱情的"神圣美"和死亡的"忧郁美"。该诗以"爱与勇气"为主题，以相识的幸福—痛苦的死亡—永存的爱情为主线。诗歌中既有对幸福爱情的描写，也有对不幸和悲伤的表达，更有对肉体可灭、精神永在一起、爱情永不灭的勇气与决心的讴歌，尤其是将永不分离的决心和勇气的表述放在全诗的最后作为压轴基调，营造了诗篇中积极向上的氛围。

Edgar Allen Poe（1809-1849）是美国著名诗人、小说家、文艺评论家和现代侦探小说的创始人。他的一生短暂而困顿，却给后人留下丰富的文学遗产。在诗歌、文艺评论和小说界均成就斐然。作为诗人，他的诗歌以辞藻华丽、含义神秘、富于韵律感而著称；作为批评家，他力争做到旗帜鲜明，绝不因人而异；作为小说家，他的小说开创了后世推理侦探小说的先河。

Poe于1809年1月19日生于马萨诸塞州的波士顿，他年幼时父母双亡，随即被弗吉尼亚州里士满的艾伦夫妇收养，在弗吉尼亚大学就读了短暂的一段时间后辍学，之后从军。后来他与养父母关系不和，离开了艾伦夫妇后，Edgar Allen Poe走上了诗歌创作之路，并陆续发表了 *To Helen* 和 *Israfel* 等作品。1845年是Edgar Allen Poe平生最辉煌的一年，这年2月的《美国周刊》（*American Review*）刊登了他的作品 *The Raven*，并使他步入纽约文学界。但是好景不长，没过多久，Edgar Allen Poe便由于他大量酗酒的缘故和与文学界几位女性的不正当交往的丑闻而声誉下降。Poe的风流成性以及酗酒过度等行为也大大伤害了妻子的身心。在1847年，他的妻子Virginia过早地逝去。在妻子病故后，Poe深感悲痛和歉疚，身体和精神状况进一步恶化，并于1849年逝去。

直到Poe在40岁死于贫困和疾病时，他的作品都没有受到美国评论家以及群众的好评，仍然是那个时代中最饱受争议和最容易被曲解的文学大家。Poe的文学风格稀奇古怪，偏爱哥特式主题，倾向于将生活中的阴暗面融入文学创作中。正是由于他独立独行和不随大流的文学风格，Poe一直被美国主流文坛所驱逐。美国著名诗人Emerson并不待见Poe，并曾称呼Poe为"说顺口溜的人"而非诗人。这是因为Emerson认为Poe只是单纯着重于对诗歌韵律的追求，而不关注诗歌本身所表达的意义。然而，讽刺的是，Edgar Allen Poe的作品却在欧洲尤其是法国广受赞誉。直到19世纪后期，Poe才被文学界广泛认可。如今，Edgar Allen Poe已被普遍赞誉为伟大的文学作家，在世界范围内备受推崇。

【Why】创作意图及意义

Annabel Lee 是Edgar Allen Poe在1849年为追思亡妻Virginia而写下的一首著名的悼亡诗。深爱的妻子的逝去给Edgar Allen Poe的生活和写作带来了不可磨灭的影响。Poe认为，美的最高形式是少女，而最高程度的忧郁是死亡。所以在这首

作品中，Poe 采用了"少女的逝去"这种主题，以一种最极致的"阴郁美"方式来表达对妻子的思念以及对爱情此志不渝的追求。

除此之外，Poe 非常重视诗歌的韵律和节奏，他把诗歌定义为"创造出动人的韵律"，并宣称真正的诗歌是富有美好旋律的作品。

Annabel Lee 是 Poe 的最后一部诗歌作品，沿袭他一贯"少女逝去的阴郁美"的抒情风格同时极富音律美，被誉为 Edgar Allen Poe 在"痛失所爱"主题诗歌中的顶峰之作。

【How】文体结构及表现手法（表现手法即修辞手法及风格）

1. 诗歌的节奏和韵律

Annabel Lee 全诗共41行，分为6节，每节主要由长短行交替构成，长行诗通常由9—11个音节组成，短行一般为6—8个音节。总的来说，该诗没有固定的韵律，但错落有致的诗行不禁使人联想起诗歌中反复出现的意境——波涛起伏的大海，在诵读中仿佛置身于海边亦真亦幻的浪漫情境。

除了极其优美节奏和韵律外，Poe 在 *Annabel Lee* 这首诗中采用了包括尾韵、句内韵、头韵在内的多种音韵形式。这不仅大大增添了诗歌的音乐美，还向读者传递了字面以外的信息，从而加深读者对该诗的领悟。

（1）尾韵。*Annabel Lee* 的尾韵十分明显，除了第五节和最后两节有稍许变化外，每隔一行，诗歌都押长元音 /i:/ 韵。押韵的词分别为 sea，Lee，me 三词。反复出现的长元音 /i:/ 韵有拖音的效果，置于诗行的末尾更显得声音的悠长回荡，像极了那大海的涛声和一声声的叹息声，表现了诗人对爱人的逝世久久难忘的哀伤之情。

（2）句内韵。诗歌中在表达 Annabel Lee 逝去的原因时，作者用了"Chilling and killing my Annabel Lee"。这一句诗歌用短元音 /i/ 押韵和极具诗意美的方式点出了作者 Poe 一贯推崇的死亡的"阴郁美"。

（3）头韵。诗歌中第四节第一行"The angels, not half so happy in heaven"中的 half，happy，heaven 就应用了押头韵的方式，都押了辅音 /h/。头韵加强了三个词之间的联系，强调了热恋中的诗人和他的恋人 Annabel 是如此的幸福，就连天宫中的天使也还没有他们一半快乐。极致的快乐和幸福与后文中恋人分离的悲苦形成鲜明的对比，更加突出了他们爱情的坚贞和凄美。

2. 诗歌的意象运用

Annabel Lee 一诗除了在节奏和韵律方面极尽优美之外，在意象的运用方面也十分巧妙。诗中应用了如茫茫的大海、孤寂的坟墓、苍白的月光、与世隔绝的王国等一系列的意象去营造一种远离俗世的仙境，衬托出 Annabel 的美，烘托出 Annabel 和诗人之间旷世的绝恋。其中，*Annabel Lee* 和苏轼的《江城子·乙卯正月二十日夜记梦》（以下简称《江城子》）在意象的运用上既有相同之处，也有不同之处。两首诗歌都不约而同地运用了"梦""夜""月"和"坟"四个意象去表达对亡妻的思念和眷恋。除了相同的意象外，两首诗歌中也有使用到相异的意象。Edgar Allen Poe 用了大量的类似于"海边的国度""天使""天堂""魔鬼""地狱"等一系列虚构的意象去凸显 Annabel Lee 的高贵和美丽，去歌颂他们之间神圣的爱情；而苏轼则运用了"孤坟""短松冈"等一系列真实的意象去表达对亡妻和过往生活的思念。

3. 诗歌的写作手法

（1）象征手法。"风"的意象象征了某种疾病；"天使"象征着超自然的力量；而 Annabel 的"高贵的亲属"则象征了人间强大的势力。

（2）反复手法。诗歌中的反复指的是重复使用同一词语、句子或句群从而去表达作者的情感的一种艺术形式。Poe 在 *Annabel Lee* 这首诗中多次应用反复的手法。其中，"in the kingdom by the sea"反复了五次，强化了读者头脑中对于作者与 Annabel 相恋地方的意象，并且也营造了浪漫的氛围，是属于他们的与世俗相背离的避风港。"Of the beautiful Annabel Lee"是另一句使用反复手法的诗句。在诗人心目中，Annabel 是如同神祇一样的存在，是诗人唯一的信仰。反复出现的名字预示了 Annabel 在诗人心中占据着他人无法企及的神圣位置。

（三）学情分析

（1）学生鉴赏英语文学作品的已有基础。学生对英语文学作品的了解绝大多数建立在热门小说《哈利·波特》系列和一些外国名著之上，对英语诗歌的兴趣较低，缺乏阅读的积极性。由于中西方文化和思维方式的差异，学生对英语诗歌的鉴赏能力较为薄弱。

（2）可能存在的问题。学生熟悉中国诗歌的鉴赏方法，但对英语诗歌鉴赏的能力基础较为薄弱。由于中西文化思维方式存在一定的差异，学生也对英语诗歌的结构、意象、体裁和韵脚缺乏一定的知识基础，有可能导致学生较难去理解英语诗歌的情感、主题和含义。

（3）解决方法。引入与所学的英语诗歌的题材相类似的一首中国诗歌，通过比较两首诗歌的异同，促进学生对英语诗歌的理解和感悟，提高学生对中西文化异同的感悟能力，培养文化思维品质。

（四）教学目标

通过这节课的学习，学生能够：

（1）学会感受诗歌和英语语言的优美，掌握 Annabel Lee 中的感情基调，能正确理解和分析诗歌，完整表述诗歌的内容。

（2）初步掌握赏析英文诗歌的技巧和方法，能鉴赏 Annabel Lee 的韵律美、语言美和结构美，对诗歌的结构、意象、体裁和韵脚有一定的了解。

（3）学生的英文赏析能力，体会作者的情感，领悟诗歌的主题——"凄美的爱情和此志不渝的勇气"，学会尊重和珍惜爱情。

（4）对比 Annabel Lee 和我国诗人苏轼的《江城子》的异同，理解我国与欧美文化中关于悼亡诗的异同，汲取双方的文化精华，尊重文化差异。

（五）教学重点

（1）理清赏析英文诗歌的思路，掌握赏析方法，能理解诗歌的结构、意象、体裁和韵脚。

（2）能理解诗歌反映出来的情感因素，把握作者的感情变化过程，体会作者的心绪。

（3）能充分理解 Annabel Lee 的诗歌意象和"爱与勇气"的主题。引导学生正确看待诗歌作者 Edgar Allen Poe 所提倡的"阴郁美"。

（六）教学难点

（1）引导学生理解诗歌的结构、意象、体裁和韵脚，掌握英美诗歌中几个常用的押韵方式。

（2）对比中外两首悼亡诗，分析苏轼的《江城子》和 Edgar Allen Poe 的 *Annabel Lee* 的异同，分析两首诗歌的意象，体会文化差异，学会欣赏和包容差异。

（七）教具及相关材料准备

课件，诗歌朗诵视频，图片等。

二、教学过程

课前，教师把学生分成四个小组。后面的教学活动中采用小组竞争的方式，答对问题的同学可以为小组加一分。

（一）教学目标一

初步让学生领悟本课的主题是关于爱情的诗歌，引起学生对中西文化的关注，培养和锻炼学生的文化思维品质。

教学活动1 课堂热身小游戏（5分钟）

教师向学生展示一些中国著名的爱情诗歌的英文版本，并让学生去猜对应的中文诗句。

Teacher: Please read the English versions of some famous Chinese love poems carefully and then guess the corresponding Chinese poems.

Students: try to find out the answers.

热身游戏后，教师指出这节课的主题就是有关爱情的诗歌，并成功引入 *Annabel Lee* 这首著名的英语诗歌。

Teacher: So the topic of this class is a poem about love. Today, we are going to learn a very famous American poem *Annabel Lee*.

设计意图 用游戏的方式引入课堂，能迅速吸引学生注意力，小组竞争的方式也能充分活跃课堂氛围。设计巧妙的课堂热身小游戏能使学生迅速投入诗歌的学习过程，领悟课堂的主题是关于爱情的诗歌。除此之外，本活动能使学生关注到经过翻译后的诗歌可能并不一定与原文完全一致，这有利于引起学生对中西方文化差异的关注，培养他们的文化思维品质。

活动层次 批判与评价、想象与创造。

效果评价 游戏和小组竞争的方式能调动学生的学习兴趣，使学生进入积极的思维状态；以爱情为主题诗歌也为学习悼亡诗 Annabel Lee 打下基础。

（二）教学目标二

增进学生对诗人 Edgar Allen Poe 的认识，了解 Annabel Lee 的创作背景。

教学活动2 作者介绍（2分钟）

教师展示一幅 Edgar Allen Poe 的图片。

Teacher: Boys and girls, please look at the picture. He is a very famous poet. Do you know something about him?

Teacher: That's OK. I would like to introduce Edgar Allen Poe to you. He is a famous poet who had written *Annabel Lee*. We are going to appreciate this beautiful poem together.

接下来，教师简短介绍诗人 Edgar Allen Poe 与 Annabel Lee 的创作背景。

设计意图 用 Edgar Allen Poe 的图片引起学生注意，介绍他是一名著名的美国诗人。呼应活动1中关于爱情诗歌的介绍，启发学生了解这节课的重要内容就是 Edgar Allen Poe 创作的一首爱情诗歌。

活动层次 批判与评价、想象与创造。

效果评价 直接由诗人 Edgar Allen Poe 的图片引入，启发学生了解这节课的重要内容就是 Edgar Allen Poe 创作的一首爱情诗歌。

（三）教学目标三

学会感受诗歌和英语语言的优美，掌握 Annabel Lee 中的感情基调，能正确理解和分析诗歌，完整表述诗歌的内容。

初步掌握赏析英文诗歌的技巧和方法，能鉴赏 Annabel Lee 的韵律美、语言美和结构美，对诗歌的结构、意象、体裁和韵脚有一定的了解。

教学活动3 赏析 Annabel Lee 的主题大意、韵律和写作手法。（15分钟）

（1）学生欣赏 Annabel Lee 的配乐朗诵视频，并回答以下问题：

① What's the theme of this poem?

"The loss of a beautiful and loved women". This is not only a mourning song for his beloved wife, but also a love song celebrating the beauty and timelessness of their death.

② What happened to Annabel Lee?

She was chilled and killed by the angels because her love with the poet was envied by the angels. The lovers were teared apart and Annabel died at last.

③ What mood does the poem render you after you read it?

Students may feel sad and sorry about their tragic love.

（2）教师引导学生赏析 *Annabel Lee* 的音韵美，并讲解英语诗歌中常用的几种押韵方式。

① end rhyme（尾韵）。*Annabel Lee* 的尾韵十分明显，除了第五节和最后两节有稍许变化外，每隔一行，诗歌都押长元音 /i:/ 韵。押韵的词分别为 sea、Lee、me 三词。反复出现的长元音 /i:/ 韵有拖音的效果，置于诗行的末尾更显得声音的悠长回荡，像极了那大海的涛声和一声声的叹息声，表现了诗人对爱人的逝世久久难忘的哀伤之情。

② internal rhyme（句内韵）。诗歌中在表达 Annabel Lee 逝去的原因时，作者用了"Chilling and killing my Annabel Lee"。这一句诗歌用短元音 /i/ 押韵和极具诗意美的方式点出了作者 Poe 一贯推崇的死亡的"阴郁美"。

③ alliteration（头韵）。诗歌中第四节第一行"The angels, not half so happy in heaven"中的 half、happy、heaven 就应用了押头韵的方式，都押了辅音 /h/。头韵加强了三个词之间的联系，强调了热恋中的诗人和他的恋人 Annabel 是如此的幸福，就连天堂中的天使也还没有他们一半快乐。极致的快乐和幸福与后文中恋人分离的悲苦形成鲜明的对比，更加突出了他们爱情的坚贞和凄美。

（3）教师引导学生去发现诗歌 *Annabel Lee* 的写作手法。

① 象征手法（symbolism）。

Teacher: Boys and girls, please look at the images. Let's guess what's the meanings of the images.

Students: "Wind" means a kind of "illness"; "angels" means a supernatural power; "highborn kinsman" means a powerful force.

② 反复手法（repetition）。

Teacher: Boys and girls, "in the kingdom by the sea" and "Of the beautiful Annabel Lee" repeat many times in this poem. Can you find out the reasons? Please talk with your group mates and find out the answers.

Students: "In the kingdom by the sea" repeats five times, which strengthens the image of the place where the author and Annabel fell in love and creates a romantic atmosphere. "Annabel" repeats so many times which helps to strengthen that Annabel is the most important in the poet's heart.

设计意图　讲述本节课最大的重难点之一——赏析 Annabel Lee 的主题大意、韵律和表现手法。这部分教学内容偏理论性，对学生来说较难理解。需要教师耐心带领学生一步步品读诗歌，在有感情的朗诵中体会诗歌的节奏和韵律美，领悟诗歌的寓意，感悟作者高超的写作技巧。

活动层次　批判与评价、想象与创造。

效果评价　赏析 Annabel Lee 的主题大意、结构、体裁等教学内容偏理论性，较为晦涩难懂。每个常用的押韵方式都配有例子的讲解，较为详细，有助于加强学生的感知与理解。

（四）教学目标四

培养学生的英文赏析能力，体会作者的情感，领悟诗歌的主题——"凄美的爱情和此志不渝的勇气"，学会尊重和珍惜爱情。

对比 Annabel Lee 和我国诗人苏轼的《江城子》的异同，理解我国与欧美文化中关于悼亡诗的异同，汲取双方的文化精华，尊重文化差异。

教学活动4　对比 Annabel Lee 与 Jiang Chengzi（16分钟）

学生欣赏 Jiang Chengzi 的配乐朗诵视频，体会诗歌的感情并比较两首悼亡诗的异同，讨论后回答问题。

（1）What are the similarities?

① They have the same theme.

Jiang Chengzi is a poem written by Su Shi to memorize his deceased wife. They are both mourning songs for their wives.

② The two poems both use some same images including "dream" "night" "moon" and "tomb" to express their deep thoughts and attachments to the deceased wives.

（2）What are the differences?

① Annabel Lee is not only a mourning song for his beloved wife, but also a love song celebrating the the beauty and timelessness of their love,which is even envied by the angels and could not be dissevered by death. However, Poe did not describe his wife and death of his wife directly. Instead, he used a fictional place (a kingdom by the sea) and an imagined figure (Annabel Lee) to produce the romantic and legendary quality of their love. The love is as pure as crystal and could only exist in a mythical kingdom. Different from Edgar Allen Poe, Su Shi directly wrote a sincere and strong longing for his wife who died ten years ago.

② Besides the similarities in images, we can also find some differences. Edgar Allen Poe used some imaginary images including "kingdom by the sea" "heaven" "highborn kinsman" " angels" "demons" to show Annabel Lee's beauty and holiness. However, Su Shi used some real images including "native place" " mirror" "grave" "pines" to express his true feeling of missing his wife and their old time.

设计意图

Annabel Lee 与 *Jiang Chengzi* 都是悼亡诗，有着共同的情感基调和写作基础。本节课的另一个重难点便是对比 *Jiang Chengzi* 和 *Annabel Lee* 两首诗歌，分析它们的异同之处。相同点主要有两个，一个是相同的"怀念挚爱"的主题，另一个相同之处就是两位诗人都用了一些相同的意象来表达他们对亡妻的怀恋。第一个意象是"梦"，因为两位诗人的妻子都已去世，所以只能在梦中相见了。因为只有在夜深人静时思念最强烈，所以两首诗中也同样出现了"夜"。而凄冷的"月"更是使整首诗的意境显得凄凉寂寥。最后的"坟"则是画龙点睛的一笔。在 Edgar Allen Poe 的笔下，作者是夜夜在凄冷的月光下守着爱人的坟墓，期待与爱人梦中相见；而在苏轼的笔下，作者甚至不能亲自去相隔千里之外的坟前追思亡妻，连倾诉的机会都没有。

除了相同的意象外，两首诗歌中也有使用到相异的意象。Edgar Allen Poe 用了大量的类似于"海边的国度""天使""天堂""魔鬼""地狱"等一系列虚构的意象去凸显 Annabel Lee 的明亮、美丽、圣洁和高贵的形象，不遗余力地歌颂 Annabel Lee 的美；而苏轼则运用了"孤坟""短松冈"等一系列真实的意象去表达对亡妻和过往幸福生活的深切怀念。

人生既为悲剧，诗人的灵魂只有到梦中去寻找挚爱与慰藉。两首诗的最大的不同之处在于 Poe 在诗歌中并没有只言片字提到妻子，而是用了虚构的国度和想象中的女子来描述梦中的传奇恋情，表达对爱情的矢志不渝、生死难隔和天长地久，侧面反映出 Poe 对已逝去的妻子的怀念和眷恋；而苏轼的方式则奔放直白，直接阐述失去挚爱妻子十年的凄苦和在梦里与妻子相聚的场景，写尽了亲人死别的伤怀，情真意切，极为感人。

活动层次 批判与评价、想象与创造。

效果评价 对比 *Jiang Chengzi* 和 *Annabel Lee* 两首诗歌，分析它们的异同之处是本课的亮点。通过比较两首诗歌的异同，促进学生对英语诗歌的理解和感悟，有助于培养学生文化思维品质和尊重文化差异的理念。

（五）教学目标五

锻炼学生的想象力，培养创造性思维。

教学活动5 角色扮演（3分钟）

教师创设 Edgar Allen Poe 与苏轼跨越时空相遇的情境，并让学生去想象两大诗人之间的对话。

Teacher: Here is a time machine. What will happen if Su Shi meets Edgar Allen Poe. Please talk with your group mates, and role play the conversation.

设计意图 两首诗歌都是怀念妻子的悼亡诗，有着共同的情感基调。但在不同文化背景影响下的两位诗人用了不同的方式去完成这首诗歌。如果两位诗人能突破时空的限制，见上一面的话会是怎么样的？此环节的教学活动目的在于创设情境，激活学生的创造性思维，让学生试着用不同的角度去理解文化，感受差异。

活动层次 批判与评价、想象与创造。

效果评价 创设 Edgar Allen Poe 与苏轼跨越时空相遇的情境让学生去自由联想两大诗人之间的对话有助于锻炼学生的创造性思维能力和发散性思维能力。

（六）教学目标六

锻炼学生口语能力，培养批判性思维能力。

教学活动6 交流与辩论（4分钟）

学生自由讨论两首悼亡诗的差异，选取出自己觉得更优秀的一首，并说明原因。

Teacher: After comparing *Jiang Chengzi* with *Annabel Lee*, please choose the one you prefer and tell us the reason.

设计意图　此教学环节的目的在于整合课堂所学内容，鼓励学生形成自己的独特看法，锻炼学生的口语输出能力。同时，学生交流彼此的想法有助于培养学生从各个角度去思考问题的能力，锻炼学生的批判性思维能力。

活动层次　批判与评价、想象与创造。

效果评价　小组讨论和交流有助于学生之间的想法和意见形成交流和碰撞，有助于锻炼学生的批判性思维能力。

（七）Homework

（1）Emotionally recite the two poems.

（2）Search the internet to find more mourning songs. Try to appreciate the mourning songs with knowledge you have learned.

设计意图

教师设计分层作业并鼓励学生搜集资料并用所学的知识去赏析其他的悼亡诗，有利于提高学生对英语诗歌的兴趣，培养学生的文学赏析能力和自主学习能力。

活动层次　想象与创造、运用与展示。

三、阅读文本

Annabel Lee

Edgar Allen Poe

It was many and many a year ago

In a kingdom by the sea,

That a maiden there lived whom you may know

By the name of Annabel Lee;

And this maiden she lived with no other thought

Than to love and be loved by me.

I was a child and she was a child,

In this kingdom by the sea;

But we loved with a love that was more than love-

I and my Annabel Lee;

With a love that the winged seraphs of heaven

Coveted her and me.

And this was the reason that, long ago,
In this kingdom by the sea,
A wind blew out of a cloud, chilling
My beautiful Annabel Lee;
So that her highborn kinsman came
And bore her away from me,
To shut her up in a sepulcher
In this kingdom by the sea.

The angels, not half so happy in heaven,
Went envying her and me-
Yes! - that was the reason (as all men know,
In this kingdom by the sea)
That the wind came out of the cloud by night,
Chilling and killing my Annabel Lee.

But our love it was stronger by far than the love
Of those who were older than we-
Of many far wiser than we-
And neither the angels in heaven above,
Nor the demons down under the sea,
Can ever dissever my soul from the soul
Of the beautiful Annabel Lee.

For the moon never beams without bringing me dreams
Of the beautiful Annabel Lee;
And the stars never rise but I feel the bright eyes
Of the beautiful Annabel Lee;
And so, all the night-tide, I lie down by the side
Of my darling - my darling - my life and my bride,
In the sepulcher there by the sea,

In her tomb by the sounding sea

Jiang Chengzi

Written by Su Shi, Translated by Xu Yuanchong

For ten long years the living of the dead knows nought.

Though to my mind not brought,

Could the dead be forgot?

Her lonely grave is far, a thousand miles away.

To whom can I my grief convey?

Revived, even if she be, oh, could she still know me?

My face is worn with care

And frosted is my hair.

Last night I dreamed of coming to our native place;

She's making up her face

Before her mirror with grace.

Each the other hushed,

But from our eyes tears gushed.

When I am woken, oh, I know I'll be heart-broken

Each night when the moon shines

O'er her grave clad with pines.

四、本节课创新点

（1）课堂一开始的课堂热身小游戏环节设计得较好，以小组竞争的方式能很快地吸引到学生的注意力，活跃课堂氛围。其次，看英译古诗猜对应的中文这个活动有一定的新意，能短时间内使学生关注到诗歌翻译有一定的文化差异性，引导学生关注和尊重文化差异。

（2）尽管本堂课出现的两首诗歌，但教学活动的安排以 *Annabel Lee* 为重。引入与 *Annabel Lee* 有着相同主题和感情基调的中国古诗 *Jiang Chengzi* 可以使学生在对比和比较中发现中西诗歌的不同，感受世界文化的多样性，加强学生对 *Annabel Lee* 的理解和感悟。

（3）课堂最后环节中让学生自由讨论两首诗歌中自己偏爱哪首，并鼓励学生抒发个人看法这一点有助于鼓励学生说出自己的意见和感受，并与他人交流感受。这有利于锻炼学生的批判性思维，符合英语学科素养中培养语言能力、思维品质和文化品格的要求。

五、教学设计简评

（1）本教学设计入课环节设计是富有匠心，一开始的课堂热身小游戏以小组竞争的方式能很快地吸引学生的注意力。但是，与整首诗的感情基调相比较，这样的设计又是可以调整的。例如，可以举出对美好爱情忠贞不渝的中外典型诗歌、散文甚至戏剧作品，让学生认识到美好的感情是不分种族、国界的，是全人类所共有的，然后再引入这首诗歌的学习。

（2）看英译古诗猜对应的中文的活动有新意，能短时间内使学生关注到英文诗歌翻译存在的文化差异，开阔学生的眼界；在教学过程中，引入汉语古典诗歌与英语诗歌加以对照，同时又有主次关系，教学活动的安排以 *Annabel Lee* 为主，选择有着相同主题和感情基调的中国古诗《江城子》进行对比，使学生在比较中发现中西诗歌的不同，感受世界文化的多样性，加强学生对 *Annabel Lee* 的理解和感悟；课堂最后的讨论环节设计比较具体，让学生有话可说，难度适宜。问题设计需要加强针对性，关注学生的接受程度；作业设置要充分考虑学生的水平差异，恰当体现任务的分层性和多项可选择性。

（3）对 *Annabel Lee* 与苏轼的《江城子》两首作品使用意象的特点进行对比分析，有助于学生接触、理解和思考中西方文化的差异。要指出英文诗歌里面的意象选用往往反映作者的生活地域特点、宗教信仰等，与中国古诗词意象的选用有明显差异。

（4）英文诗歌的音韵比较复杂，宜概要讲解，而以朗读为主，重在让学生去感受英文诗歌的韵律。

Do not go gentle into that good night
阅读鉴赏教学设计

一、课程概述

（一）课程开设

课题	Do not go gentle into that good night	课型	英语文学鉴赏阅读课
执教者	珠海市斗门区第四中学 谢康	时长	80分钟
主题语境	人与自我		
文本类型	诗歌		

（二）文本分析

【What】主要内容及背景

《不要温和地走进那个良夜》（*Do not go gentle into that good night*）是威尔士诗人迪伦·托马斯创作的一首格律严谨且铿锵有力的十九行诗。该诗表达了诗人对死亡不同寻常的态度，即尽管死亡是不可避免的，但只要生命未结束，人们就要与它一直作斗争。

该诗写于二战结束不久后，并于1951年首次出版。战争对诗人托马斯影响深远，他出生于第一次世界大战的第一年，二战开始时他才25岁，因为身体健康欠佳，他没有去打仗，但他目睹了战争的残酷。1941年，他的家乡斯旺西被德国空军轰炸了三个晚上，大量士兵和平民在战争中丧生。虽然在这首诗中没有直接提及战争与死亡这一主题，但有学者认为我们在理解这首诗时，不能忽视这首诗创作的时代背景：战争中生命是宝贵而脆弱的，人们承受着战争带来的苦痛，唯有死亡亘古不变。但是即使如此，英国人民也拒绝向敌人屈服，以反抗的精神维护生命的尊严。

Do not go gentle into that good night 阅读鉴赏教学设计

【Why】创作意图及意义

很多人认为这首诗歌是托马斯献给父亲的，因为他的父亲在诗歌首次发表后的第二年就去世了。托马斯诗歌的研究者猜测这首诗的创作意图是为了鼓舞他生病的父亲。当时，诗人的父亲生命垂危，已经放弃了活下去的期望，准备安安静静地离开这个世界。托马斯和父亲的感情很深，他走上文学这条道路就和自己曾作为英国文学教师的父亲有直接关系。为了唤起父亲求生的斗志，尽可能长时间地活下去，诗人在诗歌中发出最强的呼喊，乞求父亲不放弃一丝一毫生的希望。但也有人认为诗歌说话者不一定就是诗人本人，这首诗也可能是诗人对自己的鼓励，因为1953年11月9日诗人托马斯逝世，年仅三十九岁，距离他完成这首诗仅仅几年时间。这首诗也可能表达了诗人自身对死神将人们带离人世的愤怒，表明自己战胜死亡的决心。

《不要温和地走进那个良夜》的整体基调不同于一般关于死亡的诗歌。传统诗歌经常敦促读者面对死亡要温和地接受上帝的旨意，安详地归于永夜。然而这首诗愤怒地谴责了平静地接受不可避免的死亡的想法，展现了一种非同寻常的反抗精神。诗歌中的讲述者反复强调：不要以"温和"的方式死去，要"愤怒"，"对光明的消逝而愤怒"。强烈的情感通过活跃、火热的意象以及反叛挑衅的语气展现在读者面前。这首诗从普世的角度阐释了作者关于死亡与生命的思考，向所有读者发出反抗死亡的呼吁。

【How】文体结构及表现手法

《不要温和地走进那个良夜》采用田园诗体（villanelle），由五个三行小节和一个四行小节组成。这首诗的基本文体结构特征是根据固定方案重复：第一节的第一行"不要温和地走进那良夜"（Do not go gentle into that good night）作为第二和第四节的最后一行重复。然后将第一节的最后一行"怒斥，怒斥光明的消逝"（Rage, rage, against the dying of the light）作为第三和第五节的最后一行重复。这创造了一种令人愉悦的节奏感，并且可以让读者很容易地记住这两行。在最后两行中，这两行副歌再次一起重复，这有助于建立一种紧迫而又恳切的基调，展现了这首诗的说话者恳求他的父亲即使濒临死亡也要鼓起勇气和力量继续生活的迫切心愿。田园诗体本来是用以描写田园生活的一种轻松活泼的抒情诗体，一般不宜用来写严肃主题。但是托马斯对原诗体在韵律上做了改造，使之节奏铿锵有力，并通过顿呼、拟人、头韵、谐音、意象、明喻等修辞手法增加了文字的情感力量，使得诗歌极具感染力，成功地表现了死亡主题，传达出诗人不可抑制的愤怒情绪。

例如，托马斯在诗中使用黑夜（night）、光（light）、闪电（lighting）、太阳（sun）、绿色的海湾（green bay）和流星（meteors）等词语来描绘老人应该如何与死亡抗争的视觉画面。在这首诗中黑夜（night）象征着死亡、解脱。人们一般在入睡前会互道晚安，而死亡就像永远地沉睡。光（light）象征着生命，作者希望读者与死亡作斗争，努力留住生命。闪电（lighting）象征着启蒙、力量、影响力。闪电是一种震撼的自然现象，划破黑夜，具有一种强大的力量感。在诗中"智者"意识到他们的"言辞没有劈出闪电"，也就是说他们的言辞没有改变世界的影响力，他们的智慧不足以启发世人。太阳（sun）象征着自由、快乐。飞翔的太阳（the sun in flight）让读者对狂者的生活有了无限的想象，这是怎样一种无拘无束的生活。绿色的海湾（green bay）象征着满足和平静，一个呈绿色的沿海入水口，宁静而美好，年老的善者站在海滩或船上看着海浪滚到岸边，为"最后的海浪"的美好明亮而哭泣，即他们最后一次充分生活的机会而哭泣，这个海湾的水域可以被认为是生命本身，它们明亮的绿色象征生命意志的光芒。尽管年老的善者有的只是"脆弱的、无效的行为"，他们仍然认为他们还有机会赋予这些行动意义，因为他们的行为还在绿色的海湾（一个对有所成就的人来说没有焦虑或绝望的地方）中"跳舞"，反射着光芒。流星（meteors）象征着灵感和喜悦。流星是从地球大气层坠落的太空岩石块，他们燃烧着飞速闪过天空。即使是那些看不到光，已经毫无生存希望的人，仍然可以像流星一样闪耀，划破夜空。诗中还使用了明喻的修辞手法，将老人的盲眼比作"流星"（Blind eyes could blaze like meteors and be gay），即使老人已经双目失明，他的眼睛里仍然可以迸发出像流星般耀眼的光芒。诗中富含意象的文学语言，使得作品极具画面感，能有效激发读者的想象力，极具修辞美感。

（三）学情分析

（1）学生鉴赏英语文学作品的已有基础。授课班级学生大都从初高中阶段开始接触英文文学作品，阅读英文文学作品最主要来源是教材和网络文学作品（有声英语读物和英文文学作品科普类短视频）。大部分学生语言基础相对较好，思维活跃且乐于表达，对英文文学作品充满好奇，希望欣赏并学习英文文学作品。

（2）可能存在的问题。部分学生接触英文文学作品时间较迟，而且因为词汇量缺乏、语法知识不足、文化常识匮乏等原因，课余时间基本不主动阅读英文文学作品尤其是诗歌类作品。

（3）解决方法。针对学生的语言水平情况和背景知识基础等具体考虑，授课内容所选诗歌篇幅较短，结构清晰，简明易懂，同时所选诗歌表达主题具有普世价值，能为学生提供深层挖掘及深入思考的角度。在教学设计上教师将为学生提供更多的背景知识并调动学生已有知识，通过联系旧知，建立起新知学习框架，并鼓励学生进行中外对比加深诗歌理解。

（四）教学目标

（1）理解和赏析诗歌意象，发挥学生艺术想象，激发学生审美情感。学生将发挥想象力和创造力，对诗歌中的意象进行绘制并阐述自己对该意象的理解及其所引发的内心情感，并站在跨文化视角思考汉英诗歌意象异同点从而发掘作者在作品中所表达的创造性观点。

Identify poetic imagery used in the poem and comprehend the figurative and connotative meanings. Think about the similarities and differences between Chinese and English poetic imagery from a cross-cultural perspective.

（2）感知和体会诗歌情感，分析特定词汇使用，探究诗歌中的个性表达。学生将尝试使用已学过的词汇来解释诗歌中具有强烈感情色彩的单词，通过联系旧知，加速新知内化。讨论特定词汇使用对诗歌意义与读者观感的影响，从而加深对诗歌艺术价值的体会。

Perceive and experience the tone of the poem. Explore the meaning of the unique expression and interpret the emotions conveyed in the poem. Analyze the cumulative impact of specific word choices on meaning and audience.

（3）了解和探究诗歌结构，享受诗歌韵律之美。学生通过颜色编码任务发现诗歌重复规律，并体会诗人是如何巧妙运用韵律突出诗歌主题，增强诗歌情感。

Analyze in detail including its form and rhyme scheme. Recognize how the writer used rhyme scheme to help make the poem an emotional and musical experience. Appreciate the beauty, style and feelings of the poem.

（4）归纳和确定诗歌主题，对比诗歌中不同人群对死亡的态度，引用文本证据来支持对诗歌的分析与推论，从而进一步领会作者意图与诗歌内涵。

Determine the theme of the poem, comprehend central ideas in each stanza, and cite textual evidence to support analysis of the poem and inferences drawn from the text.

（5）诠释和总结诗歌大意，鼓励学生联系生活实际，抒发感想感悟，勇敢提出自己的困惑。

Paraphrase and summarize the poem and make connections to their own lives and write about their feelings and wonders.

（五）教学重点

（1）介绍托诗人托马斯生平和其诗歌 *Do not go gentle into that good night* 创作背景，并理解其主题——死亡。

Introduce students to the poet Thomas and his poem *Do not go gentle into that good night* which focuses on the theme of death.

（2）理解和欣赏诗歌中的语言、韵律和思想。

Comprehend and appreciate the language, the sound and ideas in the poem.

（六）教学难点

（1）用英文对这首诗的意象进行合理的分析和解释。

Conduct reasonable analysis and interpretations about the poetic imagery in English.

（2）将本课与学生的生活联系起来，体会诗中哲学。

Connect learning with their lives and synthesize the life lesson of the poem.

（七）教学方法

（1）交际法（communicative language teaching methods）。

（2）活动教学法（activity-based learning）。

（八）教具及相关材料准备

（1）课前。

①网络问卷调查——旨在了解学生对诗歌学习的兴趣、对英文诗歌的认知概况及对本课诗歌相关背景知识的掌握情况，了解学生本课诗歌学习的相关需求；

②微课视频——旨在让学生了解威尔士诗人迪伦·托马斯以及田园诗体（villanelle）的特点。

（2）课中。课件、学案、电影星际穿越中 *Do not go gentle into that good night* 的视频片段、诗人本人诗朗诵音频、诗人图片等。

（3）课后。诗歌反思卡（poetry response card），迪伦·托马斯另外两首关于死亡的诗歌文本：*And death shall have no dominion, A Refusal to mourn the death, by fire, of a child in London*。

二、教学过程

（一）教学目标一

引入诗歌主题。

Engage students with the complex topic of the poem.

教学活动1

（1）欣赏《寻梦环游记》主题曲 *Remember Me* 并思考歌曲主题：

　　A. 庆祝丰收

　　B. 怀念逝去的亲人

　　C. 共同欣赏音乐

Listen to the song *Remember Me* and answer the multiple choice question:

What is song in the video mainly about?

　　A. To celebrate the harvest

　　B.To remember the past family members

　　C.To enjoy music together

（2）朗读 *Remember Me* 的歌词，并思考以下问题：

①当你读到这些标粗文字时，你在脑海中看到了哪些画面？

② 你还知道哪些与他们相关的词汇？

Read through the lyric of *Remember Me* and think about the words printed in bold:

① What pictures do you see in your mind as you read these words?

② What words are associate with them?

> Remember me though I have to **say goodbye**
> Remember me don't let it make you **cry**
> For even if I'm **far away** I hold you in my heart
> I sing a secret song to you each night we are
> **apart**
> Remember me though I have to **travel far**
> Remember me each time you hear a **sad** guitar
> Know that I'm with you the only way that I can be
> Until you're in my arms again
> Remember me

设计意图

（1）该活动旨在利用学生熟悉的影视歌曲，吸引学生兴趣，导入今日课程话题——死亡。

This activity attempts to introduce today's topic and hook students into the lesson.

（2）本环节试图让学生参与思考复杂的"死亡"问题，并熟悉学习策略"可视化"文本中的图像，激活相关词汇库。

This section attempts to engage students with the complex issue death, to get familiar with the learning strategies visualization and brainstorm words related to the topic.

活动层次　感知与注意。

效果评价　学生将观看歌曲视频（1:06）并用手指表示他们的答案（A 一个手指，B 两个手指，C 三个手指），帮助教师了解其对课程话题是否了解。

Students will watch the video of the song(1:06) and show their answers by fingers(one finger for A, two for B, and three for C)

学生将一起阅读歌词，想象文本所描绘的画面，并集思广益激活与死亡主题相关的词汇。通过小组绘制的单词云图来了解学生对相关话题的词汇掌握水平。

Students will read the lyrics together and visualize the text they read.They will discuss in group and brainstorm words associate with the topic.

（二）教学目标二

介绍诗人生平。

Introduce the life of poet Dylan Thomas.

教学活动2

在两分钟内浏览文本，并回答下列问题：

1. 该文本是文体？——诗。

2. 该文本的标题是什么？——《不要温和地走进那个良夜》

3. 该文本的作者是谁？——迪伦·托马斯。

Take out the handout and skim the text on page 1 in 2 minutes. Answer the following questions after the skimming.

Task 1

1. What is the text type? — Poem.

2. What is the title of the text? — *Do not go gentle into that good night*.

3. Who is the author of the text? — Dylan Thomas.

阅读一篇关于诗人迪伦·托马斯生平的短文，并在3分钟内获取关键信息。

Read the short passage about Dylan Thomas and fill in the blanks in 3 minutes.

Task 2

Dylan Thomas was born in the first year of WWI (1914). He was 25 when WWII started. He could not go to war because he had poor health but he might see many of his young friends and relatives going to war and never came back. In 1941, his hometown, South Wales, was bombed for three nights by the Nazi. His father died when he was 38, just one year younger then the age Dylan passed on. Death is continuously present in Dylan Thomas's poetry.

Dylan Thomas,
was born in _____
lived in _____
died at the age of _____
poetry theme

设计意图 本环节将帮助学生对文本类型、标题、作者有一个基本的了解。

This section will help students have a basic understanding of the text type, title and author.

活动层次 获取与梳理。

效果评价 学生将练习略读技巧，快速获取文本类型、标题和诗人名字等基本信息。并对诗人生平、诗歌特色等关键信息进行梳理。观察学生回答问题的表现以及学案 Task 2 完成情况来了解其对文本类型、标题、作者基本情况掌握情况。

Students will skim the text in limited time and look for some basic information about this poem: the text type, title and author. They will read a short passage about the life of Dylan Thomas and find out some key information

（三）教学目标三

解读诗歌标题，提出引导性问题。

Interpret the title of the poem and ask the leading question.

教学活动3

教师：现在让我们来看看这首诗的标题。"Do Not"意味着不要，这是一个祈使句。"Go"让我想起了旅行，我们都在人生的旅途中。"Gentel"让我想起一个平静祥和的绅士，但是最后的"Good Night"却令人费解。这是什么意思？让我们一起在本课中找出答案。

Teacher: Now let's take a look at the title of the poem. Do not means don't. It's an imperative sentence. Go reminds me of travelling. We are all on the journey of life. Gentle makes me think of a gentleman who is calm and peaceful. But the last two words are difficult. What does it mean? Let's find out the answer in this lesson together.

```
Do Not Go Gentle into That Good Night
Do not: imperative 🚫
go: travel, on the journey of life 🧳
gentle: gentleman, calm, peaceful
Good Night ?
```

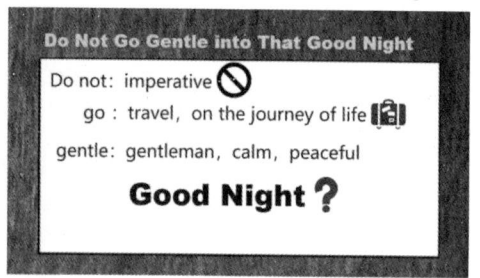

设计意图 本环节中，教师将通过图形符号和语言引导帮助学生解读标题"不要温和地走进那个良夜"，并提出引导性问题，帮助学生展开学习。

In this section, the teacher will help students interpret the title with the visual and verbal aids, and ask the leading question of the lesson which guides students through their learning.

活动层次 感知与注意。

效果评价 在视觉和语言引导下，学生将通过回答"良夜"的含义来帮助他们理解诗歌的主题。

With the help of visual and verbal hints, the students will determine the theme of the poem by answering the question: What does "Good Night" means?

（四）教学目标四

解释新单词意思，提高学生的词汇量。

Explain the meanings of new words and improve students' vocabulary.

教学活动4

播放作者迪伦·托马斯朗读诗歌《不要温和地走进那个良夜》的录音，学生根据所听录音，补全诗句中所缺单词。

Listen to Dylan Thomas reading this poem *Do not go gentle into that good night* and complete the lines in the poems.

Task 3

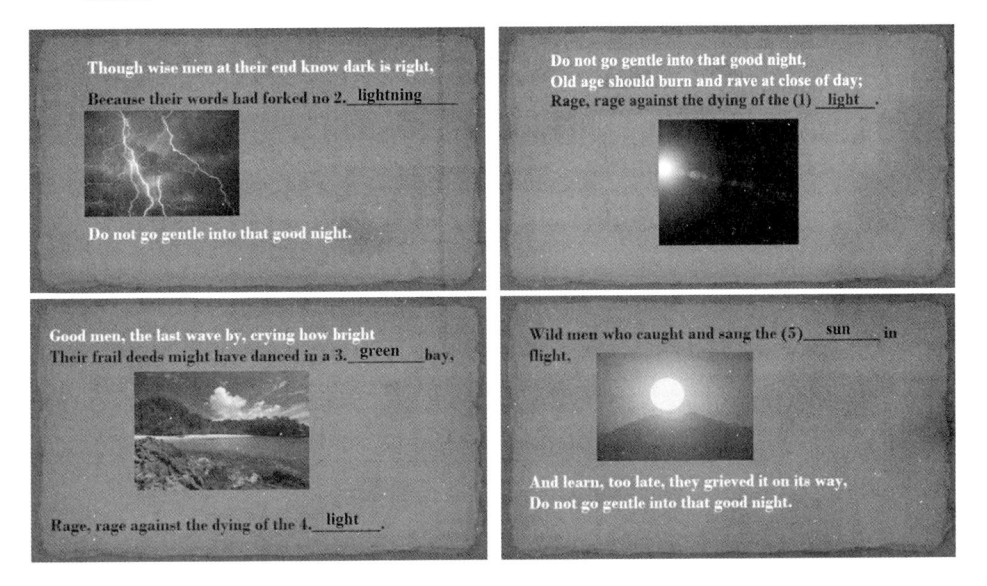

Though wise men at their end know dark is right,
Because their words had forked no 2. _lightning_
Do not go gentle into that good night.

Do not go gentle into that good night,
Old age should burn and rave at close of day;
Rage, rage against the dying of the (1) _light_.

Good men, the last wave by, crying how bright
Their frail deeds might have danced in a 3. _green_ bay,
Rage, rage against the dying of the 4. _light_.

Wild men who caught and sang the (5) _sun_ in flight,
And learn, too late, they grieved it on its way,
Do not go gentle into that good night.

·英汉艺术语言的思维特质·

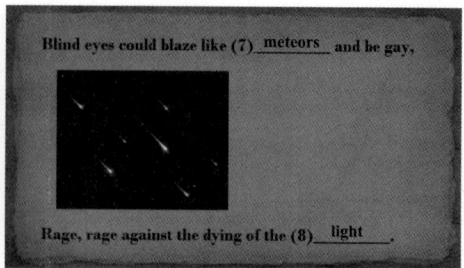

(6) _grave_ men, near death, who see with blinding sight.

Blind eyes could blaze like (7) _meteors_ and be gay,

Rage, rage against the dying of the (8) _light_.

设计意图 本环节中，教师将利用图片帮助学生理解生词含义，并为接下来的心理图像活动做铺垫。

In this section, the teacher will use pictures to help students understand the meanings of new words, and to pave the way for the following activity.

活动层次 获取与梳理。

效果评价 学生通过听录音，填写所缺单词，并学习生词。从学生完成学案Task 3的情况评价其生词掌握程度。

Students will listen to Dylan Thomas's recording of *Do not go gentle into that good night*, and improve their vocabulary.

（五）教学目标五

理解和赏析诗歌意象，跨文化视角思考汉英诗歌意象异同点。

Comprehend poetic imagery used in the poem and think about the similarities and differences between Chinese and English poetic imagery from a cross-cultural perspective.

教学活动5

把全班一共分成6组，每个小组选择一个意象词汇，分别快速画出该意象词汇的心理图画，并思考它在诗歌中的含义。与小组成员分享心理图画，并讨论其在诗歌中的含义并给出合理解释。

Divide the whole class into 6 groups. Each group chooses a word or a phrase and works together to draw a quick picture of it and figure out the meaning of it in the poem.

教师：现在让我们再读一遍这些单词并思考这个问题：

当你读到这些文字时，你在脑海中看到了什么画面？

你认为诗中的这些词是什么意思？

Teacher: Now let's read these words again and think about the question:

What pictures do you see in your mind as you read these words?

What do you think the words mean in the poem?

教师：这些词就是诗歌意象，是诗歌修辞手法之一，即诗歌中使用的感官和比喻的语言。我们之前在中文诗歌学习中也学习过许多意象，你能说出一些吗？中文诗意象和英文诗意象有什么区别？ 你可以认真思考这个问题，在课后可以查阅更多资料，明天与同学分享你的发现。

Teacher: These words are poetic imagery, which is a kind of literacy device that means the sensory and figurative language used in poetry. We also learn a lot of poetic imagery in Chinese poems, can you name some? What are the differences between Chinese poetic imagery and English poetic imagery? You can think about this question, look up for more information about it after class and share your findings with us tomorrow.

设计意图　通过小组合作的方式，鼓励学生发挥创造性，用绘画形式描绘诗歌意象，并探究该意象在诗歌中的含义，并引用诗歌细节信息来说明自己所作结论的合理性。

Encourage students' individual response to the imagery of the poem as well as to engage in group works. Students will have more practice about analyzing the imagery of the poem and contributing their own interpretations.

启发学生从跨文化的角度思考中英文诗歌意象的异同。

Inspire students to think about the similarities and differences between Chinese and English poetic imagery from a cross-cultural perspective.

活动层次　想象与创新。

效果评价　树立榜样，帮助学生了解如何完成任务并邀请每个小组的学生分享他们的作品和解释。

Set an example to help students know how to work on the task. Invite students from each group to share their works and interpretations.

（六）教学目标六

感知和体会诗歌情感，分析特定词汇使用，探究诗歌中的个性表达。

Perceive and experience the tone of the poem. Analyze the cumulative impact of specific word choices on meaning and audience.

教学活动6

以第一节为例，将诗歌中的词汇进行词性分类，并从中挑选具有强烈感情色彩的单词，并思考其替换单词。小组讨论该单词的使用有什么意义。

Taking the first stanza as an example, classify the words in the poem by part of speech. Choose three words that you think suggest strong feelings and and think about alternative word choices. Work in group to discuss what sense the word appeals to.

教师：现在让我们仔细看看诗节。节就像一首诗中的一段。你能指出这首诗的第一节吗？我们一起读第一节。

Teacher: Now let's take a close look at stanzas of this poem. Stanza is like a paragraph in a poem. Can you point to to first stanza of this poem? Let's read the first stanza together.

教师：现在让找出第一节中的形容词、名词和动词，并在3分钟内将它们分别填在对应的表格中。

Task 5

Teacher: Now let's identify adjectives, nouns and verbs in the first stanza and clarify them into different columns in 3 minutes.

Identify adjectives, nouns and verbs

First Stanza
Do not go gentle into that good night,
Old age should burn and rave at close of day;
Rage, rage against the dying of the light.

adjectives	nouns	verbs

教师：从每列中选择三个您认为暗示强烈感受的词，并考虑替代词的选择。小组讨论这个词有什么意义。

Task 6

Teacher: Choose three words from each column that you think suggest strong feelings and and think about alternative word choices. Work in group to discuss what sense the word appeals to.

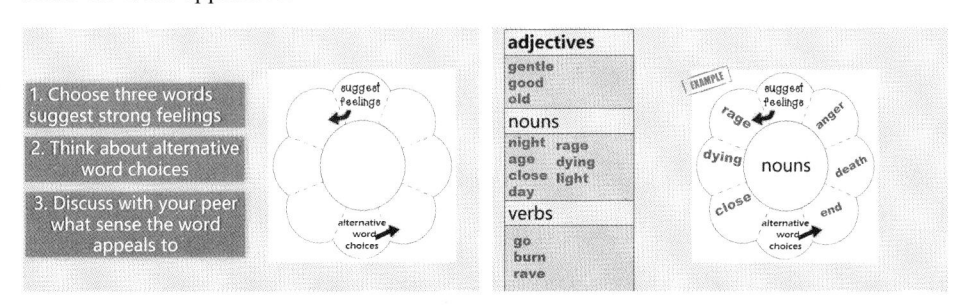

在展示学生的作品时，提醒他们之前未解决的问题：诗中的"晚"或"晚安"是什么意思？他们的替代词选择是什么？"晚安"这句话暗示了什么形象？

When displaying students' work, remind them of the former unsolved question: What do "night" or "good night" mean in the poem? When do you say good night? Are they the same? What are alternative word choices for them?

What image does the phrase "good night" suggest?

向学生简要解释"Stanza"一词，并帮助学生注意特定单词选择的影响。学生可以用自己的话对这些具有强烈感情色彩的单词进行解释，并分析这些词对诗歌意义和读者观感的影响。

To give students a brief explanation of the word "Stanza" and to help students notice the impact of specific word choices. Students can explain these words in their own words and also analyze how these words appeal to sense.

活动层次 分析与判断。

效果评价 邀请学生分享他们的作品和替代词的选择。鼓励学生解释特定的单词选择如何影响读者的感受。

Invite students to share their works and alternative word choices. Encourage students to explain how specific word choices affect our feelings.

（七）教学目标七

深入分析诗歌结构和韵律，领略诗体之美。

Analyze in detail including its form and the rhyme scheme and appreciate the beauty of the poetic form.

教学活动7

在诗歌中用使用不同的颜色的高亮笔标注韵脚，并分析其诗歌结构。

Use highlighter pens of different colors to mark rhymes in the poem. Then analyze its form and scheme.

教师：就像中国古诗一样，英文诗中也有押韵词。押韵是指句末用同韵的单词相押。当一首诗的行尾有押韵词时，这些词被称为"尾韵"。这首诗共有两种尾韵。请你找出它们并使用不同的颜色的高亮笔在诗中标注出来。

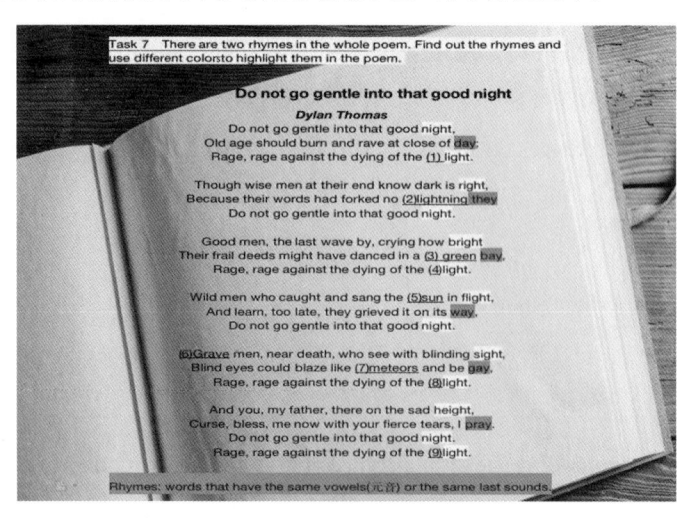

Task 7

Teacher: Just like ancient Chinese poem, in English poems we also have the rhyming words. Rhyming words are words that sound the same at the ends. When a poem has rhyming words at the ends of its lines, these are called "end rhymes." There are two kinds of end rhymes in the whole poem. Please find them out and use different colors to highlight them in the poem.

Teacher: How many times did the author repeat the line "do not go gentle into that good night" and the line "rage, rage against the dying of the light?" How does the repetition impact the poem?

设计意图 通过类比中国古诗，向学生简要解释"rhyme"一词。解释识别诗歌结构并做标记的学习方法，并帮助学生了解韵律是如何增强诗歌感染力的。

Briefly explain the word "rhyme" to students by making analogy between Chinese poems and English poems. Explain the process of identifying and labeling the poem's rhyme scheme and help students understand how the rhyme scheme impact the poem.

活动层次 获取与梳理。

效果评价 学生将大声朗读这首诗，用高亮笔标出押韵的单词，并分组讨论诗歌结构。

Students will read the poem aloud and work independently to find out the rhyming words. Then they will label the rhyme scheme of the poem. Students will discuss in group.

确定诗歌的主题，理解每一节的中心思想，并引用文本证据来支持对诗歌的分析和从文本中得出的推论。

（八）教学目标八

Determine the theme of the poem, comprehend central ideas in each stanza, and cite textual evidence to support analysis of the poem and inferences drawn from the text.

教学活动8

通过分析诗歌中提到的"four men"的异同，理解每节的中心思想，并引用文本证据来支持对诗歌的分析。

Comprehend central ideas in each stanza by analyzing the similarities and differences

·英汉艺术语言的思维特质·

of the four men mentioned in the poem. Cite textual evidence to support the analysis of the poem.

教师：（1）诗中描绘了四种类型的人，你能找出他们吗？作者是如何描述他们的？你是怎么知道的呢？

（2）他们有什么不同的体验？

（3）你怎么理解"grave men"？"grave"是一个双关语，因为它有严肃和埋葬的地方两种含义。作家可能会在写作中使用双关语来吸引读者或鼓励读者深入思考。为什么作者在这里使用双关语？

（4）四种类型的人有什么共同点？

（5）这四种类型的人都拒绝"温和地走进那个良夜"和"对光明的消逝而愤怒"，为什么作者使用他们的论点？他在最后一节要求父亲做什么？

Teacher: (1) There are four men mentioned in the poem. Can you find them out? How does the writer describe them? How do you know that?

(2) What do they experience differently?

(3) How do you understand the words "grave men"? Grave is a pun due to its two meanings of serious and of place of burial. Writers might use puns in their writing to attract readers or encourage readers to think with a deeper context. Why did the writer use a pun here?

(4) What are the things the four men have in common?

(5) All four types of people refuse to "go gentle in to that good night" and "rage against the dying of the light". Why did the author use their arguments? What did he ask his father to do in the last stanza?

Do not go gentle into that good night 阅读鉴赏教学设计

设计意图 教师通过提问的形式引导学生分析诗歌主题、诗歌每节主旨，展开深层次的诗歌解读，从文本证据出发，帮助学生理解作者意图：虽然诗歌中提及的四种类型的人对人生各有不同的遗憾，但他们却至死不放弃对生的希冀与渴望。作者借这四种类型的人之口，说服自己的父亲也要与死亡作斗争。

Guide the students to analyze the theme of the poem and the content of each stanza by asking questions, develops a deep-level interpretation of the poem, and helps the students find the author's purpose based on the textual evidence: All four types of people refuse to "go gentle into that good night" and "rage against the dying of the light." The author tried to convince his own father to fight death as everyone did.

活动层次 推理与论证。

效果评价 学生将比较和对比"不要温和地走进那个良夜"中的四种类型的人，并完成对比分析图表。

Students will compare and contrast the four categories of men present in "Do Not Go Gentle Into That Good Night" and finish the compare and contrast graphic organizer.

（九）教学目标九

释义并总结这首诗，联系他们生活并写出他们的想法与感受。

Paraphrase and summarize the poem and make connections to their own lives and write about their feelings and wonders.

教学活动9

给每组分配10张诗歌反思卡，每张反思卡上都有关于诗歌的一些问题，每个学生将自由选择自己的卡片，每人至少选择2张，在卡片后面写上自己对卡片上问题的回答。如果学生提前完成，他们可以多抽一张卡并完成。在课程结束前老师将会请学生将卡片贴在墙上并进行口头陈述。

Assign each group 10 poetry response cards and each student will choose their own cards as least 2 of them. If students finish early, they can choose another one. At the end of the class, the teacher will invite students to put their cards on wall and make an oral presentation.

设计意图　学生将识别和解释诗人在诗中的观点，并将诗人的观点与他们自己的观点进行比较。鼓励他们表达自身对诗歌的看法、感受、联系和反应。

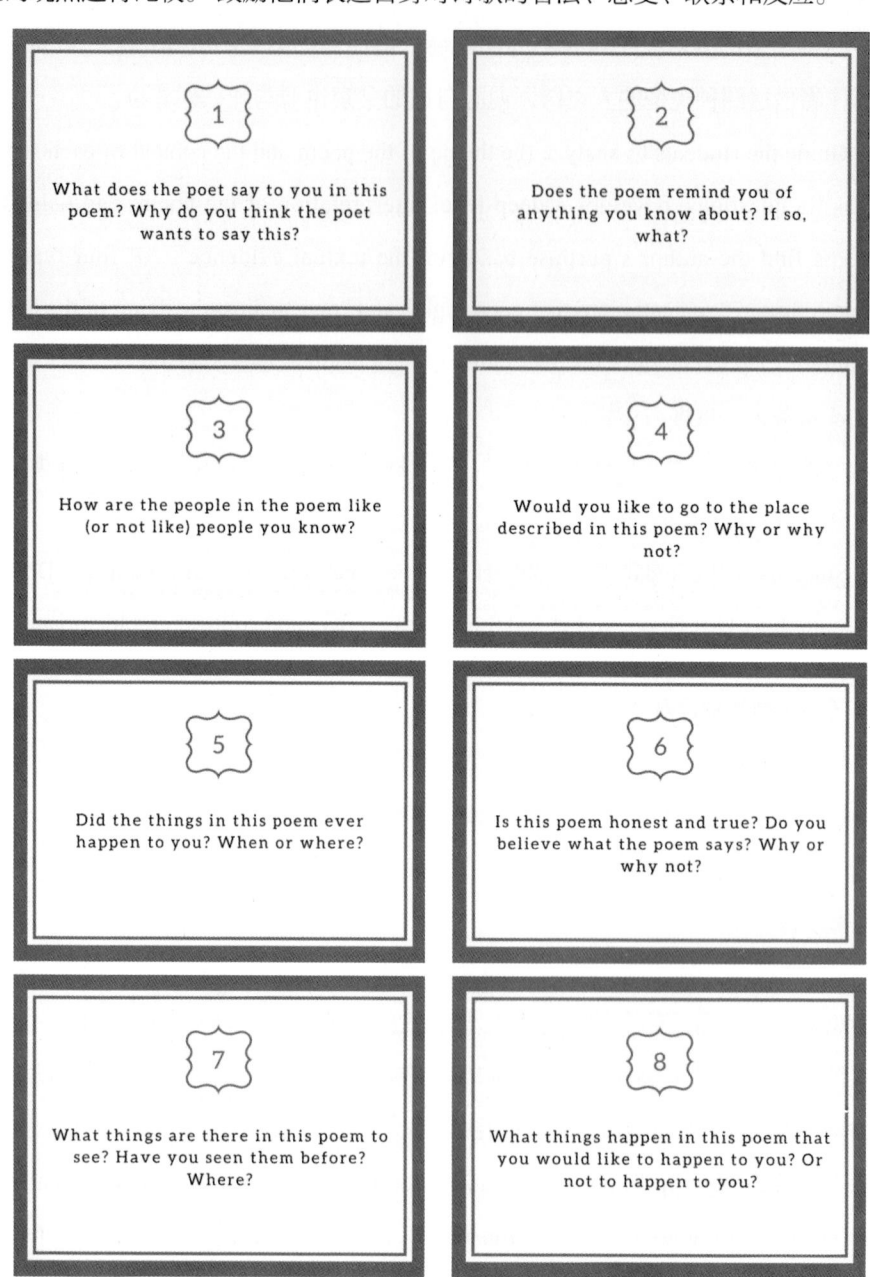

1　What does the poet say to you in this poem? Why do you think the poet wants to say this?	**2**　Does the poem remind you of anything you know about? If so, what?
3　How are the people in the poem like (or not like) people you know?	**4**　Would you like to go to the place described in this poem? Why or why not?
5　Did the things in this poem ever happen to you? When or where?	**6**　Is this poem honest and true? Do you believe what the poem says? Why or why not?
7　What things are there in this poem to see? Have you seen them before? Where?	**8**　What things happen in this poem that you would like to happen to you? Or not to happen to you?

· Do not go gentle into that good night 阅读鉴赏教学设计 ·

9
What do you think might have made the poet write this poem?

10
What words or lines do you find most interesting? Why?

Students will identify and explain the poet's point of view shown in the poem and compare the poet's perspective to their own. They are encouraged to communicate their thoughts, feelings and connections and reactions to the poem.

活动层次 内化与运用。

效果评价 学生将借助写在诗歌反思卡上的提示写下他们对这首诗的个人看法，并进行口头表达。

Students will write about their personal response to the poem with the help of the prompts written on the poetry response cards and present their personal response orally.

（十）教学目标十

Homework：

（1）**Have to do: Poetry Response Booklet.**

A. Choose another word to draw a metal image, contribute your own interpretation, and make comparison with Chinese Poetic Imagery .

B. Choose a stanza you like to make another flower chart, and analyze how these words appeal to sense.

C. Refine your writing on the chosen poetry response card and cite textual evidence to support your argument.

D. Make a poetry response booklet including the metal images, flower chart, compare and contrast graphic organizer, and poetry response card.

（2）**Try to do:**

Read two of Dylan Thomas's most famous poems about death poem. Choose your favorite and make a poetry response booklet for it.

① Work in groups.

② Display your booklet in class or videotape your presentation of your booklet and share it online.

(The text of the two poems *And Death Shall Have No Dominion* and *A Refusal to Mourn the Death, by Fire, of a Child in London* will be provided.)

设计意图

（1）档案袋式作业能够记录学生在学习过程中所作出的努力，帮助教师更全面地掌握学生对本节课的学习情况。

（2）诗歌鉴赏小册子的制作有利于引导学生做到想表达、能表达和会表达，体验诗歌学习的乐趣与意义，获得成就感和自信心。

（3）设计不同难易程度的学习任务，为学生提供多样化选择。

（4）阅读同一作者同一主题的诗歌，有助于学生练习课堂所学习的诗歌鉴赏技巧，完成学习策略的迁移。

活动层次 　想象与创造、运用与展示。

三、导学案

Do not go gentle into that good night

by Dylan Thomas

Do not go gentle into that good night,

Old age should burn and rave at close of day;

Rage, rage against the dying of the (1)_____.

Though wise men at their end know dark is right,

Because their words had forked no (2)_____ they

Do not go gentle into that good night.

Good men, the last wave by, crying how bright

Their frail deeds might have danced in a (3)_____bay,

Do not go gentle into that good night 阅读鉴赏教学设计

Rage, rage against the dying of the (4)_____.

Wild men who caught and sang the (5)_____ in flight,

And learn, too late, they grieved it on its way,

Do not go gentle into that good night.

(6)_____ men, near death, who see with blinding sight,

Blind eyes could blaze like (7)_____ and be gay,

Rage, rage against the dying of the (8)_____.

And you, my father, there on the sad height,

Curse, bless, me now with your fierce tears, I pray.

Do not go gentle into that good night.

Rage, rage against the dying of the (9)_____.

Task 1 Answer the following questions after you skim the text.

（1）What is the text type?　　_____

（2）What is the title of the text?　　_____

（3）Who is the author of the text?　　_____

Task 2 Read the short passage about Dylan Thomas and fill in the blanks in 3 minutes.

Task 3 Listen to Dylan Thomas reading this poem *Do not go gentle into that good night* and complete the lines in the poems.

Task 4 Write your chosen word or phrase in the first column. Then draw a quick picture of what you visualize when you read the word or the phrase.

Share your mental image with your group members and discuss its meanings in the poem and explain your reasons.

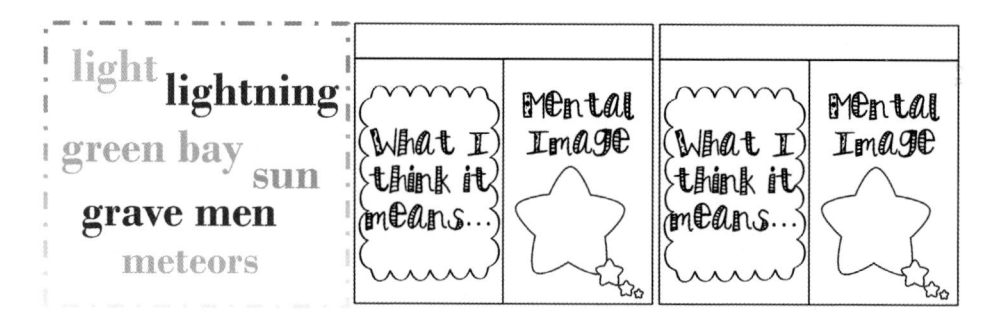

light lightning
green bay sun
grave men
  meteors

Task 5 Identify adjectives, nouns and verbs in the first stanza and clarify them into different columns.

adjectives	nouns	verbs

Task 6 Choose three words that you think that suggest strong feelings and think about alternative word choices.

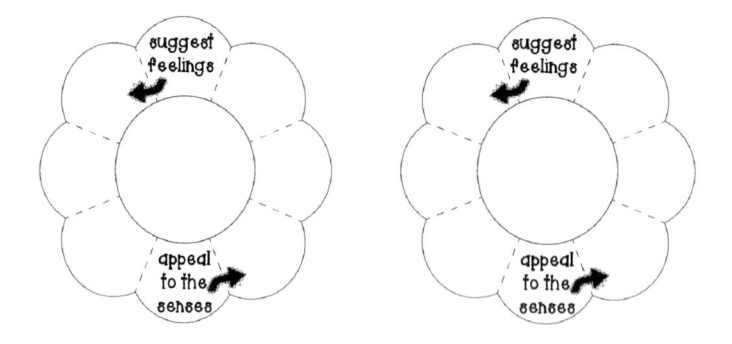

Task 7 There are two rhymes in the whole poem. Find out the rhymes and use different color to highlight them in the poem.

四、本节课创新点

（1）本节课体现以学生为主体的教学原则。首先教学活动设计上兼具目的性与趣味性。死亡对于许多学生来说是一个沉重的话题，因此在课堂上谈论此类话题需要特别注意，可以利用学生熟悉喜爱的影视作品作为课程的导入，能够激发学生

· Do not go gentle into that good night 阅读鉴赏教学设计 ·

兴趣，同时激活相关词汇库。其次，对文学作品的理解和主题意义的挖掘主要由学生完成，而非教师满堂灌。通过各种操作性任务 (performance tasks)，赋予学生较大的自由空间，促使学生自主思考。最后，学生作为阅读主体应该是与阅读文本产生联结。在本节课中通过 mental image、flower chart、poetry response cards 等活动设计，加强学生与作品的互动，帮助学生思考诗歌与自身生活的联系，体会诗中哲学。

（2）本节课以 Do not go gentle into that good night 为教学资源，以提升学生对英文诗歌的感知与鉴赏能力为目标，帮助学生感受英语诗歌的语言美和韵律美。通过引导学生赏析诗歌中的意象，激发学生想象力，使学生充分体验语言文字所创造的审美体验。在心理图像活动（mental image）中，学生以绘画形式描绘诗歌意象，让学生展开想象的翅膀，表达自己作为阅读主题的情感体验；通过小组讨论探究该意象在诗歌中的含义，帮助学生与诗歌产生情感共鸣，体会诗人借助意象所表达的诗歌内涵。通过播放朗读录音，让学生感受诗歌朗读的音律美，并通过用高亮笔标注尾韵的活动进一步发现诗歌韵律结构，并分析韵律结构对诗歌情感与诗歌主题与情感表现力的影响。

（3）本节课注重增强学生的文化意识。鼓励学生站在跨文化视角思考英汉诗歌意象的异同点，加强学生的感知与理解，帮助学生更为深入地理解文化差异，增加文化知识，拓展课程深度。同时，为了帮助学生更好地理解英文诗歌押韵和韵律的概念，本节课以中文古诗做类比，帮助学生完成知识迁移。

（4）本节课以发展学生思维品质为目标，展开深层次的诗歌解读。诗歌鉴赏要给学生自由解读的空间，但也要避免过度的主观随意性。通过对比分析、推理论证以及批判评价等高层次思维活动，我们能够实现对诗歌文本的深入理解。例如在分析对比四种类型的人的活动中，教师通过提问的形式引导学生分析诗歌主题和诗歌每节主旨，并要求学生引用诗歌细节信息，来支持自己所作结论的合理性。

（5）依照学生认知发展层次，在教学活动过程中提供充分的脚手架。通过教师示范，小组学生帮助等方式鼓励各个层次的学生都能参与课题。同时注意新旧知识联系，注重知识的应用与学习策略的迁移。例如课前导入激活学生词汇库，课中鼓励学生尝试使用已学过的词汇来解释具有强烈感情色彩的单词等。活动设计符合英语学习活动观要求，帮助学生在英语学习活动中提升语言能力。本节课语言学习活动设计包含了学习理解、应用实践和迁移创新这三类互动关联的活动，各活动难度从浅入深、从难到易，帮助学生能够实现理解到运用。

五、教学设计简评

（1）本教学设计十分突出的一个亮点是教学活动目的明确、形式多样，活动的每一个小目标都指向总的活动目标，而且富有趣味，对学生具有吸引力。

（2）充分发挥音视频等现代教学媒体的作用，在课程导入、话题引发、知识讲解、主题挖掘、思考互动等环节都体现了对学生的诱导、激发，充分调动学生的多重感官参与，促使学生领会作品的思想感情。

（3）诗歌的意象理解是一个难点，该教学设计引导学生通过心理图像活动，让学生以绘画、讨论等形式描绘自己感受到的诗歌意象，充分发挥想象和联想，去体验和感受诗歌特有的意象美。

（4）为了激发学生对作品的理解，该设计引导学生找出诗句中感情色彩强烈的词，有助于学生加深对作品情感的理解与感受。

（5）作业部分也设计得富有层次性，紧扣诗歌的理解，在内容上、形式上都体现了由浅及深、由易到难的规律，照顾到不同程度的学生。

后　记

　　诗歌、散文、小说这些文学体裁，尤其是诗歌艺术形式，其语言表达是具有自身规律和特点的，是一种文学的艺术化言说方式，表达着写作者独特的审美感受和审美体验。阅读者（阅读主体）的阅读也并非仅仅为了读懂文本，而是要主动地接受、理解，在共鸣中宣泄内心情感，丰富内在体验，美化人的心灵，助力人的精神成长。所以，文学作品的阅读应该注重审美能力和审美趣味的培养，使阅读成为一种发现美、感受美的过程和方式，让学生在主动积极的思维和情感活动中，加深理解和体验，有所感悟和思考，受到情感熏陶的同时获得思想的启迪，享受到阅读接受过程的审美乐趣，使阅读变成一种自觉自愿、发自内心的真诚的愿望，这才是文学作品阅读的旨归，是我们阅读教学重要任务。然而在现实中我们看到，学生的英语文学作品的阅读量很少很少，其中的原因是很多很多的。但在今天，我们欣慰地看到，英语阅读教学越来越受到广泛重视，人们对阅读的认识、理解和要求也日益提升。优秀的文学作品，无论诗歌、散文、小说，都是人类思想和感情的精华，具有强大的认识功能、教育功能和审美功能。文学作品通过具体生动的文学形象反映社会生活，向读者描绘一定时代的社会历史画面，帮助人们了解一定时代的物质生活和精神面貌；好的文学作品能够极大地影响人的思想和情感乃至整个精神境界，对读者起到"兴""观""群""怨"的熏陶和浸染作用；文学作品通过艺术形象生动地反映生活里各种属于美学范畴的人物和事物，从而引发阅读欣赏者精神上的满足和愉悦，产生娱情的美感作用。尤其是诗歌，它是人类情感家园的瑰宝，集中凝聚了一个民族的文化理念和志趣，对于了解一个民族的文化和精神内涵，滋养精神和丰富文化，都具有宝贵的价值和意义。不同国家、不同民族优秀诗人创作的诗篇，往往是用生命的纯真谱写的，用最富于个性化的体验艺术化地表现出来的；他们把自己内心深刻的感动传递出来，使千百年后的我们依然可以触摸到他们曾经奔突的脉动，体会同样的感动，而这便是一切伟大的文学艺术作品不朽的生命力所在。

  所有伟大的作品，无一例外地是以语言为载体的。如果说，文学作品语言是艺术百花园里奇异的花朵，那么，诗歌语言则是变异的奇葩。这个"异"，表面上看是语言形式的变异，根源却在思维方式的变异。正是思维方式的变异才造成了艺术语言的"艺术化"，造成了艺术语言对常规语言的偏离和创造性运用。不同国家由于地域、文化、信仰等差异，会在思维方式上留下印痕，形成各自不同的特色，但是，人类的思维和情感又具有很大程度上的相通性，因此，从思维的共性出发去探究艺术语言的审美特质，对于我们阅读和欣赏英语文学作品，深化理解，提升审美能力，是十分有益的，是一项富有价值的探索和研究。

  为了使理论研究和教学实践相结合，使英语阅读欣赏课具有更为扎实有效的理论指导，并在探索中获得更多的心得和更大的摸索、修正的空间，本书作者特邀请了几位长期执教中学英语的老师参与英语文学作品阅读欣赏课的设计，他们是：陈婧雅老师、谭敏仪老师、曾培栖老师、杨紫珩老师和谢康老师，本书将他们的设计成果整理为一个章节，旨在与同行就英语文学作品审美的阅读设计展开思考和探讨。这些受邀的老师们都是经验丰富的优秀教师，不仅在教学实践方面出类拔萃，而且在教学研究上也作出了大量而富有成效的探索，谨向他们致以诚挚的感谢！同时特别得到了吴志海老师的友情帮助，在此表示深挚的谢意！

  本书在写作过程中，阅读和参考了大量文献资料，由于行文所限，没有一一标注出来，在此真诚地致歉并表达我的敬意和谢忱！

  由于本人理论水平有限，在探讨有些问题时难免表达欠准确、概念和观点阐述欠严谨，甚至存在谬误之处。怀抱诚惶诚恐之心，谨以此书就教于大方之家，恳请专家学者以及各位同行批评斧正，不吝赐教，以期进一步修正、完善和提高。

完稿于2023年9月